秘《ひ》密《みつ》の花《はな》園《ぞの》

F. H. バーネット 作　　脇明子 訳

教文館

The Secret Garden
by Frances Hodgson Burnett

First published 1911
by the William Heinmann Ltd., London
the Frederick A. Stokes Company, New York

Illustrations by Jenny Williams

秘密の花園　目次

1
だれもいなくなった

メアリ・レノックスが、おじさんの住むミスルスウェイト荘園《しょうえん》にやってきたとき、だれもが、こんなに感じの悪い子どもは、見たことがないと言った。それはまったく、そのとおりだった。顔は貧相《ひんそう》で小さく、身体《からだ》も小さくてやせこけていたし、髪《かみ》も色が薄《うす》くて貧弱《ひんじゃく》で、ただむっつりと押《お》し黙《だま》っていた。髪も顔も黄色っぽかったが、それは、インドで生まれて、ずっと病気がちだったからだった。

そのころ、インドは、イギリスの植民《しょくみん》地《ち》になっていたが、メアリのお父さんは、植民地政府《せいふ》のなかでかなりの地位についており、いつもいそがしくて、自分自身、身体の具合が悪かったし、お母さんは、すばらしい美人だったが、パーティに出ることや、陽気な人たちと楽しくすごすことにしか、関心がなかった。娘《むすめ》など、少しもほしくなかったお母さんは、メアリが生まれるとすぐ、インド人の乳母《うば》に渡《わた》してしまった。インドでは、乳母のことをアヤと呼《よ》ぶが、アヤは、メムサーイブのごきげんをそこねたくなければ、なるべく赤《あか》ん坊《ぼう》を、見えないところに遠ざけておくことだと、教えこまれた。メムサーイブというのは、女主人ということだ。その結果、メアリは、病気がちで、みっともなくて、いつもごきげんの悪い赤ちゃんだったときには、常《つね》に母親の目のとどかないところに置かれていたし、やがて、病気がちで、いつもごきげんの悪い、よちよち歩きの子どもになったときにも、やはり目のとどかないところに置かれていた。

だから、メアリが見なれていたのは、アヤをはじめとするインド人の召使《めしつか》いたちの、浅黒い顔ばかりだったし、その人たちは、もしメアリが泣きでもしたら、メムサーイブがうるさがって怒《おこ》ることをよく知っていたので、どんなことについても、メアリのしたいようにさせていた。だからメアリは、六つになるころには、とんでもなく自分勝手な、小さい暴君《ぼうくん》になっていた。メアリに読み書きを教えるために、若《わか》いイギリス人の女性《じょせい》がやってきたが、こんな子どもではとうてい好《す》きになれず、三か月でやめてしまった。そのあとにも、次々に、いろんな家庭教師《かていきょうし》がやってきたが、三か月より長く続いた人は、一人もいなかった。そんな具合だったから、メアリ自身が、なんとか本が読めるようになりたいと思っていたのでなかったら、まったく読み書きができない人間になってしまったことだろう。

　メアリが九つくらいになった、ある、おそろしく暑い朝のこと、目をさました瞬間《しゅんかん》からふきげんだったメアリは、ベッドのそばに、いつものアヤではない人が立っていたので、ますますきげんが悪くなった。

「なによ、おまえ？」と、メアリは、見なれない女に言った。「あっち、行って。アヤ、呼んで。」

　女はおびえたような顔をして、何度もつっかえながら、アヤは来られないと言った。メアリはかんしゃくをおこして、その女をたたいたりけったりしたが、女は、ますますおびえあがって、アヤは「ミッシー・サーイブ」、つまり、お嬢《じょう》さまのところには、来られないんですと言った。

　その朝は、どうも様子が変だった。何もかもが、いつもとはちがっていて、現地人《げんちじん》の召使いの何人かは、姿《すがた》が見えなかったし、いる人たちも、血の気のない、おびえたような顔をして、こそこそうろうろと歩きまわっていた。しかし、メアリにはだれも何も教えてくれず、アヤはいっこうに姿を見せなかった。昼になっても、ほったらかしにされたままだったので、メアリは、しかたなく庭へ出ていき、ベランダのそばの木の下で遊びはじめた。お花畑を作ろうと、ハイビスカスの大きくてまっ赤な花を、いくつも積み上げて並《なら》べてみたが、腹立《はらだ》ちはおさまるどころか、大きくなるばかりで、アヤのセイディが来たら言ってやりたいことを、口のなかでぶつぶつと唱《とな》えていた。

「ブタ！　ブタ！　ブタ娘《むすめ》！」と唱《とな》えたのは、インドの人たちにとって、それがいちばん言われたくない悪口だと、知っていたからだった。

歯ぎしりをしながら、何度も何度もこの悪口をくり返していたら、母親がだれかと話しながら、ベランダへ出てきた。いっしょにいたのは、白い顔をした若《わか》い男の人で、二人は、とても低い、いつもとはちがう声でしゃべっていた。メアリは、まだ少年のように見えるその人を知っていた。イギリスからやってきたばかりの、とても若い士官だということだった。メアリはその人をじろじろと見て、それから、母親のほうを、さらにまじまじと見た。母親の姿《すがた》が見えるときには、そんなふうに見つめるのが常《つね》だったが、それは、メアリがふだん「メムサーイブ」と呼《よ》んでいたその人が、背《せ》が高くて、すらりとしていて、とても美しくて、いつも、すばらしくきれいな服を着ていたからだった。髪《かみ》の毛《け》は、くるくると巻《ま》かれた絹糸《きぬいと》のようで、細くて形のいい鼻は、何もかもを見下《みくだ》しているようだったし、目は大きくて、いつも笑っているようだった。着ている服は、どれも薄《うす》くてふわふわしており、メアリはそんな服のことを、「レースだらけ」と呼んでいた。この朝の服は、いつものよりも、さらにレースだらけだったが、目は全然笑ってはいなかった。おびえたように大きく見開かれた目は、何かを訴《うった》えようとするかのように、金髪《きんぱつ》の若い士官の顔に向けられていた。

「まあ、そんなにひどいの？　ほんとに？」と言うのが聞こえた。

「おそろしい状況《じょうきょう》です」と、若い士官は、ふるえる声で言った。「とんでもないひどさですよ、レノックス夫人。二週間前に、高地《こうち》のほうへいらっしゃるべきでしたね。」

メムサーイブは、両手をぎゅっと握《にぎ》りしめた。

そして、「ええ、そのとおりよ！」と言った。「あのくだらない晩餐会《ばんさんかい》に出るだけのために、ぐずぐずしてたんだわ。なんて、ばかだったんでしょう！」

まさにその瞬間《しゅんかん》に、召使《めしつか》いたちの住まいのほうから、うわーっと泣きわめく声が聞こえてきて、夫人は士官の腕《うで》をぎゅっとつかんだ。メアリは立ったままふるえだし、ふるえは、頭のてっぺんから足の先まで広がっていった。

「あれは何？　どうしたのかしら？」と、レノックス夫人はあえいだ。

「だれかが死んだんですね」と、若い士官が言った。「お宅《たく》の召使いたちにも広がっているとは、おっしゃっていませんでしたね。」

「知らなかったわ！」と、メムサーイブはさけんだ。「いっしょに来て！　いっしょに来てよ！」

そして夫人は、くるっと向きを変えると、家のなかへかけこんだ。

それを皮切りに、ぞっとするようなことが次々に起こり、その朝の出来事の謎《なぞ》が、メアリにものみこめてきた。伝染病《でんせんびょう》のなかでもとりわけこわいコレラが発生し、人々が、まるでハエのように、ばたばたと死んでいたのだ。メアリのアヤは、前の晩のうちに具合が悪くなり、召使いたちの住まいのほうから、泣きさけぶ声が聞こえてきたのは、ちょうどそのとき、アヤが死んだからだった。その日のうちに、さらに三人の召使《めしつか》いが死に、それ以外の人たちは、おびえあがって、逃《に》げてしまった。どのバンガローでも、だれかが死にかけていて、そこらじゅうに混乱《こんらん》が広がっていた。

だれもがおろおろし、なすすべもないままの二日目、メアリは、みんなから忘《わす》れられて、子ども部屋にとじこもっていた。だれも気づいてはくれなかったし、いなくてさびしいと思ってくれる人もいなかった。いろいろと、ふだんとはちがうことが起こっていたが、メアリは何も知らずに、泣いては眠《ねむ》り、起きては泣くことをくり返していた。わかっていたのは、みんなが病気だということだけで、聞こえてくるのは、わけのわからない音や、ぞっとするような音ばかりだった。一度、食堂へ行ってみたが、そこにはだれもおらず、テーブルの上には食べかけの食事が残っていて、椅子《いす》やお皿は、食事をしていた人たちがあわてて立ち上がったときに、押《お》しやったままのように見えた。メアリは果物とビスケットを少し食べ、のどが渇《かわ》いていたので、ほとんどいっぱいになったままだったグラスから、ワインを飲んだ。ワインは甘《あま》くて、じつはとても強いお酒だったのだが、メアリにはそれがわからなかった。じきにメアリは、眠くて眠くてたまらなくなり、子ども部屋にもどって、とじこもった。外の召使いたちの住まいのほうからは、泣きさけぶ声や、走りまわる足音が聞こえてきて、こわかった。でも、ワインを飲んだせいで、じきに眠気《ねむけ》におそわれ、とても目を開けてはいられなくなって、横になったと思うと眠りこみ、ずいぶん長いあいだ、何も知らずに、ぐっすりと眠り続けた。

メアリがそんなふうに眠りこけているあいだに、たくさんのことが起こったが、泣きわめく声がしようが、一家のバンガローに何かが運びこまれたり、また運び出されたりしようが、メアリは、全然気づかないで、ただ眠り続けていた。

やがてメアリは目をさまし、横になったまま、壁《かべ》を見つめた。家のなかは、しんと静まり返っていた。この家が、こんなに静かだったことは、メアリが知るかぎり、一度もなかった。声もしなければ、足音もしないので、メアリは、みんなコレラがなおって、何もかもが、もとどおりになったのかしらと思った。アヤが死んだのなら、だれが世話をしにくるんだろう、とも考えた。新しいアヤが来れば、新しいお話が、いくつか聞けるかもしれない。メアリは、これまでのお話には、少しあきあきしはじめていた。世話係が死んだからといって、泣きたくなったりはしなかった。もともと、人になつかない子どもだったし、だれのことも、ほとんど気にかけたことがなかった。コレラ騒《さわ》ぎであたふたと走りまわる足音や、なげき悲しむ声には、いくらかこわい思いもしたが、自分は生きているのに、だれも思い出してくれないらしいと思うと、腹《はら》が立ってたまらなかった。みんな、あわてふためいて、だれにも好《す》かれない女の子のことなど、考えようともしなかったのだろう。コレラにおそわれたが最後、だれもが、自分のことしか考えなくなってしまうらしい。でも、騒《さわ》ぎがおさまって、みんなよくなったのなら、だれかが思い出して、探《さが》しに来てくれたって、よさそうなものだ。

しかし、だれも来てはくれず、横になって待っているうちにも、家のなかはますます静かになっていくようだった。床《ゆか》の敷物《しきもの》の上で、何かがかすかな音を立てたが、見下ろしてみると、それは、すべるように動いていく小さな蛇《へび》で、宝石《ほうせき》のような眼《め》を上げて、メアリを見た。それは、毒《どく》などない小さな蛇だったし、大急ぎで部屋から出ていこうとしているようだったので、メアリは、こわいとは思わなかった。見ているうちにも、蛇はドアの下をくぐって、出ていった。

「こんなに静かだと、なんか、変な感じ」と、メアリはつぶやいた。「バンガローじゅうに、あたしと、あの蛇しか、いないみたい。」

ところが、次の瞬間《しゅんかん》、敷地《しきち》のなかで足音がして、だれかがベランダに上がってきた。それは男の人たちの足音で、その人たちは、低い声で話をしながら、バンガローにはいってきた。出迎《でむか》えて声をかける者はだれもおらず、その人たちは、ドアを開けては、中をのぞいてみているようだった。

「なんてありさまだ！」という声が聞こえた。「あの、きれいだった奥《おく》さんがね！　子どもも、死んだんだろうな。子どもが一人、いたらしいぜ。だれも見た者はいないんだがね。」

それからほんの数分後、その人たちが子ども部屋のドアを開けると、部屋のまんなかに、メアリが立っていた。見るからにみっともない子どもだったが、だれにも全然気にかけてもらえず、すっかりおなかをすかせていたのだから、むっつりと顔をしかめていたのも当然だった。最初にはいってきたのは、一度、父親と話しているのを見かけたことがある、大柄《おおがら》な士官だった。その士官は、山のようなやっかいごとをかかえて、すっかりくたびれはてた様子だったが、メアリを見たときには、驚《おどろ》きのあまり、とびすさりそうになった。

「バーニー！」と、男はさけんだ。「こんなところに、子どもがいる！　一人っきりでだ！　こともあろうに、こんなところに！　いったい、どこの子だ？」

「あたし、メアリ・レノックスよ。」メアリはそう言いながら、背筋《せすじ》をぴんと伸《の》ばした。父親のバンガローを「こんなところ」と言うとは、なんて失礼な男だろうと思ったのだ。「みんながコレラになったとき、あたし、寝《ね》てたの。ついさっき、起きたところよ。どうして、だれも来ないの？」

「これが、だれも見た者がない子どもだよ！」と、男の一人が連れのほうをふりかえって、言った。「すっかり忘《わす》れられていたんだ！」

「どうして忘れたりするのよ？」と、メアリは、じだんだを踏《ふ》みながら言った。「どうして、だれも来ないの？」

バーニーと呼《よ》ばれた、若《わか》いほうの男が、とても悲しげな顔をして、メアリを見た。男は、まるでウインクをするような目つきをしたが、それは、涙《なみだ》をはらい落とすためらしかった。

「かわいそうに!」と、男は言った。「みんないなくなって、来られなかったんだよ。」

こんなふうに突然《とつぜん》、しかも、とてもへんてこなりゆきで、メアリは、自分が父親も母親も亡《な》くしてしまったことを知った。二人が死んで、夜のうちに運び出されたこと、現地人《げんちじん》の使用人のうち、死なずに残った数人は、急げるかぎり急いで家を出ていってしまったこと、そのうちのだれ一人として、ミッシー・サーイブがいたことを、思い出そうともしなかったことを……。だから家じゅうが、あんなに静かだったのだ。バンガローじゅうに、メアリとあの小さな蛇《へび》しかいないというのは、まったく、本当のことだったのだ。

2 つむじまがりのメアリさま

メアリは、遠くから母親を見るのが好《す》きで、すばらしくきれいだと思っていた。でも、母親のことは知らないも同然だったので、死んでしまったからといって、会いたがったり悲しんだりはしなかった。じっさい、メアリは、自分のことだけで頭がいっぱいな子どもで、母親が死んでも、なげいたりは全然せず、それまでとおなじように、やっぱり自分のことだけを考えていた。もう少し大きかったら、一人ぼっちで残された自分が、これからどうなるのだろうと、とても心配になったにちがいないが、まだほんの小さな子どもだったし、いつもだれかが世話を焼いてくれていたので、今後もそうだろうと決めこんでいたのだ。考えていたことといえば、これからいっしょに暮《く》らすことになるのが、いい人たちで、世話係だったアヤや、そのほかの現地人《げんちじん》の召使《めしつか》いたちのように、自分をていねいに扱《あつか》って、なんでも好きにさせてくれるといいな、ということくらいだった。

まず連れていかれた先は、イギリス人の牧師《ぼくし》の家だったが、そこにずっといるわけではないということは、ちゃんと承知《しょうち》していた。その牧師は貧《まず》しくて、たいして歳《とし》のちがわない子どもが五人おり、みんな汚《きたな》い服を着て、いつもけんかをしたり、玩具《おもちゃ》の奪《うば》いあいをしたりしていた。メアリは、この人たちが住んでいた、散らかり放題のバンガローがとてもいやで、気にくわないという気持ちを隠《かく》そうともしなかったので、一日二日たつと、だれもいっしょに遊ぼうとはしなくなった。二日目には、もうあだ名がつけられて、メアリはそれに、猛烈《もうれつ》に腹《はら》を立てた。

最初にそれを言い出したのは、バジルだった。バジルは、鼻が上を向いていて、ずうずうしそうな青い眼《め》をした男の子で、メアリはこの子が大きらいだった。その日、メアリは、コレラ騒《さわ》ぎがはじまったときにもやっていたように、木の下で一人遊びをしていた。土をいくつかの小さな山にして、そのあいだに道を作り、庭に見立てていたのだが、そこへバジルがやって来て、見物しはじめた。そのうち、おもしろくなってきたらしく、いきなり口を出してきた。

「そこんとこに、石を積んで、ロック・ガーデンにしたら？」と、バジルは言った。そして、メアリの上にかがみこむようにして、「その、まんなかのとこ」と、指さした。

「あっち、行って！」と、メアリはさけんだ。「男の子なんか、きらいよ。行ってよ！」

バジルはむかっとしたようだったが、すぐにからかいはじめた。ふだんから、女きょうだいをからかうのが、好きだったのだ。バジルは、いろんなふうに顔をしかめながら、メアリのまわりをぐるぐると踊《おど》ってまわり、こんな歌を歌って、げらげら笑った。

　つむじまがりの、メアリさま
　　あんたのお庭は、どうなった？
　お花に、貝がら、銀の鈴《すず》
　　なんでもかんでも、一列だ

バジルがこれをくり返しているうちに、ほかの子たちも聞いて、笑いだした。メアリが腹を立てると、みんなはますます調子に乗って、「つむじまがりの、メアリさま」と歌った。それからというもの、メアリがこの家にいたあいだじゅう、みんなはメアリのことを、「つむじまがりさま」と呼《よ》んだ。おたがい同士で話すときにはもちろんのこと、メアリに話しかけるときにさえも、そう呼ぶことが多かった。

「おまえは、送り帰されるんだぞ」と、バジルが言った。「今週の終わりだってさ。やれやれだぜ。」

「こっちだって、やれやれよ」と、メアリは答えた。「帰されるって、どこへ?」

「帰るとこも、知らんのか!」バジルは、七歳《さい》の力のおよぶかぎりの軽蔑《けいべつ》をこめて、そう言った。「もちろん、イギリスさ。うちのばあちゃんはイギリスにいて、姉ちゃんのメイベルは、去年、ばあちゃんとこへ行った。けど、おまえは、ばあちゃんとこへ行くんじゃない。おまえには、ばあちゃんはおらんもんな。おまえは、おじさんとこへ行くんだ。アーチボルド・クレイヴンとかいう人さ。」

「そんな人、知らないわ」と、メアリは、ピシャッと言ってのけた。

「知るわけないよな」と、バジルは答えた。「おまえは、もの知らずだもんな。女の子はみんなそうさ。ぼくは、父ちゃんと母ちゃんが、話してるのを聞いたんだ。その人は、田舎《いなか》にある、大きくてがらーんとした、古ぼけた家に住んでて、だれもその人には、近よらないんだってさ。ものすごく怒《おこ》りっぽくて、だれもよせつけないし、もし来させようとしたって、みんなのほうでよりつかないんだ。背中《せなか》にこぶがあって、おっそろしいんだぞ。」

「そんなの、信じないもん」と、メアリは言い、バジルに背中を向け、それ以上聞かなくてすむように、耳に指を突《つ》っこんだ。

しかし、それからは、そのことばかりを考えずにはいられなくなった。その晩《ばん》、牧師《ぼくし》の奥《おく》さんのクロフォード夫人が、あなたは、二、三日したら、イギリス行きの船に乗って、伯父《おじ》さんであるアーチボルド・クレイヴンさんのいる、ミスルスウェイト屋敷《やしき》へ行くのよ、と言って聞かせたが、メアリは全然、興味《きょうみ》を示そうとせず、その石のようながんこさに、大人たちは困《こま》りはてた。なるべく親切にしようとしたが、クロフォード夫人がキスしてやろうとしても、顔をそむけるばかりだったし、クロフォード氏が肩《かた》をとんとんたたいても、身体《からだ》をこわばらせただけだった。

「ほんとに、ぱっとしない子ね」と、クロフォード夫人は、あとになって言った。「母親は、あんなに美人で、立《た》ち居《い》ふるまいも、とても上品だったのに、メアリときたら、見たこともないほど、いいとこなしなんだから。うちの子たちが、『つむじまがりの、メアリさま』なんてはやすのは、そりゃ、よくないけど、そう言いたくなるのも、わからなくはないわ。

母親がもっとしょっちゅう、子ども部屋をのぞいて、あのきれいな顔や、すてきな身のこなしを見せてれば、メアリだって、もう少しお行儀《ぎょうぎ》がよくなったでしょうにね。あんなに美しかった方が亡《な》くなられるまで、お子さんがおありだということを、ほとんどだれも知らなかったなんて、悲しいことだわね。」

「子どもの顔を見ることさえ、ろくになかったんだろうよ」と言って、クロフォード氏は、ため息をついた。「アヤが死ぬと、あの子のことを気にかける者は、だれもいなくなってしまったんだ。召使《めしつか》いたちはみんな逃《に》げ出《だ》して、からっぽなバンガローに、あの子だけが、たった一人で残されていたんだからね。マクグリュー大佐《たいさ》は、ドアを開けて、あの子が一人ぼっちで部屋のまんなかに突《つ》っ立《た》っているのを見たときには、肝《きも》をつぶしたと言っていたよ。」

メアリは、ある士官の奥《おく》さんにめんどうを見てもらって、イギリスまでの長い船旅をした。その人は、自分の子どもたちを、イギリスの寄宿学校《きしゅくがっこう》へ送り届けようとしており、まだ小さいその子たちの世話だけで、手いっぱいだったので、ロンドンに着いて、アーチボルド・クレイヴン氏が迎《むか》えによこした女の人に、メアリを渡《わた》したときには、ほっとした。その女の人は、メドロックさんといって、ミスルスウェイト荘園《しょうえん》の家事一切を取り仕切っている、ハウスキーパーさんだった。メドロックさんは太っていて、ほっぺたは赤く、黒くて鋭《するど》い目をしていた。とても濃《こ》い紫《むらさき》色《いろ》の服を着ていて、その上に、縁《ふち》に黒い玉飾《たまかざ》りがついた黒絹《くろぎぬ》のケープをはおり、紫色のビロードの花飾りのついた、黒いボンネットをかぶっていた。頭の上に突き出したその花飾りは、メドロックさんが頭を動かすたびに、ふらふらとゆれた。メアリはこの人が、全然好きになれなかったが、メアリが人を好きになることはめったになかったので、それは、特にどうというほどのことではなかった。それに、メドロックさんのほうでも、メアリにあまり感心しなかったのは、明らかだった。

「おや、まあ！　ぱっとしない嬢《じょう》ちゃんだねえ！」と、メドロックさんは言った。「お母さまは美人だったと、お聞きしとりましたけどねえ。たいしてその血は、受《う》け継《つ》いどらんようですね、奥さま？」

「もっと大きくなれば、ちがってくるんじゃないかしら」と、士官の奥さんは、とりなすように言った。「血色《けっしょく》がよくなって、もっといい表情《ひょうじょう》になればね。顔だちは悪くありませんもの。子どもって、ずいぶん変わるものですよ。」

「よっぽど変わってくれんとねえ」と、メドロックさんは言った。「ミスルスウェイトには、子どもをましにしてくれそうなものなんぞ、なーんもありゃしませんもの、まったくの話。」

そこは、予約客しか泊《と》めない小さなホテルで、メアリは二人から少し離《はな》れて、窓《まど》ぎわに立っていたので、二人は、メアリが聞いているとは気づいていなかった。メアリは、外を通っていくバスやタクシーや歩行者たちを見ていたが、二人の話はちゃんと聞いており、おじさんという人や、その人が住んでいる家のことに、好奇《こうき》心《しん》をつのらせていた。どんなところなんだろう？　その人はどんな人なんだろう？　背中《せなか》にこぶがあるって、どんなふうなんだろう？　これまでに、そんな人は、見たことがなかった。インドには、いないのかもしれない。

アヤがいなくなり、よその家に預《あず》けられてすごすようになって、メアリは、さびしいと感じはじめており、新しく出会ういろんなことについて、いつも頭のなかで、おかしな考えをめぐらしていた。自分はどうしてあんなに一人ぼっちだったんだろうと、考えるようにもなっていた。いま思うと、お父さんやお母さんが生きていたときから、メアリはいつも、一人ぼっちだった。ほかの子たちには、お父さんやお母さんがいるようだったが、メアリには、親なんか、いたためしがなかったみたいだった。召使《めしつか》いたちはいたし、食べるものにも着るものにも、不自由しなかったが、だれもメアリのことを気にかけてはくれなかった。じつはそれは、メアリが、人にいやな思いをさせる子どもだったからでもあったが、それには気づいていなかった。第一、自分がいやな子だなどとは、当然ながら、まったく知らなかった。ほかの人たちのことを、いやな人だと思うことはよくあったが、自分もそうだ、などとは、思ってもみなかったのだ。

メドロックさんのことは、顔はひどく赤いし、派手《はで》で俗《ぞく》っぽいボンネットをかぶっていて、これまでに会ったうちでも、とりわけいやな人だと思った。翌日《よくじつ》、ヨークシャーへと旅立ったときにも、駅の構内《こうない》を、乗る車両のところまで歩いていくとき、メドロックさんの連れだとは気づかれないように、なるべく遠く離《はな》れ、首をしゃんと立てて歩くようにした。人によっては、メアリのことを、メドロックさんの子どもだと思ったかもしれないが、そんなことに気がついたら、メアリはさぞかし、かんかんになったことだろう。

しかし、メドロックさんは、メアリが何を考えているかなど、ちっとも気にかけてはいなかった。もともとが、「子どものたわごとになんぞ、かまっちゃいられない」たちの人だったのだ。少なくとも、いまメアリが思っていることについて、だれかにたずねられたとしたら、そう答えたことだろう。メドロックさんは、姉のマライアの娘《むすめ》が結婚《けっこん》をひかえているいま、ロンドンになど、出かけたくはなかった。しかし、ミスルスウェイト屋敷《やしき》のハウスキーパーという、居心地《いごこち》も給料《きゅうりょう》も申し分ない仕事についている以上、ご主人のアーチボルド・クレイヴンさんの命令には、ただちにしたがうしかなかった。命じられたことについて、質問《しつもん》をすることさえ、しないようにしていた。

「レノックス大尉夫妻《たいいふさい》が、コレラで死んだそうだ」と、クレイヴンさんは、いつもの、簡潔《かんけつ》でひややかな言い方をした。「レノックス大尉は家内《かない》の兄で、私《わたし》が、遺《のこ》された娘の後見人《こうけんにん》ということになっている。ロンドンまで出かけていって、その子をここまで連れてきてくれ。」

そう言われては、小さなトランクに手回りのものを詰《つ》めて、出かけるよりしかたがなかった。

車室のすみっこにすわったメアリは、気むずかしげで、どうということもない子どもに見えた。読むものも見るものも持っておらず、黒手袋《てぶくろ》をはめた両手を膝《ひざ》の上で握《にぎ》りしめて、ただじっとしていた。黒い服のせいで、顔色がいつも以上に黄色く見え、黒ちりめんの帽子《ぼうし》の下から、もしゃもしゃとはみだしている髪《かみ》は、色が薄《うす》くて細かった。

「こんなにめんどげな子には、お目にかかったためしがないね」と、メドロックさんは思った（「めんどげな」というのは、自分勝手でやっかいそうな子どもをさす、ヨークシャーの言葉だった）。何もしないで、ただじっとしている子どもなど、ついぞ見たことがなかった。そんな子どもを見ているのにもあきあきしたので、メドロックさんは、てきぱきとしたきつい声で、話しはじめた。

「あんたがこれから行くとこについて、言うといたほうがよさそうじゃな」と、メドロックさんは言った。「伯父《おじ》さまのことは、何か知っとるかね？」

「知らない」と、メアリは言った。

「お父さんやお母さんが話されるのも、聞いとらんのかね？」

「うん」と言って、メアリは顔をしかめた。それは、お父さんもお母さんも、メアリにわざわざ話しかけるなどということは、まったくしなかったことを思い出したからだった。二人はメアリには、何も教えてはくれなかった。

メドロックさんは、「ふーん」とつぶやくと、およそ反応《はんのう》のない、風変わりな小さい顔を、まじまじと見た。そして、しばらくはじっと黙《だま》っていたが、やがてまた、話しはじめた。

「ちっとは聞いといたほうがよかろうね。そのう――心の準備《じゅんび》にな。これからあんたが行くのは、変わったとこじゃからな。」

メアリは何も言わず、なんの関心もなさそうなその様子に、メドロックさんは出鼻をくじかれたが、ちょっと息をついてから、また話しはじめた。

「そりゃまあ、大きゅうて立派《りっぱ》なお屋敷《やしき》にはちがいない。陰気《いんき》くさいなりにな。クレイヴンさまも、それなりに、あのお屋敷を、誇《ほこ》りに思ってはおいでなさる。でも、まあ、陰気なことは、たしかじゃからな。六百年前にできた建物でな、ムアのへりにあって、部屋が百くらいありはするけど、たいていはしめきりになっとる。昔から伝わっとる絵や、古い家具なんぞも、山ほどある。まわりは、ずうっと芝生《しばふ》になっとって、庭もいくつもあって、大きい木の枝《えだ》が、地面までたれ下がっとる――特別大きい木だけじゃけどな。」メドロックさんは、言葉を切って、ひと息ついた。それから、「まあ、そんくらいで、ほかにはこれというほどのもんは、なんもないわな」と、いきなり話を結んだ。

メアリは、自分でも気づかないうちに、その話に聞き入っていた。何もかもが、インドとはちがって聞こえたし、目新しいことには、なんであれ、心をひかれたのだ。しかし、興味《きょうみ》を持ったことを相手に知らせるつもりはなかった。そういうところが、この子の、人に好かれない、不幸せな性分《しょうぶん》だった。だからメアリは、ただじっとしていた。

「そんなとこじゃと聞いて」と、メドロックさんが言った。「どう思うた?」

「べつに」と、メアリは答えた。「そんなとこのこと、知らないもん。」

それを聞いたメドロックさんは、ふふっと笑った。

そして、「やれやれ!」と言った。「なんか、婆《ばあ》さんみたいな言い方じゃな。どんなとこでも、かまわんのか?」

「関係ないもん」と、メアリは言った。「あたしがどう思ったたって。」

「そりゃ、ま、そうじゃわな」と、メドロックさんは言った。「たしかにそうじゃ。なんであんたを、ミスルスウェイト荘園《しょうえん》にひきとることになったんか、あたしゃ、知らんけどな。まあ、それがいちばん、かんたんだったんじゃろうな。あんたのことにわずらわされるのはごめんじゃと思うておいでなのは、まちがいのないこった。たとえ、相手が……」

メドロックさんは、あやういところで何かに気がついたかのように、いきなり口をつぐんだ。それから、あらためて口を開くと、「背中《せなか》が曲がっていなさってな」と言った。「それが、ようなかったんじゃな。お若《わか》いときは、気むずかしゅうて、結婚《けっこん》されるまでは、あの財産《ざいさん》も、大きなお屋敷《やしき》も、どうでもええと思われとったようじゃ。」

メアリは無関心なふりをしていたが、思わず、メドロックさんのほうを見てしまった。背中が曲がった人が結婚するなんて、考えてもみなかったので、ちょっとびっくりしたのだ。メドロックさんはこれに気がつき、もともとがおしゃべり好きだったので、勢《いきお》いづいて、話を続けた。何にせよ、しゃべっていれば、いくらかは時間がつぶせる。

「奥《おく》さまは、それはおきれいな、感じのええ方でな、あの方がほしいと言いなされば、旦那《だんな》さまは、草の葉一枚探《さが》すんに、世界じゅうでも歩きまわられかねんほどじゃったよ。あの方が、旦那さまと結婚なさるとは、だれも思うてもみんかったが、そういうことになって、財産目当てじゃろうと言うた者もおった。けど、ちごうとった――まったく、ちごうとった」と、メドロックさんは断言《だんげん》した。「あの方が亡《な》くなんなすったとき――」

メアリは思わず、ぎくっとしてしまった。

「えっ！　死んじゃったの？」という言葉が、勝手に口からとび出した。ちょうどそのときメアリは、以前読んだ、フランスのおとぎ話の「とさか毛のリケ」のことを、思い出していたのだった。それは、背中の曲がった気《き》の毒《どく》な男と、美しいお姫さまとのお話で、メアリは急に、アーチボルド・クレイヴンさんを、気の毒に思ってしまったのだった。

「ああ、亡くなんなすった」と、メドロックさんは答えた。「そのせいで、旦那さまは、ますます偏屈《へんくつ》になられてな、だれのことも気にかけんように、なってしまわれたんじゃ。だれとも会うとなさらんし、たいていは旅に出とられて、ミスルスウェイトにおられるときには、西の棟《むね》にとじこもられて、ピッチャーさん以外は、よせつけようとなさらん。ピッチャーさんは、もう年よりじゃけど、旦那さまがまだお小さかったときから、お世話をしておって、旦那さまのやり方を、ちゃんと心得《こころえ》ていなさるんじゃ。」

まるで本に書かれたお話のように聞こえたが、だからといって、元気の出るお話ではなかった。百も部屋があって、そのほとんど全部のドアに、鍵《かぎ》がかかっている――お屋敷はムアのへりにある――でも、ムアってなんだろう――なんだか、さびしそうな感じがする。背中が曲がった人が、そこにとじこもっている！　メアリは口をぎゅっと結んで、窓《まど》の外を見つめた。雨がざあざあ降《ふ》ってきて、窓ガラスにぴしゃぴしゃ当たったり、灰色《はいいろ》のななめの線を描《えが》いて、流れ下ったりしはじめたのが、ごく自然なことのように思われた。そのきれいな奥さんが生きていたら、メアリのお母さんみたいに、いそがしげに出たりはいったりし、「レースだらけ」な服を着てパーティに行ったりもして、そこらじゅうを明るくしてくれただろうに。でも、その人は、もういないのだ。

「伯父《おじ》さまに会えるなどと、思うたらいかんよ。十に一つも、そんなことにはなるまいからな」と、メドロックさんが言った。「話し相手になる者も、おらんと思うといたほうがええ。一人で遊んで、自分のめんどうは自分で見るしかなかろうな。はいってもええ部屋と、いかん部屋については、ちゃんとわかるように教えるからな。庭は広いから、好きなだけ遊べる。けど、屋敷《やしき》のなかでは、勝手にうろうろして、あっちこっちをのぞいたらいかんよ。クレイヴンさまが、お許《ゆる》しにならんからな。」

「のぞきまわったりなんか、しないもん」と、メアリはふきげんそうに言った。アーチボルド・クレイヴンさんのことが、ちょっと気《き》の毒《どく》になりはじめていたのだが、その気持ちは急に消えてしまい、そんないやな人なら、どんなめにあったって、当然のむくいだと思ったのだ。

メアリは、車室の窓《まど》のほうに顔を向けた。見えるのは、流れ落ちていく滴《しずく》ばかりで、外では灰《はい》色《いろ》の雨が、永遠《えいえん》にやむことはないかのように、降りつづけていた。ずいぶん長いあいだ、それれば

かりをじっと見つめていたら、いつのまにか、目の前の灰色がどんどん重たい色になってきて、
やがてメアリは目をとじ、深い眠《ねむ》りに落ちた。

3　ムアを越《こ》えて

メアリは、ずいぶん長いあいだ、眠《ねむ》っていた。目をさますと、メドロックさんが、どこかの駅でお弁当《べんとう》を買ってくれていた。二人は、チキンとロースト・ビーフとパンとバターを食べ、まだ温かいお茶を飲んだ。雨はますます激《はげ》しく、ざあざあと降《ふ》っており、駅にいる人たちは、みんな、ぬれててかてかと光る、レインコートを着ていた。車掌《しゃしょう》さんが車室の明かりをつけ、メドロックさんは、お茶とチキンとビーフで、すっかり元気になり、せっせせっせと食べたあと、じきに眠りこんでしまった。メアリはしばらくのあいだ、派手《はで》なボンネットが、だんだん片側《かたがわ》にずれていくのを見ていたが、やがて自分もまた、車室のすみっこによりかかって、窓《まど》をたたく雨の音を子守歌がわりに、深い眠りに落ちていった。目をさましたときには、もうまっ暗だった。汽車は駅に停《と》まっており、メドロックさんが、メアリを、ゆり起こそうとしていた。

「よう寝《ね》たな！」と、メドロックさんは言った。「さあ、お目めを開けて！　スウェイト駅じゃ。ここからが、まだ長いんじゃからな。」

メアリは立ち上がり、メドロックさんが荷物をかき集めるあいだ、なんとか目を開けていようとした。手伝おうなどとは思いもしなかったが、それは、インドでは、現地人《げんちじん》の召使《めしつか》いたちが、なんでも取って渡《わた》したり、運んだりしてくれていて、だれかが世話を焼いてくれるのが当然だと思っていたからだった。

駅は小さく、そこで下りたのは、メアリたちだけのようだった。駅長さんが、がさつだけれど人のよさそうな声で、メドロックさんに話しかけてきたが、その耳なれない、バアッと響《ひび》くしゃべり方は、ヨークシャーなまりだったことが、あとでわかった。

「よう、帰りんさった」と、駅長さんは言った。「ちっこいのを、連れてきんさったようじゃな。」

「はあ、あれだで」と、メドロックさんも、ヨークシャーなまりで答え、肩《かた》ごしに、うしろにいるメアリのほうに、ぐいと首をひねってみせた。そして、「奥《おく》さん、どうかね？」とたずねた。

「まんずまずじゃ。表に、迎《むか》えの馬車が来とるで。」

吹《ふ》きさらしの小さなプラットホームのすぐ外で、小型の馬車が待っていた。馬車はこぎれいだったし、メアリを助けてそれに乗せてくれた従者《じゅうしゃ》も、こぎれいな身なりだった。長いレインコートを着て、帽子《ぼうし》の上にも防水《ぼうすい》のカバーをかけていたが、コートもカバーもてかてかと光り、しきりにぽたぽたと滴《しずく》を落としていた。滴は、がっしりした駅長さんをはじめ、そこらじゅうのものから滴《したた》っていた。

従者は、馬車の扉《とびら》をしめると、御者席《ぎょしゃせき》の御者の隣《となり》に乗り、一行は出発した。メアリは、馬車のすみっこの、うしろも横もクッションになっている席にすわったが、また眠《ねむ》ろうとは思わなかった。背筋《せすじ》を伸《の》ばして、窓《まど》から外を見ていたのは、メドロックさんが話していた風変わりな場所へ行くまでのあいだに、どんなものがあるか、見たかったからだ。メアリはもともと、臆病《おくびょう》ではなかったし、このときもこわくはなかったが、ほとんど扉がしまったままの部屋が百もあるような屋敷《やしき》では、何が起こるかわかったものではないという気がしていた。おまけにその屋敷は、ムアのへりにあるというのだ。

「ムアって、なに?」と、メアリはいきなり、メドロックさんにたずねた。

「十分もしたら、窓から見えるよ」と、メドロックさんは言った。「なんせ、ミスル・ムアを五マイルも行かんと、屋敷には着かんのじゃから。今夜は暗いから、たいしては見えんじゃろうけど、ちっとは様子がわかるじゃろうよ。」

メアリはそれ以上質問《しつもん》をしようとはせず、薄暗《うすぐら》いすみっこから、窓の外に目をすえていた。馬車のランプが、ほんのわずかとはいえ、先を照らしていたので、通りすぎていくものが、ちらりちらりとは見えた。駅を出ると、ごく小さな村があって、白いしっくいを塗《ぬ》った家々や、パブの明かりが見えた。教会と、牧師館《ぼくしかん》があり、小さな店の窓ぎわに、玩具《おもちゃ》やお菓子《かし》や、ほんのわずかな商品が置いてあるのが見えた。そこをすぎて、街道に出ると、生《い》け垣《がき》や木立《こだち》が見えた。それからずいぶん長いあいだ、特に変わったものは見えなかった。もっとも、メアリには長く思えたというだけだったかもしれない。

やがて、馬の足どりが、上り坂にかかったかのように、のろくなってきた。じきに、生け垣も木立も見えなくなった。というより、どっち側を見てもまっ暗闇《くらやみ》で、何も見えなくなった、と言ったほうが、正しいだろう。メアリは前かがみになって、行く手側の窓ガラスに顔を押《お》しつけてみたが、そのとたんに、馬車が大きくぐらりとゆれた。

「さあ、ムアにはいったよ」と、メドロックさんが言った。

馬車のランプの黄色い光がとどく範囲《はんい》に見えるのは、でこぼこと続く道と、その両側の、背の低い植物が生《は》えた藪《やぶ》ばかりで、あとは、どっちを見てもまっ暗闇だった。風が強くなったようで、ザザーッというような、低くて荒々《あらあら》しくて単調な音が、まわりじゅうから聞こえてきた。

「海じゃないよね？」と、メアリは、あたりを見まわしながら、たずねた。

「ちがうよ」と、メドロックさんが言った。「畑でも牧場でも山でものうて、エニシダとハリエニシダとヒースしか生えん荒《あ》れ地《ち》が、何マイルも何マイルも続いとる。だれも住んどらんで、野生のポニーと羊がおるぐらいじゃ。」

「水があったら、海みたい」と、メアリは言った。「ほら、いまの音も、海そっくり。」

「あれは、風がしげみを吹《ふ》き抜《ぬ》ける音じゃ」と、メドロックさんが言った。「殺風景で陰気《いんき》くさいばっかりじゃけど、好きだっちゅうお人も、少のうない。特に、ヒースが咲《さ》く季節にはな。」

馬車は闇《やみ》のなかを、どこまでも進んでいった。雨はやんだが、風はヒューヒューゴーゴーと、耳なれない音を立てて、荒《あ》れ狂《くる》っていた。道は上ったり下ったりし、何度か小さい橋を渡《わた》ったが、橋の下の流れは、ザーザーと激《はげ》しい音を立てていた。メアリには、この馬車の旅が永遠《えいえん》に続くように思われ、風の吹き荒れる広くて何もないムアが、まっ黒な大海原で、自分たちがいまたどっているのは、そのなかにたった一本だけ引かれた細い線の上にすぎないような気がした。

「こんなのきらい」と、メアリは思った。「大きらい。」メアリは、唇《くちびる》をぎゅっと結んだ。

馬は登りにかかっており、少し小高いところに出たと思ったら、明かりが見えた。メドロックさんもそれを見つけて、ほっとしたように、長いため息をついた。

「やれやれ、ちっとでも明かりが見えるんは、ええもんじゃ」と、メドロックさんは言った。「門番小屋の明かりじゃ。とにかく、もうちっとしたら、温かいお茶にはありつけるよ。」

たしかに、「もうちっとしたら」だった。なぜなら、門番小屋のある表門をくぐっても、そこからはさらに二マイルもの馬車道が伸《の》びていて、道の両側には大木が並《なら》んでおり、両側から伸びた大枝《おおえだ》が道の上でぶつかりそうになっているところもあって、まるで、長くて暗いトンネルのなかを通っていくようだったからだ。

馬車はそのトンネルをくぐり抜《ぬ》け、全体に石が敷《し》かれた広場のようなところに出て、やっと止まった。目の前には、背《せ》が低くて途方《とほう》もなく長い建物が、その広場を取り囲《かこ》むように伸びていた。はじめ、メアリは、どの窓《まど》もまっ暗だと思ったが、馬車から下りてみると、二階の角の部屋だけに、薄暗《うすぐら》い明かりが見えた。

玄関《げんかん》の扉《とびら》はとても大きく、風変わりな形をしていた。分厚《ぶあつ》いオークの板でできており、大きな鉄の鋲《びょう》がいくつも打ってあって、鉄でできた巨大《きょだい》なかんぬきがついていた。その先は広い玄関広間になっており、そこには甲冑《かっちゅう》が人形のように立ち並び、壁《かべ》には肖像画《しょうぞうが》がずらりとかかっていたが、とても薄暗くてこわかったので、メアリはなるべく見ないようにした。石を敷いた床《ゆか》の上に立っていると、黒い服を来たメアリは、とても小さくて場ちがいな存在に見えたし、自分自身、その見かけどおりに、小さくて、よるべがなくて、場ちがいな気がした。

扉を開けてくれた使用人のすぐ横に、きちっとした身なりの、やせた老人《ろうじん》が立っていた。

「お部屋にお連れしてください」と、老人は、しわがれた声で言った。「お会いにはならないそうです。明朝、ロンドンへおたちですので。」

「かしこまりました、ピッチャーさん」と、メドロックさんは答えた。「ご意向《いこう》は、おおむね承《しょう》知《ち》しとりますので、そのようにいたします。」

「ご意向はですね、メドロックさん」と、ピッチャーさんは言った。「わずらわしい思いをおさせしないこと、お会いになりたくない者を、遠ざけておくことです。」

こうして、メアリ・レノックスは、まず幅《はば》の広い大階段《おおかいだん》を上り、長い廊下《ろうか》を進み、何段かの階段を上がって、またべつの廊下を、さらにべつの廊下を進み、最後に、開かれたドアから部屋にはいると、そこでは暖炉《だんろ》に火が燃《も》えていて、テーブルの上には食事の用意がしてあった。

メドロックさんが、てきぱきと、こう言った。

「さあ、着いた！　ここと、その隣《となり》が、あんたの部屋じゃからな。それ以外のところへは、行ったらいかんよ。ちゃんと頭に入れとくようにな！」

こうしてメアリは、いかにメアリ嬢《じょう》ちゃんといえども、ついぞ味わったことがないほどつむじまがりな気分で、ミスルスウェイト荘園《しょうえん》に到着《とうちゃく》したのだった。

4 マーサ

朝になって、メアリは物音で目をさましたが、それは、暖炉に火を入れにきた若《わか》いメイドが、敷物《しきもの》の上に膝《ひざ》をついて、燃《も》え残《のこ》りをせっせとかきだしている音だった。メアリは、横になったまま、しばらく部屋のなかを見まわしていた。その部屋は、これまでに見たどんな部屋とも全然似《に》ておらず、とても風変わりで、陰気《いんき》だった。壁《かべ》には、森の情景《じょうけい》を刺繍《ししゅう》した壁かけがかかっていた。その森の木々の下には、へんてこな服装《ふくそう》をした人々がおり、遠くには、小さな塔《とう》がいくつもついたお城《しろ》が見えていた。狩人《かりうど》たちや、馬たちや、犬たちや、貴婦人《きふじん》たちもいた。メアリは、自分もその人たちといっしょに、森のなかにいるような気がした。壁が分厚《ぶあつ》いので、窓《まど》の縁《ふち》もずいぶん幅《はば》が広く、そのむこうには、遠くへ行くほど高くなっていく、ひろびろとした斜《しゃ》面《めん》が見えた。そこには、木は全然生《は》えておらず、全体が、くすんだ紫色《むらさきいろ》をした、はてしない海のように見えた。

メアリは、窓の外を指さしながら、「あれ、何?」とたずねた。

若《わか》いメイドは、マーサという名前だったが、ちょうど立ち上がったところで、おなじように、外を指さした。

そして、「あれかね?」と言った。

「うん。」

メイドは、にこっと笑いながら、「ムアじゃ」と言った。「ええながめじゃろ?」

「ううん」と、メアリは言った。「大きらい。」

マーサは、暖炉《だんろ》のほうへ向き直ると、「まだ、よう知らんからじゃ」と言った。「広いばっかで、なんもねえと思うじゃろ。けど、じきに、気に入るわ。」

「おまえは、気に入ってるの?」と、メアリはたずねた。

「気に入っとるとも。」マーサは、元気よく炉格子《ろごうし》を磨《みが》きながら、そう答えた。「もちろんじゃ。がらんとしとるようじゃけどな、ええにおいがするもんが、ようけ生《は》えとる。春から夏にかけて、ハリエニシダやヒースが咲《さ》いたら、そりゃあ見事《みごと》じゃ。蜜《みつ》のにおいがして、気持ちのええ風が吹《ふ》いて、空はうーんと高《たこ》うて、蜜蜂《みつばち》はブンブン、ヒバリはピーチュク。ああ、そうじゃ、何をくれると言われても、ムアから離《はな》れて暮《く》らす気にはなれんわ。」

メアリは、どうしたらいいかわからず、まじめくさった顔で聞いていた。インドにいたときの召使《めしつか》いたちは、全然、こんなふうではなかった。みんな小さくなっていて、ぺこぺこし、主人に向かって対等な者のようにしゃべろうなどとは、考えようともしなかった。いつも深々とお辞儀《じぎ》をし、主人たちのことを、「貧民《ひんみん》の護《まも》り主《ぬし》」などという呼《よ》び名《な》で呼んだ。インドの召使いたちは、命令されるのであって、頼《たの》まれるのではなかった。「お願い」とか「ありがとう」などと言う習《しゅう》慣《かん》はなく、メアリは腹《はら》を立てると、いつだってアヤの顔に平手《ひらて》打《う》ちをくらわせた。もし自分が、この娘《むすめ》の顔を平手打ちしたら、いったいどうなるだろうと、メアリは、ほんのちょっとだけ考えた。娘は、丸っこくて人のよさそうな、バラ色の顔をしていたが、いかにもたくましくて、平手打ちのお返しをやりかねない感じだった。少なくとも、平手打ちをしたのが、ほんの小さな女の子だった場合には。

「召使いにしちゃ、変わってるわね。」メアリは、頭を枕《まくら》にのせたまま、ちょっと偉《えら》そうに、そう言ってみた。

マーサは、炉格子を磨いていたブラシを手に持ったまま、身体《からだ》を起こし、笑いだしたが、気を悪くした様子は、全然なかった。

「ああ！　そうじゃな」と、マーサは言った。「もし、ミスルスウェイトに大奥《おおおく》さまがいなすったら、あたしなんぞ、下働きにも、やとっちゃもらえんわな。皿洗《さらあら》いは、さしてもろうたかもしれんけど、上のお部屋なんぞには、とてもとても……。礼儀知《れいぎし》らずじゃし、ヨークシャーなまりが抜《ぬ》けんしな。それにしてもここは、こないにでっかいのに、妙《みょう》なお屋敷《やしき》じゃ。ピッチャーさんと、メドロックさんがおるだけで、ご主人も奥《おく》さまも、おらんも同然じゃもんな。クレイヴンさまは、たいていいつもお出かけじゃし、ここにいなさるときも、なんも気にされとらん。あたしは、メドロックさんにやとうてもろうて、ここにおるんじゃ。もし、ミスルスウェイトがほかのお屋敷のようじゃったら、とても無理じゃったと言うとられたな。」

「おまえが、あたしの召使《めしつか》いになるのね？」メアリは、インドで身についた偉《えら》そうな言い方で、そうたずねた。

マーサはまた、炉格子《ろごうし》を磨《みが》きはじめた。

そして、きっぱりと宣言《せんげん》するように、「あたしは、メドロックさんの下で、働いとるの」と言った。「で、そのメドロックさんは、クレイヴンさまに、お仕《つか》えしとる。あたしは、上の階の部屋でメイドのする仕事は、なんでもすることになっとるから、あいまには、あんたのこともしてやるよ。もっとも、たいしてすることはなさそうじゃけどな。」

「着替《きが》えは、だれがさせてくれるの？」と、メアリは、問《と》い詰《つ》めるように言った。

マーサは、前かがみになっていた身体《からだ》を起こして、目を丸くし、驚《おどろ》きのあまり、ヨークシャーなまり丸出しでさけんだ。

「服、とっけえるのも、でけんと?」と、マーサは言った。

「何、言ったの? おまえの言葉はわからないわ」と、メアリは言った。

「あっ、忘《わす》れとった!」と、マーサは言った。「メドロックさんに、気をつけてしゃべらんと、あんたにはわからんと言われとったのに……。いま言うたのは、着替《きが》えも自分でできんのか、っちゅうこと。」

「できないわよ。」メアリは、すっかり腹《はら》を立てて、そう言った。「生まれてこのかた、やったことないもの。いつも、アヤが着せてくれたわ。あたりまえでしょ。」

マーサは、「なんとまあ」と言ったが、自分が失礼なことを言っているとは、まったく思っていないようだった。「だったら、そろそろ、できるようにならにゃ。はじめるんは、早いほどええ。ちっとは、自分のことは自分でしたほうが、身のためじゃ。うちのおっかさんはいつも、お偉いさんたちのお子たちが、そろってあほうにならんのが、不思議なぐらいじゃと言うとる。ばあやさんに洗《あろ》うてもろうて、着替えさしてもろうて、小犬みたいに散歩さしてもろうて!」

「インドでは、ちがうの」と、メアリお嬢《じょう》さんは、高飛車《たかびしゃ》に言った。もう、がまんの限界《げんかい》だった。

しかしマーサは、へこたれなかった。

「ああ、そりゃ、ちがうじゃろうな」というマーサの返事は、まったく同意見だと言わんばかりだった。「あっちには、白い人たちはあんまりおらんで、黒い人たちばっかり、たくさんおるっちゅうもんな。メドロックさんに、あんたがインドから来ると聞いて、てっきり黒いんじゃと思うとったもん。」

メアリはかんかんになって、とび起きた。

「ええっ!」と、メアリは言った。「なんてこと言うの! あたしをインド人だと思ったなんて。この——この、ブタ娘《むすめ》!」

マーサは、目を見開いて、顔をまっ赤にした。

「なんで、人をののしったりするん?」と、マーサは言った。「怒《おこ》ることないがね。若《わか》いお嬢《じょう》さんが、そんな言い方をしたらいかんよ。あたしは、黒い人たちを、ちっとも悪いなどとは思うとらんよ。教会に置いてあるパンフレットやなんかには、みんな、信心深い人たちじゃと、出とるもんね。あっちこっちに、黒い人たちもみんな兄弟じゃと、書いてある。あたしは、黒い人を見たことがないもんで、すぐ近くでちゃんと見られると思うて、楽しみにしとったんよ。けさ、あんたの部屋へ火を燃《も》しにきて、ベッドにしのびよって、ふとんをそっとめくってみた。そしたら、あたしと比《くら》べたって、全然黒うないんじゃもん。黄色いことは、黄色いけど」と、がっかりしたようにつけ加えた。

メアリは、沸《わ》き上《あ》がってきた怒《いか》りと屈辱感《くつじょくかん》を、なんとかおさえようとさえしなかった。

「あたしをインド人と思うなんて! よくもまあ、そんなことを! インド人のことなんか、なんも知らないくせに！　あの連中《れんちゅう》は、人間の数には、はいらないの。深ーく頭を下げてあいさつしないといけない、召使《めしつか》いなの。インドのことなんか、なんも知らないくせに。何もわかっちゃいない、この、物知らず！」

メアリは、かんかんになるのと同時に、ただきょとんと目を見張《みは》っているこの娘《むすめ》を前にして、急に心細くなった。以前は、まわりのことがなんでもわかっていたし、自分のこともわかってもらっていたが、そんなすべてから遠く離《はな》れ、すっかり一人ぼっちになったのを感じ、枕《まくら》の上に顔をふせて、わっと泣きだしてしまった。その泣きようがあまりに激《はげ》しかったので、お人好《ひとよ》しのヨークシャー娘のマーサは、ちょっとこわくなるのといっしょに、かわいそうなことをしたと、気《き》の毒《どく》にも思い、ベッドのそばまで行って、かがみこんだ。

「なあ、そないに、泣かんで！」と、マーサは、頼《たの》むように言った。「泣いたらいかんよ。あんたが怒《おこ》るとは、思わんかったで。あたしゃ、なんも知らんし、わかっとらん。あんたの言うたとおりじゃ。ごめんよ、嬢ちゃん、泣かんでよ。」

マーサの聞《き》きなれないヨークシャーなまりや、不器用《ぶきよう》なあやまり方には、本当になぐさめたいという思いや、親しげな気持ちがこもっており、メアリにもちゃんとそれが伝わった。メアリの泣き声は次第におさまり、静かになった。マーサは、ほっとした顔を見せた。

「さあ、もう起きんと」と、マーサは言った。「メドロックさんに、すぐ隣《となり》の部屋へ、嬢ちゃんのごはんを運ぶように言われとるで。朝も、昼も、晩《ばん》もな。嬢《じょう》ちゃんの部屋にするように、手入れもしてくれとる。ベッドから出たら、着替《きが》えもてつどうてやるわ。ボタンがうしろにあったりしたら、かけにくいもんな。」

メアリは、やっとのことで、起きる気になった。マーサが洋服だんすから出してきた衣類は、ゆうべ、メドロックさんに連れられて、ここへ来たときのものではなかった。

「これ、あたしの服じゃないよ」と、メアリは言った。「あたしのは、黒い服だったもん。」

そう言いながら、メアリは、厚手《あつで》の白いウール地でできた服と上着を点検《てんけん》し、冷静《れいせい》に認《みと》めるような言い方で、「あたしのより、上等みたい」と言った。

「それが、嬢ちゃんの服じゃ」と、マーサが言った。「クレイヴンさまが、ロンドンで買《こ》うてこいと、メドロックさんに言われとったで。旦那《だんな》さまは、黒づくめの子どもに、亡霊《ぼうれい》みたいにうろうろされてはかなわん、と言われたんじゃと。ますます陰気《いんき》くそうなる、色のあるものを着せるように、とな。おっかさんは、旦那さまのお気持ちはわかる、と言うとった。おっかさんには、人の気持ちというもんが、いつだって、ようわかるでな。黒づくめは感心せんと言うとった。」

「あたしだって、黒いのなんか、きらい」と、メアリは言った。

それからはじまった着替えで、二人はともに、何かを学ぶことになった。マーサは、小さい妹たちや弟たちの「ボタンをかけてやる」ことにはなれていたが、手も足もないみたいに、ただじっと突《つ》っ立《た》って、だれかがなんとかしてくれるのを待っている子どもは、はじめてだった。

メアリが何も言わずに、ただ足を突き出したとき、マーサは、「なんで、自分で靴《くつ》、はかんの？」とたずねた。

「アヤがやってくれたもん」と、メアリは、相手をにらみつけながら言った。「そういうならわしなの。」

メアリは、しょっちゅう、「ならわしなの」をくり返した。それは、インドで、その土地育ちの召使《めしつか》いたちが、いつも言っていたことだった。こうしろと命令されたことが、千年前からの祖《そ》先《せん》たちがやったためしのないことだと、土地の人たちは、おだやかに相手を見つめて、「ならわしと、ちがいますんで」と言った。そう言われると、もう、どうしようもないのだった。

メアリ嬢ちゃんのならわしは、ただ突っ立って、人形のように着替《きが》えさせてもらうことだったが、なんとか朝食のための身支度《みじたく》が整うころには、その心のなかにも、どうやらミスルスウェイト荘園《しょうえん》で暮《く》らしていくには、まったく経験したことのないたくさんのことを、学ばなくてはいけないらしいという、これまでにはなかった考えが、生まれはじめていた。靴《くつ》も靴下も自分ではくとか、落としたものは自分で拾う、などといったことだ。もしもマーサが、お嬢さまつきの侍女として、ちゃんと訓練《くんれん》を受けていたら、もっとへりくだって、相手に敬意《けいい》をはらっただろうし、髪《かみ》にブラシをかけたり、ブーツのボタンを留めたり、落ちているものを拾って片《かた》づけておいたりするのは、自分の仕事だと心得《こころえ》ていたことだろう。しかしマーサは、ムアの小さな田舎家《いなかや》で、わんさといる弟たちや妹たちに囲《かこ》まれて育ち、なんの訓練《くんれん》も受けていない、ヨークシャーの田舎娘《いなかむすめ》にすぎなかった。マーサの家の子どもたちはみんな、自分のことは自分でするのがあたりまえで、世話を焼いてやる必要があるのは、まだ腕《うで》に抱《だ》かれている赤ちゃんか、よちよち歩きをはじめたばかりで、しょっちゅうつまずいて転ぶ、ちびさんだけだと思っていた。

メアリ・レノックスが、なんでもすぐにおもしろがる子どもだったら、マーサのおしゃべりを楽しんで、笑っただろうが、そうではなかったので、冷《ひ》やかに聞き流し、なんて礼儀《れいぎ》知《し》らずなんだろうと、あきれただけだった。だから、最初のうちは、なんの興味《きょうみ》もなしに聞いていたが、いかにも人がよさそうで素朴《そぼく》なおしゃべりが続くうちに、次第にその中身にも、注意が向きはじめた。

「まったくもう、その目で見んと、わからんじゃろうな」と、マーサは言った。「十二人もおるのに、父ちゃんのかせぎは、週に十六シリングじゃろ。母ちゃんは、たったそんだけで、みんなにおかゆを食べささんといかん。みんな、ムアで転げまわって、一日じゅう遊んどるもんで、母ちゃんは、ムアの空気を吸《す》うだけで、ちっとは太ると言うとる。それに、野生のポニーみたいに、草を食べとるにちがいないとな。うちのディッコンは、十二になるんじゃけど、ポニーを一頭見つけてきて、自分のじゃと言うとる。」

「どこで見つけたの？」と、メアリはたずねた。

「ムアで、まだほんのちびすけで、母親といっしょのとこを見つけたんじゃと。パンをちょっとやったり、やわらかい草をむしってやったりして、なかようなったそうじゃ。すっかりなついて、あの子の行くとこ、どこへでもついてくるし、背中《せなか》にも乗せるようになってな。ディッコンは、生きものに好かれる子なんじゃ。」

メアリは、自分のペットというものは飼《か》ったことがなかったが、ずっと、何か動物がほしいなと思っていた。だから、自分以外の人間に興味を持ったことなどなかったのに、ディッコンにだけは、ほんの少し興味がわいてきた。それは、心が健康になりかけているきざしだった。自分のために用意された子ども部屋へ行ってみたが、そこは、寝室《しんしつ》とたいしてちがわなかった。もともとが子どものための部屋ではなく、大人の部屋で、壁《かべ》には、古くて陰気《いんき》くさい絵がかかっていたし、家具はオーク材でできた、重くて古めかしいものだった。部屋のまんなかのテーブルの上には、たっぷりした、おいしそうな朝食が並《なら》んでいた。しかしメアリは、あまり食欲《しょくよく》があったためしのない子どもだったので、マーサが最初の一皿を目の前に置いてくれても、自分には関係のないもののように、ちらりと見ただけだった。

「いらない」と、メアリは言った。

「そのおかゆが、いらんと！」マーサは、信じられないことを聞いたかのように、そうさけんだ。

「うん。」

「すごくおいしいのを、知らんからじゃ。ほれ、そこの糖蜜《とうみつ》か砂糖《さとう》を、ほんのちょっぴり入れて。」

「いらない」と、メアリはくり返した。

「もうっ!」と、マーサは言った。「食べもんがむだにされるんは、見とられんわ。うちの子たちじゃったら、たったの五分で、このテーブルの上を、見事《みごと》にからっぽにするじゃろうに。」

「どうして?」と、メアリは、ひややかにたずねた。

「どうして!」と、マーサは、その言葉をくり返した。「生まれてこのかた、おなかをいっぱいにしたことなんぞ、ろくにないからに決まっとるよ。ハヤブサの子か、キツネの子みたいに、腹《はら》ぺこじゃもん。」

「腹ぺこって、どういうことか、わからないもん。」何も知らないメアリは、全然関心がなさそうに、そう言った。

マーサは、腹を立てたようだった。

「だったら、いっぺん試してみたらええわ。あたしには、ようわかっとる」と、マーサは、なんの遠慮《えんりょ》もなしに言った。「おいしいパンや肉を前に置いて、ただぼーっと見とるような連中《れんちゅう》には、がまんがならんわ。やれやれ!　ディッコンや、フィルや、ジェインや、そのほかのちびたちに、ここにあるもんを、食べさせてやれたらええのに。」

「だったら、持って帰ったら?」と、メアリは言ってみた。

「あたしのじゃないもん。」マーサは、きっぱりと、そう言った。「それに、今日は、休みじゃないしな。あたしの休みは、ほかの人たちとおんなじで、月に一日。その日には家へ帰って、大《おお》掃除《そうじ》をして、おっかさんを少し休ましてやるんじゃけどな。」

メアリは、お茶をちょっと飲み、トーストの小さな一切れに、ママレードをつけて食べた。

「さあ、あったかい服を着て、外へ走っていって、遊んできな」と、マーサが言った。「そうすりゃ、元気が出て、腹ぺこになって、肉も食べられるようになるわ。」

メアリは、窓《まど》ぎわまで行ってみた。目の下には、いくつもに区切られた庭があり、小道があり、大きな木が生《は》えていたが、何もかもが陰気《いんき》くさくて、寒々としていた。

「外へ? どうしてこんな日に、外へ出なくちゃいけないの?」

「外へ出んと、ここにおって、なんか、することがあるん?」

メアリは、まわりをちらりと見た。何もすることはなかった。メドロックさんは、子ども部屋の用意をするにあたって、遊び道具のことまでは、考えてくれなかったようだった。外へ出て、庭の様子でも見たほうが、ましだろう。

「だれが、ついてきてくれるの?」と、メアリはたずねた。

マーサは目を丸くした。

「一人で行くんじゃ」と、マーサは答えた。「きょうだいのおらん子がみんなそうするように、あんたも、一人で遊ぶよりほか、ないんじゃから。うちのディッコンなんぞ、一人でムアへ出かけて、何時間でも遊んどるわ。そんで、野生のポニーを見つけてきたりしたんじゃ。ムアにおる羊たちともなかようしとるし、小鳥もよってきて、あの子の手からえさを食べるんじゃと。自分の食べるもんがろくにないときでも、あの子は、かわいがっとるもんたちのために、パンのかけらぐらいは、とっとくんじゃ。」

メアリが、外へ出てみようという気になったのは、ディッコンについてのこの話を聞いたからだったが、自分では気づいていなかった。庭に出ても、ポニーや羊はいないだろうが、小鳥くらいは見られるだろう。インドの小鳥とはちがうだろうから、見ればおもしろいかもしれない。

マーサが、コートと、帽子《ぼうし》と、丈夫《じょうぶ》そうな小さいブーツとを見つけてきて、下まで連れていってくれた。

そして、壁《かべ》のような生《い》け垣《がき》についている扉《とびら》を指さすと、「あそこに沿《そ》って曲がったら、庭に出られるからな」と言った。「夏になったら、花がいっぱい咲《さ》くけど、いまはなんも咲いとらん。」それから、ほんの一瞬《いっしゅん》ためらって、もう一言、つけたした。「鍵《かぎ》のかかっとる庭もあってな、もう十年も、だれもはいっとらん。」

「どうして?」と、メアリは思わずたずねた。この不思議な屋敷《やしき》には、百もの部屋があるというのに、さらにもう一つ、鍵のかかった扉があるのだ。

「クレイヴンさまが、しめてしまわれたんじゃ。奥《おく》さまが、急に亡《な》くなられたときにな。だれがはいるのも、お許《ゆる》しにならん。奥さまの庭だったでな。扉に鍵をかけて、鍵は、穴《あな》を掘《ほ》って、埋《う》めてしまわれたんじゃと。あ、メドロックさんのベルじゃ。走っていかんと。」

マーサは行ってしまい、メアリは、生け垣についている扉へと続く小道を歩いていった。歩きながらも、十年間だれもはいったことがないという庭のことを、考えずにはいられなかった。そこはどんなふうだろう、まだ生きていて、花を咲かせるものもあるのだろうか。生け垣の戸口をくぐると、そこは広い庭園で、芝生《しばふ》が広がり、うねうねと伸《の》びる散歩道があり、その縁《ふち》には、きれいに刈《か》りこまれた、植《う》えこみがあった。木がたくさん生《は》えており、花壇《かだん》があり、さまざまな不思議な形に刈りこまれた常緑樹《じょうりょくじゅ》もあった。大きな池もあって、そのまんなかには、古びた灰色《はいいろ》の噴水《ふんすい》があった。しかし、花壇には何もなくて、寒々としていたし、噴水は水を噴《ふ》き出《だ》してはいなかった。ここは、だれもはいれない庭ではない。どうすれば、庭に鍵をかけて、はいれなくしたりできるのだろう。庭なんて、どこからでもはいっていけるものなのに。

こんなことを考えながら歩いていたら、さっきからたどっている小道の行く手に、ツタにおおわれた長い塀《へい》が見えてきた。イギリスの庭園には、野菜や果物を育てる菜園があるのがふつうだが、イギリスになれていないメアリは、それを知らなかった。塀《へい》のそばまで行ってみると、ツタが生《お》い茂《しげ》っているかげに、緑色の扉《とびら》が半開きになっていた。明らかにそれは、鍵《かぎ》のかかった扉ではなく、メアリはそこを通《とお》り抜《ぬ》けた。

なかにはいると、そこは、まわりを塀で囲《かこ》まれた庭で、あっちこっちで隣《となり》とつながっているほかの庭と、かわりはなかった。その先には、開いている扉がもう一つ見えたが、そのむこうには、何かの茂みや小道に区切られた、冬野菜の畑が広がっていた。塀ぎわには果物の木があって、塀に沿《そ》うように、枝《えだ》をひらべったく広げていた。ガラスでおおわれた畑もあった。立ち止まって、あたりを見渡《みわた》したメアリは、なにもかもむきだしで、みっともないなと思った。夏になって、いろんなものが緑になったら、もっとましかもしれないけど、いまは、きれいなものは何もない。

そのとき、シャベルをかついだ年取った男が、さらにその先の庭との境《さかい》の戸口を通って、姿《すがた》を見せた。メアリを見たときには、驚《おどろ》いたようだったが、帽子《ぼうし》に軽く手を当てて、あいさつをした。かなりの歳《とし》の、無愛想《ぶあいそう》な顔つきをした老人《ろうじん》で、メアリを気に食わないと思っているのが、よくわかった。でも、それを言うなら、メアリのほうでも、その老人の庭が気に食わなくて、とびっきり「つむじまがり」な顔をしていたし、老人に会ってうれしい様子などしていなかったのは、たしかだった。

「ここは何？」と、メアリはたずねた。

「菜園だで」と、老人は答えた。

「その先は?」と、メアリは、もう一つの緑色の扉を指さしてたずねた。

「おんなじよ」と、返事は短かった。「塀の先に、もひとつ菜園があって、その先は果樹園《かじゅえん》じゃ。」

「行っていい?」と、メアリはたずねた。

「行きたきゃな。見るもんは、なんもねえぞ。」

　メアリは、返事をせずに、小道をどんどんたどっていき、二つ目の緑色の扉をくぐった。その先には、また、まわりを囲む塀があり、冬野菜の畑や、ガラスの温室があり、塀にはまた緑色の扉があって、今度のは開いていなかった。たぶん、この先に、もう十年も、だれ一人見ていない庭があるのだろう。メアリは、気が小さいなどという言葉とは、まるで縁《えん》のない子どもだったし、いつだって自分のやりたいようにやってきたので、その緑の扉のそばまで行って、ハンドルがまわらないといいなと思いながら、まわしてみた。もしまわらなければ、それが秘密《ひみつ》の庭だとわかるからだ。しかしハンドルは、軽々とまわり、はいっていくと、そこは果樹園だった。そこもやっぱり、まわりを塀に囲まれており、塀ぎわにはぐるっと木が植えられ、塀に沿って枝《えだ》を伸《の》ばすように、形を整えられていた。冬枯《ふゆが》れの草地には、まだ葉っぱのついていない果物の木が、何本も並《なら》んでいた。しかし、そこから先へ行ける緑の扉は、一つも見えなかった。メアリは、扉を探《さが》して庭の奥《おく》まで行ってみたが、少し高くなっているほうのはずれまで行ったとき、塀が果樹園を囲《かこ》むだけで終わらずに、反対側のほうで、もっと先まで続き、どこかを囲んでいるように見えることに気がついた。塀の上には木のてっぺんがいくつか見えたし、じっと立って見ていると、そのうちの一本のいちばん上の枝《えだ》に、胸《むね》のところがくっきりと赤い小鳥がとまっているのが見えた。突然《とつぜん》、その小鳥が、冬の歌を歌いはじめた。まるで、メアリがいるのに気がついて、呼《よ》びかけてくれているかのようだった。

メアリは立ち止まって、じっとその歌に耳をすました。親しげで陽気なそのさえずりを聞いていると、なぜか、だんだんうれしくなってきた。どんなにつむじまがりで、無愛想《ぶあいそう》な女の子でも、さびしいという気持ちは持っていたし、人気《ひとけ》のない大きな館や、荒《あ》れはてた広大なムアや、冬枯《ふゆが》れのだだっぴろい庭などとばかり出会ってきて、広い世界に一人ぼっちで残されたような気がしていたのだ。もしもメアリが、愛されることになれた、人なつっこい子どもだったら、こんな境《きょう》遇《ぐう》になったら、胸《むね》が張《は》り裂《さ》けていたことだろう。メアリ嬢《じょう》ちゃんは「つむじまがり」だったが、それでもさびしさをかかえており、胸の赤い小鳥のおかげで、そのむずっとした小さな顔にも、ほほえみに似《に》たものが浮《う》かんできていた。小鳥が飛び立ってしまうまで、メアリは、ずっとその歌に聞き入っていた。インドの鳥とは全然ちがい、メアリはその小鳥が好きになり、また会えるだろうかと考えた。きっとあの小鳥は、不思議な庭に住んでいて、そこのことをなんでも知っているにちがいない。

メアリがその見捨《みす》てられた庭のことばかりを考えるようになったのは、たぶん、何もすることがなかったからだろう。メアリは、そこはどんなふうなのだろうと、そのことばかり考えていた。アーチボルド・クレイヴンさんは、どうして鍵《かぎ》を埋《う》めたりしたんだろう？　奥《おく》さんをそんなに大事に思っていたのなら、どうして庭を憎《にく》んだりするんだろう？　おじさんという人に、いつかは会うことになるのだろうか？　でも、会ったとしても、好きになれっこないことはわかっていた。おじさんのほうでも、メアリを好きにはならないだろうし、自分は口をきこうとせずに、ただ突《つ》っ立《た》って、おじさんをじろじろ見ているだけだろう。それでもメアリは、どうしてこんなに変なことをしたのか、おじさんに、たずねてみたくてたまらなかった。

「人はみんな、あたしが好きじゃないし、あたしだって、だれも好きじゃないわ」と、メアリは思った。「クロフォードさんとこの子どもたちみたいにしゃべることは、あたしにはできない。あの子たちはいつだって、しゃべったり、笑ったり、うるさい音をたてたりしてたわ。」

メアリは、あの胸の赤い小鳥のことを思い出した。あの小鳥は、高い木のてっぺんから、メアリに歌いかけてくれているようだった。それを思い出したとたんに、メアリは、はっと足を止めた。

「あの木は、秘密《ひみつ》の庭にあったんだわ。きっと、そうよ」と、メアリは考えた。「あそこは塀で囲まれてたけど、扉《とびら》はなかったもの。」

メアリは、最初に通《とお》り抜《ぬ》けた菜園までもどった。そこでは庭師《にわし》の老人《ろうじん》が、まだ土を掘《ほ》り返《かえ》していた。メアリは、すぐそばに立って、いつもの、なんの関心もなさそうな態度《たいど》で、しばらくその様子を見ていた。しかし、老人が全然気づいてくれないので、とうとう、自分のほうから話しかけた。

「ほかの庭へ行ってきた」と、メアリは言った。

「だれも行くなとは言うとらん」と、老人は無愛想《ぶあいそう》に言った。

「果樹園《かじゅえん》へも行ったわ。」

「番をしていて嚙《か》む犬は、おらんもんな」と、老人は答えた。

「そこから先の庭にはいる扉《とびら》は、なかったわ」と、メアリは言った。

老人は土を掘る手をちょっと止め、「どの庭じゃ？」と、無愛想な声で言った。

「塀《へい》のむこうの庭」と、メアリ嬢《じょう》ちゃんは言った。「木が生《は》えてて、てっぺんが見えた。胸《むね》の赤い小鳥が木に止まって、歌ってた。」

驚《おどろ》いたことに、年取ってしわだらけになった無愛想な顔が、ふっとゆるんだ。ほほえみのようなものがその顔に広がり、さっきまでの庭師とは、まるで別人のようだった。メアリは、人がにっこりすると、どうしてこんなにちがった感じになるんだろうと、不思議に思った。そんなことは、これまで、考えたことがなかった。

庭師は、果樹園のあるほうを向くと、とてもやわらかい、低い音で、口笛を吹《ふ》きはじめた。こんなに気むずかしそうなおじいさんが、どうしてこんなに優《やさ》しそうな音を立てられるのか、メアリはとても不思議に思った。

次の瞬間《しゅんかん》、すてきなことが起こった。やわらかいかすかな音がしたと思うと、それは翼《つばさ》が風を切る音で、胸の赤い小鳥が飛んできて、庭師の足のすぐそばにある、大きな土の塊《かたまり》の上にとまったのだ。

「そら、おいでんさった」と、老人は、くすくす笑うような声で言った。それから、まるで子どもを相手にしているみたいに、語りかけた。

「どこ、行っとった、この、ねだりんぼのちびすけめ?」と、老人は言った。「ずっと見えんかったでないか。嫁《よめ》さん探《さが》しをはじめるには、まだちっと早すぎやせんか? あせりすぎ、っちゅうもんじゃ。」

小鳥は、ちっぽけな首をかしげると、老人を見上げた。やわらかく輝《かがや》くその目は、まるで草の露《つゆ》を黒くしたようだった。小鳥はよくなれているらしく、全然こわがっておらず、そのへんをピョンピョンととんでまわり、種か虫かが見つからないかと、せっせと土をつつきまわした。その姿《すがた》がとてもかわいくて、元気いっぱいで、まるで人間みたいだったので、メアリは、心のなかに不思議な気持ちがわいてくるのを感じた。丸っこくてちっぽけな身体《からだ》に、すばらしくきゃしゃなくちばしがついており、足もきゃしゃで、すっとしている。

「そうやって呼《よ》んだら、いつでも来るの？」と、メアリは、ささやき声でたずねた。

「ああ、来るとも。巣立ち前から知っとるでな。あっちの庭の巣から来るんじゃ。はじめて塀《へい》を越《こ》えてきたときには、まだへなちょこで、すぐには飛んで帰れんでな。その二、三日のうちに、なかようなったんじゃ。やっと塀を越えてもどったら、きょうだいはみんな、もう巣立っとってな、さびしゅうなったと見えて、また、わしのとこへもどって来おった。」

「これ、なんて鳥？」と、メアリはたずねた。

「知らんのか？　胸《むね》の赤いコマドリじゃよ。こんなに人なつっこうて、知りたがりやの鳥は、ほかにはおらん。ようなついた犬と、かわらんぐらいじゃ。ほれ、そこらをつつきまわしながら、しきりにわしらを見とるじゃろうが。自分のことをしゃべっとるのが、ちゃんとわかっとるんじゃ。」

老人の様子は、世にもめずらしい見ものだった。赤いチョッキを着こんだ、丸っこいその小鳥を見つめる様子ときたら、かわいくてたまらないご自慢《じまん》の子どもを見るようだった。「こいつは、うぬぼれ屋でな」と言いながら、老人は、くすっと笑った。「だれかが自分のことをしゃべっとるのを聞くんが、好きなんじゃ。おまけに、またとないほどの知りたがりやで、おせっかい焼きときとる。わしがなんか植えておると、必ず検分《けんぶん》にくるんじゃからな。クレイヴン旦那《だんな》が夢《ゆめ》にもご存《ぞん》じないことまで、こいつはなんでも知っとるわ。庭師頭《にわしがしら》みたいなもんじゃな、まったく。」

コマドリは、あたりをピョンピョンととびはね、いそがしげに土をつつき、ときどき立ち止まっては、二人のほうをちょっと見た。メアリは、黒い露《つゆ》の玉のようなその目が、興味津々《きょうみしんしん》といった様子で、自分を見つめているように感じた。その様子は、まるで、メアリのことを、何もかも探《さぐ》り出《だ》そうとしているみたいだった。メアリの心のなかに、なんともいえない、不思議な気持ちがわいてきた。

「きょうだいたちは、どこへ飛んでったの?」と、メアリはたずねた。

「さあな。親鳥たちは、ひなどもが自分で飛んでいくしかないように、さっさと巣から追い出すからな。いつのまにやら、ちらばって、おらんようになっとる。こいつは賢《かしこ》いから、ひとりぼっちになったことを、よう心得《こころえ》とるわい。」

メアリ嬢《じょう》ちゃんは、コマドリに一歩近《ちか》より、真剣《しんけん》にじーっと見つめた。

そして、「あたしも、ひとりぼっちだわ」と言った。

メアリは、自分がむっつりとふきげんなのは、一つにはさびしいからだということに、これまで気づいていなかった。コマドリに見つめられ、自分でも見つめ返したそのときに、ふっとそれがわかったのだった。

年取った庭師は、帽子《ぼうし》をうしろにずらして、はげた頭を見せ、まじまじとメアリを見つめた。

「そんなら、おまえさんが、インドから来た嬢《じょう》ちゃんかな?」と、庭師《にわし》はたずねた。

メアリはうなずいた。

「そりゃ、ひとりぼっちじゃわな。この先も、ますますさびしゅうおなりじゃろう」と、庭師は言った。

庭師は、黒々と肥《こ》えた庭の土に、またシャベルを深く突《つ》き入《い》れ、掘《ほ》り返《かえ》しはじめた。コマドリは大いそがしで、そのまわりをチョンチョンとはねまわった。

「名前はなんていうの?」と、メアリはたずねた。

庭師は、手を止めて、返事をした。

「ベン・ウェザスタッフといいますわい。」老人《ろうじん》は、そう答えたあと、むずかしい顔のまま、ちょっと笑った。そして、「こいつがおってくれんと、わしもひとりぼっちじゃ」と言いながら、親指でぐいとコマドリをさした。「こいつがわしの、たった一人の友だちですわい。」

「あたし、友だちっていないわ」と、メアリは言った。「これまでもよ。アヤは、あたしが好きじゃなかったし、だれとも、遊んだことない。」

ヨークシャーというこの土地では、思ったことをそのまま、ぶっきらぼうに口に出すのが習慣《しゅうかん》で、ベン・ウェザスタッフじいさんは、まぎれもない、ヨークシャーのムア育ちだった。

「嬢ちゃんとわしは、同類のようじゃな」と、ベンは言った。「おんなじ材料から、できとるようじゃ。見てくれもようないし、その見てくれどおりに、中身もできとる。愛想《あいそう》のない、いやな性分《しょうぶん》じゃ、二人ともな。まちがいないわい。」

この、お世辞《せじ》抜《ぬ》きの言葉は、メアリ・レノックスが生まれてはじめて聞いた、自分についての真実だった。インド人の召使《めしつか》いたちは、いつも深々とお辞儀《じぎ》をして、メアリが何をしようとも、それにしたがった。メアリは、自分がどう見えるかなど、ろくに考えたことはなかったが、自分も、ベン・ウェザスタッフとおなじくらい、無愛想に見えるのだろうか、コマドリが来る前のベンのように、感じが悪いのだろうかと考えた。いまベンが言ったように、自分も「いやな性分」なのだろうか。そう思うと、落ち着かなくなってきた。

突然《とつぜん》、細くて澄《す》んださざ波のような調べが、すぐ近くから聞こえ、メアリは、さっとふりかえった。メアリのすぐそばには、リンゴの若木《わかぎ》があり、あのコマドリがその枝《えだ》に止まって、歌いはじめたところだっだ。ベン・ウェザスタッフが、大口をあけて、笑った。

「どうして、鳴いてるのかしら?」と、メアリはたずねた。

「嬢ちゃんと友だちになることに、決めたんじゃよ」と、ベンは答えた。「嬢ちゃんを気に入ったのにちげえねえ。」

「あたしを?」と、メアリは言い、その小さい木のほうにそっと近づいて、見上げた。

「あたしと友だちになってくれるの?」メアリはコマドリにむかって、まるで人間に話すように、話しかけた。「ほんとに？」その声は、いつもの無愛想《ぶあいそう》な小声でもなければ、インドで使っていた偉《えら》そうな声でもなく、やわらかくて、熱心そうで、頼《たの》みこむようだったので、ベン・ウェザスタッフは、メアリがベンの口笛を聞いて驚《おどろ》いたのとおなじくらい、びっくりした。

「なんと、まあ」と、ベンは言った。「本物のちっこい子らしい、ええ声が出せるでねえか。つんけんした婆《ばあ》さんみてえな声でのうて……。いまのは、ディッコンがムアでいろんなもんに話しかけるときと、変わらんかったぞ。」

「ディッコンを知ってるの？」メアリは急いでふりかえって、そうたずねた。

「だれでも知っとるわい。ディッコンは、どこへでも、出かけていくでな。ブラックベリーの実やヒースの花にいたるまで、知らんもんはおらん。キツネでさえ、子ギツネどもが寝《ね》とる巣穴《すあな》を平気で見せるし、ヒバリでさえ、巣を隠《かく》そうとはせん。」

メアリは、もっといろいろ聞きたいと思った。見捨《みす》てられた庭に興味《きょうみ》を持ったのとおなじくらい、ディッコンにも興味がわいてきていた。しかし、ちょうどそのとき、ひとしきり歌い終えたコマドリが、ちょっと身じろぎをしたと思うと、さっと翼《つばさ》を広げて、飛び去った。訪問《ほうもん》はもうしまいで、ほかの用事をしにいったのだ。

「塀《へい》を越《こ》えたわ！」メアリは、小鳥が飛ぶのを目で追いながら、言った。「果樹園《かじゅえん》にはいった——もひとつの塀を越えた——扉《とびら》のない庭へ行っちゃった！」

「あそこに住んどるでな」と、ベンじいさんは言った。「あそこで、卵《たまご》からかえったんじゃ。嫁《よめ》さん探《さが》しをはじめたんなら、あそこの古いバラの木のあいだに住んどる、コマドリ嬢《じょう》ちゃんあたりに、決めたらしいな。」

「バラの木？」と、メアリはたずねた。「バラの木があるの？」

ベン・ウェザスタッフは、またシャベルを握《にぎ》って、掘《ほ》りはじめた。

そして、つぶやくように、「十年前にはな」と言った。

「見たいわ」と、メアリは言った。「緑の扉はどこにあるの？　どこかにあるはずだわ。」

ベンはシャベルをぐさっと土にさし、最初に見かけたときとおなじくらい、無愛想な顔になった。

そして、「十年前にはあったが、いまはない」と言った。

「扉がない！」と、メアリはさけんだ。「そんなはず、ないわ。」

「だれが探そうと、ないもんは、ない。だれにも関係のないことじゃ。なんにでも鼻を突《つ》っこみたがる、小《こ》うるさい婆さんみたいなことはやめとけ。さあ、わしは仕事を片《かた》づけんといかん。とっとと行って、一人で遊べ。こっちは、いそがしいんじゃ。」

そう言うと、ベンは、土を掘るのをやめ、シャベルを肩《かた》にかついで、さっさと行ってしまった。メアリをちらっと見ることもせず、さよならと言いもしなかった。

5

廊下《ろうか》の泣き声

最初のうち、メアリ・レノックスにとっての毎日は、おなじことのくり返しだった。毎朝、壁《かべ》かけのかかった部屋で目をさますと、マーサが暖炉《だんろ》の前で膝《ひざ》をついて、火を焚《た》きつけようとしていた。毎朝、子ども部屋へ行って、朝ごはんを食べたが、そこには、おもしろいものは何ひとつなかった。朝ごはんがすむと、窓《まど》から広大なムアをながめたが、ムアは、どこまでもどこまでもただ広がって、次第に高くなっていく先は、空につながっており、しばらくそれを見ていると、外へ出ないでこうして部屋のなかにいても、何もすることがないことに気づかされ、結局、出かけていくことになるのだった。それが自分にとって、いちばんいいのだということに、メアリは気づいていなかった。幅《はば》の広いまっすぐな道や、庭のなかをうねる小道を、急ぎ足で歩いたり、ときには走ったりもしているうちに、よどんでいた血が勢《いきお》いよく流れはじめ、ムアを渡《わた》ってくる風と戦うことで、身体《からだ》がどんどん強くなっていることにも、気づかずにいた。走ったのは、そうすれば身体が温まるからにすぎなかったし、顔に吹《ふ》きつけて吠《ほ》え、身体を押《お》しもどす風は、姿《すがた》の見えない巨人《きょじん》のようで、憎《にく》らしかった。しかし、ヒースの荒野《こうや》の上を渡ってくる、荒々《あらあら》しくて新鮮《しんせん》な風を、胸《むね》いっぱいに吸《す》いこむことは、ひよわな身体にとても効《き》き目《め》があったらしく、自分では気づかないうちに、その頬《ほお》には赤みがさしてきていたし、ぼんやりしていた目にも輝《かがや》きが見えはじめていた。

二、三日続けて、昼間をずっと戸外《こがい》ですごしたあと、朝、目をさましたメアリは、おなかがすくとはどういうことかを知った。朝ごはんのテーブルについたメアリは、いつもなら目の前のおかゆを、気にくわないと言わんばかりに押しやるのに、スプーンを手にして食べはじめ、じきにおわんをからっぽにした。

「けさは、よう、食が進むようじゃな」と、マーサが言った。

「けさは、おいしいもん。」メアリは、自分でもちょっとびっくりして、そう言った。

「ムアの風にあたったおかげで、食欲《しょくよく》が出たんじゃ」と、マーサが言った。「食欲があって、食べるもんもあるんじゃから、幸せなこっちゃ。うちには十二人おるけど、おなかに入れるもんは、なんもないもんな。毎日、外に出て、遊ぶことじゃ。ええ空気にあたったら、その黄色いんも、ちっとはましになるじゃろ。」

「遊ぶなんて、無理」と、メアリは言った。「遊ぶものが、何もないもん。」

「遊ぶもんがないじゃと！」と、マーサはさけんだ。「うちの子たちは、棒《ぼう》きれででも、石ころででも、遊んどるよ。走ったり、さけんだり、いろんなもんを見たりして。」

メアリは、さけんだりはしなかったが、いろいろなものを見てはいた。ほかに何もすることがなかったからだ。いくつかの庭を、何度も何度も歩いてまわり、その外に広がる、森と草原の続くパークにも出て、小道を少し歩いてもみた。パークというのは、お屋敷《やしき》の土地ではあるけれど、塀《へい》で囲《かこ》んで花壇《かだん》を作ったりする庭ではなく、自然のままの木立《こだち》や小川があり、鹿《しか》の群《む》れが歩きまわっていたりするところだ。庭では、ときどき、ベン・ウェザスタッフがいないかと探《さが》してみたが、見かけてもいつもいそがしそうで、メアリのほうを見ようともしなかったし、たとえ見ても、ひどく無愛想《ぶあいそう》だった。一度などは、メアリが近づいていくと、シャベルを肩《かた》にかついで、避《さ》けるように、むこうへ行ってしまいさえした。

メアリには、しょっちゅう行ってみる場所があった。それは、塀に囲まれた庭に沿《そ》った、長い散歩道だった。道の両側には花壇があったが、そこには何も植わっておらず、塀にはツタがびっしりと茂《しげ》っていた。一か所、はいまわる濃《こ》い緑色の葉が、どこよりも厚《あつ》くおおいかぶさっているところがあり、ずいぶん長いあいだ、そのあたりだけが、手入れをされずに放っておかれているように見えた。ほかの場所のツタは、刈《か》りこまれて、こざっぱりしているのに、散歩道を下りきったそのあたりのツタだけは、全然刈りこまれていなかったのだ。

ベン・ウェザスタッフとおしゃべりをしてから数日たったある日、メアリはそのことに気づいて立ち止まり、どうしてだろうと考えた。考えながら、ツタの長い小枝《こえだ》が風にゆれているのをながめていたら、何か赤いものがちらっと見えて、まばゆい火花のようなさえずりが聞こえ、見上げると、塀の上に、ベン・ウェザスタッフの、赤い胸《むね》をしたコマドリが止まっていた。前かがみになって、小さな頭をちょっとかしげた様子は、まるで、メアリをよく見ようとしているみたいだった。

「まあ!」と、メアリはさけんだ。「おまえね——おまえなのね?」メアリは、小鳥に話がわかって、ちゃんと返事をしてもらえると思っているみたいに話しかけたが、自分ではそれを、少しも変だとは思わなかった。

小鳥は、ちゃんと返事をしてくれた。まるでメアリに何もかも伝えようとするかのように、ひとしきりさえずり、チイチイと鳴き、塀の上をピョンピョンととんでいった。メアリ嬢《じょう》ちゃんには、小鳥が言葉を使っていないにもかかわらず、小鳥が言いたがっていることが、なんとなくわかるような気がした。小鳥はまるで、こう言っているみたいだった。

「おはよう! いい風じゃないですか? それにお日さまもね? 何もかも、すてきじゃないですか？　いっしょに、チイチイ、ピョンピョン、チュクチュクやりましょうよ。ねえ！　ほら！」

メアリは笑いだし、小鳥が塀《へい》の上をピョンピョンとんだり、ほんのちょっとはばたいたりするのを追いかけた。貧相《ひんそう》で、やせっぽちで、顔色が悪く、みっともないメアリだったが、その瞬間《しゅんかん》には、ちょっとかわいくなったみたいに見えた。

「大好き！　大好きよ！」と呼《よ》びかけながら、メアリは小道を走っていった。走りながら、チイチイ、ピイピイと、さえずってみようとしたが、口笛の吹《ふ》きかたを知らなかったので、あまりうまくはいかなかった。それでもコマドリは満足したようで、チイチイ、ピイピイと、歌い返してくれた。それから、翼《つばさ》を広げたと思うと、サーッと木のてっぺんまで舞《ま》いあがり、そこに止まって、高らかに歌いはじめた。

このときメアリは、はじめてコマドリを見たときのことを思い出した。そのときコマドリは、高い木のてっぺんでゆらりゆらりとゆられており、メアリは果樹園《かじゅえん》に立っていた。いま、メアリは、果樹園の反対側におり、塀の外の小道に立っている。そこは、前にいたところよりずっと低いが、塀のなかにはおなじ木がある。

「この木は、だれもはいれない庭にあるんだわ」と、メアリは自分に言い聞かせた。「これが、扉《とびら》のない庭なのね。あの子は、ここに住んでるんだわ。なかがどんなだか、見られたらいいのに！」

メアリは散歩道をかけ上がって、最初の朝にくぐった緑色の扉のところまで行った。それから、小道をかけ下りると、べつの扉をくぐり、果樹園にはいった。そこに立って見上げると、塀のむこう側にはあの木があり、コマドリがちょうど歌を歌い終えて、くちばしで羽《は》づくろいをはじめたところだった。

「この塀のむこうが、その庭だわ」と、メアリは言った。「まちがいないわ。」

メアリはそのあたりを歩きまわり、果樹園の塀をていねいに調べたが、以前からわかっていたように、扉なんかないということを、再確認《さいかくにん》しただけだった。それからまた菜園を走り抜《ぬ》けて、ツタにおおわれた長い散歩道に出ると、端《はし》から端までずっと歩きながら、よくよく見たが、扉などはなかった。今度は、反対側の端へ行き、そこでもまた見たが、やはり扉はなかった。

「すごく変だわ」と、メアリは言った。「ベン・ウェザスタッフが、扉なんかないと言ったけど、たしかに扉はないわ。でも、十年前にはあったのよね。クレイヴンさんが、鍵《かぎ》を埋《う》めたんだもの。」

このことのおかげで、メアリには考えることがたくさんでき、それがとてもおもしろくなってきたので、ミスルスウェイト荘園《しょうえん》へ連れて来られたことを、ちっとも悲しいとは思わなくなった。インドでは、いつも暑くて、身体《からだ》がだるく、何に対してもろくに興味《きょうみ》が持てなかった。ところがここでは、ムアから吹《ふ》くさわやかな風が、若《わか》い頭のなかに張《は》っていた蜘蛛《くも》の巣を吹きはらいはじめ、ちょっとだけ目をさまさせてくれたのだった。

メアリは、ほとんど一日じゅう、戸外《こがい》ですごした。夜になって、晩《ばん》ごはんを食べるときには、おなかがぺこぺこになっていて、眠《ねむ》いようで、気持ちのいい、くつろいだ気分になっていた。マーサがにぎやかにおしゃべりをしても、もう、腹《はら》が立ったりはしなかった。むしろ、それを聞くのが楽しみになり、しまいには、質問《しつもん》をしてみようと思うようになった。晩ごはんがすんで、暖炉《だんろ》の前の敷物《しきもの》の上にすわりこんだとき、メアリは、その質問を持ち出した。

「クレイヴンさんは、どうして庭がきらいなの？」と、メアリは言った。

メアリはマーサを部屋に残らせるようになっており、マーサもそれには、全然文句《もんく》を言わなかった。まだとても若く、小さい家でおおぜいの弟たち、妹たちに囲《かこ》まれていることになれていたので、下の使用人たちのたまり場にいても、退屈《たいくつ》だったのだ。だだっぴろいその部屋では、従《じゅう》僕《ぼく》や、以前からいるメイドたちが、マーサのヨークシャーなまりをからかい、つまらない田舎娘《いなかむすめ》と見下《みくだ》して、自分たちだけで、ひそひそとおしゃべりをしていた。マーサも本来はおしゃべりが好きだったし、インドで黒い人たちにかしずかれて育ったという、風変わりな女の子は、目新しくて、おもしろかった。

マーサは、すわれと言われる前に、さっさと暖炉の前にすわりこんだ。

「やっぱり、あの庭のことを考えとるんじゃね？」と、マーサは言った。「そうじゃろうと思うとったよ。あたしも、はじめて聞いたときは、そうじゃったもん。」

「どうしてきらいなのか、って、聞いてるの」と、メアリはがんばった。

マーサは足を折《お》ってすわり、気持ちよさそうにくつろいだ。

「ほら、あの音、風が、お屋敷《やしき》のまわりでわめいとる」と、マーサは言った。「今夜は、あんたみたいな子は、ムアに出たら、とても立ってはおれんな。」

メアリには、最初、なぜ「わめいとる」などと言うのか、理解《りかい》できなかったが、耳をそばだててみて、納得《なっとく》した。風が屋敷のまわりをぐるぐるとかけめぐり、まるで目に見えない巨人《きょじん》が壁《かべ》や窓《まど》を壊《こわ》そうとしているかのようにうなりながら、ぶつかったりゆすぶったりしている音は、たしかにわめいているかのようで、ぞくぞくしてくるほど、ものすごかった。でも、巨人は、なかにはいってはこられない。石炭《せきたん》が赤く燃《も》えている部屋のなかにいると、なんだか、安心この上なしという気分だった。

「どうしてそんなにきらいなのか、って、聞いてるの。」メアリは、しばらく風の音を聞いてから、さっきの問いをくり返した。マーサが知っているのなら、聞き出さずにすますつもりはなかった。

そこでマーサも降参《こうさん》して、知っていることを話しはじめた。

「あのな」と、マーサは言った。「メドロックさんには、よそへ行って言わんようにと、言われとるんじゃ。このお屋敷には、しゃべってはいかんことが、山ほどあるからな。ご主人の問題に、使用人が立ち入ってはいかんというのが、クレイヴンさまのご命令なんじゃ。庭のことがなかったら、クレイヴンさまも、ああはなられんかったじゃろうにな。その庭っちゅうのは、ご結婚《けっこん》されたときに、奥《おく》さまが作られたお庭でな、奥さまはそのお庭を、それはそれは大事にしとられて、花の世話やなんかも、お二人でしとられたそうじゃ。庭師《にわし》でさえ、入れてはもらえなんだ。お二人はそこへはいって、扉《とびら》をしめてしもうて、何時間も何時間も、本を読んだり、おしゃべりをしたりなさっとった。奥さまは、まだ若《わか》い娘《むすめ》のままのようなお方でな、古うからある大木の枝《えだ》が低くたれて、腰《こし》かけられるようになっとるとこに、バラをはわせて、よくそこにすわっとられた。そしたらある日、奥さまがすわっとられたときに、その枝が折《お》れて、奥さまは落ちて、大怪我《おおけが》をされて、その翌日《よくじつ》に亡《な》くなられた。お医者さまは、ご主人さまも頭がおかしゅうなって、死んでしまわれるかと思いんさったそうじゃ。じゃから、ご主人さまは、その庭をきらわれてな、それ以来、だれにもはいらせんし、そこのことをしゃべるのもお許《ゆる》しにならん。」

メアリは、それ以上、何もたずねなかった。そして、ただじっと、燃《も》える火を見つめ、風が「わめいとる」のに耳を傾《かたむ》けていた。風は、いつも以上に激《はげ》しく「わめいとる」ように思われた。

そのとき、メアリには、とてもいいことが起こっていた。正確《せいかく》に言えば、ミスルスウェイト荘《しょう》園《えん》に来てから、メアリには、四つものいいことが起こっていた。まず第一に、コマドリの言いたいことがわかり、コマドリにもわかってもらえたような気がするようになった。次に、身体《からだ》じゅうの血が熱くなるまで、風のなかを走った。そして、生まれてはじめて、元気に遊んで、おなかをすかせた。さらに、だれかを気《き》の毒《どく》に思うというのは、どういうことかを知った。これは、たいした進歩だった。

しかし、風の音に耳をすましているうちに、何かほかの音も聞こえているような気がしてきた。最初、その音は、風の音とほとんど区別がつかず、何の音なのか、全然わからなかった。それは、なんだかおかしな音だった。まるで、どこかで子どもが泣いているみたいだったのだ。風はときどき、まるで子どもの泣き声のような音を立てるが、やがてメアリ嬢《じょう》ちゃんは、その音が屋敷《やしき》の外からではなく、内側から聞こえてくるのだと確信した。ずいぶん遠いが、内側は内側だ。メアリは、ふりかえって、マーサの顔を見た。

「だれかが泣いてるの、聞こえない？」と、メアリは言った。

マーサは、ちょっと困《こま》ったような顔をした。

そして、「いんや」と言った。「風じゃ。風が吹《ふ》くと、だれかがムアで迷《まよ》って、泣いとるように聞こえることがあるんじゃ。そりゃまあ、いろんな音を立てるもんな。」

「でも、ほら」と、メアリは言った。「家のなかよ。ながーい廊《ろう》下《か》の先のどこか。」

ちょうどその瞬間《しゅんかん》、一階のどこかのドアが開かれたらしく、強い風が廊下に沿《そ》って吹いてきて、二人がいた部屋のドアがバタンと開いた。二人がとび上がった瞬間、明かりが風で消え、廊下のはるか先のほうから、だれかが泣いているらしい声が、これまでよりもずっとはっきりと聞こえてきた。

「ほら！」と、メアリは言った。「言ったでしょ！　だれかが泣いてる――大人じゃないわ。」

マーサは、ドアにかけよってしめ、鍵《かぎ》をかけたが、それよりも前に、どこか廊下《ろうか》のはるか先で、ドアがバタンとしまるのが聞こえ、風までが、ほんの少しのあいだ、わめくのをやめたので、すべてがひっそりと静まりかえった。

「風じゃ」と、マーサが、断固《だんこ》として言った。「でなきゃ、皿洗《さらあら》いをやっとる、おちびの、ベティ・バタワースじゃろう。今日は、ずっと、歯が痛《いた》いと言うとったもん。」

しかし、マーサの言葉はぎごちなく、メアリ嬢《じょう》ちゃんは、その困ったような顔をまじまじと見た。マーサが本当のことを言っているとは、とても思えなかった。

6

だれかが泣いてる！

次の日は、土砂降《どしゃぶ》りの雨になり、メアリが窓《まど》から外を見ても、ムアは灰色《はいいろ》の霧《きり》と雲とに包まれて、ほとんど見えなかった。今日は、外へ出るのは、とうてい無理だ。

「こんな雨の日、マーサんちでは、みんなどうしてるの？」と、メアリはたずねてみた。

「なんとか踏《ふ》んづけられんようにしとるよ」と、マーサは答えた。「こういうときには、おおぜいすぎるもんな。おっかさんは、気が優《やさ》しいたちじゃけど、そんでも、いらいらしだすもん。大きい子たちは、牛小屋へ行って遊ぶけど、ディッコンは、ぬれても、全然気にならんらしゅうて、お日さんが照っとるときとおんなじに、外歩きをしとる。雨の日には、お天気のええときには見られんもんが、見られるんじゃと。以前、穴《あな》んなかでおぼれかけとったキツネの子を見つけて、シャツでくるんで、あったこうして、連れて帰ったことがあった。母親が巣の近所で殺されて、残されたチビどもは、水びたしになった穴んなかでおぼれて、そのチビだけが残ったんじゃ。いまは家で飼《こ》うとるよ。ほかのときには、やっぱりおぼれかけとったカラスのひなを見つけてな、それも連れて帰って、ならしとる。カラスの子は、まっ黒いから、スート（煤《すす》）と呼《よ》んどるんじゃけど、ピョンピョンはねたり飛んだりして、ディッコンのあとを追うて、どこへでも行きよる。」

　メアリはいつしか、マーサのなれなれしい話し方を、気にしなくなっていた。それどころか、とても楽しんでいて、マーサが話をやめて行ってしまうと、残念に思った。インドにいたときには、アヤが昔話を語ってくれたが、マーサの話すことは、それとはまったくちがっていた。それは、ムアの小さな家のお話で、そこでは、小さな部屋が四つだけのところに、十四人もで住んでいて、いつだって、食べるものがたりないのだ。子どもたちは、荒《あら》っぽいけれど気のいいコリー犬の子どもたちみたいに、もつれあって転がって遊んでいるらしかった。メアリは、「おっかさん」という人と、ディッコンという子に、とりわけ心をひかれた。マーサが、おっかさんがこう言った、こうしたなどと話してくれることは、どれもこれも、聞いていて、気持ちがよかった。

「あたしにも、カラスの子か、キツネの子がいて、いっしょに遊べるといいのに」と、メアリは言った。「することが、なんもないもん。」

マーサは、困《こま》ったような顔をした。

「編《あ》みもんは？」と、マーサはたずねた。

「できない」と、メアリは答えた。

「縫《ぬ》いもんは？」

「だめ。」

「本は？」

「読める。」

「じゃったら、何か読むか、つづりの勉強でもすればええに。もう、本で勉強してもええ歳《とし》じゃろうが？」

「本、持ってないもん」と、メアリは言った。「持ってたのは、みんな、インドに置いてきた。」

「残念じゃったな」と、マーサは言った。「もし、メドロックさんが、図書室に入れてくれたら、あすこには、本が千冊ぐらいもあるけどな。」

メアリは、図書室の場所をたずねようとはしなかった。突然《とつぜん》、とてもいい考えが浮《う》かんだからだ。メアリは、自分で図書室を探《さが》すことにしたのだった。メドロックさんに頼《たの》もうなどとは、少しも思わなかった。メドロックさんはいつだって、一階のハウスキーパーさんの居間《いま》で、快適《かいてき》にくつろいでいた。このへんてこな屋敷《やしき》では、人に出会うことはめったになかった。じっさい、ここには、使用人たち以外にはだれもおらず、ご主人が留守《るす》のあいだは、みんな、下の階の、とほうもなく広い台所で、ずらりと並《なら》んでぴかぴか光っている、真鍮《しんちゅう》や錫《すず》の料理道具や食器に囲《かこ》まれて、ぜいたく三昧《ざんまい》を楽しんでいた。メドロックさんの目がとどかないときには、一日に四回も五回も、たっぷりした食事が用意され、どんちゃん騒《さわ》ぎがくり広げられた。

メアリの食事は、マーサがきちんきちんと運んでくれたが、マーサ以外は、だれもメアリのことを気にかけなかった。メドロックさんは、一日か二日に一度は様子を見にきたが、メアリがどうやって日々をすごしているかをたずねる人はいなかったし、こうしなさいと命令する人もいなかった。メアリは、たぶんこれが、イギリスでの子どものあつかい方なのだろうと思っていた。インドでは、常《つね》にアヤがつきそっていて、どこへでもついてきたし、何から何まで世話を焼いてくれた。メアリは、しばしばそれにうんざりしていたが、ここでは、ついてくる人はだれもおらず、着替《きが》えも自分でしなくてはならなかった。最初、メアリが、必要なものは手渡《てわた》したり着せたりしてもらえると思って待っていたら、マーサに、この子はよっぽどの間抜《まぬ》けなんじゃないの、と言いたげな顔をされたものだ。

「あんた、頭がたりんのかね?」と、言われてしまったこともあった。メアリが、手袋《てぶくろ》をはめてもらおうと、突《つ》っ立《た》って待っていたときのことだ。「うちの、スーザン・アンなんか、まだたったの四つじゃけど、あんたよりよっぽど、しっかりしとる。ときどき、あんたの頭はからっぽなんじゃなかろうかと、思うてしまうわ。」

メアリは、そのあと一時間くらい、腹《はら》を立ててしかめっつらをしていたが、おかげで、それまでは思ってもみなかったことを、いろいろと考えるようになった。

この朝、マーサが暖炉《だんろ》の掃除《そうじ》をやっと終えて、下へ降《お》りていったあと、メアリは、十分くらいのあいだ、窓《まど》ぎわに立っていた。図書室のことを聞いたときに思いついたことを、あらためて考えていたのだ。本はろくに読んだことがなかったから、図書室そのものには、たいして興味《きょうみ》はなかった。しかし、図書室のことを聞いたとき、しめきりになったままの部屋が百くらいあるという話を思い出した。しめきりの部屋には、鍵《かぎ》がかかっているんだろうか？　もしはいれる部屋があったら、そこにはどんなものがあるのだろう？　ほんとに百もの部屋があるのだろうか？　出かけていって、いくつドアがあるか、数えてみたっていいはずだ。けさは外へは出られないんだから、いい暇《ひま》つぶしになるだろう。メアリは、何かするときには許《ゆる》しを求めなさいとは、教えられていなかったし、目上の者にしたがうということも、学んだことがなかった。だから、たとえメドロックさんに出会ったとしても、屋敷のなかを歩きまわっていいかとたずねる必要があるなどとは、考えてもみなかっただろう。

メアリは、ドアを開けて廊下《ろうか》に出て、探険《たんけん》をはじめた。廊下はとても長く、あちこちでほかの廊下《ろうか》とつながっていた。途中《とちゅう》に、ほんの数段《すうだん》の階段《かいだん》があり、さらに行くと、また短い階段があった。いくつもいくつもドアがあり、壁《かべ》には絵がかかっていた。暗くて風変わりな景色の絵もあったが、たいていは肖像画《しょうぞうが》で、絵のなかの男や女は、サテンやビロードでできているらしい、とても大きくて変わった服を着ていた。長い廊下の両側の壁に、肖像画ばかりが並《なら》んでいるところもあった。一つの家のなかに、こんなにたくさんの肖像画があるなんて、メアリは考えたこともなかった。ゆっくりと歩きながら、一人ひとりの顔を見つめてみたら、相手もメアリを見つめ返した。インドから来た小娘《こむすめ》なんかが、自分たちの屋敷で何をしているのかと、あやしまれているような気がしてきた。なかには、子どもの肖像画もあった。小さい女の子が、厚手《あつで》のサテンでできているらしいドレスを着た絵があったが、そのドレスは、足もとまでとどく長さで、大きくはり出していた。髪《かみ》を長くして、ふくらんだ袖《そで》とレースの襟《えり》のついた服を着ている男の子たちの絵もあった。なかには、首をぐるりと囲《かこ》むように、大きなひだになった襟をつけている人たちもいた。メアリは、子どもの絵があるたびに立ち止まり、この子はなんて名前なんだろう、どこへ行ってしまったんだろう、どうしてこんなにおかしな服を着ているんだろうと考えた。堅苦《かたくる》しげで、見《み》栄《ば》えのしない、自分にちょっと似《に》ているような気がする女の子もいた。その子が着ていたのは、緑色の模《も》様《よう》織《お》りのドレスで、指には緑色のオウムを止まらせていた。目は鋭《するど》くて、好奇心《こうきしん》が強そうだった。

「あんた、いま、どこにいるの？」と、メアリは声を出してたずねた。「ここにいるんだといいのに。」

こんなにおかしな朝のひとときをすごした女の子は、きっとどこにもいないだろう。とりとめなく広がった、この広大な屋敷《やしき》のなかに、一人っきりで取り残されたみたいに、メアリは階段を上がったり下りたりし、狭《せま》い通路を抜《ぬ》け、これまでだれ一人歩いたことがないかのように思える、広い回廊《かいろう》を通っていった。こんなにたくさんの部屋が作られたのだから、人がそこに住んでいたこともあったはずだ。でもいまは、どこもかしこも、ただただだからっぽで、メアリには、これが現実《げんじつ》のことだとは信じられなかった。

メアリがドアのハンドルにさわってみたのは、三階に上がってからだった。メドロックさんが言っていたとおり、どのドアもとざされていたが、メアリはついに思い切って、その一つのハンドルに手をかけてみた。それがなんでもないかのように動いたときには、ぎょっとして、こわくなったが、押《お》してみると、ドアはいかにも重そうに、ゆっくりと開いた。それは、どっしりした分厚《ぶあつ》いドアで、なかは大きな寝室《しんしつ》だった。まわりの壁には、刺繡《ししゅう》をした壁かけがかかっており、インドで見たような、象嵌《ぞうがん》をほどこした家具が置いてあった。鉛《なまり》の枠《わく》にガラスをはめこんだ大きな窓《まど》からは、ムアが見渡《みわた》せた。暖炉《だんろ》棚《だな》の上には、ここにもまた、堅苦しげで見栄えのしない女の子の肖像画があったが、その目つきは、さっきにも増《ま》して、好奇心が強そうだった。

「以前は、この子の部屋だったのね」と、メアリは思った。「すごくじろじろ見るんだもの、なんだか変な気分になってきちゃう。」

このあとメアリは、さらにたくさんのドアを開けてみた。あまりにたくさんの部屋を見たので、すっかりくたびれてしまい、数えはしなかったが、きっと百くらい部屋があるにちがいないと思った。どの部屋にも古い絵があり、不思議な光景を織《お》りこんだ壁《かべ》かけがかかっていた。ほとんどの部屋に、風変わりな装飾《そうしょく》をほどこした、見なれない家具があった。

貴婦人《きふじん》の居間《いま》だったらしい部屋には、刺繍《ししゅう》をしたビロードの壁かけがぐるっとかけられており、飾《かざ》り棚《だな》には、象牙《ぞうげ》で作った小さな象が、百頭ほども並《なら》んでいた。大きさはいろいろで、象使いが乗っていたり、背中《せなか》に輿《こし》がのせてあったりするものもあった。ほかよりもかなり大きいのもあったし、まるで赤ちゃん象のように小さいのもあった。インド育ちのメアリは、象牙の彫《ほ》りものにはおなじみだったし、象のことなら、なんでも知っていた。だから、飾り棚の扉《とびら》を開けて、足置き台の上に立ち、ずいぶん長い時間、象たちと遊んだ。やがて、疲《つか》れてきたので、象たちをもとどおりに並べなおし、飾り棚の扉をしめた。

長い廊下《ろうか》をたどり、だれもいない部屋また部屋をめぐるあいだ、メアリは、人にもそのほかの生きものにも、まったく出会わなかった。しかし、この部屋には何かがいた。飾り棚の扉をしめたとき、かさこそという、ごく小さい音が聞こえたのだ。驚《おどろ》いてふりかえると、暖炉《だんろ》の前に置かれたソファが見え、音はそのあたりから聞こえてきているようだった。ソファのすみっこにはクッションが置かれ、ビロードでできたカバーに穴《あな》が一つ開いていて、その穴から、おびえたような目をした小さい頭がのぞいていた。

メアリは、よく見ようと、そーっと近づいていった。光っていたのは、灰色《はいいろ》の小さなネズミの目だった。ネズミはクッションをかじって穴を開け、そこに居心地《いごこち》のいい巣を作っていたのだ。親ネズミのそばでは、六ぴきの赤ちゃんネズミが、よりそって眠《ねむ》っていた。百もの部屋に、生きている者が、ほかにだれもいなくても、この七ひきのネズミたちは、ちっともさびしそうではなかった。

「こわがらさないですむのなら、連れてかえるのになあ」と、メアリはつぶやいた。

ずいぶん長くさまよい歩いたメアリは、疲《つか》れきって、引き返すことにした。二、三回、曲がりそこなったあげく、来たときとはちがう廊下に出てしまい、うろうろと行ったり来たりして、やっともとの廊下を見つけた。しかし、なんとか自分の部屋のある階に出たものの、部屋からはまだけっこう遠く、そこがいったいどのへんなのか、見当がつかなかった。

「きっとまた、曲がりまちがえたんだわ。」メアリはそうつぶやきながら、短い廊下の突《つ》き当《あ》たりにかかっていた、手織《てお》りの壁かけの前で立ち止まった。「どっちへ行けばいいのか、わからないわ。なんて静まり返ってるのかしら！」

メアリがそこに立って、こうつぶやいた次の瞬間《しゅんかん》、いきなり、静けさを破《やぶ》る音がした。聞こえたのは泣き声だったが、前の晩《ばん》に聞いたのと、そっくりおなじではなかった。今度の泣き声は短く、いらだっているようで、子どもっぽい鼻声だったが、いくつもの壁《かべ》に隔《へだ》てられているらしく、あまりはっきりとは聞こえなかった。

「ゆうべより近いわ。」メアリは、心臓《しんぞう》が少しドキドキしているのを感じながら、ささやいた。「それに、たしかに泣き声だわ。」

そのとき、手がたまたま、すぐそばにあった壁かけにさわり、メアリはぎょっとして、とびすさった。その壁かけの下にはドアがあり、開いてしまったそのドアのむこうの廊下《ろうか》を、こっちにむかってやってくるのは、手に鍵束《かぎたば》を持ち、おそろしくふきげんな顔をした、メドロックさんだったのだ。

「こんなところで、何をしとるの?」と、メドロックさんは言い、メアリの腕《うで》をつかんで、ひきずっていった。「ちゃんと言ったでしょうが?」

「曲がり角をまちがえたの」と、メアリは説明した。「どっちへ行けばいいか、わからなくて、そしたら、泣き声が聞こえて……」

メアリはそのとき、メドロックさんなんて大きらいだと思ったが、次の瞬間、その憎《にく》しみは、ますますつのった。

「そんなものは聞こえやせん」と、メドロックさんは言った。「さっさと自分の部屋へ帰らんと、平手打《ひらて う》ちじゃからな。」

そしてメドロックさんは、メアリの腕《うで》をつかみ、押《お》したり引いたりして、廊下から廊下へと進み、やっとメアリ自身の部屋にほうりこんだ。

「さあ」と、メドロックさんは言った。「おるように言われた場所にじっとしとらんと、鍵をかけて、とじこめるからな。ご主人さまは、あんたに家庭教師《か てい きょう し》をつけると言うとられたが、はよう、そうしていただきたいもんじゃ。あんたには、お目付役《め つけ やく》が必要じゃが、あたしはいそがしゅうて、そこまではやっとれんからな。」

メドロックさんは、部屋を出ると、ドアを力いっぱいバタンとしめた。メアリは、暖炉《だんろ》の前の敷物《しきもの》の上にすわったが、顔は怒《いか》りで青ざめ、泣きはせずに、歯ぎしりをしていた。

「だれか知らないけど、泣いてた――そうよ――まちがいないわ！」メアリは自分に向かって、そう断言《だんげん》した。

これで、二回、泣き声を聞いたわけだ。いつか、その正体を探《さぐ》り出《だ》そう。けさは、ずいぶんたくさんのことを発見した。まるで長い旅行をしてきたみたいで、おもしろいことだらけだった。象牙《ぞうげ》でできた象たちと遊んだし、ビロードのクッションのなかに住んでいる灰色《はいいろ》ネズミと、その赤ちゃんたちも見たのだ。

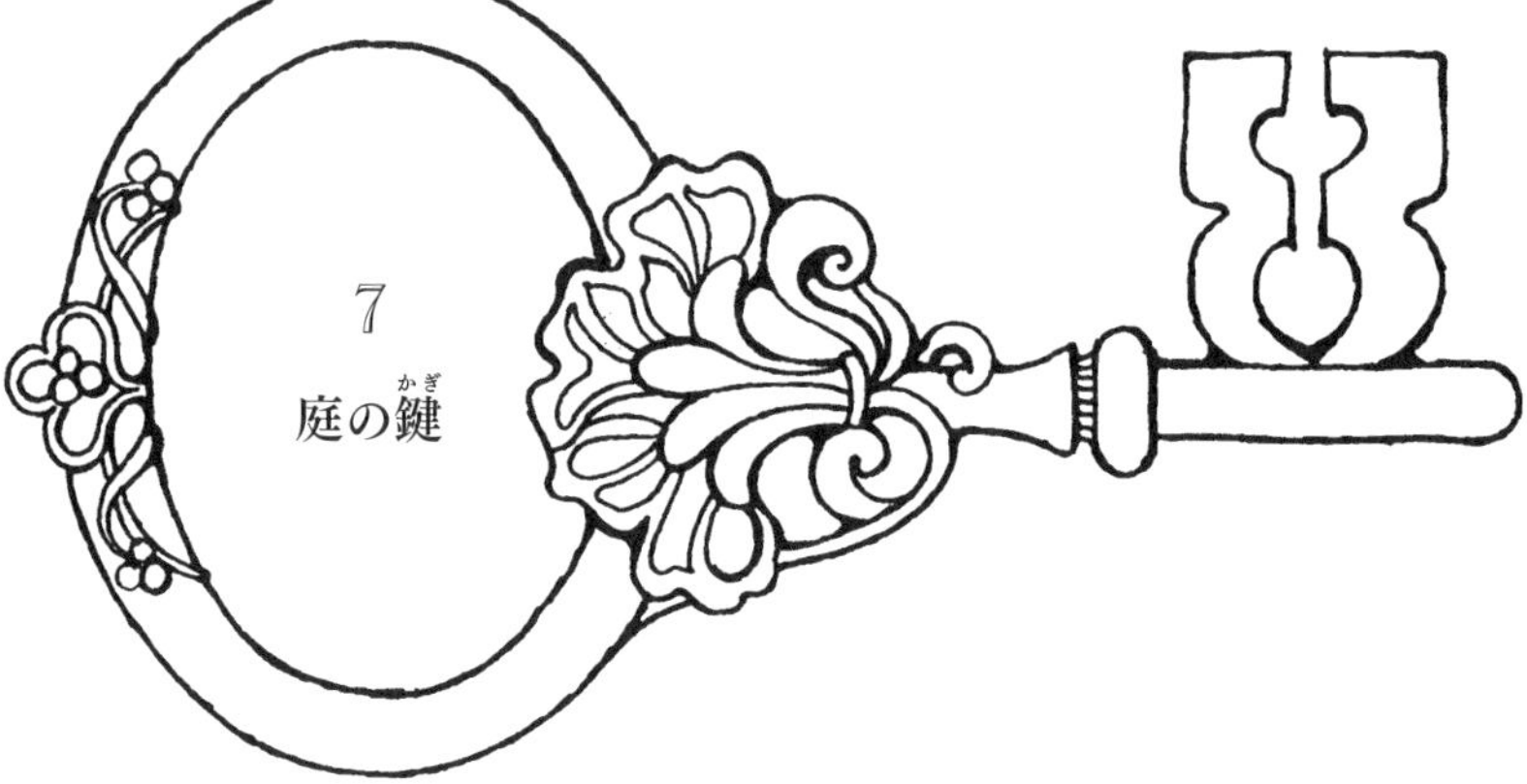

7
庭の鍵《かぎ》

それから二日して、朝、目を開けたメアリは、ベッドの上でさっと身体《からだ》を起こし、マーサを呼《よ》んだ。

「ムアを見て！　ムアを見て！」

続いていた風雨はおさまり、たれこめていた灰色の雲も霧《きり》も、夜のあいだに、きれいに吹《ふ》きはらわれていた。雲や霧を吹きとばした風も、いまはやんで、ムアの上では、高々とそびえる深い藍色《あいいろ》のアーチのような空が、まぶしく輝《かがや》いていた。空がこんなに青いとは、メアリは夢《ゆめ》にさえ、思ってみたことがなかった。インドでは、空は燃《も》えるように熱かった。ここのは、深くて涼《すず》しげな青色で、底知れぬ美しい湖の水のように輝いていた。そして、高い高いアーチを描《えが》くその青のなかに、雪のようにまっ白な小さな雲が、まるで羊毛のひとつまみのようにただよっていた。どこまでも広がるムアそのものも、以前の紫《むらさき》がかった陰気《いんき》な黒や、ぞっとするような灰色《はいいろ》ではなく、やわらかな青みを帯びて見えた。

マーサは「ああ」と言い、うれしそうに、にこっとした。「嵐《あらし》がひとまず、おさまったでな。毎年、いまごろは、こんなじゃ。嵐は、夜のうちにどっかへ行って、いっぺんも来たことないし、これからも来ん、みたいな顔をしよる。春が近づいとるしるしじゃ。まだ、ずいぶんかかるけど、近づいてはきとる。」

「イギリスは雨ばっかりで、いつでも暗いんだと思ってた」と、メアリは言った。

「なんちゅうことを！」マーサは、暖炉《だんろ》掃除《そうじ》に使う、まっ黒になったブラシや、そのほかいろんなもののまんなかで、身体《からだ》を起こした。「そげんこたねえ！」

「いまの、どういうこと？」と、メアリは大まじめにたずねた。インドの人たちは、それぞれがちがった言葉を話し、ほんの数人にしか通じないことも多かったので、マーサの言葉がわからなくても、驚《おどろ》きはしなかったのだ。

マーサは、最初の朝のように、大笑いした。

「やれやれ」と、マーサは言った。「メドロックさんに注意されとったのに、また、ヨークシャーなまり丸出しで、しゃべってしもうた。『そげんこたねえ！』っちゅうのは、『そんなことはない』っちゅうこと」と、ていねいに、ゆっくりと言った。「じゃけど、それではまだるっこしゅうてな。ヨークシャーは、晴れとるときには、どこよりもよう、お日さまが照るとこじゃ。もうちっとしたら、きっと気に入ると言うたじゃろ。もうじき、金色のハリエニシダが咲《さ》くし、エニシダも咲くし、ヒースも咲《さ》くし、紫《むらさき》のツリガネソウも咲くし、蝶々《ちょうちょ》は何百となくヒラヒラ飛ぶし、蜜蜂《みつばち》はブンブンいうし、ヒバリはサーッと舞《ま》いあがっては、歌《うと》うてくれる。嬢《じょう》ちゃんも、日の出といっしょに出かけて、ディッコンみたいに、一日じゅう外にいたがるに決まっとる。」

「そんなとこへ、行けるかなあ?」メアリは、窓《まど》の外にどこまでも広がる青い世界を、あこがれるようにながめながら、そう言った。それは、目新しくて、大きくて、とても不思議で、天国のような色をしていた。

「さあ、どうかね」と、マーサは言った。「あんたは、生まれてこのかた、その足を、ろくに使《つこ》うたことがなさそうじゃもんな。五マイルもは、歩けんじゃろう。うちまでは、五マイルあるもんな。」

「マーサのうちが、見たいわ。」

マーサは、ほんのちょっとのあいだ、まじまじとメアリを見てから、またブラシを手に取って、炉格子《ろごうし》を磨《みが》きはじめた。マーサは、メアリのぱっとしない小さな顔が、最初の朝に見たときの、いじけたような顔とは、ずいぶんちがって見えるなと考えていたのだった。いまの顔は、小さい妹のスーザン・アンが、何かをひどくほしがるときの顔と、ちょっと似《に》ていた。

「おっかさんに、聞いてみるわ」と、マーサは言った。「おっかさんは、たいていどんなことでも、なんとかやってのけるたちじゃもんな。あたしは、今日が外出日で、家へ帰れるんじゃ。ああ、うれしゅうてならん。メドロックさんは、おっかさんのことを、高く買《こ》うてくれとる。たぶん、おっかさんから、言うてくれるじゃろう。」

「あたし、マーサのお母さんが好き」と、メアリは言った。

「そうじゃろうとも」と、マーサはごしごし磨きながら、言った。

「会ったこと、ないけど」と、メアリは言った。

「そうじゃったな」と、マーサは言った。

それからまた、身体《からだ》を起こし、ちょっと考えこむように、手《て》の甲《こう》で鼻の頭をこすっていたが、やがて、きっぱりとこう言った。

「おっかさんは、ものがわかっとって、働きもんで、人がようて、正直もんじゃから、おっかさんに会《お》うたことがあろうがなかろうが、好きにならずにおれんのじゃな。外出日に、おっかさんの待っとる家へ帰るときには、うれしゅうて、うれしゅうて、ムアを越《こ》えていきながら、とびはねてしまうぐらいじゃもん。」

「ディッコンも好き」と、メアリは、また言った。「やっぱり、会ったことないけど。」

「そりゃそうじゃ」と、マーサは、きっぱり言った。「さっきも言うたとおり、鳥も、ウサギも、野生の羊も、ポニーも、キツネまでもが、あの子を好きじゃもんな。」そして、ちょっと言葉を切ると、考えこむようにメアリを見てから、「ディッコンは、あんたのことを、どう思うじゃろうな?」と言った。

「好きじゃないと思うわ」と、メアリは、いつものの、がんこで冷《つめ》たい言い方をした。「みんな、そうだもん。」

マーサはまた、考えこむような顔をした。

「あんた、自分のことは、どう思うとるん?」マーサは、本当にそれが知りたくてたまらないかのように、そうたずねた。

メアリは、すぐには返事ができず、考えこんだ。

「好きじゃない——と思う」と、メアリは答えた。「でも、そんなこと、考えたこと、なかった。」

マーサは、よく思い出すことを、あらためて思い返したかのように、ちょっとにこっとした。

「おっかさんに、以前、言われたんじゃ」と、マーサは言った。「あたしはきげんが悪うてな、おっかさんが洗濯《せんたく》をしとるそばで、人の悪口ばっかし、言うとった。そしたら、おっかさんがふりかえってな、『この、ちびギツネちゃんときたら! さっきから、だれがいやじゃ、かれがきらいじゃ、ばっかしじゃな。自分のことは、どう思うとるん』と言うた。あたしは笑いだして、すぐ正気にもどったんじゃった。」

マーサは、メアリの朝ごはんの世話を終えると、元気いっぱいで帰っていった。ムアを五マイルも歩いて、小さな家へ帰り、おっかさんを手伝って洗濯をしたり、一週間ぶんのパンを焼いたりして、心ゆくまで楽しんでくるのだ。

マーサが館のどこにもいないと思うと、メアリは、ますますさびしくなったような気がした。そこで、大急ぎで庭に出ることにして、まず最初に、噴水《ふんすい》のある庭を、ぐるぐると十回走ってまわった。まちがえないように、ちゃんと数え、やりおえたときには、ずっと元気になったような気がした。お日さまの光で、そこらじゅうが、すっかりちがって見えた。高くて深くて青い空は、ムアの上に広がるのとおなじように、ミスルスウェイト荘園《しょうえん》の上にも広がっており、メアリはしょっちゅう空を見上げながら歩き、あの、雪みたいにまっ白な小さい雲の上に寝《ね》そべって、空に浮《う》かんだら、どんな感じだろうなと考えた。手前の菜園へ行ってみたら、ベン・ウェザスタッフが、ほかの庭師《にわし》二人といっしょに働いていた。お天気が変わったせいか、ベンのきげんもよくなっているようだった。ベンは自分のほうから、話しかけてきた。

「春が来たで」と、ベンは言った。「においがせんかな?」

メアリは鼻をくんくんさせ、わかったような気がした。

「なんか、新しくて、湿《しめ》っぽくて、いいにおい」と、メアリは言った。

「それが、よう肥《こ》えた土のにおいじゃ」と、ベンは、掘《ほ》り返《かえ》しながら言った。「土もごきげんがようなって、さあ、育ててやるぞと言うとる。植えどきになると、土もうれしいんじゃ。冬には、なんもすることがのうて、退屈《たいくつ》なんじゃな。その外の花壇《かだん》でも、暗い土んなかで、いろいろ、動きだしとるぞ。お日さまに、あっためられてな。もうちっとしたら、黒い土んなかから、とんがった緑のもんが顔を出してくる。」

「なんなの、それ？」と、メアリはたずねた。

「クロッカスや、スノードロップや、ラッパ水仙《すいせん》じゃ。見たことないんか？」

「ないよ。インドでは、雨が降《ふ》ったあとは、暑くて、湿っぽくて、緑ばっかりだったもん」と、メアリは言った。「なんでも、一晩《ばん》で大きくなると思ってた。」

「ここでは、一晩では、育たんな」と、ウェザスタッフは言った。「ゆっくり待たんといかん。まず顔を出して、ちびっと伸《の》びて、花芽《はなめ》を出して、今日は一枚、明日も一枚と葉っぱを広げて、それからじゃ。よう見とれよ。」

「そうするわ」と、メアリは答えた。

それからまもなく、やわらかくてかすかな羽音がし、メアリはすぐに、あのコマドリが来たんだと気づいた。コマドリは元気いっぱいで、いきいきとしており、メアリの足のすぐそばをピョンピョン歩き、首を一方にかしげて、メアリを見上げた。そのちょっと遠慮《えんりょ》がちな様子を見たメアリは、思わずベン・ウェザスタッフに聞いてみた。

「あたしのこと、おぼえてるのかな？」

「おぼえとるかじゃと！」と、ウェザスタッフは、心外《しんがい》だと言わんばかりに言った。「菜園じゅうのキャベツを、一株《かぶ》のこらずおぼえとって、人間がおぼえられんわけが、あるもんかい。ここでは、ちっこい娘《むすめ》っ子《こ》なんぞ、見たことがないもんじゃから、あんたのことが、なんもかも、知りとうてたまらんのじゃ。こいつにかかったら、何ひとつ、隠《かく》しとおすことは、できやせん。」

「この子が住んでる庭でも、暗い土のなかで、何か動き出してるかな?」と、メアリはたずねてみた。

「どの庭じゃ?」ウェザスタッフは、またふきげんになったらしく、うなるような声で言った。

「古いバラの木がある庭。」メアリは知りたくてたまらず、たずねずにはいられなかった。「花は全部死ぬの? それとも、夏になれば生き返るのもあるの? バラは、まだあるかしら?」

ベン・ウェザスタッフは、「あいつに聞きな」と言いながら、肩《かた》をぐいとコマドリのほうへ動かした。「あいつしか、知るものはおらん。十年というもの、あそこんなかを見た者はおらんのじゃから。」

十年というのはとても長いと、メアリは思った。自分は、十年前に生まれたのだ。

メアリは、物思いにふけりながら、ゆっくりと歩いていった。コマドリや、ディッコンや、マーサのお母さんを好きになったのとおなじように、メアリは、庭が好きになりかけていた。マーサも好きになっていた。人を好きになったことがなかった者にとって、それはずいぶんおおぜいのように思われた。メアリは、コマドリもその一人に数えていたのだ。ツタにおおわれた塀《へい》に沿《そ》った、長い散歩道に出ると、そこからは、塀越《へいご》しに、なかの木の梢《こずえ》が見えた。端《はし》から端まで行ってもどり、もう一度それをくり返していたとき、とてもわくわくすることが起こった。その出来事の立役者《たてやくしゃ》は、ベン・ウェザスタッフのコマドリだった。

チーッ、ピッピッピッという声がして、左を見ると、まだむきだしの花壇《かだん》を、コマドリがチョンチョンと歩いていた。その様子は、土のなかの餌《えさ》を探《さが》してるだけですよ、お嬢《じょう》さんのあとについてきたんじゃありませんよ、と言っているみたいだった。でも、メアリには、コマドリが自分についてきたことがわかり、驚《おどろ》きとよろこびでいっぱいになって、身体《からだ》がちょっとふるえたほどだった。

「おぼえててくれたのね！　そうなのね！　世界一かわいい小鳥さん！」と、メアリはさけんだ。

メアリが、鳴きまねをしたり、呼《よ》んでみたり、話しかけたりすると、コマドリは、チョンチョンと歩き、尾羽根《おばね》を動かし、さえずった。まるで、そうやっておしゃべりをしているみたいだった。赤いチョッキはサテンでできているかのようで、ちっぽけな胸《むね》をふくらまして歩く様子は、とてもすてきで、偉《えら》そうで、かわいくて、まるで、コマドリだって人間に負けないくらい偉いんだぞと、メアリに見せびらかしたがっているみたいだった。どんどんそばへ近づいても、コマドリがいっこうに逃《に》げないので、メアリ嬢ちゃんは、生まれてこのかた、つむじまがりだったことなど一度もないみたいに、かがみこんで、なんとかコマドリが鳴くのとおなじような声を出そうとした。

ああ！　コマドリが、こんなにそばまで、近よらせてくれるなんて！　コマドリには、たとえどんなことがあろうと、メアリが自分のほうへパッと手を出したり、ほんのちょっとでもびっくりさせたりなどしないということが、ちゃんとわかっていたのだ。それがわかっていたのは、コマドリが本当の「ひと」で、この世のどんな人にも負けないくらい、すてきな「ひと」だからなのだ。メアリはうれしすぎて、ほとんど息もできないほどだった。

花壇《かだん》には、花は咲《さ》いていなかったが、すっかりからっぽというわけではなかった。毎年咲く多年草は、冬のあいだは休ませるので、短く切りもどされていたが、花壇のうしろのほうには、背《せ》の高いのや、低いのや、さまざまな植物の株《かぶ》があり、コマドリはそんな茂《しげ》みの下を、チョンチョンととんで歩いた。そこには、掘《ほ》り返《かえ》されたばかりの小さな土の山があって、コマドリはその上で立ち止まると、虫を探《さが》しはじめた。どうやら、犬がモグラをつかまえようとしていたらしく、そこにはかなり深い穴《あな》ができていた。

メアリは、どうしてそんなところに穴があるのかがわからないまま、なんとなくそっちを見ていたが、ふと、掘り返されたばかりの土のなかから、何かがのぞいているのに気がついた。それは、錆《さ》びた鉄か真鍮《しんちゅう》の輪のようなもので、コマドリが近くの木の上へ舞《ま》いあがるのといっしょに、メアリは手を伸《の》ばして、それを拾った。でもそれは、ただの輪ではなかった。それは古い鍵《かぎ》で、ずいぶん長いあいだ、土のなかに埋《う》まっていたように見えた。

メアリ嬢《じょう》ちゃんは、立ち上がると、指からぶら下がっているそれを、こわいものを見るような顔をして、じっと見つめた。

「たぶん、これ、十年前から埋まってたんだわ」と、メアリは、かすかな声でつぶやいた。「たぶん、これ、庭にはいる鍵《かぎ》だわ！」

8
コマドリの道案内

メアリは、とても長いあいだ、その鍵《かぎ》を見つめていた。何度もひっくり返して見ては、考えた。すでに言ったように、メアリは、何かをしたいとき、大人に許可《きょか》を求めたり、相談したりするように、しつけられてはいなかった。メアリが鍵を見て考えたのは、これがとざされた庭の鍵にちがいなく、扉《とびら》がどこにあるかがわかったら、扉をあけてなかへはいって、古いバラの木がどうなったか、たしかめられる、ということだけだった。長いあいだずっとしめきりになっていた庭だからこそ、メアリはそこが見たかった。そこはきっと、ほかの場所とは全然ちがっていて、十年のあいだには、何か、ふつうではないことが起こっているはずだった。それに、行きたければ、毎日でもそこへ行って、なかから鍵《かぎ》をかけてしまえば、まるっきりだれにもじゃまをされずに、一人で好きなことをして遊んでいられる。メアリがどこにいるかはだれも知らず、扉《とびら》には鍵がかかったまま、鍵は土に埋《う》まったままだと思うだろう。そう考えると、メアリはとてもうれしくなった。

こんなふうに、しめっぱなしになった、謎《なぞ》めいた百もの部屋のある屋敷《やしき》に、いつも一人ぼっちで暮《く》らし、楽しめることなど何もなかったせいで、ぼんやりしていた頭も少しずつ働きはじめ、想像力《そうぞうりょく》をめざめさせつつあるようだった。それには、ムアから吹《ふ》いてくる、強くてきれいで新鮮《しんせん》な風が、おおいに力を貸《か》していたにちがいない。そのおかげで食欲《しょくよく》が増《ま》し、風と戦うことで血の流れがよくなるのと同時に、頭や心もちゃんと働きはじめていた。インドではいつも暑すぎ、身体《からだ》が弱くてだるかったので、メアリは、物事に関心を持つということを、ろくにしてこなかった。しかし、ここに来て、いろんなことが気にかかるようになり、新しいことをやりたいとも思うようになった。自分ではなぜなのかわからなかったが、すでに、以前のように「つむじまがり」ではなくなっていた。

メアリは、鍵をポケットに入れて、散歩道を行ったり来たりした。そこには、メアリ以外、まったくだれも来ないようだったので、ゆっくりと歩きながら、塀《へい》を——というより、その上に生《お》い茂《しげ》っているツタを、ていねいに見ることができた。ツタは、やっかいなしろものだった。どんなに注意深く見ても、見えるのは、びっしりと生い茂った、濃《こ》い緑色の、つやつやした葉っぱばかりだった。メアリはとてもがっかりした。塀に沿《そ》って歩きながら、そのむこうに見える木のてっぺんをながめていると、いつものつむじまがりな気分が、いくらかもどってきた。こんなに近くにいるのに、なかにはいれないなんて、ばかげてるわ、とメアリは思った。メアリは鍵をポケットにいれて屋敷に帰り、これから外に出るときには、常《つね》に持って出ようと決心した。そうすれば、もし隠《かく》された扉が見つかったら、すぐに開けることができる。

メドロックさんはマーサに、実家で一晩泊《ばんと》まってきていいと言ったのだが、マーサは、朝にはもう仕事にもどっており、ほっぺたは赤く、元気いっぱいだった。

「四時に起きたんじゃ」と、マーサは言った。「ムアのきれいだったことと言うたら。鳥はサーッと舞《ま》いあがるし、ウサギははねまわるし、お日さまは昇《のぼ》ってくるしな。全部は歩かんですんだんじゃ。荷車に乗せてくれた人がおってな。ほんに、楽しいことばっかりじゃった。」

マーサは、楽しかった外出日の話で、はちきれそうになっていた。おっかさんは、マーサに会ってよろこび、二人して、パン焼きや洗濯《せんたく》などの仕事を、全部片《かた》づけたのだそうだ。マーサは弟や妹たち一人一人に、黒砂糖《くろざとう》をちょっぴり入れたパン菓子《がし》を作ってやりさえしたと言った。

「みんな、ムアで遊んどったんじゃけど、大さわぎでもどってきてな。家じゅう、さっぱりして、パンの焼けるええにおいがしとるし、火が燃《も》えとるし、だれもが大よろこびで、キャーキャー言うてな。デイッコンなんぞ、この家は、王さまが住んでもはずかしゅうないぐらい、ええとこじゃね、だとさ。」

夜には、みんなで火を囲《かこ》み、マーサとお母さんは、みんなの服の破《やぶ》れたのにつぎを当てたり、靴下《くつした》の穴《あな》をかがったりし、マーサはその仕事をしながら、インドから来た小さい女の子のことを、みんなに話して聞かせたのだそうだ。その子は、これまでずっと、マーサが「黒い人」と呼《よ》ぶ人たちに世話を焼かれ、自分で靴下をはくことも知らなかった、という話だ。

「まあ、みんな、あんたの話を聞いて、おもしろがったのなんの」と、マーサは言った。「みんな、黒い人たちのことや、あんたが乗ってきた船のことを、何から何まで、聞きたがってな。たいして話してはやれなんだけど。」

メアリはちょっと、考えてみた。

そして、「今度のお休みまでに、もっとたくさん話してあげるわ」と言った。「うちへ帰って、話せるようにね。象やラクダに乗る話や、軍人さんたちがトラ狩《が》りに行く話なんか、みんな聞きたがるんじゃないかな。」

「あれ、まあ！」と、マーサはよろこびの声をあげた。「みんな、有頂天《うちょうてん》になるじゃろうな。ほんとに話してくれるんかな、嬢《じょう》ちゃん？　いっぺん、ヨークの町に、猛獣《もうじゅう》の見世物《みせもの》が来たっちゅう話じゃったけど、そんなふうなんかね？」

「インドは、ヨークシャーとは、全然ちがってるの」と、メアリは、思い出しながら、ゆっくりと言った。「これまで、考えてみなかったけど……。ディッコンや、あんたのおっかさんは、あたしのことを聞きたがったの？」

「そりゃ、もう、その話んなると、ディッコンなんぞ、目の玉がとび出しかねんありさまでな」と、マーサは答えた。「けど、おっかさんは、嬢《じょう》ちゃんがひとりっきりじゃと聞いて、怒《おこ》っとった。『クレイヴンさまは、家庭教師《かていきょうし》もばあやも、つけてあげんかったのかね？』と言うてね。あたしは、『うん、そうだよ。メドロックさんは、旦那《だんな》さまは思いついたらそうなさるだろうけど、それまでに二、三年はかかるじゃろうな、と言うとった』と、話したけどな。」

「家庭教師なんか、いらないもん」と、メアリはぴしゃっと言った。

「けど、おっかさんは、あんたはもう、本を読んで勉強せんといかん歳《とし》じゃし、ちゃんと世話を焼く人も必要じゃ、と言うとった。そんでな、『ええか、マーサ、もし自分が、あんな大きいお屋敷《やしき》で、おっかさんもおらんで、一人でうろうろせんといかんかったら、どんな気持ちがするか、考えてみい。おまえは、できるかぎりのことをして、元気づけてあげんといかんよ』と言うたんで、あたしは、そうすると言うた。」

メアリはマーサを、正面から、じっと見つめた。

「元気づけてくれてるよ」と、メアリは言った。「あんたのおしゃべり、好きだもん。」

やがてマーサは部屋から出ていったが、しばらくすると、エプロンの下に隠《かく》した両手で何かを持って、もどってきた。

「これ、なんじゃと思う？」と言うと、マーサは楽しそうに、にやっとした。「あんたに、プレゼントじゃ。」

「プレゼント！」と、メアリ嬢《じょう》ちゃんは、大声を出した。小さい家に、おなかをすかせた人たちが、十四人もで暮《く》らしているのに、どうして人にプレゼントなんかできるんだろう！

「行商人《ぎょうしょうにん》が、ムアを越《こ》えて、やってきてな」と、マーサが説明した。「うちの前に車を止めたんじゃ。鍋《なべ》とか、フライパンとか、いろんなものを積んどったけど、おっかさんにはたくわえがのうて、なんも買えんかった。そんで、行商人が、また先へ行こうとしたとき、リズベス・エレンが、『母ちゃん、なわとびがあるよ。持つとこが、赤と青の』と言うた。すると、母ちゃんが、あわてたみたいに、『あ、ちょっと待って！　それはいくら？』と聞いた。その人が『二ペンス』と言うと、母ちゃんは、ポケットに手をつっこんで、あたしに言うた。『マーサ、あんたは、お給金《きゅうきん》をちゃんと持って帰ってくれて、ええ子じゃな。あんたのお金は、どの一ペニーにも、ちゃんと使い道がある。けどな、そんなかから、二ペンスだけ出して、その嬢ちゃんに、なわとびを買ってあげたいんじゃ』となｏ　そんで、買《こ》うたのが、ほら、これ。」

マーサは、エプロンの下からそれを取り出して、得意げに見せた。それは、丈夫《じょうぶ》でしなやかな綱《つな》で、両側に、赤と青の縞模様《しまもよう》の握《にぎ》りがついていたが、メアリ・レノックスは、なわとびのなわなどというものを、一度も見たことがなかった。だから、不思議そうな顔をしただけだった。

そして、物珍《ものめず》しそうに、「それ、何にするの？」とたずねた。

「何に、じゃと！」と、マーサはさけんだ。「インドには、なわとびもないんか？　象やらトラやらラクダやら、おるっちゅうに？　だれもかれもみんな黒いんも、道理じゃな。これは、こうするんじゃ。見とってみい。」

マーサは、部屋のまんなかへ走っていくと、両手に握りを一つずつ持ち、ピョン、ピョン、ピョンと、とびはじめた。メアリは、椅子《いす》にすわったまま向きを変えて、まじまじとそれを見つめた。壁《かべ》にかかった古い肖像画《しょうぞうが》のなかの、風変わりな顔の人たちも、そろってそれを見つめ、このつまらない小作人の小娘《こむすめ》は、こともあろうに、私《わたし》たちの目と鼻の先で、なぜこんなにずうずうしいことをしでかすのだろうと、不思議がっているようだった。しかしマーサは、そんな人たちを見てはいなかった。メアリ嬢ちゃんの顔が、興味《きょうみ》と好奇心《こうきしん》でいっぱいになっているのがうれしかったので、マーサはなおもピョンピョンとび続け、百回とぶまでやめなかった。

マーサは、やめたあとで、「もっとたくさんでも、とべるよ」と言った。「十二のときには、五百回、とんだんじゃけど、そんときは、もっとやせとったし、よう練習しとったしな。」

メアリは、なんだかわくわくしてきて、椅子《いす》から立ち上がった。

「おもしろそう」と、メアリは言った。「あんたのおっかさんは、親切だね。あたしでも、そんなふうにとべると思う？」

「やってみな」と言いながら、マーサはなわとびを渡《わた》した。「いきなり百回は、とべんけどな、練習したら、だんだん続くようになる。『その嬢《じょう》ちゃんに、なわとびほどええもんはあるまいよ。子どもの遊び道具で、こんなにええもんはまたとない。空気のきれいなとこで、とんで遊んどったら、手足もしゃんとするし、力もつくからな』と、母ちゃんが言うとった。」

とびはじめてみると、メアリ嬢ちゃんの腕《うで》や足に、力がたりないのは、明らかだった。とぶこと自体、なかなかむずかしかったが、メアリはそれがとても気に入り、やめようとは思わなかった。

「上着を着て、外へ走っていって、とんでみな」と、マーサが言った。「母ちゃんが、あんたには、なるべく外に出て遊ぶように言え、と言うとった。あったかいもんを着とれば、ちっとぐらいの雨は、平気じゃしな。」

メアリはコートを着て、帽子《ぼうし》をかぶり、なわとびを腕にかけた。ドアを開けて、出ていきかけたが、急に何かを思い出したように向きを変え、ためらいがちにもどってきた。

「マーサ」と、メアリは言った。「これ、あんたのお給金《きゅうきん》だったんだね。あんたの二ペンスだったんだよね。ありがとう。」メアリのその言葉は、ちょっとぎごちなかった。だれかに感謝《かんしゃ》することはもちろん、だれかが自分のために何かしてくれたと気づくことさえ、ろくにしてこなかったからだ。こんなとき、どうすればいいかを知らなかったメアリは、「ありがとう」と言うのといっしょに、片手《かたて》をさしだした。

マーサも、そういうことにはなれていなかったので、その手を握《にぎ》って、おなじくぎごちなく、ちょっとふった。それから、笑いだした。

「ああ！　あんたのすることは、変わっとって、婆《ばあ》さんみたいじゃな」と、マーサは言った。「うちのリズベス・エレンだったら、キスするとこじゃけどな。」

メアリはますます、かちかちになった。

「キスしたほうがいいの？」

マーサは、また笑った。

「いんや」と、マーサは答えた。「あんたがいまとちごうとったら、そうしたくなるじゃろう、っちゅうだけのこと。でも、そうではないんじゃから、さっさと外へ出て、とんで遊んできな。」

メアリ嬢ちゃんは、ちょっと気まずい思いをしながら、部屋を出た。ヨークシャーの人たちは、変わって見え、マーサのすることは、いつも謎《なぞ》だらけだった。最初、メアリは、マーサが大きらいだったが、いまは、そんなことはなかった。

なわとびというのは、すばらしいものだった。数えながらとび、とんでは数えているうちに、ほっぺたはまっ赤になり、生まれてこのかた、こんなにおもしろいことははじめてだという気がしてきた。お日さまは明るく輝《かがや》き、そよ風が吹《ふ》いていた。ついこのあいだまでの強い風ではなく、楽しげにそよそよと吹き、掘《ほ》り返《かえ》されたばかりの土の新鮮《しんせん》なにおいを運んでくる風だ。メアリは、噴水《ふんすい》のある庭を、ぐるっととんでまわり、散歩道を行ったり来たりした。しまいに菜園まで行ってみたら、ベン・ウェザスタッフが、土を掘り返しながら、足もとをチョンチョンととんで歩いているコマドリと、おしゃべりをしていた。メアリがピョンピョンとびながら、そばまで行くと、ベンは顔をあげて、珍《めずら》しいものを見るように、メアリを見た。メアリは、ベンが気がついてくれるだろうかと思っていた。自分がとんでいるところを、ぜひ見てほしかったのだ。

「ほほう！」と、ベンは声をあげた。「こりゃまた！　あんたもやっぱり、ちっこい子で、身体《からだ》には、すっぱいバターミルクではのうて、ちゃんと血が流れとるようじゃな。なわとびのおかげで、そのほっぺたの赤いことというたら、わしの名前がベン・ウェザスタッフなのとおんなじくらい、はっきりしとる。あんたにそんなことができるとは、思わんかったぞ。」

「とんだの、はじめて」と、メアリは言った。「まだ、ちょっとやっただけよ。続けては、二十回だけ。」

「せっせとおやり」と、ベンは言った。「異教徒《いきょうと》のなかで育ったにしちゃ、ちゃんと、とべとる。こいつの見ること、見ること」と言いながら、ベンはコマドリのほうへ、ぐいと首をふってみせた。「昨日も、あんたのあとについていった。今日も、ついていく気、まんまんじゃ。そのなわとびっちゅうもんが、いったいなんなのか、知りとうてたまらんのじゃな。はじめて見るからな。いやはや！」そう言いながら、ベンは、コマドリのほうに頭を動かしてみせた。「よっぽど用心しとらんと、その知りたがりが、身をほろぼすぞ。」

メアリは、二、三分おきに休みながらではあったが、庭という庭をとんでまわり、果樹園《かじゅえん》もぐるっとまわった。最後に、お気に入りの長い散歩道へ行き、端《はし》から端まで休まずにとんでいけるか、ためしてみることにした。ずいぶんの距離《きょり》なので、ゆっくりととびはじめたが、半分ほども行くと、身体《からだ》がかっかと熱くなり、息も切れてきて、休まずにはいられなくなった。すでに三十回は続けてとべるようになっていたので、メアリは、あまり気にしなかった。立ち止まって、うれしさのあまり、ちょっと笑ったとき、なんと、あのコマドリが、すぐ目の前のツタの長い枝《えだ》に止まって、ゆらりゆらりとゆれているのが見えた。コマドリはメアリのあとについてきており、ピッ、ピッと鳴いて、あいさつしてくれた。スキップでそばまで行こうとしたメアリは、ピョンピョンとぶごとに、ポケットのなかの何か重いものが、身体にぶつかるのに気づいた。メアリはコマドリを見て、また笑った。

「昨日は、鍵《かぎ》のあるとこを教えてくれたよね」と、メアリは言った。

「今日は、扉《とびら》のあるとこを、教えてくれなきゃ。でも、おまえには、わかんないよね！」

コマドリは、ゆれているツタの枝《えだ》から飛び立ち、塀《へい》のてっぺんに止まると、くちばしを大きく開けて、いかにも聴《き》かせてやると言わんばかりに、カラカラカラと、見事《みごと》なさえずりを響《ひび》かせはじめた。この世にすばらしいものはたくさんあるが、得意になって芸を披露《ひろう》するときのコマドリほど、うっとりさせてくれるものは、またとない。しかも、コマドリという鳥は、しょっちゅうそれをやってくれるのだ。

メアリ・レノックスは、アヤに聞かされたお話で、魔法《まほう》というものにたっぷり親しんで育ったが、このあといつも、このときに起こったことは魔法だったのだと言っていた。

気持ちのいい風がひと吹《ふ》き、散歩道をかけ抜《ぬ》けていった。それは、ほかの風よりも、ちょっとだけ、強かった。ちょうど木々の梢《こずえ》をゆらす程度で、剪定《せんてい》もされないまま塀からたれ下がっていたツタも、いくらかゆれた。メアリが、コマドリに近づこうと一歩踏《ふ》み出《だ》した、ちょうどそのとき、ひと吹きの風が、たれ下がったツタを大きくゆらした。メアリはさっとそこへかけより、ゆれた枝をつかんだ。それは、枝の下に何かが――たれ下がった葉っぱに隠《かく》された、丸いノブが見えたからだった。それは、扉についているノブだった。

メアリは、葉っぱの下に手を突《つ》っこみ、引っぱったり、押《お》しのけたりした。ツタは、ずいぶん分厚《ぶあつ》く茂《しげ》っていたが、そのほとんどは、たれてゆれているカーテンのようなものだった。もっとも、木や鉄の上をはっているところも、いくらかあった。メアリの心臓《しんぞう》はドキドキしはじめ、手はよろこびと興奮《こうふん》で少しふるえた。コマドリはさっきからずっと、首をちょっとかしげて、歌ったり、チッチッと鳴いたりしており、メアリとおなじくらい、興奮しているようだった。手の下にある、この四角いものはなんだろう？　鉄でできていて、指でさわると、穴《あな》が開いているところがある。

それは、十年のあいだとざされたままの扉の、鍵穴《かぎあな》だった。メアリはポケットに手を入れ、鍵を取り出し、それが鍵穴にぴたりと合うことをたしかめた。鍵を深く押し入れて、まわしてみた。両手を使わないと動かなかったが、まわることはまわった。

メアリは大きな息をつき、ふりかえって、長い散歩道をやってくる人影《ひとかげ》はないかとたしかめた。だれも来る様子はない。どうやらこのあたりには、だれも来ないようだ。メアリは、もう一度大きな息をついたが、それは、そうしないといられなかったからだった。それから、ゆれているツタのカーテンを押しのけ、扉を押した。それは、ゆっくりと——ごくゆっくりと、開いた。

メアリはなかにすべりこみ、扉をしめた。そして、背中《せなか》を扉に押しあて、興奮と驚《おどろ》きとよろこびで、はあはあと息を切らしながら、あたりを見まわした。

メアリがいま立っているのは、秘密《ひみつ》の庭の「なか」だった。

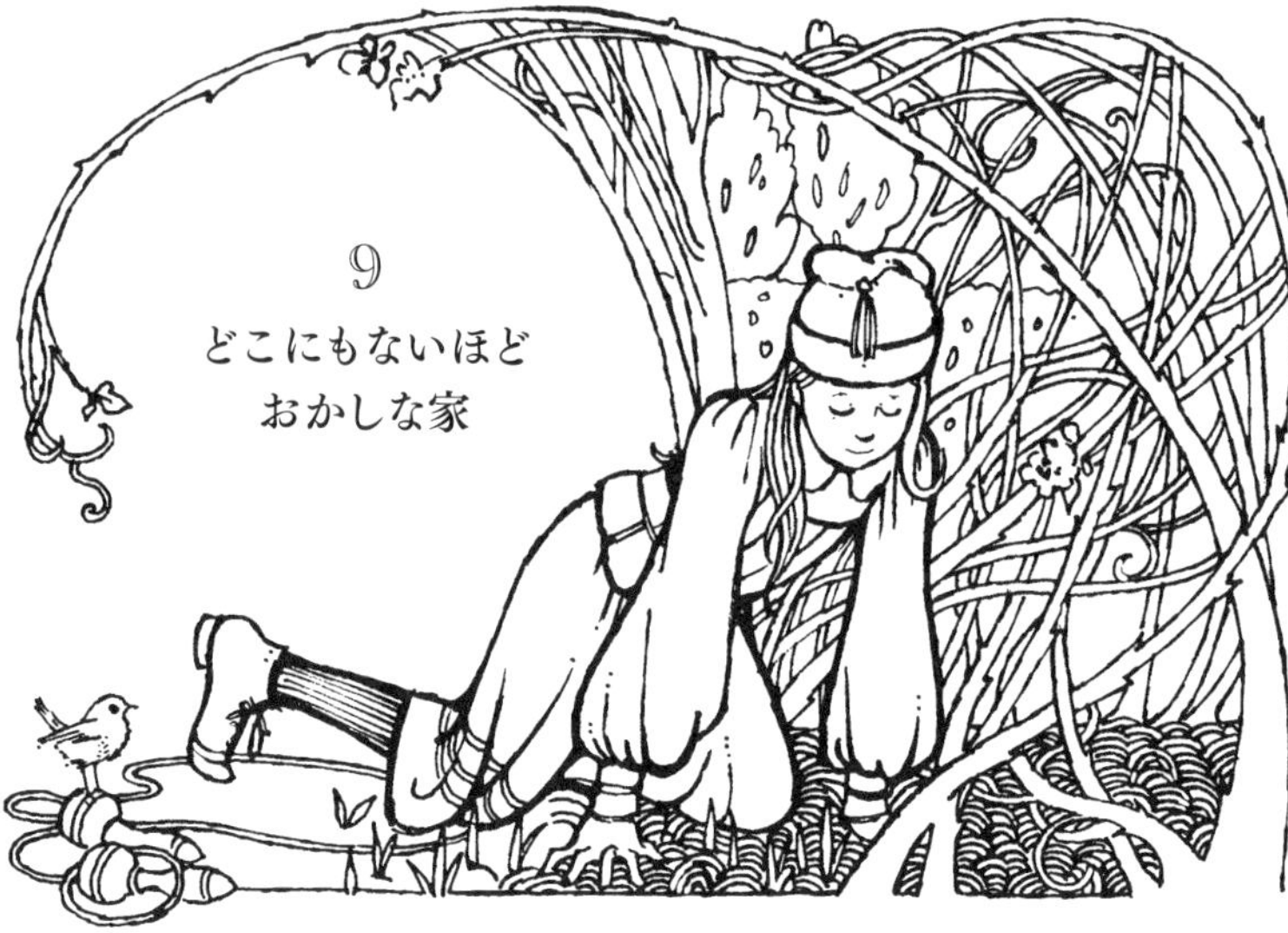

9 どこにもないほど おかしな家

そこは、だれも想像《そうぞう》してみることさえできないような、とても不思議で、すてきなところだった。まわりを囲《かこ》んでいる高い塀《へい》は、まだ葉っぱの出ていないバラのつるでおおわれており、あんまりよく茂《しげ》っているので、あちこちでからみあって、バラの壁《かべ》のようになっていた。メアリ・レノックスに、それがバラだとわかったのは、インドでバラを見なれていたからだ。地面はどこもかしこも、茶色く枯《か》れた草だらけで、そのあちこちに、塊《かたまり》になった茂みがあるのは、もし生きているのであれば、バラにちがいなかった。立ち木作りのバラも何本もあり、まっすぐに立って枝《えだ》を広げているので、まるで小さな木のように見えた。バラ以外の木もいろいろあったが、ここがとても美しくて不思議な場所に思えるのは、そんな木の多くにつるバラがからみ、長いつるをゆらして軽やかそうなカーテンにしたり、あちこちでお互いにからみあい、長い枝先《えださき》を伝えば、一本の木からほかの木へと渡《わた》っていけそうな、美しい橋をかけていたりするからだった。枝やつるには、葉っぱも花もついておらず、メアリには、それらが死んだのか生きているのかさえ、わからなかった。しかし、灰色《はいいろ》や茶色をした細い枝々《えだえだ》は、塀や、木々や、そのほかの何もかもを、霞《かすみ》のマントでふんわりと包んでいるかのように見えた。なかには枝先がたれて地面をはっているところもあり、そんなところでは、茶色く枯《か》れた草までが、そのマントにおおわれていた。木から木へとかけ渡された、この霞のようなものが、ここを、こんなにも不思議な場所にしているのだった。メアリは、長いあいだ手入れをされずに放っておかれた庭は、ほかの庭とはちがっているだろうと考えていた。それはまったくそのとおりで、そこは、メアリがこれまでに見たどんなところとも、まるでかけはなれた場所だった。

「なんて静かなの！」と、メアリはささやいた。「すっごく静か！」

そして、ちょっと立ち止まり、静けさに耳をすました。自分の木のてっぺんへ飛んで帰ったコマドリさえ、ほかの何もかもにならうように、ひっそりしていた。翼《つばさ》を動かすことさえしないで、ただじっと、メアリを見ている。

「静かなはずよね」と、メアリは、また、ささやいた。「ここで人が声を出すのは、この十年で、あたしがはじめてなんだもの。」

メアリは、ドアから離《はな》れ、まるで、だれかが目をさましたら大変だと思っているみたいに、しのび足で歩いていった。草が生《お》い茂《しげ》っていて、足音がしないのは、ありがたかった。木と木とのあいだには、妖精《ようせい》がかけ渡《わた》した橋のようなものがあり、その下を通ったときに、立ち止まってながめてみたら、小枝《こえだ》やつるがからみあって、つながっているのだった。

「何もかも、死んでしまってるのかしら」と、メアリはつぶやいた。「死んでしまった庭なのかしら？　そうでないと、いいんだけど。」

ベン・ウェザスタッフだったら、木の幹《みき》や枝を見ただけで、それが生きているかどうか、わかっただろう。でも、メアリには、灰色や褐色《かっしょく》をした大枝《おおえだ》や小枝が見えるだけで、そこにはまだ、葉っぱになるちっぽけな芽さえ、出てきてはいなかった。

それでもメアリは、不思議な庭のなかにいるのだし、いつだって、ツタの下に隠《かく》れたドアを通って、ここに来ることができるのだ。メアリは、まるごと自分だけの世界を見つけたような気がした。

四方の壁《かべ》のなかは、お日さまの光でいっぱいで、ミスルスウェイト荘園《しょうえん》のこの特別な場所の上にかけ渡された、高い高い青空のアーチは、ムアの上のそれよりも、さらにまぶしく、しかもふんわりしているかのように思われた。コマドリは木のてっぺんから舞《ま》いおりてきて、そこらをチョンチョンととびまわったり、メアリのあとについて、茂みから茂みへと飛び移ったりした。

しきりにさえずり、とてもいそがしげに動きまわる様子は、まるでメアリを案内しようとしているかのようだった。何もかもが見なれなくて、しんとしており、ほかの人たちから何百マイルも遠ざかってしまったような気がしたが、なぜかメアリは、さびしいとはちっとも思わなかった。メアリの心を悩《なや》ましていたのは、ただひとつ、バラが全部死んでしまったのか、なかには生きているものもあって、もっと暖《あたた》かくなってくれば、葉っぱやつぼみが出てくるのか、ということだけだった。これが死んだ庭だなどとは、思いたくなかった。ちゃんと生きている庭だったら、どんなにすてきだろう。もし、あっちにもこっちにも、何千ものバラが咲《さ》くのだったら？

メアリは、ここへはいってきたとき、なわとびのなわを、腕《うで》にかけていた。しばらく歩きまわったあと、メアリは、なわとびで庭じゅうをまわって、見たいところがあれば、そこで止まろうと思いついた。芝《しば》の生《は》えた小道だったらしいところが、そこここにあったし、一つ二つのすみっこには、あずまやのように仕立てた常緑樹《じょうりょくじゅ》の前に、石のベンチがあるところや、すっかり苔《こけ》におおわれた植木鉢《うえきばち》が置いてあるところもあった。

二つめか三つめのあずまやのようなところに来たとき、メアリは、なわとびをやめた。そこには以前、花壇《かだん》があったらしく、黒い土のなかから、何かが頭を出していた。それは、先がとんがった、薄緑《うすみどり》のものだった。ベン・ウェザスタッフが言っていたことを思い出したメアリは、膝《ひざ》をついて、よく見てみた。

「そうよ、これから育ってくる、ちっちゃいものだわ。ひょっとすると、クロッカスか、スノードロップか、水仙《すいせん》かも」と、メアリはささやいた。

メアリはかがみこんで、湿《しめ》った土の新鮮《しんせん》なにおいをかいだ。そして、それがとても気に入った。

「ひょっとすると、ほかにも、出てきてるものがあるかもしれない」と、メアリは言った。「庭じゅうまわって、見てみなくちゃ。」

メアリは、スキップするのはやめて、ゆっくりと歩きながら、地面をくまなく見るようにした。庭の縁《ふち》に沿《そ》った古い花壇《かだん》も見たし、草むらも見てみた。何ひとつ見逃《みのが》さないようにしながら、ぐるっとひとめぐりし終えたときには、とてもたくさんの、とんがった薄緑《うすみどり》の頭を見つけて、すっかり興奮《こうふん》していた。

「全然、死んだ庭なんかじゃないわ。」メアリは、自分だけに聞こえる声で、そっとさけんだ。「バラは死んじゃったとしても、生きてるものもあるもの。」

メアリは、園芸のことは何も知らなかったが、とんがった緑の頭が出てこようとしているのに、そこに草が生《お》い茂《しげ》っていると、うまく伸《の》びられないのではないかと思った。そこで、あたりを探《さが》して、先がわりあいとがった木切れを見つけ、膝《ひざ》をついて、草を掘《ほ》って抜《ぬ》き、緑の頭のまわりを少しだけきれいにした。

「さあ、これで、もっと楽に、息ができるわ。」最初のいくつかのまわりをきれいにすると、メアリはこう言った。「まだ、これから、うんとやらなくちゃ。気がついたところは、全部きれいにしよう。今日、全部できなくても、明日やれるわ。」

　メアリは、次々に場所を変えながら、掘ったり抜いたりした。それがとても楽しかったので、花壇から花壇へ、さらには木々の下の草むらへと、移動しながら働いた。せっせと動いたせいで、すっかり暑くなり、まずコートをぬぎ、帽子《ぼうし》をぬぎ、自分では気づかなかったが、足元の草や、ツンツンと頭を出している薄緑のものに、にこにことほほえみかけていた。

　コマドリは、とほうもない、いそがしさだった。自分の領地《りょうち》で庭仕事がはじまったのには、大満足だった。これまでコマドリは、ベン・ウェザスタッフが来てくれないことに、おおいに疑問《ぎもん》を持っていた。庭仕事のあと、掘り返された土のなかには、いろんなすてきな食べものが見つかるものだ。この新種の生きものは、ベンの半分もないくらい小さいのに、ちゃんと自分の庭へやってきて、すぐさま仕事にかかってくれた。

　メアリ嬢《じょう》ちゃんは、昼ごはんを食べに帰る時刻《じこく》になるまで、せっせせっせと働いた。帰る時刻だと気がつくのが、少しおそくなったほどで、コートを着て、帽子をかぶって、なわとびのなわを拾い上げたときには、もう二、三時間も働きどおしだったことに気づいて、信じられない思いだった。そのあいだずっと、メアリは本当に幸せだった。きれいにした場所には、二十も三十もの、ちっぽけな薄緑の頭がのぞいており、雑草《ざっそう》だらけだったときと比《くら》べて、倍も楽しげに見えた。

「お昼がすんだら、また来るわ。」メアリは、自分の新しい王国を見渡《みわた》しながら、木々やバラの茂《しげ》みがちゃんと聞いているかのように、そう言った。

それから、軽い足どりで草の上を走り、開きにくい古い扉《とびら》を押《お》し開け、ツタの茂みの下からすべり出た。ほっぺたをまっ赤にし、目をキラキラさせて、お昼をしっかり食べたので、マーサは大よろこびした。

「お肉、二切れに、ライス・プディングは、おかわり！」と、マーサは言った。「ほんに、まあ！　なわとびがこんなに役に立ったと言うたら、おっかさんがどんなによろこぶことか。」

先のとがった木切れで、土を掘《ほ》っていたとき、メアリ嬢《じょう》ちゃんは、ちょっと玉ねぎに似《に》た、白い根っこを掘り出していた。メアリはそれをもとにもどし、ていねいに土をかけて、トントンとかためておいたが、このとき、マーサに聞けば、あれが何かわかるかもしれないと気がついた。

「マーサ」と、メアリは言った。「玉ねぎみたいな、白い根っこは何？」

「球根じゃ」と、マーサは答えた「春の花をいっぱい咲《さ》かせてくれるで。ちっこいのは、スノードロップやら、クロッカスやらで、でっかいのは、白水仙《しろずいせん》や、黄水仙や、ラッパ水仙じゃ。特別でっかいのは、ユリやら、アヤメやらじゃな。ああ！　どれもみんな、きれいなことというたら。うちのちっこい庭にも、ディッコンがいっぱい植えとる。」

「ディッコンは、そういうこと、なんでも知ってるの？」メアリは、新しいことを思いついて、そうたずねてみた。

「うちのディッコンは、レンガの塀《へい》にでも、花を咲かせられるで。おっかさんは、あの子がささやくだけで、土んなかから、いろんなもんが生《は》えてくると言うとる。」

「球根って、長いあいだ生きてる？　だれも世話をしなくても、何年も何年も生きられる？」

と、メアリは心配そうにたずねた。

「球根は、世話いらずじゃ」と、マーサは言った。「じゃから、貧乏人《びんぼうにん》でも植えられるんじゃ。ほっといてやれば、たいていのもんは、地面の下で勝手に増《ふ》えて、ちっこいのがいっぱいできるわ。ここのお屋敷《やしき》の森には、スノードロップが何千も咲くとこがある。春が来て、それが咲いたら、まあ、きれいなこと、ヨークシャー一のながめじゃ。だれが最初に植えたんかは、だれも知らんけどな。」

「いま、春だといいのに」と、メアリは言った。「イギリスじゅうで育つもの、全部見たいわ。」

メアリは食事をすませて、暖炉《だんろ》の前の敷物《しきもの》の上の、お気に入りの場所に移っていた。

「あたし――あたし、小さいシャベルがほしいの」と、メアリは言った。

「シャベルなんか、何にするん？」と、マーサはたずねた。「土を掘るんか？　おっかさんに言わんと。」

メアリは、暖炉の火を見つめながら、少し考えた。自分の秘密《ひみつ》の王国を守ろうと思ったら、用心しないといけない。メアリは、庭を荒《あ》らすようなことをするつもりはなかったが、クレイヴンさんは、扉《とびら》が開けられたことを知ったら、ものすごく怒《おこ》って、新しい錠前《じょうまえ》を取りつけて、またしめきってしまうだろう。そんなことには、耐《た》えられなかった。

「ここはすごく大きいし、さびしいとこよね。」メアリは、頭のなかで考えをまとめながら、ゆっくりと話しはじめた。「お屋敷《やしき》はがらんとしてるし、広いお庭もがらんとしてるし、囲《かこ》んであるお庭にはいっても、だれもいないわ。しめきりになった場所だらけ。あたし、インドでも、ほとんど何もしてなかったけど、人はいっぱい見られたわ――土地の人や、行進していく兵隊さんや――ときどきは楽隊の演奏《えんそう》もあったし、アヤはお話をしてくれたし……。ここでおしゃべりができるのは、あんたと、ベン・ウェザスタッフだけ。でも、あんたはいろいろ仕事があるし、ベン・ウェザスタッフは、めったにしゃべってくれないんだもん。もし小さいシャベルがあれば、ベンがしてるみたいに、どこか掘《ほ》って、もしベンが種をくれたら、ちっちゃいお庭が作れるんじゃないかと思ったの。」

マーサの顔が、パッと明るくなった。

「それ、見てみい！」と、マーサはさけんだ。「おっかさんが言うたとおりじゃ。おっかさんは な、『あんなに広いお屋敷なんじゃから、その嬢《じょう》ちゃんに、どっかのすみっこを使わせてあげりゃええのに。パセリやラディッシュくらいしか作れんでも、かまわんが。せっせと土を掘ったり、ならしたりしとれば、そんだけでも元気が出てくるがね』と言うとった。いま言うたとおり、そのままじゃ。」

「ほんと？」と、メアリは言った。「どうしてそんなに、よくわかるのかな？」

「そりゃ、もう！」と、マーサは言った。「十二人もの子を育てりゃあ、ABCだけじゃわからんことが、わかってくるもんじゃと、おっかさんは、いつも言うとる。子どもっちゅうのは、算《さん》術《じゅつ》よりも、勉強になるとな。」

「シャベルって、いくらくらいするの？　ちっちゃいので」と、メアリはたずねた。

「えーと」と、マーサは、考えながら答えた。「スウェイトの村の店で、庭用の道具の小さいのが、セットになっとるのを、見たことがあるけどな、シャベルと、草取りのフォークと、熊手《くまで》とがひとそろいになって、二シリングじゃった。ちゃんと使いもんになるように、丈夫《じょうぶ》にできとったよ。」

「あたし、それよりもっと、持ってる」と、メアリは言った。「モリソンさんが五シリングくれたし、メドロックさんも、クレイヴンさまからだって、いくらか、くれたから。」

「だんなさまは、あんたのことを、そんくらいは、気にかけとったんかいね？」と、マーサが、びっくりしたように言った。

「メドロックさんが、毎週一シリングくれることになってる。土曜日ごとにもらってるわ。何も、使い道がないけど。」

「なんと、まあ！　そりゃ、大金《たいきん》じゃがね」と、マーサは言った。「そんだけあったら、ほしいもん、なんでも買えるわ。うちの家の家賃《やちん》は、一シリング三ペンスじゃけど、そんだけかき集めるのに、いつも大騒動《おおそうどう》じゃ。あっ、ええこと、思いついた。」そう言いながら、マーサは両手を腰《こし》に当てた。

「なあに？」と、メアリは、熱心にたずねた。

「スウェイトの店には、一袋《ふくろ》、一ペニーで、いろんな花の種を売っとる。うちのディッコンなら、どれがきれいかも、よう知っとるし、育て方もわかっとる。あの子は、特に用がのうても、しょっちゅうスウェイトまで歩いていく。あんた、活字みたいに書くのは、できるかいね？」と、いきなりたずねた。

「ペンで書くのは習ったわ」と、メアリは答えた。

マーサは首をふった。「うちのディッコンは、ふつう書くのに使う、続け字は読めん。あんたが、活字みたいな字で手紙が書けたら、庭道具と種を買《こ》うてくるように、言うてやれる。」

「わあ！　なんてすてきな考え！」と、メアリはさけんだ。「マーサって、すてき。こんなに親切な人だなんて、知らなかった。活字みたいに書くのは、やってみればできると思う。メドロックさんに言って、ペンとインクと紙をもらわなくちゃ。」

「あたしのがあるよ」と、マーサが言った。「日曜なんかに、おっかさんにちょっと便りをするのに、買うといいたんじゃや。とってくるよ。」

マーサがかけだしていったあと、メアリはうれしくてたまらず、やせた小さな手をぎゅっと握《にぎ》りあわせて、火のそばに立っていた。

「シャベルがあれば」と、メアリはつぶやいた。「土をやわらかくしてやれるし、雑草《ざっそう》も抜《ぬ》けるわ。種が手にはいれば、お花が育てられて、死んだお庭なんかじゃなくなる――ちゃんと生き返るわ。」

メアリは、その午後は、庭へはもどらなかった。マーサは、ペンとインクと紙を持ってもどったが、そのあと、お皿類を下へ運ばなくてはならず、台所にもどると、そこにはメドロックさんがいて、仕事を言いつけられ、それをすませてもどってくるまで、メアリはずいぶん待たなくてはならなかった。それから、ディッコンあての手紙を書くのが、これまた、大仕事だった。メアリはたいして教育を受けてはいなかった。家庭教師《かていきょうし》が来たものの、だれもがメアリをひどくきらい、長続きしなかったからだ。それでも、綴《つづ》りはすらすらとは出てこないものの、活字体で書くことは、やってみたらできた。マーサが言ったことを、メアリが書き取って仕上げた手紙は、次のようなものだった。

ディッコンへ

いまだすてがみが、うまくあんたにとどくといいとおもいます。メアリじょうさんは、おかねがたくさんあるので、スウェイトへいって、はなのたねと、かだんをつくる、にわどうぐをかってください。きれいで、そだてやすい、たねがいいです。じょうさんはインドでそだって、そこはいろいろちがうので、はなをそだてたことがないからです。かあさんと、みんなによろしく。メアリじょうさんは、いろんなはなしをしてくれるそうなので、こんどかえったら、ゾウのことや、ラクダのことや、ライオンがりやトラがりにいくしんしがたのことを、はなしてあげます。

あんたがだいすきなあね
マーサ・フィービ・サワビー

「お金もいっしょに、封筒《ふうとう》に入れといて、肉屋の小僧《こぞう》に頼《たの》んで、とどけてもろうたらええわ。あの子は、ディッコンの親友じゃからな」と、マーサが言った。

「ディッコンが買ってくれたものは、どうやってとどくの?」と、メアリはたずねた。

「あの子が、自分で持ってくるじゃろ。こっちのほうへ歩いてくるのは、好きじゃからな。」

「わあ!」と、メアリはさけんだ。「じゃあ、会えるのね! ディッコンに会えるなんて、思わなかった。」

「あの子に会いたいんか？」と、マーサはたずねたが、その顔はとてもうれしそうだった。

「会いたいわ。キツネやカラスがなつく子なんて、見たことないもん。すっごく会ってみたい。」

マーサは、急に何かを思い出したらしく、ハッとしたような顔をした。

そして、「あっ、そうじゃ」と言った。「きれいに忘《わす》れとった。けさ、いちばんに、言うつもりじゃったのにな。あのな、おっかさんに言うたら、自分でメドロックさんに聞いてみると言うとった。」

「それって――」と、メアリは言いかけた。

「火曜日に言うとったことじゃ。そのうち、あんたが馬車でうちまで来て、おっかさんが焼いたオート麦のビスケットや、バターやミルクの味見をしてもええか、っちゅう話。」

たった一日のうちに、おもしろいことが次から次へとわいてくるみたいだった。お日さまの光を浴びながら、まっ青な空の下に広がるムアを越《こ》えていく！　そして、十二人もの子どもたちのいる、小さな家を訪問《ほうもん》するのだ！

メアリは、とても心配そうに、「メドロックさんが行かせてくれると思う？」とたずねた。

「うん。おっかさんは、大丈夫《だいじょうぶ》じゃと思うとる。メドロックさんは、うちのおっかさんがきれい好きで、家んなかをきちんとしとるのを、よう知っとるからな。」

「もし行ければ、ディッコンだけでなく、あんたのお母さんにも会えるのね」と、メアリは言い、その計画をとてもすてきだと思った。「あんたのお母さんは、インドのお母さんたちとは、ちがうみたい。」

せっせと庭で働いたあと、わくわくする午後をすごしたメアリは、やがて静かに考えこみはじめた。マーサはお茶の時間まで部屋にいたが、二人はもう、あまりおしゃべりはせず、気持ちのいい静けさを楽しんでいた。しかし、マーサがお茶の用意をしに下へ行こうとしたとき、メアリがふと、問いかけた。

「マーサ」と、メアリは言った。「皿洗《さらあら》いの女の子は、今日も歯痛《はいた》だったの?」

マーサは明らかに、ちょっとあわてたようだった。

「なんで、そんなこと聞くん?」と、マーサは言った。

「あんたがなかなかもどってこないから、ドアを開けて、あんたが来るかと思って、廊下《ろうか》をちょっと先まで行ったの。そしたら、また、いつかの晩《ばん》みたいに、遠くで泣き声が聞こえたわ。今日は風がないもん、風の音じゃないって、わかるでしょ。」

「あれ!」と、マーサは、うろたえたように言った。「廊下をうろうろして、聞き耳を立てたりしたらいかんがな。クレイヴンさまが腹《はら》を立てられたら、どんなことになるか、わからんからな。」

「聞き耳なんて、立てないわ」と、メアリは言った。「ただあんたを待ってただけよ。そしたら、聞こえたの。これで、三度めよ。」

「こりゃいかん！　メドロックさんのベルじゃ」と、マーサは言い、走るように部屋を出ていった。

「こんなに変な家、どこにもないわよね。」メアリは眠《ねむ》そうにそうつぶやき、すぐそばの肘《ひじ》かけ椅子《いす》のクッションに、頭をのせた。新鮮《しんせん》な空気を吸《す》い、土を掘《ほ》り、なわとびをしたおかげで、気持ちのいい疲《つか》れがおそってきて、メアリはそのまま、ぐっすりと眠りこんだ。

10
ディッコン

ほとんど一週間近く、秘密《ひみつ》の花園の上には、お日さまが輝《かがや》き続けていた。「秘密の花園」というのは、メアリがそこのことを考えるときに、使いはじめた呼《よ》び名《な》だった。メアリはその呼び名が気に入っていた。そして、その呼び名以上に、美しい古びた塀《へい》のなかにはいって、だれもメアリの居場所を知らないときの気分が、気に入っていた。なんだかまるで、おとぎ話の世界にはいりこんで、ふつうの世界との境《さかい》のドアを、しめてしまったみたいだったからだ。メアリがこれまでに読んだ本で、気に入ったものは、ほんのわずかだったが、それらはみんな、おとぎ話の本だった。そのなかには、隠《かく》された庭が出てくるお話も、いくつかあ

った。その庭で、百年間、眠《ねむ》り続けるというお話もあったが、そんなのはつまらないと思った。自分だったら、眠ったりしないと思ったし、じっさい、ミスルスウェイト荘園《しょうえん》ですごしていると、一日ごとに、目がはっきりとさめてくるような気がした。メアリは外に出るのが、大好きになってきていた。風がきらいだったのに、いつのまにか、風も楽しめるようになっていた。走るのも速くなり、長く走れるようになったし、スキップも、百回続けられるようになった。秘密の花園の球根たちは、まわりの草がきれいに片《かた》づけられ、楽々と息ができるようになって、さぞかし驚《おどろ》いていたにちがいない。球根たちは、メアリ嬢《じょう》ちゃんには見えない暗い土のなかで元気づき、おおいにがんばりはじめていた。お日さまの暖《あたた》かさがちゃんととどくし、雨が降《ふ》れば、湿《しめ》り気《け》もすぐにとどいたので、すっかり生き返った気分になっていたのだ。

メアリは、こうと決めたら、絶対《ぜったい》にそれをやりとおす、変わった子どもだった。それがいま、こんなにおもしろいことに出会って、こうと決めたのだから、夢中《むちゅう》になるのは当然だった。せっせせっせと草を抜《ぬ》いたり、土を掘《ほ》ったりしていると、仕事が進んでいくのがうれしくて、疲《つか》れも感じないくらいだった。何もかもが、とてもすてきな遊びのように思えたのだ。薄緑《うすみどり》の芽は、こんなにあるのかと驚くほど、次から次から見つかった。芽は、そこらじゅうで活動をはじめたらしく、来る日も来る日も、新しいちっぽけな芽が顔を出していた。なかには、やっと土からのぞきはじめたばかりの、小さな点にすぎないものもあった。あんまり多いので、メアリは、マーサが言っていた、「スノードロップが何千も咲《さ》くとこがある」という話を思い出した。マーサは、球根というものは、自分で勝手に増《ふ》えるんだと言っていた。ここの球根たちは、十年も放っておかれたあいだに、スノードロップみたいに、何千もに増えたのだろう。どれだけ待てば花が咲くのだろうと、メアリは思った。ときどきは掘るのを休んで、庭を見渡《みわた》し、何千ものかわいい花が咲いたら、どんな景色になるんだろうと、想像《そうぞう》してみたりもした。

いいお天気続きの、この一週間のあいだに、ベン・ウェザスタッフとも、ずいぶんなかよくなれた。何度かは、まるで土の中からとび出してきたみたいに、いきなりベンのそばに顔を出して、びっくりさせてしまった。じつを言うと、メアリの姿《すがた》を見たら、ベンがさっさと道具をかついで行ってしまうのではないかと心配で、いつも、なるべく音を立てずに近づいていくようにしていたのだ。しかし、ベンは、最初のころとはちがって、メアリをじゃまもの扱《あつか》いにしたりはしなくなっていた。メアリが、年寄《としよ》りの自分と友だちになりたがっているのに気づいて、内心、気をよくしていたのかもしれない。それにメアリも、最初のころとはちがって、ずいぶん礼儀《れいぎ》正しくなっていた。ベンにはわかりようのないことだったが、最初にベンに会ったときの話し方は、インドで現地《げんち》の人を相手にしていたときのようだったのだ。気むずかしくてがんこなヨークシャー生まれの老人《ろうじん》は、主人たちに向かって深々とお辞儀《じぎ》をしたりはしないし、ただ命令を待っていて、それにしたがって動いているわけでもないのだが、そのときのメアリには、それが全然わかっていなかった。

「コマドリみてえじゃな」と、ベンが言ったのは、ある朝、顔を上げたら、すぐそばにメアリが立っていたときのことだった。「知らんうちに来とるし、どっから来るかも、わかりゃせん。」

「コマドリとは、もうお友だちよ！」と、メアリは言った。

「あいつときたら」と、ベン・ウェザスタッフは、ののしるように言った。「うぬぼれやで、浮気《うわき》もんで、娘《むすめ》っ子《こ》と見ると、ええ顔をしたがる。あの尾羽根《おばね》を見せびらかすためなら、どんなことでもやりおるわい。あのちっこい身体《からだ》に、うぬぼれが詰《つ》まっとることときたら、卵《たまご》のからに中身が詰まっとるみたいなもんじゃ。」

ベンは口が重く、ときには、メアリが何か質問《しつもん》しても、うなり声でしか答えてくれなかった。でも、この朝は、いつもと様子がちがっていた。ベンは身体を起こすと、底に鋲《びょう》を打った丈夫《じょうぶ》な長靴《ながぐつ》の片方《かたほう》を、突《つ》き立《た》てたシャベルの上にのせ、メアリを見下ろした。

「ここへ来て、どんだけになる？」と、ベンはいきなりたずねた。

「ひと月ぐらいかな」と、メアリは答えた。

「ミスルスウェイトっ子に、なりかけてきたな」と、ベンは言った。「ちっとは太ったようじゃし、黄色かったのも、ましになった。最初にこの庭へ来たときには、羽根をむしられた、カラスの子みてえじゃった。こんなにしかめっつらの、みっともないちびは、見たことがねえと思うたわい。」

メアリはうぬぼれ屋ではなく、自分の見かけなど、気にしたことがなかったので、こう言われても、たいしてなんとも思わなかった。

「太ったの、知ってる」と、メアリは言った。「靴下《くつした》がきつくなったもん。以前はだぶだぶだった。ほら、コマドリが来たよ、ベン・ウェザスタッフ。」

たしかにそれは、あのコマドリで、メアリにはその姿《すがた》が、ますますすてきになったように思えた。赤いチョッキはサテンのようにつやつやだし、翼《つばさ》や尾羽根《おばね》をパタパタさせ、首をちょっとかしげ、チョンチョンとはねて歩く様子は、活気にあふれていて、優雅《ゆうが》だった。どうやらコマドリは、ベン・ウェザスタッフにいいところを見せて、感心させようと思っているみたいだった。しかしベンは、皮肉屋《ひにくや》だった。

「ああ、来おったな!」と、ベンは言った。「もっとましな相手がおらんときには、このじいさんで間に合わせようと、たくらんどるんじゃろうが。この二週間というもの、その赤いチョッキや羽を、磨《みが》きたてておったもんな。何をねろうとるのか、わかっとるぞ。どっかのあつかましい娘《むすめ》っ子《こ》に、うそ八百をならべて、言いよっとるんじゃろうが。ミスル・ムアでいちばんのコマドリは自分じゃとか、どんな奴《やつ》が来ても負かしてみせる、などと言うてな。」

「わあ! 見て、見て!」と、メアリがさけんだ。

コマドリは明らかに、相手をとりこにしようという、大胆《だいたん》な気分になっているみたいだった。ベン・ウェザスタッフのほうに向かって、チョン、チョンととんできたかと思うと、さっきよりますます愛想《あいそう》よさそうに、ベンを見上げたのだ。それから、さっと飛び立って、すぐそばのスグリの茂《しげ》みに止まったと思うと、ちょっと首をかしげ、ベンのほうに向かって、短い歌をさえずった。

「わしをたぶらかそうっちゅう、こんたんじゃな。」ベンはそう言いながら、顔をしかめて見せたが、メアリには、うれしがっているのを隠《かく》そうとしているように見えた。「おまえは、自分に勝てるもんは、どこにもおらんと思うとる――おまえの考えそうなこっちゃ。」

コマドリはさっと翼《つばさ》を広げ、メアリが目を疑《うたが》うようなことをした。なんと、そのままベンのところへ飛んできて、ベンが杖《つえ》がわりにしていた、シャベルの柄《え》に止まったのだ。するとたちまち、じいさんのしわだらけの顔が、ゆっくりと変わりはじめた。ベンは動くのをやめ、心配で息もできないかのように、じっとしていた。この世界をほんの少しでもかき乱《みだ》したら、たちまちコマドリが飛び去ってしまうにちがいないと、心配しているかのようだった。やがてベンは、ささやくような声で、話しかけた。

言葉は、「こんちくしょうめ！」と、荒《あら》っぽかったが、その言い方は、中身とは全然ちがって、とても優《やさ》しげだった。「人の扱《あつか》い方っちゅうもんを、心得《こころえ》とるわい！　この賢《かしこ》いこと、賢いこと、この世のもんとは思えんほどじゃ。」

　コマドリがまた翼を広げて飛び立つまで、ベンはそのまま、ほとんど息もせずにじっとしていた。そのあと、自分のシャベルに何か魔法《まほう》の力があるのではないかと思ったみたいに、柄《え》のあたりをまじまじと見つめ、それからまた仕事にもどり、しばらくは黙《だま》って掘《ほ》り続けた。

　しかし、ともするとその顔が、うれしそうにほころぶので、メアリはこわがらないで、話しかけた。

「おじいさんは、自分の庭、持ってる？」

「いや。わしはひとりもんでな、門番小屋のマーティンのとこに住んどる。」

「もし庭があったら」と、メアリは言った。「何、植える？」

「キャベツと、イモと、玉ねぎじゃな。」

「お花の庭にしたかったら？」と、メアリはさらに食い下がった。「それだったら、何、植える？」

「球根と、ええにおいのするもんと――しかし、まずはバラじゃな。」

　メアリは、ぱっと顔を輝《かがや》かせた。

　そして、「バラ、好き？」と、たずねた。

　ベン・ウェザスタッフは、雑草《ざっそう》を根ごと抜《ぬ》いて、横のほうに放り投げてから、ゆっくりと答えた。

「ああ、好きじゃとも。わしは、庭師《にわし》としてお仕《つか》えした若奥《わかおく》さまに、バラのことを教えていただいたんじゃ。お気に入りの庭に、バラをいっぱい植えて、それはそれは、大事にしとられた。まるで子どもを、っちゅうか、コマドリをかわいがるみてえにな。バラの上にかがみこんで、キスしとられるのも、見たことがある。」ベンはまた雑草を抜くと、それに向かって、顔をしかめた。

「十年も前のことじゃ。」

「その人、いま、どこにいるの?」メアリは、とても知りたくなって、そうたずねた。

「天国じゃ。」老人《ろうじん》はそう答えると、シャベルをぐさっと土に突《つ》きさした。「牧師《ぼくし》さんの言うことにしたがえばじゃな。」

「バラは、どうなったの?」メアリはますます知りたくなり、重ねてたずねた。

「そのまま、ほっとかれた。」

メアリは、興奮《こうふん》がおさえきれなくなった。

そして、食い下がるように、「死んでしまったの? バラって、ほっとかれると、死ぬもんなの?」とたずねた。

「そりゃ、まあ、わしも気に入っとったし、若奥さまのことも好きじゃったし、あの方が大事にしとられたでな」と、ベン・ウェザスタッフは、しぶしぶ認《みと》めた。「年に一、二回は出かけて行って、ちょっと手入れをしたわ。剪定《せんてい》したり、根のまわりを掘ってやったりな。勝手に伸《の》びて、手に負《お》えんようになったが、土がよかったもんで、いくらかは生き残った。」

「葉っぱがなくて、灰色《はいいろ》や茶色ばっかりで、ひからびたみたいなとき、死んだのか、生きてるのか、どうしたらわかるの？」と、メアリはたずねた。

「春が来るんを、待つことじゃな――お日さまが照って、雨が降《ふ》って、雨が降って、お日さまが照ったら、そのうちわかる。」

「どんなふうに――ねえ、どんなふうに？」メアリは、用心することも忘《わす》れて、声を張《は》り上《あ》げた。

「小枝《こえだ》や、もうちょっと太い枝を、よう見とってみい。あっちこっちに、茶色い小さいこぶみたいなもんができる。あったかい雨が降ったあとで、それがどうなるか、よう見てみい。」ベンは急に口をつぐむと、熱心そうなメアリの顔を、興味《きょうみ》深げに見つめた。そして、「なんで急に、そないにバラのことを、気にかけるんじゃ？」とたずねた。

メアリ嬢《じょう》ちゃんは、顔がまっ赤になるのを感じた。こわくて、返事ができなかった。

「あ、あたし、た、ただ遊んでて、自分のお庭があったらって思って――」と、口ごもった。「あ、あたし、ほ、ほかにすることないもん。何も持ってないし、だれもいないし。」

「そうじゃな。」ベン・ウェザスタッフは、メアリをじっと見てから、ゆっくりと言った。「そのとおりじゃ。なんもないわな。」

その言い方があまりにいつもとちがったので、メアリは、ベンが自分のことを、ちょっとかわいそうに思ったのかもしれないと考えた。メアリはこれまで、自分のことをかわいそうに思ったことなど、一度もなかった。まわりの人たちも、いろんなものも、何もかもがきらいだったので、ただ退屈《たいくつ》で、きげんが悪かっただけだった。しかし、いま、メアリの世界はどんどん変わり、すてきな場所になりつつあった。もしも、秘密《ひみつ》の庭のことが、だれにも知られずにすめば、いつだって楽しくしていられる。

メアリはそのあと、十分か十五分くらいのあいだ、ベンのそばにいて、質問《しつもん》しても大丈夫《だいじょうぶ》そうなことを、たずね続けた。ベンは、いかにもベンらしい、ちょっと変てこな、うなるような声ではあったが、ちゃんと返事をしてくれて、きげんが悪いようではなかったし、クワをかついで行ってしまったりもしなかった。メアリがもう行こうとしたとき、ベンがバラのことを言いかけたので、メアリは、ベンが大好きだったというバラのことを思い出した。

「いまでも、そのバラの様子を見にいくの？」と、メアリはたずねた。

「今年は行っとらん。リウマチで、関節がこわばっとるでな。」

その声はうなるようで、急にきげんをそこねたようだったが、メアリには、どうしてふきげんになったのか、さっぱりわからなかった。

「まったく、もう！」と、ベンは怒《おこ》ったように言った。「質問ぜめにしおって。こないに根掘《ねほ》り葉掘り聞きたがる小娘《こむすめ》は、はじめてじゃわい。さっさと行って、一人で遊べ。今日はもう、おしゃべりはごめんじゃ。」

その言い方があまりにふきげんそうだったので、メアリは、すぐに退散《たいさん》することにした。菜園の外の散歩道に出ると、メアリは、ゆっくりとスキップをしながら、ベンのことを考えた。おかしなことに、あんなにいやな顔をされたにもかかわらず、メアリは、年老《としお》いたベン・ウェザスタッフが好きになっていた。ここにも一人、好きになれる人がいたのだ。メアリはいつだって、ベンのおしゃべりが聞きたかった。しかもメアリは、ベンだったら、花のことをなんでも知っているはずだと思うようになりかけていた。

月桂樹《げっけいじゅ》の生《い》け垣《がき》に縁取《ふちど》られた散歩道は、秘密《ひみつ》の庭に沿《そ》ってカーブしていて、その先には木戸があり、広大な敷地《しきち》のなかの森に出られるようになっていた。メアリは、この散歩道をスキップしていき、森をちょっとのぞいてみようと思った。ひょっとすると、ウサギがピョンピョンはねているのが、見られるかもしれない。スキップするのはとても楽しく、小さな木戸のところに着いたメアリは、それを開けて、通《とお》り抜《ぬ》けた。ちょうどそのとき、口笛のような、低い不思議な音が聞こえ、いったい何なのか、知りたかったからだ。

見えたのは、とても不思議な光景で、メアリはハッと息を止め、そのままそこに立ちすくんだ。男の子が一人、木にもたれて腰《こし》を下ろし、手作りらしい木の笛を吹《ふ》いていた。とてもゆかいな顔つきで、歳《とし》は十二くらいのようだった。身なりはこざっぱりしており、鼻は上を向いていて、ほっぺたはケシの花のように赤く、その目のまん丸くて青いことといったら、メアリ嬢《じょう》ちゃんは、男の子でこんな目をした子に会うのは、はじめてだった。その子がよりかかっている木の幹《みき》には、茶色いリスがいて、その子を見下ろしており、近くの藪《やぶ》かげからは、キジが優雅《ゆうが》に首を伸《の》ばしてのぞいており、その子のすぐそばには、二羽のウサギが前足を上げてすわり、鼻をぴくぴくさせていた。生きものたちはみんな、すぐ近くまで来て少年を囲《かこ》み、少年が吹《ふ》いている低くて風変わりな笛の調べに、耳を傾《かたむ》けているようだった。

少年はメアリを見ると、片手《かたて》をちょっと挙げ、笛の音とおなじように低い声で、「動かんで」と、言った。「みんな、逃《に》げてしまうで。」

メアリはじっとしていた。少年は笛を吹くのをやめ、ゆっくりと立ち上がった。その動作はとてもゆるやかで、全然動いていないみたいだった。しかし、少年が立ち上がってしまうと、リスは枝《えだ》のなかに姿《すがた》を消したし、キジは頭を引っこめたし、ウサギたちは前足を下ろし、ピョンピョンと行ってしまった。でも、こわがって逃げたような様子は、全然なかった。

「おいら、ディッコン」と、少年は言った。「あんた、メアリ嬢さんじゃな。」

そのときメアリは、ひと目見たときから、それがディッコンだとわかっていたことに気がついた。インドの人たちは蛇《へび》をならしていたが、それとおなじように、ウサギやキジをならすことができる子が、ほかにいるだろうか？　ディッコンは、大きくて赤くてゆがんだ口をしており、顔じゅうで笑っていた。

「おいら、ゆっくり立つからな」と、少年は説明した。「急いで動くと、みんなこわがるんじゃ。野の生きもんがそこらにおるときには、ゆーっくり動いて、低ーい声でしゃべらんといかん。」

ディッコンは、メアリと初対面のようにではなく、前からの知りあいのようにしゃべった。メアリはこれまで、男の子とのつきあいがなく、ちょっとはずかしいような気がして、堅苦《かたくる》しくしか、しゃべれなかった。

「マーサの手紙、読んでいただけましたか？」と、メアリはたずねた。

少年は、赤みがかった褐色《かっしょく》の頭を、ちょっと下げた。

「そんで、来たんじゃ。」

少年はかがみこむと、笛を吹くあいだ、すぐそばの土の上に置いてあったものを、拾い上げた。

「庭道具じゃ。ちっこいシャベルと、熊手《くまで》と、草取りのフォークと、クワ。ほれ、ようできとるじゃろ。移植《いしょく》ごてもある。白いケシと、青いラークスパーの種もある。ほかの種を買《こ》うたとき、店のおばさんが、おまけに入れてくれたんじゃ。」

「その種、見せてくれる？」と、メアリは言った。

メアリは、ディッコンみたいにしゃべれるといいのにと思った。ディッコンは、とても気楽そうに、早口でしゃべった。それを聞いていると、ディッコンがメアリを気に入り、自分がメアリに好かれないかもしれないなどとは、まったく思っていないのがよくわかった。ただのムアの男の子で、服はつぎだらけで、おかしな顔に、もじゃもじゃの赤毛だというのにだ。近づいたとき、メアリは、ディッコンが、とてもさわやかな、いいにおいをさせているのに気づいた。それは、ヒースと草と葉っぱのにおいで、まるでディッコン自身が、そんなものからできているみたいだった。メアリはそのにおいがとても気に入り、赤いほっぺたと、まん丸い青い目をした、ゆかいな顔をのぞきこんだときには、はずかしがっていたことなど、きれいさっぱり忘《わす》れてしまった。

「この木の幹《みき》にすわって、見てみましょうよ」と、メアリは言った。

二人は腰《こし》を下ろし、ディッコンはポケットから、茶色い紙で雑《ざっ》に包んだものを取り出した。ディッコンが紐《ひも》をほどくと、もっときちんとした小さな紙袋《かみぶくろ》がいくつも出てきたが、それらには、さまざまな花の絵が描《えが》かれていた。

「モクセイソウとケシを、たくさん買《こ》うた」と、ディッコンは言った。「モクセイソウは、すごくにおいがええし、まいてやれば、どこにでも生《は》えるでな。ケシもじゃ。こいつらは、ちょっと口笛を吹《ふ》いてやったら、すぐに出てきて、花を咲《さ》かせる。これ以上のもんはないな。」

ディッコンは話をやめて、さっとふり向き、ケシの花のようなほっぺたをした顔を、パッと明るくした。

「いまのコマドリ、どこで鳴いとるんじゃろ。ぼくらに呼《よ》びかけとるみたいじゃったな。」

そのさえずりは、びっしりと茂《しげ》って赤い実をつけている、ヒイラギの茂みから聞こえてきた。

メアリには、それがどの鳥の声か、わかる気がした。

「ほんとに、あたしたちを呼《よ》んでるのかしら?」

「ああ」と、ディッコンは、ごくあたりまえなことのように言った。「友だちを呼ぶときの声じゃもん。『ここにおるよ。こっちを見てよ。おしゃべりしたいから』と、言うとるようなもんじゃ。ああ、あの藪《やぶ》のなかじゃな。だれのコマドリなんじゃろう?」

「ベン・ウェザスタッフのだけど、あたしのことも、ちょっと知ってると思う」と、メアリは答えた。

「うん、あんたを知っとるな」と、ディッコンは、ごく低い声で言った。「そんで、あんたのことが好きなんじゃな。ちゃんと信用しとる。おいらに、あんたのことを、全部話してくれる。」

ディッコンはごくゆっくりした動きで、茂みのすぐそばまで行った。さっきも気づいたことだが、メアリには、ディッコンがコマドリのさえずりそっくりな声を出しているのがわかった。コマドリは、熱心そうに聴《き》いていたと思うと、質問《しつもん》に返事をするみたいに、さえずりを返した。

「うん、あんたの友だちなんじゃな」と、ディッコンは、うれしそうに笑った。

「ほんとにそう思う?」と、メアリは熱心にたずねた。その答えが、ぜひとも知りたかったのだ。

「ほんとに、あたしのこと、好きなんだと思う?」

「そうでないと、こんなにそばまでは来んよ」と、ディッコンは答えた。「鳥は、好ききらいがきつうてな、コマドリが人をばかにすることと言うたら、人間以上じゃ。ほれ、あんたとなかようしたがっとる。『なあ、見えとらんの?』と言うとるよ。」

たしかに、その様子は、まったくそのとおりだった。コマドリは、藪の上をチョンチョンととびながら横歩きし、さえずり、首をかしげた。

「あんた、鳥の言うこと、なんでもわかるの?」と、メアリはたずねた。

ディッコンがにやっと笑うと、大きくて赤くてゆがんだ口が、顔いっぱいに広がった。ディッコンは、ぼさぼさした頭をかいた。

「自分ではわかると思うとるし、みんなにもそう言われる」と、ディッコンは言った。「ずっと、ムアで、あいつらといっしょじゃからな。卵《たまご》を割《わ》って出てくるとこから、ひなが巣立って、飛び方を習《なろ》うたり、歌いだしたりするとこまで、ずうっと見とるから、あいつらの仲間のような気がしてな。ときどき、ひょっとすると自分は鳥かもしれん、いや、キツネか、ウサギか、リスか、ひょっとするとカブトムシかもしれんと思えてくるんじゃ。」

ディッコンは笑い、木の幹《みき》のそばまでもどってきて、また、花の種のことを話しはじめた。まず、この種から咲《さ》くのはどんな花かということを話し、植え方や、気をつけること、肥料《ひりょう》や水のやり方を説明した。

それからいきなり、「さあ、そんなら」と言って、メアリのほうへ向き直った。「おいらが、まいてやろう。庭はどこじゃ？」

メアリは、膝《ひざ》の上に置いていた細い手を、ぎゅっと握《にぎ》りあわせた。どう言えばいいかわからず、たっぷり一分くらい、ただ黙《だま》っていた。そこまでは、考えていなかったのだ。みじめな気分だった。自分がまず赤くなり、それから青ざめるのがわかった。

「どっかに、庭、持っとるんじゃろ？ 持っとらんのか？」と、ディッコンが言った。

メアリは、文字どおり、赤くなったり、青くなったりしていた。ディッコンはそれに気づき、メアリがなおも黙っているので、わけがわからなくなってきた。

「庭にするとこ、くれんのか？」と、ディッコンはたずねた。「まだ、持っとらんのか？」

メアリはますます強く手を握りしめ、ディッコンを見た。

「あたし、男の子って、知らないの」と、メアリは、ためらいがちに言った。「あんた、秘密《ひみつ》を教えたら、黙ってられる？ たいへんな秘密で、だれかに見つかったら、あたし、どうしたらいいか、わからない。きっと、死んでしまうわ！」この最後の一言を、メアリは、とても激《はげ》しく言い切った。

ディッコンは、ますます、きょとんとした顔になり、片手《かたて》でぼさぼさした頭をこすっていたが、気持ちよく返事をした。

「秘密はいつだって守るよ」と、ディッコンは言った。「もしもおいらが、秘密が守れんで、キツネの子や、鳥の巣や、獣《けもの》の穴《あな》やなんかの秘密を、ほかのやつらに言うたら、ムアに住んどるもんは、だれも安心しとれんもん。もちろん、秘密は守るよ。」

メアリ嬢《じょう》ちゃんは、そんなことをするつもりはなかったのに、思わず手を伸《の》ばして、ディッコンの袖《そで》をつかんだ。

「あたし、庭を盗《ぬす》んだの」と、メアリは、早口で言った。「あたしのじゃないの。でも、だれのでもないの。だれもほしがらないし、大事にしてないし、見てもいないの。たぶん、そこのものはみんな、死んでしまってるわ。わかんないけど。」

メアリは、身体《からだ》が熱くなっているのを感じ、生まれてこのかた、これほどつむじまがりになったことはなかったような気がした。

「そんなこと、どうだっていいわ。あたし、平気よ！　そこを大事にしてるのは、あたしだけで、みんなはそうじゃないんだもの。だれもあたしから、あそこを取り上げることはできないわ。みんな、あそこをとじこめて、死なせてしまう気なのよ。」メアリは、こみあげてくる思いをぶつけると、両腕《りょううで》で顔を隠《かく》し、わっと泣きだした。かわいそうな、メアリ嬢ちゃん——。

ディッコンの、好奇心《こうきしん》いっぱいの青い目が、ますます丸くなった。

「へえーえ！」ゆっくりと引き伸《ひの》ばされた、その驚《おどろ》きの声には、不思議がる気持ちと、同情《どうじょう》との、両方がこもっていた。

「あたし、何もすることがないの」と、メアリは言った。「あたしのものなんて、何もないんだもの。あたし、自分であそこを見つけて、自分でなかにはいったのよ。コマドリとおんなじ。だれも、コマドリからあそこを取り上げようなんて、しないでしょ。」

「それ、どこ?」と、ディッコンは声を低くして、たずねた。

メアリ嬢《じょう》ちゃんは、すわっていた木の根元から、さっと立ち上がった。自分でも、また、つむじまがりにもどってしまい、がんこになっているのがわかったが、そんなことは、どうでもよかった。まるでインドにいたときのように横柄《おうへい》になり、それと同時に、かっかと熱くなり、悲しくもなっていた。

「いらっしゃい、見せてあげる」と、メアリは言った。

メアリは先に立って、月桂樹《げっけいじゅ》の小道を行き、ツタがびっしりと茂《しげ》っているところに出た。ディッコンはあとからついてきたが、その顔には、キツネにつままれたような、それと同時に、気《き》の毒《どく》がってもいるような表情《ひょうじょう》が浮《う》かんでいた。なんだか、珍《めずら》しい鳥の巣のある場所に案内されているような、そっと歩かなくてはならないような気分になっていたのだ。メアリが塀《へい》に近づいて、下がっているツタを持ち上げたとき、ディッコンは仰天《ぎょうてん》した。そこには扉《とびら》があり、メアリはそれを、ゆっくりと押《お》し開けた。いっしょになかにはいると、メアリは立ち止まり、偉《えら》そうに伸《の》ばした手をぐるーっとまわした。

「さあ、これが」と、メアリは言った。「秘密《ひみつ》の花園よ。ここが生き返るといいと思っているのは、世界じゅうで、あたしだけなの。」

ディッコンは、あたりをすみからすみまで見渡《みわた》し、また、すみからすみまで見なおした。

そして、ささやくように、「へえーっ！」と言った。「すごく不思議な、きれいなとこじゃね。まるで、夢《ゆめ》を見とるみたいじゃ。」

11
ヤドリギツグミの巣

二、三分のあいだ、ディッコンはただ立って、あたりを見まわしていた。メアリはその様子を、じっと見ていた。やがてディッコンは、そっと歩きだしたが、その歩き方は、メアリがはじめてこの塀《へい》のなかにはいって、そこらを歩きまわったときよりも、さらに静かだった。ディッコンは、何ひとつ見逃《みのが》すまいとするかのように、目をあっちへやったり、こっちへやったりしていた。灰色《はいいろ》のつるが、灰色の木々に巻《ま》きつき、枝《えだ》からもたれ下がっている。塀の上も、草の上も、もつれあった、つるだらけ。常緑樹《じょうりょくじゅ》のあずまやには、石の腰《こし》かけがあり、背《せ》の高い、石の植木鉢《うえきばち》が置いてある。

「ここが見られるとは、思わんかったな。」ディッコンは、しばらくしてから、ささやくように言った。

「ここのこと、知ってたの？」と、メアリはたずねた。

その声が大きかったので、ディッコンは、身ぶりで注意した。

「小さい声でな」と、ディッコンは言った。「こんなかから、声がしたら、どうしたんかと思われるで。」

「あっ、忘《わす》れてた！」メアリは急に心配になり、あわてて口に手を当てた。そして、少し落ち着いてから、「この庭のこと、知ってたの？」と、たずねなおした。

ディッコンは、うなずいた。

「マーサが、だれもはいったことのない庭があると、言うとった」と、ディッコンは言った。「そんで、なかはどんなじゃろうと、よう話したもんじゃ。」

ディッコンは立ち止まると、まわりじゅうで美しくもつれあっている、灰色のつるを見渡《みわた》し、その丸い目を、幸せそうに輝《かがや》かせた。

そして、「へえ！　春が来たら、ここは、鳥の巣だらけになるじゃろうな」と言った。「イギリスじゅうに、これほど心配せんと、巣作りができるとこは、ほかにはないじゃろうからな。だれもはいってこんし、木やバラにつるがからんで、巣を作るんに、ええとこだらけじゃし。ムアじゅうの鳥がここで巣作りをしたって、おかしゅうないぐらいじゃ。」

メアリ嬢《じょう》ちゃんは、自分でも気づかないうちに、ディッコンの腕《うで》に手をかけていた。

「バラ、咲《さ》くと思う？」と、メアリはささやいた。「あんたにわかる？　全部死んだんじゃないかと思ったんだけど。」

「まさか！　そんなことありゃせん！　全部死んだりは、しとらんよ！」と、ディッコンは言った。「ほれ、ここを見てみい！」

ディッコンは、すぐ近くの木に歩みよった。それはとても古いバラの木で、太い茎《くき》は灰色《はいいろ》の苔《こけ》だらけだったが、たくさんの枝《えだ》や、もつれた小枝でできたカーテンのようなものが、そこから伸《の》びて、広がっていた。ディッコンは、丈夫《じょうぶ》そうな折《お》りたたみナイフをポケットから取り出し、刃《は》の一つを開いた。

「もう枯《か》れとって、切ってしもうたほうがええとこも、ずいぶんある」と、ディッコンは言った。「古うなったとこも多いけど、去年伸《の》びたとこも、ちょっとはあるよ。ほれ、ここは、新しいとこじゃ。」ディッコンが指さしてみせた太枝は、硬《かた》そうな乾《かわ》いた灰色ではなく、茶色がかった緑色に見えた。

メアリは、とても大事なものにさわるような手つきで、そっとそれにさわってみた。

「ここ?」と、メアリは言った。「ちゃんと生きてるの? ほんとに?」

ディッコンは、そのにこにこ笑っている大きな口を、きゅっと曲げてみせた。

「あんたやおいらとおんなじに、たっしゃじゃ」と、ディッコンは言った。メアリは、「たっしゃ」というのは、「元気」とか「健康」という意味だと、マーサに聞いたことを思い出した。

「たっしゃでよかった!」メアリは声をひそめたまま、そうさけんだ。「みんな、たっしゃになってほしいわ。庭をぐるっとまわって、たっしゃなのがどれだけあるか、数えてみましょうよ。」

メアリは、息を切らすくらい夢中《むちゅう》になっていたし、ディッコンも同様だった。二人は、木から木へ、茂《しげ》みから茂みへとまわっていった。ディッコンは、手に持ったナイフを使いながら、いろんなものを見せてくれたが、メアリには、何もかもが、とてもすてきに思えた。

「ここは、もつれてしもうとるな」と、ディッコンは言った。「そんでも、強いもんは、ちゃんと元気にしとる。弱いもんは死んでしもうたけど、ほかのもんがどんどん育って、広がって、見《み》事《ごと》になっとるよ。ほら、これ!」と言いながら、ディッコンは、太くて、灰色で、乾《かわ》いているように見える枝を引きよせた。「これは枯れ枝じゃと思うもんも、おるかもしれんけど、おいらはそうは思わんな。少なくとも、根っこに近いとこはな。下のほうで切りもどしてみよう。」

ディッコンは膝《ひざ》をつくと、ナイフを取り出し、その死んだように見える枝を、地面からそう遠くないところで切った。

「ほれ！」と、ディッコンは、勝《か》ち誇《ほこ》ったように言った。「言うたとおりじゃ。緑のとこが残っとる。ほれ、ほれ、見てみい。」

　メアリは、ディッコンに言われる前に膝《ひざ》をついて、熱心に見つめていた。

「ちょっと緑っぽうて、こんなふうにじゅくじゅくしとったら、生きとるんじゃ」と、ディッコンは説明した。「いま切り落としたとこみたいに、なかまで乾《かわ》いとって、かんたんに折《お》れるようなら、もう死んどる。生きとるとこは、全部、ここの太い根から出とるから、古うなったとこを切ってしもうて、まわりを掘《ほ》ってやって、世話をしてやったら――」そこでディッコンは顔を上げ、よじのぼったり、たれ下がったりしている、たくさんの細い枝《えだ》をながめた。「――この夏には、バラの噴水《ふんすい》みたいになるじゃろうな。」

　二人は、茂《しげ》みから茂みへ、木から木へと、見てまわった。ディッコンはとても力が強く、ナイフの扱《あつか》いもうまくて、枯《か》れた枝をどんなふうに切りはらえばいいかをよく知っていたし、だめになったように見える枝でも、なかに緑の命が残っていれば、すぐにそれに気づくことができた。半時間もそうやって、いっしょにまわっていると、メアリにも、ちがいがわかるような気がしはじめ、死んだように見える枝に、ディッコンがナイフを入れて、湿《しめ》っていて緑がかったところがちょっとでも見えると、息をひそめたまま、よろこびの小さいさけびをもらした。シャベルとクワと草取りのフォークは、とても役に立った。ディッコンはメアリに、自分がシャベルを使って根のまわりを掘り返すから、そのあと、フォークを使って土をほぐせば、土のなかに空気が入れられると教えてくれた。

とりわけ大きな立ち木作りのバラのまわりで、せっせせっせと働いていたとき、ディッコンが何かを見つけ、驚《おどろ》きのさけびをもらした。

「ありゃ!」と言いながら、ディッコンは、二、三フィート先の草地を指さした。「あれは、だれがやったんじゃろうな?」

それはメアリが、とんがった薄緑《うすみどり》のもののために、まわりをきれいにしてやったところだった。

「あたしがしたの」と、メアリは言った。

「へえ、あんたは庭のことなんぞ、なんも知らんのかと思うとった」と、ディッコンが言った。

「知らないわ」と、メアリは答えた。「でも、それ、すごくちっちゃいのに、まわりに草がびっしり茂ってたから、息ができないんじゃないかと思ったの。だから、少し場所を開けてあげたのよ。それ、なんなのかも知らないけど。」

ディッコンは、その集まった芽のそばに膝をついて、顔じゅうで笑った。

そして、「それでよかったんじゃ」と言った。「庭師《にわし》に聞いたって、それ以上のことは教えてもらえん。これでもう、ジャックの豆の木みたいに育つ。そこのは、クロッカスとスノードロップで、こっちのは水仙《すいせん》じゃ。」そして、べつの一角のほうへ向き直ると、「ここのは、ラッパ水仙じゃな。いやあ、咲《さ》いたら、見事《みごと》じゃろうな！」と言った。

　ディッコンは、草抜《くさぬ》きができている一か所から、次の一か所へと走った。

　そして、あらためてメアリをまじまじと見ながら、「あんた、まだちっこいのに、よう働いたなあ」と言った。

「これでも、太ってきてるのよ」と、メアリは言った。「それに、力も強くなってるし。以前はすぐにくたびれたけど、土を掘っても、全然、平気だもん。土を掘《ほ》ったときのにおいが好き。」

「あんたには、何よりじゃな」と、ディッコンが、賢《かしこ》そうにうなずいて見せながら言った。「きれいな、肥《こ》えた土のにおいほど、ええもんはない。雨が降《ふ》っとるときの、育ちざかりの草木のにおいは、もっとええけどな。おいらは、雨が降っとるときに、ムアへ出かけていっては、茂《しげ》みの下に寝《ね》そべって、ヒースの上に雨粒《あまつぶ》が、しとっ、しとっと落ちてくる音を聞きながら、くんくん、くんくん、においをかぐんじゃ。おいらの鼻が、ウサギの鼻みたいにぴくぴくするんは、そのせいじゃと、おっかさんに言われる。」

「風邪《かぜ》ひいたり、しないの？」メアリは、びっくりしてその顔を見直しながら、たずねた。こんなにおかしな、しかも、すてきな男の子に会うのは、はじめてだった。

「全然」と、ディッコンは、にやっとして言った。「生まれてこのかた、風邪なんちゅうもんは、ひいたことない。そんなお上品な育ちとはちがうんじゃ。どんなお天気のときでも、ウサギとおんなじに、ムアを走りまわってきたからな。おっかさんは、おいらのことを、この十二年というもん、ええ空気ばっかし、くんくんかいできたから、いまさら風邪のひきようがない、と言うとる。サンザシで作った杖《つえ》みたいに丈夫《じょうぶ》じゃとな。」

ディッコンは、こんなふうに話しながらも、せっせと働き続け、メアリは、熊手《くまで》や移植《いしょく》ごてを使って、その手伝いをした。

「ここには、することが、山ほどあるなあ！」ディッコンは、あたりを見渡《みわた》し、とてもうれしそうに、そう言った。

「また来て、やってくれる？」と、メアリは頼《たの》んだ。「あたしも手伝えると思うわ。掘ったり、草を抜いたりはできるし、教えてくれたら、なんでもするから。ねえ、お願いよ、ディッコン！」

「あんたがそう言うんなら、毎日でも来るよ。降っても、照ってもな」と、ディッコンは、きっぱり言った。「こんなにおもしろいこと、生まれてはじめてじゃもん。塀《へい》に囲《かこ》まれたなかに隠《かく》れて、庭を生き返らすなんてな。」

「もし、来てくれたら」と、メアリは言った。「この庭を生き返らせるのを、手伝ってくれたら、あたし――あたし、どうすればいいのか、わかんないわ。」困《こま》ったように言葉を切ったのは、こんな男の子のために、何をすればお返しになるのか、わからなかったからだった。

「どうしたらええか、教えてやろうか?」ディッコンは、そう言いながら、うれしそうに、にやっと笑った。「太って、キツネの子みたいに腹《はら》ぺこになって、おいらみたいにコマドリとしゃべれるようになりゃあ、ええんじゃ。ああ! おもしろいことに、なりそうじゃなあ。」

ディッコンはあたりを歩きまわりはじめ、考え深そうな顔で、木々や塀《へい》や茂《しげ》みをながめ渡《わた》した。

「ここを、庭師《にわし》がはいって、きれいに刈《か》りこんだ庭みたいに、こざっぱりしたとこには、しとうないなあ。あんたは?」と、ディッコンは言った。「好き放題に伸《の》びて、ゆらゆらしたり、お互いにからみおうたりしとるほうが、ずっとええなあ。」

「きちんとなんか、したくないわ」と、メアリは、心配そうに言った。「きちんとしたら、秘密《ひみつ》のお庭らしくないもん。」

ディッコンは立ち上がると、ちょっと困ったような顔をして、赤錆色《あかさびいろ》の髪《かみ》の毛《け》を、ぐしゃぐしゃとかきまわした。

「ここはたしかに秘密の庭じゃけど、十年前にしめきりになってから、コマドリ以外にも、はいってきたもんがおるような気がする。」

「でも、扉《とびら》には鍵《かぎ》がかかってたし、鍵は土のなかに埋《う》まってたのよ」と、メアリは言った。「だれも、はいれたはず、ないわ。」

「たしかにな」と、ディッコンは答えた。「それにしても、妙《みょう》なとこじゃ。十年前よりもっとあとで、あっちこっち、剪定《せんてい》しとるような気がしてならんのじゃけどなあ。」

「でも、どうしてそんなことができる?」と、メアリはたずねた。

ディッコンは、立ち木作りのバラの枝《えだ》を調べてみてから、首をふった。

そして、「うーん! なんでかなあ!」と、つぶやいた。「ドアには鍵がかかっとったし、鍵は埋まっとったしなあ。」

メアリ嬢《じょう》ちゃんは、こうしているあいだずっと、この先どんなに長く生きようとも、自分の庭が育ちはじめたこの朝のことを、けっして忘《わす》れないだろうと感じていた。もちろん、メアリには、庭がその朝、急に育ちはじめたように思えたのだ。ディッコンが、草を抜《ぬ》いて、種をまく場所を作りはじめたとき、メアリは、バジルが自分をからかって歌った歌を思い出した。

「鈴《すず》みたいな花って、ある?」と、メアリはたずねた。

「スズランがそうじゃな」と、ディッコンは、移植《いしょく》ごてで掘《ほ》り返《かえ》しながら言った。「カンパニュラや、ホタルブクロもそうじゃ。」

「そういうの、植えたいな」と、メアリは言った。

「スズランは、もう生《は》えとる。さっき、見た。ぎっしりになりすぎとるから、分けてやらんといかんけど、たくさんある。ほかのは、種から育てたら、二年かかるけど、うちの庭にあるから、持ってこられる。けど、なんでそんなんが、植えたいんじゃ?」

そこでメアリは、インドにいたとき、バジルとそのきょうだいたちに、「つむじまがりさま」と呼《よ》ばれたこと、その子たちが大きらいだったことを話した。

「その子たちったら、まわりで踊《おど》って、こんな歌を歌うのよ。

つむじまがりの、メアリさま
あんたのお庭は、どうなった?
お花に、貝がら、銀の鈴《すず》
なんでもかんでも、一列だ

ちょうどいま、そのことを思い出したもんで、銀の鈴みたいな花が、ほんとにあるのかしらと思ったの。」

メアリはちょっと顔をしかめ、恨《うら》みを晴らそうとするかのように、移植《いしょく》ごてを土に突《つ》きさした。

「あの子たちのほうが、よっぽど、つむじまがりだったわ。」

ディッコンはそれを聞いて、「はっはっは!」と笑った。そして、肥《こ》えた黒い土をほぐしながら、そのにおいをくんくんかいだ。

「こんなにいろんな花が次々咲《さ》いて、いろんな鳥や獣《けもの》が、飛びまわったり、走りまわったりして、巣作りをして、そこらじゅうで、さえずったり歌《うと》うたりしとったら、つむじまがりになんぞ、なっとる暇《ひま》がなかろうが？」

メアリは、種を手に持ち、ディッコンのすぐそばに膝《ひざ》をついていたが、あらためてディッコンを見て、顔をしかめるのをやめた。

「ディッコン」と、メアリは言った。「あんたって、マーサが言うとおり、すてきな人ね。これで、好きな人が、五人になったわ。好きな人が五人もできるなんて、考えてもみなかった。」

ディッコンは、マーサが炉格子《ろごうし》を磨《みが》いていて話しはじめるときそっくりに、身体《からだ》を起こした。まん丸い青い目と、まっ赤なほっぺた、とても幸せそうに上を向いた鼻が、メアリには、とてもゆかいで、楽しそうに見えた。

「好きな人が、五人しかおらんと？」と、ディッコンは言った。「あとの四人は、だれじゃ？」

「あんたのお母さんと、マーサでしょ」と、メアリは、指を折《お》ってたしかめながら言った。「それから、コマドリと、ベン・ウェザスタッフ。」

ディッコンは笑いだし、声を消すために、腕《うで》で口を押《お》さえなくてはならなかった。

「あんたはおいらを、変わっとると思うとるじゃろ」と、ディッコンは言った。「けど、おいらに言わせりゃ、あんたはこれまで会うたうちで、いちばん変わった娘《むすめ》っ子《こ》じゃ。」

そのときメアリは、おかしなことをはじめた。前に身を乗り出したと思うと、これまで夢《ゆめ》にも思いつかなかった質問《しつもん》を、ディッコンに投げかけたのだ。しかもその質問を、メアリは、ヨークシャーなまりでやってのけようとした。それがディッコンの言葉だったし、インドにいたときの現地《げんち》の人たちは、自分たちの言葉を使う人に会うと、いつもよろこんでいたからだ。

「あんた、あたしが、好きかいね？」と、メアリはたずねた。

「ああ！」と、ディッコンは、心から答えた。「好きじゃとも。大好きじゃ。コマドリもそう思うとるに決まっとる！」

「そんなら、二人ね」と、メアリは言った。「あたしを好きな人が、二人も。」

そして二人は、また働きはじめたが、がんばればがんばるほど、ますます楽しくなった。お屋《や》敷《しき》の中庭の大時計がお昼を告げたとき、メアリはびっくりし、残念に思った。

そして、「あたし、行かなくちゃ」と、悲しげに言った。「あんたも、帰らなくちゃいけないのよね？」

ディッコンは、にやっとした。

そして、「おいらのお昼は、楽に持ち歩けるんじゃ」と言った。「おっかさんが、いつもポケットに、なんか入れといてくれる。」

ディッコンは、草の上に置いてあった上着を拾い上げ、ポケットから、ころんとした小さいものを取り出した。それは、青と白の、織《お》りは粗《あら》いけれども、とても清潔《せいけつ》そうなハンカチに包まれていた。なかには、分厚《ぶあつ》い二切れのパンのあいだに、何かをはさんだものがはいっていた。

「たいていはパンだけじゃけどな」と、ディッコンは言った。「今日は、脂身《あぶらみ》たっぷりのベーコンがひときれ、ついとるんじゃ。」

メアリは、へんなお昼だと思ったが、ディッコンは大よろこびのようだった。

「さあ、走っていって、食べてきな」と、ディッコンは言った。「おいらも、さっさとすませちまうよ。帰り道も長いし、その前に、もうちっと、やっときたいからな。」

ディッコンは、近くの木の幹《みき》を背《せ》にして、腰《こし》を下ろした。

「コマドリを呼《よ》んで、ベーコンの皮んとこを、つつかしてやろう。脂身が大の好物《こうぶつ》じゃからな。」

メアリは、ディッコンと別れたくなかった。急に、ディッコンが森の妖精《ようせい》みたいな気がしてきて、あとで庭にもどってきたら、消え失せているのではないかと思ったからだ。本物の人間にしては、ディッコンは、すてきすぎた。メアリはのろのろと扉のほうへ向かい、半分くらい行ったところで、足を止め、引き返した。

「何があっても、絶対《ぜったい》に、絶対に、言わないわよね?」と、メアリは言った。

ディッコンは、ケシの花のように赤いほっぺたを、口いっぱいのパンとベーコンで、まん丸にふくらませていたが、それでもなんとか、にこっとしてみせた。

「もしもあんたが、ヤドリギツグミで、巣のあり場所を教えてくれたとしたら、それをおいらが、と、ディッコンは言った。「あんたは、ヤだれかに言うたりすると思うか？　思わんじゃろ？」

ドリギッグミとおんなじに、安心しとればええんじゃ。」

メアリは、心の底からほっとした。

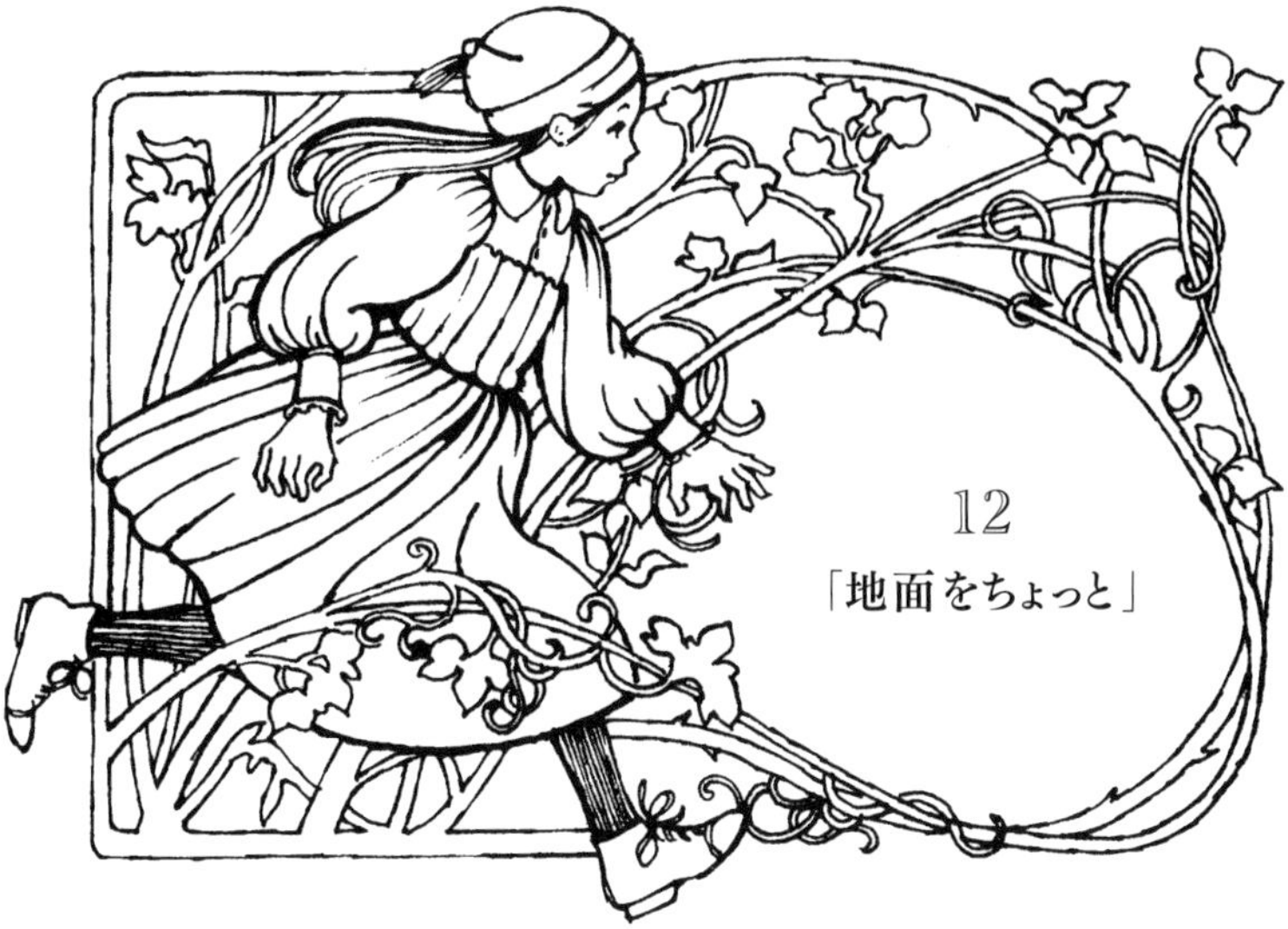

12
「地面をちょっと」

メアリは全力で走ったので、自分の部屋に着いたときには、少し息が切れていた。前髪《まえがみ》は乱《みだ》れ、ほっぺたはあざやかなピンク色に染《そ》まっていた。テーブルの上にはお昼の食事が並《なら》んでおり、マーサがそのそばで待っていた。

「ちっとばかし、おそかったな」と、マーサは言った。「どこ、行っとったん？」

「ディッコンに会った！」と、メアリは言った。「ディッコンに会ったんだよ！」

「来るじゃろうと思うとったよ」と、マーサが、大よろこびで言った。「あの子、気に入ったかね？」

「すごーく――すごーく、きれいだと思った！」と、メアリは、断言《だんげん》するように言った。

マーサはびっくりしたようだったが、うれしそうでもあった。

「そりゃまあ」と、マーサは言った。「どこにもおらんほど、ええ子じゃけどな、あたしらは、きれいじゃと思うたことはないな。鼻は、上を向きすぎとるし。」

「鼻が上向いてるの、好き」と、メアリは言った。

「それに、目はまん丸じゃしな」と、マーサは疑《うたが》わしげに言って、「色はええけどな」とつけ足した。

「丸いの、好き」と、メアリは言った。「色は、ムアの空の色そっくりだし。」

マーサは、とてもよろこんだようだった。

「おっかさんはな、あの子がいっつも鳥や雲ばっかり見上げとるから、あんな色になったんじゃと言うとる。けど、口は大きすぎるじゃろ?」

「大きい口、好き」と、メアリは言《い》い張《は》った。「あたしの口も、あんなだといいのに。」

マーサはうれしそうに、くすくす笑った。

そして、「あんたのちっこい顔に、あの口がついとったら、見ものじゃろうな」と言った。「けど、あんたがあの子に会うたら、そんなふうじゃろうと思うとったよ。花の種や、庭道具は、気に入ったかね。」

「持ってきてくれたって、どうして知ってるの?」と、メアリはたずねた。

「そりゃ、持たずに来るような子でないもん! ヨークシャーのどっかにありさえすりゃ、必ず見つけて持ってくる。そんくらい、信用できる子じゃからな。」

メアリは、返事のしにくいことを聞かれはしないかと、心配していたが、そんなことはなかった。マーサは、花の種のことや庭道具のことに興味津々《きょうみしんしん》で、メアリがぎくっとしたのは、ほんの一瞬《いっしゅん》だけだった。それは、花をどこに植えるのかとたずねられたときだった。

「だれかに聞いてみたか?」と、マーサはたずねた。

「まだ、だれにも聞いてない」と、メアリは、ためらいながら、答えた。

「そうじゃな、あたしじゃったら、庭師頭《にわしがしら》に聞いたりはせんな。ローチさんというんじゃけど、偉《えら》そうすぎるもんな。」

「そんな人、会ったことない」と、メアリは言った。「見たのは、下働きの人たちと、ベン・ウェザスタッフだけ。」

「あたしだったら、ベン・ウェザスタッフに言うてみるな」と、マーサが助言をしてくれた。「見た目は、気むずかしげじゃけど、全然、そんなことない。クレイヴンさまは、あのじいさんには、好きなようにさせとる。奥《おく》さまがお元気だったときから、ここで働いとって、奥さまをよう笑わせとったからな。奥さまは、ベンじいさんを、気に入っとられた。あのじいさんなら、あんたに、どっか、じゃまにならんすみっこを、見つけてくれるわ。」

「もし、だれのじゃまにもならなくて、だれも使いたがっていないとこなら、あたしが使ったたって、だれもなんにも言わないわよね？」メアリは心配そうに、そう言った。

「文句《もんく》を言ういわれはないわな」と、マーサは答えた。「あんたは、なんも、悪いことはせんもんな。」

メアリはできるだけ大急ぎでお昼を食べ、サッと立ち上がると、寝室《しんしつ》に置いてきた帽子《ぼうし》を取りに、走っていこうとした。ところが、マーサに止められてしまった。

「ちょっと、言わんといかんことがあるんじゃ」と、マーサは言った。「先に食べてもろうたほうが、ええと思うたんでな。クレイヴンさまが、けさ、もどっておいでて、嬢《じょう》ちゃんに会いたがっていなさる。」

メアリは、真っ青になった。

「まあ！」と、メアリはさけんだ。「どうして？　どうしてよ？　あたしが来たときには、会いたがったりしなかったのに。ピッチャーさんが、そう言うのを聞いたわ。」

「それがな」と、マーサが説明した。「メドロックさんが言うには、うちのおっかさんのせいらしいんじゃ。スウェイトの村で、ばったりお会いしたんじゃと。おっかさんは、だんなさまと口をきいたことはなかったんじゃけどな、奥《おく》さまは、二、三回、うちへ来られたことがあった。だんなさまは、忘《わす》れておられたけど、おっかさんは忘れとらんで、思い切って、声をおかけしたんじゃそうじゃ。あんたのことで、おっかさんが、何を言うたかは知らんけどな、とにかくそのせいで、だんなさまは、明日またお出かけになる前に、あんたに会うてみようと思われたらしいな。」

「あら！」と、メアリはさけんだ。「明日にはお出かけなのね？　よかった！」

「かなり長く、お留守《るす》にされるそうじゃ。外国へお出かけじゃそうで、秋か冬になるまで、おもどりにはならんらしいな。しょっちゅうのことじゃけどな。」

「ああ、よかった。うれしいわ！」メアリは、ありがたい思いで、そう言った。

冬までもどらないのなら、たとえ秋までだとしても、秘密《ひみつ》の花園が生き返る様子を見る暇《ひま》は、ちゃんとあるだろう。そのときに見つかって、庭を取り上げられることになったとしても、少なくともそれまでのあいだは、あそこを自分のものにしておけるのだ。

「それで、おじさまは、いつあたしに――」

そのあとを言うより先に、ドアが開いて、メドロックさんがはいってきた。メドロックさんは、いちばん上等な黒い服を着て、室内帽《しつないぼう》をかぶり、襟《えり》もとには、男の人の写真を入れた、大きなブローチをつけていた。それは、何年も前に亡《な》くなった旦那《だんな》さんの写真に、彩色《さいしき》をしたもので、メドロックさんは、正装《せいそう》をするときには、いつもそれをつけていた。メドロックさんは興奮《こうふん》し、ピリピリしているようだった。

「髪《かみ》が、もじゃもじゃじゃないの」と、メドロックさんは、せわしげに言った。「行って、とかしてきなさい。マーサ、手伝って、いちばんいい服に着替《きが》えさせて。クレイヴンさまが、書斎《しょさい》に連れてくるようにと、おっしゃってるんだから。」

ピンク色に染《そ》まっていたメアリの顔は、さっと青ざめた。心臓《しんぞう》がドキドキしはじめ、自分が、コチコチで、ぱっとしない、黙《だま》りこくった子どもに、もどっていくのがわかった。メドロックさんに返事をしようともせずに、メアリは寝室《しんしつ》にもどり、マーサがそのあとについてきた。着替えをし、髪《かみ》にブラシをかけてもらうあいだ、メアリはただ黙っていた。こざっぱりと身なりを整えたメアリは、メドロックさんにつきそわれて、黙って廊下《ろうか》を歩いていった。いまさら何を言っても、しかたがなかった。言われたとおり、クレイヴンさんに会いにいくしかない。どうせむこうは、メアリを気に入らないだろうし、こっちもおじさんが好きになれないのはわかっていた。おじさんが自分を見てどう思うかも、よくわかっていた。

メアリが連れていかれたのは、館のうちでも、これまでに来たことのないあたりだった。やっとそこに着いて、メドロックさんがドアをノックすると、だれかが「おはいり」と言い、二人はいっしょに部屋にはいった。暖炉《だんろ》の前の肘《ひじ》かけ椅子《いす》に、男の人がすわっており、メドロックさんはその人に話しかけた。

「メアリお嬢《じょう》さまを、お連れしました」と、メドロックさんは言った。

「その子を残して、下がりなさい。帰りには、またベルで呼《よ》ぶから」と、クレイヴンさんは言った。

メドロックさんが出ていって、ドアをしめたあと、メアリはただ、じっと立ちつくしていた。

小さな両手をねじりあわせるようにしているその姿《すがた》は、あまり見栄《みば》えがするとは言えなかった。

肘かけ椅子にすわっている人は、肩《かた》がぐっと上がって、ちょっと前かがみになっていたが、猫背《ねこぜ》というほどではなく、髪は黒くて、ところどころに白いものが混《ま》じっていた。その人は、肩ごしにふりかえって、声をかけてきた。

「こっちへおいで！」と、その人は言った。

メアリは、近づいていった。

その人は、見るからにこわいというわけではなかった。もしもこんなに悲しそうでなかったら、立派《りっぱ》な顔だちと言えたかもしれない。しかしその人は、メアリの姿を見るとすぐ、いったいこの子をどうしたらいいんだろうと、心配といらだちに悩《なや》まされはじめたようだった。

「元気にしてるかい？」と、その人はたずねた。

「はい」と、メアリは答えた。

「ちゃんと世話をしてもらっているかな？」

「はい。」

その人は、メアリをながめまわしながら、いらだたしげに、額《ひたい》をこすった。

そして、「ずいぶん、やせているね」と、言った。

「太ってきてます」と、メアリは答えたが、ひどくそっけない言い方だったことは、自分でもわかっていた。

なんてつらそうな顔なんだろう！　黒い目は、ろくにメアリを見てはおらず、何かほかのものを見ていて、そのせいで、メアリのほうに注意を向けられずにいるようだった。

「君のことを、忘《わす》れていたよ」と、その人は言った。「おぼえておくのは、むずかしくてね。家《か》庭教師《ていきょうし》か、乳母《うば》か、何かそんな者をつけてあげようと思っていたのだが、忘れていた。」

「あのう、どうか」と、メアリは言いはじめた。「どうか――。」しかし、そこまでで、のどが詰《つ》まってしまい、その先を言うことはできなかった。

「何が言いたかったのかい？」と、その人は、たずねてくれた。

「あたし――あたし、もう大きいから、乳母はいりません」と、メアリは言った。「それに、家庭――家庭教師も、もうしばらく待ってください。」

その人は、また額《ひたい》を手でこすると、メアリを見つめた。

「サワビーのかみさんも、そんなことを言っていたな」と、その人は、上《うわ》の空《そら》のようにつぶやいた。

それを聞いてメアリは、ありったけの勇気をふりしぼった。

「それ――それ、マーサのお母さんのことですか?」と、メアリは、口ごもりながら、言った。

「ああ、そうだろうな」と、おじさんは答えた。

「その人なら、子どものことをよく知ってます」と、メアリは言った。「十二人もいるんです。だから、わかってます。」

おじさんは、なんとか気力を取りもどそうとしているようだった。

「君は、どうしたいのかね?」

「外で遊びたいんです。」メアリは、声がふるえなければいいがと願いながら、そう答えた。「インドにいたときには、外に出るのなんか、きらいでした。ここでは、外に出ると、おなかがすいて、前より、太ってきてます。」

おじさんは、メアリを見つめた。

そして、「サワビーのかみさんも、そのほうがいいと言っておったな。たぶんそうなのだろう」と言った。「家庭教師をつける前に、もっと体力をつけたほうがいいと、考えているようだった。」

「外で遊んでて、ムアから風が吹《ふ》いてくると、強くなったような気がします」と、メアリは主張《しゅちょう》した。

「どこで遊んでるのかね?」というのが、次の問いだった。

「いろんなとこで」と、メアリはあえぐように言った。「マーサのお母さんが、なわとびをとどけてくれました。あたし、とんだり、走ったり、いろんなものが土のなかから出てくるのを、見てまわったりしています。何も、悪いことはしてません。」

「そんなにこわがらないで」と、おじさんは、困《こま》ったような声を出した。「君みたいな小さい子どもが、悪いことなんか、するはずがないじゃないか！　なんでも、したいようにすればいいよ。」

メアリは、興奮《こうふん》の塊《かたまり》がこみあげてきたのを、おじさんに気づかれないように、のどを手で押《お》さえた。そして、一歩前に踏《ふ》み出《だ》した。

「ほんとに？」と、メアリは、ふるえる声で言った。

メアリの心配そうな小さな顔を見て、おじさんは、ますます落ち着かなくなったようだった。

「そんなにこわそうな顔をしてはいかん」と、おじさんは、大きな声で言った。「もちろんかまわないよ。私《わたし》は君の後見人《こうけんにん》なんだが、子どものことはよくわからなくてね。君のことに使える時間も、気力もないのだよ。身体《からだ》の具合が悪すぎるし、つらいことや、心配事が多くてね。しかし君には、気持ちよく、幸せにしていてもらいたいと思っている。子どものことはよくわからないんだが、メドロックが、君が何不自由なく暮《く》らせるように、気をつけてくれるはずだ。今日、君を呼《よ》んだのは、サワビーのかみさんが、君に会うべきだと言ったからだ。娘《むすめ》から、君のことを聞かされたそうでね。かみさんは、君に必要なのは、新鮮《しんせん》な空気と、自由にすることと、走りまわることだと言っていた。」

「子どものこと、なんでもよく知ってる人なんです」と、メアリは、思わず口をはさんだ。

「そうなんだろうな」と、クレイヴンさんは言った。「ムアで私《わたし》を呼び止めるとは、いささかずうずうしい女だと思ったが、私の妻《つま》に親切にしてもらったということだった。」妻のことを口に出すのは、クレイヴンさんには、つらいことのようだった。「信頼《しんらい》できそうな女性《じょせい》だな。いま、君に会ってみて、彼女《かのじょ》が言ったことは、もっともだったとわかった。好きなだけ、外で遊びなさい。ここは広いから、どこへでも、行きたいところへ行って、したいことをして、楽しめばよい。何か、ほしいものはないかね？」それは、急に思いついて、口にしたことのようだった。「おもちゃはどうだい？　本とか、人形とか？」

「もし、できたら」と、メアリはふるえる声で言った。「地面をちょっともらえませんか？」

あんまり必死だったので、メアリは、その言葉がどんなに奇妙《きみょう》に響《ひび》くかということにも、言いたかったのはそんなことではなかったということにも、まったく気づかなかった。

「地面！」と、クレイヴンさんは、その言葉をたしかめるように、くり返した。「どういう意味だね？」

「種をまいて——それが育って——青々としてくるのを見て……」と、メアリは口ごもった。

クレイヴンさんは、一瞬《いっしゅん》メアリを見つめたと思うと、目の上にさっと手をあてた。

そして、「君は——そんなに庭が好きなのかい？」と、ゆっくり言った。

「インドでは、庭のことなんか、知りませんでした」と、メアリは言った。「いつも身体《からだ》の具合が悪くて、疲《つか》れてたし、ものすごく暑くて。ときどき、砂《すな》をちょっと山にして、お花をさして遊んだりしてました。でも、ここでは、全然ちがいます。」

クレイヴンさんは立ち上がり、ゆっくりと部屋のなかを歩きはじめた。

「地面をちょっと」と、クレイヴンさんはひとりごとを言い、メアリは、きっと何かを思い出したのだろうと思った。やがて足を止めて、メアリに話しかけてきたとき、クレイヴンさんの暗い目には、優《やさ》しさと親切がひそんでいるようにさえ見えた。

「地面なら、好きなだけ使っていいよ」と、クレイヴンさんは言った。「君を見ていると、土と、そこから生《は》えてくるものとが大好きだった、ある人のことを思い出す。ここがほしいと思うところがあったら――」そう言って、クレイヴンさんは、ほほえみのようなものを、ちらっと見せた。「そこを使って、いきいきとさせてごらん。」

「どこでもかまいませんか――だれもいらないところなら?」

「どこでもいいよ」と、クレイヴンさんは答えた。「さあ、もう行きなさい。私《わたし》は疲れたからね。」そして、ベルを鳴らして、メドロックさんを呼《よ》んだ。「じゃあ、元気で。私は、夏じゅう帰らないから。」

メドロックさんがあまりにすばやく現《あらわ》れたので、メアリは、廊下《ろうか》で待っていたにちがいないと思った。

「メドロックさん」と、クレイヴンさんは言った。「この子に会ってみて、サワビーのかみさんの言ったことの意味がわかったよ。勉強をはじめる前に、もうちょっと体力をつけてやらなくてはな。あっさりして、健康にいいものを、食べさせなさい。そして、庭を走りまわらせるんだな。世話を焼きすぎないことだ。この子に必要なのは、自由と、いい空気と、走りまわって遊ぶことだ。サワビーのかみさんが、ときどき会いにきてくれるそうだし、ときにはそっちへ遊びにやってもよい。」

メドロックさんは、うれしそうだった。メアリの世話を焼きすぎるなと言われて、ほっとしていたのだ。メアリのことは、うんざりするお荷物だと思っていたし、これまでも、可能《かのう》なかぎり、ほったらかしにしていた。しかもメドロックさんは、マーサのお母さんが大好きだった。

「ありがとうございます、旦那《だんな》さま」と、メドロックさんは言った。「スーザン・サワビーとは、いっしょに学校に通いました。ここから一日で歩ける範囲《はんい》に、あれほど分別《ふんべつ》があって、人柄《ひとがら》のいい女は、ほかにはおりませんですよ。私には子どもはおりませんが、あの人は十二人育てて、それがまあ、そろいもそろって、健康で、いい子たちばっかりです。メアリ嬢《じょう》さまがおつきあいなさっても、害になる心配はございませんです。私は、子どもに関することでは、いつもスーザン・サワビーから助言をもらってまいりました。あの人は、なんと申しますか、すこやかな心の持ち主で――おわかりいただけますかどうか、存《ぞん》じませんが。」

「わかるよ」と、クレイヴンさんは答えた。「メアリさんを連れて帰って、ピッチャーをよこしてくれ。」

自分の部屋がある廊下《ろうか》のはずれで、メドロックさんと別れたメアリは、部屋にとんで帰った。マーサがそこで待っていた。マーサは、昼食の食器を運んでいったあと、大急ぎで引き返してきていたのだ。

「お庭がもらえるの！」と、メアリはさけんだ。「好きなところを、もらっていいって！　まだずっと先まで、家庭教師《かていきょうし》にはつかなくっていいって！　あんたのお母さんが会いにきてくれるし、あたしもあんたの家へ行ってもいいって。おじさまは、あたしみたいな小さい子は、何も悪いことはしないから、好きなことをしていいと言ったわ。どこへ行ってもいいって！」

「へえ！」と、マーサはよろこんだ。「なんとまあ、ご親切な方じゃありませんか？」

「マーサ」と、メアリは、まじめになって言った。「おじさまはとてもすてきな方だけど、ずいぶん悲しそうなお顔だったし、額《ひたい》にしわがよってたわ。」

メアリは、急げるかぎり急いで、庭にもどった。思っていたよりも、ずっとおそくなったので、家まで五マイル歩かなくてはならないディッコンは、もう帰っただろうとわかっていた。ツタのかげの扉《とびら》からすべりこんだとき、ディッコンはもとの場所で働いてはいなかった。庭道具は、まとめて木の下に置いてあった。そこへかけよって、あたりを見まわしたが、ディッコンの姿《すがた》はなかった。ディッコンは帰ってしまい、秘密《ひみつ》の花園には、だれもいなくなって――いや、ちょうどそこへコマドリが、塀《へい》を越《こ》えて飛んできて、立ち木作りのバラの上に止まって、メアリを見た。

「いなくなっちゃった」と、メアリは、悲しげに言った。「ああ！ あの子、森《もり》の精《せい》かなんかだったのかしら？」

そのとき、立ち木作りのバラに、何か白いものが結びつけてあるのが、目についた。それは紙切れ――よく見ると、メアリ自身がマーサの言ったことを書き取って、ディッコンにとどけた手紙だった。その紙は、長いとげを使って、木にとめられており、メアリにはすぐに、ディッコンが残していったのだとわかった。紙には、ただたどしい活字体《かつじたい》の字が並《なら》び、絵のようなものがそえてあった。最初、メアリには、それが何の絵か、よくわからなかったが、見ているうちに、鳥が一羽、巣に止まっているのだとわかってきた。その下の活字体の字は、こう読めた。

「マタ、クル」

13
「ぼくはコリンだ」

メアリは、夕食の時間になって、館にもどるとき、その絵を持って帰り、マーサに見せた。

「あれまあ！」と、マーサは、誇《ほこ》らしげにさけんだ。「うちのディッコンが、こんなに器用じゃとは、知らんかったな。ヤドリギツグミが、巣についとるとこじゃな。大きさもそのままじゃし、本物より、元気そうじゃ。」

それを聞いてメアリには、ディッコンがこの絵で、何を伝えようとしたかが、わかった。ディッコンは、秘密《ひみつ》は守るから、安心していいと、伝えてくれたのだった。庭が巣で、メアリがヤドリギツグミなのだ。ああ、あの風変わりな、田舎《いなか》の男の子は、なんてすてきなんだろう！

メアリは、明日もディッコンが来てくれるだろうと楽しみにしながら、眠《ねむ》りに落ちた。

しかし、ヨークシャーのお天気ほど、あてにならないものはない。特に、春には。メアリは真夜中に、大きな雨粒《あまつぶ》が窓《まど》をたたく音で目をさました。雨はざあざあと降《ふ》りそそいでおり、風は、大きな古いお屋敷《やしき》の、数えきれないほどある角のところや、たくさんの煙突《えんとつ》のなかで、まさに「わめいとる」最中《さいちゅう》だった。メアリはベッドのなかで起き上がり、がっかりすると同時に、腹《はら》を立てた。

「なによ、この雨、以前のあたしそっくりに、つむじまがり」と、メアリは言った。「あたしが降ってほしくないのがわかってて、降るんだから。」

メアリは枕《まくら》の上に身を投げ出し、顔をうずめた。泣きはしなかったが、横になったまま、激《はげ》しくたたきつけるような雨音に憎《にく》しみをつのらせ、風が「わめいとる」のに腹を立てた。また眠ろうとしても、眠れなかった。自分がなげき悲しんでいるからこそ、雨風のなげき悲しむ音に、目がさえてしまったのだった。もしも幸せな気分だったら、雨風は子守歌がわりになって、眠らせてくれたかもしれない。なんてひどく「わめく」のだろう！　そして、なんと大きな雨粒が、次から次へと落ちてきて、窓ガラスをたたくのだろう！

「まるで、ムアで迷子《まいご》になった人が、泣きながら、さまよい歩いてるみたい」と、メアリはつぶやいた。

＊

メアリは、眠《ねむ》れないまま、一時間ほど、しきりに寝返《ねがえ》りをうっていたが、急にはっと身体《からだ》を起こし、ドアのほうを向いて、聞き耳をたてた。そして、しばらくのあいだ、じっと耳をすましていた。

「あれは、風じゃないわ。」メアリは、はっきり声に出して、そうつぶやいた。「風じゃない。全然ちがうわ。以前、聞いた、あの泣き声よ。」

メアリの部屋のドアは、ほんの少し開いており、その物音は、廊下《ろうか》を伝って聞こえてきていた。だれかが腹《はら》を立てて泣いているような、遠くかすかな声だ。メアリはしばらく耳を傾《かたむ》けていたが、その確信《かくしん》は、ますます強くなった。あれがなんなのか、たしかめずにはいられなくなった。それは、秘密《ひみつ》の庭と、土に埋《う》められていた鍵《かぎ》よりも、もっと不思議なことのように思えた。おそらく、反抗的《はんこうてき》な気分だったからこそ、大胆《だいたん》にもなれたのだろう。メアリは、ベッドから抜《ぬ》け出《だ》し、床《ゆか》に立った。

「あれがなんなのか、たしかめてやるわ」と、メアリは言った。「みんな寝《ね》てるし、メドロックさんなんか、平気だもん――そうよ、平気よ！」

ベッドの脇《わき》には、ろうそくが立ててあり、メアリはそれを持って、そっと部屋を抜け出した。

廊下はとても長くて暗かったが、興奮《こうふん》していたメアリには、そんなことは気にならなかった。メアリは、廊下の突《つ》き当《あた》たりのドアの上に手織《てお》りの壁《かべ》かけがかかったところへ行くには、どこをどう曲がればいいか、だいたいわかると思った。メアリが迷《まよ》ったとき、メドロックさんが突然《とつぜん》出てきた、あのドアだ。泣き声は、あの廊下の先から聞こえてきていた。そこでメアリは、わずかな明かりを頼《たよ》りに、ほとんど手さぐりで進んでいった。心臓《しんぞう》があんまり激《はげ》しくドキドキするので、その音が聞こえそうな気がした。遠くのかすかな泣き声は、なおも続いており、それが道しるべになった。ときにはちょっとやむこともあったが、すぐにまたはじまった。曲がるのは、この角でよかっただろうか？　メアリは、立ち止まって、考えた。そうだ、ここだ。この廊下を行って、左に曲がり、幅《はば》の広い階段《かいだん》を、二段上がり、今度は右に曲がる。そうだ。壁かけがかかったドアがある。

メアリはそのドアを、なるべくそーっと開き、通り抜けてから、またとじた。そこは廊下で、あの泣き声がはっきりと聞こえていたが、そんなに大きな声ではなかった。だれかが泣いているのは、左側の壁のむこうで、何ヤードか先に、ドアがある。その下からは、ちらちら明かりがもれていた。だれかが泣いているのは、この部屋のなかだ。そしてそのだれかは、まだ子どものようだ。

メアリはドアに歩みよって、それを開き、なかにはいった！

そこは広い部屋で、古めかしくて立派《りっぱ》な家具が置かれていた。暖炉《だんろ》では、燃《も》え残《のこ》ったわずかな火がちろちろしており、常夜灯《じょうやとう》がともっているそばに、彫刻《ちょうこく》をほどこした四本の柱に、模様織《もようお》りのカーテンがはりめぐらされたベッドがあって、そのなかで、一人の男の子が、哀《あわ》れっぽい声で泣いていた。

メアリは、これは現実《げんじつ》なんだろうか、それとも、知らないうちにまた眠《ねむ》って、夢《ゆめ》を見ているんだろうかと思った。

男の子は、目鼻だちのはっきりした、繊細《せんさい》そうな顔をしており、顔色は象牙《ぞうげ》のようで、目はふつりあいなほど大きかった。ふさふさした巻《ま》き毛《げ》が、たっぷりと額《ひたい》にかぶさっているので、細い顔がますます小さく見えた。どうやら病人らしい様子だったが、泣いているのは、苦しいからではなく、うんざりして、きげんをそこねたからのようだった。

メアリは、ろうそくを手に持ったまま、息を殺して、ドアのすぐそばに立っていた。やがて、そろそろと部屋を横切っていったが、近づくと、男の子は、ろうそくの明かりに気がつき、枕《まくら》の上で寝返《ねがえ》りをして、メアリを見つめた。見開いたその灰色《はいいろ》の目は、とほうもなく大きく見えた。

「だれだ、おまえは？」男の子は、しばらくしてやっと、おびえたようにささやいた。「幽霊《ゆうれい》か？」

「ちがうわ」と、メアリは答えたが、そのささやきも、なかばおびえたように聞こえた。「あんたは幽霊なの？」

男の子は、目をますます大きく見開いた。メアリはその目を見て、なんて不思議な目だろうと思わずにはいられなかった。灰色がかった瑪瑙《めのう》のようで、黒いまつげがびっしりとまわりを囲《かこ》んでいるので、顔とはふつりあいに大きく見えるのだ。

「ちがう。」その子は、ちょっとしてから答えた。「ぼくは、コリンだ。」

「コリンって?」と、メアリは、ためらいながらたずねた。

「コリン・クレイヴンだ。おまえはだれだ?」

「あたしは、メアリ・レノックスよ。クレイヴンさんは、あたしのおじさま。」

「ぼくのお父さんだ」と、男の子は言った。

「あんたのお父さん!」と、メアリは、息をのんだ。「男の子がいるなんて、だれも教えてくれなかったわ! どうしてかしら?」

「こっちへ来て。」男の子は、その不思議な目をじっとメアリにすえたまま、心配そうな顔で、そう言った。

メアリがベッドのそばまで行くと、男の子は手を伸《の》ばして、メアリにさわった。

そして、「本物なんだね?」と言った。「本物だと思ってしまうような夢《ゆめ》を、よく見るんだ。君もそうかもしれない。」

メアリは、部屋を出るときに、ウールの部屋着をはおっていたので、そのはしっこを、コリンの指に近づけてやった。

「これをこすってみれば、分厚《ぶあつ》くて、あったかいのがわかるわ」と、メアリは言った。「あたしが本物だとわかるように、ちょっとつねってあげたっていいわよ。ほんの一瞬《いっしゅん》だけど、あたしも、あんたのことを、夢《ゆめ》かもしれないと思った。」

「どこから来たの？」と、コリンはたずねた。

「あたしの部屋からよ。風がひどくわめくもんだから、眠《ねむ》れなくて、そしたら、だれかが泣いてるのが聞こえたから、だれなのか知りたいと思ったの。なんで泣いてたの？」

「やっぱり、眠れなかったからさ。それに、頭も痛《いた》くて。もう一回、名前を教えて。」

「メアリ・レノックス。あたしがここに来て、住むようになったって、だれもあんたに教えなかったの？」

コリンはまだ、メアリの部屋着のひだをいじっていたが、メアリが本当にそこにいることを、いくらか信じはじめた様子だった。

「聞いてない」と、コリンは答えた。「言えなかったんだろ。」

「どうして？」と、メアリはたずねた。

「ぼくが、見られるんじゃないかと、心配すると思ったんだろ。ぼくは、人に見られたり、あれこれ言われたりするのは、いやなんだ。」

「どうして？」と、メアリは、また言った。ますます、わけがわからなくなっていたのだ。

「ぼくが、いつだってこんなふうに、具合が悪くて、寝《ね》てなくちゃいけないからさ。父さんはみんなに、ぼくのうわさをさせないようにしてるし。使用人たちは、ぼくのことを話しちゃいけないことになってるんだ。もし、生きられれば、ぼくの背中《せなか》はすっかり曲がってしまうだろうけど、そんなに生きられはしないだろうな。父さんは、ぼくが自分みたいになりそうだってことを、考えたくないんだ。」

「まあ、ずいぶん変な家ね！」と、メアリは言った。「ほんとに、変な家！　何もかもが秘密《ひみつ》になってるのね。たくさんの部屋に鍵《かぎ》がかかってるし、庭にも鍵がかかってるし、あんたにも！あんた、とじこめられてるの？」

「いや。ぼくがずっとこの部屋にいるのは、ほかへ連れていかれたくないからだ。くたくたになってしまうから。」

「お父さんは、会いに来るの？」と、メアリは、思い切って、たずねてみた。

「ときにはね。たいていは、ぼくが眠っているうちにさ。ぼくに会いたくないんだ。」

「どうして？」と、メアリはまた、たずねないではいられなかった。

コリンの顔を、腹《はら》を立てたような影《かげ》が、さっとかすめた。

「ぼくが生まれたときに、母さんが死んだから、ぼくを見ると、つらくなるんだ。ぼくはそんなこと、知らないと思ってるんだろうけど、みんなが話してるのを聞いたんだ。父さんは、ぼくが憎《にく》いのかもな。」

「お庭も憎いのかも。奥《おく》さんが死んだから」と、メアリは、半分ひとりごとのように言った。

「お庭って?」と、コリンはたずねた。

「あら! ただの、ただのお庭よ、奥さんが好きだった」と、メアリは口ごもった。「あんた、ずっとここにいるの?」

「ほとんどね。何度か海辺へ連れていかれたけど、人がじろじろ見るから、いやだった。以前は、背中《せなか》がまっすぐになるように、鉄でできた枠《わく》をつけられてたけど、ロンドンから偉《えら》いお医者さんが診察《しんさつ》に来て、こんなのはばかげてると言ったんだ。その人はみんなに、枠なんかはずしてしまって、いい空気を吸《す》わせろと言ったんだけど、ぼくはいい空気なんて好きじゃなくて、外には出たくなかった。」

「あたしも、ここへ来たばかりのときは、そうだったわ」と、メアリは言った。「ねえ、どうしてそんなふうに、じろじろ見るの?」

「本物みたいな夢《ゆめ》を、よく見るからさ」と、コリンは、いらだたしげに言った。「目を開けても、起きてるのかどうか、はっきりしないときもある。」

「二人とも、起きてるわよ」と、メアリは言った。ちらりと見まわしてみた部屋は、天井が高く、すみのほうは暗く、火明かりにほんのりと照らされていた。「たしかに夢みたいだし、いまは真夜中で、屋敷《やしき》にいる人は、みんな寝てるわ――あたしたち以外はね。あたしたちは、ちゃんと起きてるわ。」

「夢だといいと思ってるわけじゃないよ」と、コリンは、落ち着かなげに言った。

メアリは、急に、あることに気づいた。

そして、「人に見られるのがいやなんだったら、あたしも、行っちゃったほうがいい？」と、たずねた。

コリンはまだ、メアリの部屋着のひだをつかんだままで、それをちょっと引っぱった。

「だめだよ」と、コリンは言った。「もし行っちゃったら、夢だったにちがいないと思うよ。本物なんだったら、その大きな足置きにすわって、話してよ。君のことを、聞きたいな。」

メアリは、ベッドのそばのテーブルの上に、ろうそくを置き、上がクッションになった腰《こし》かけにすわった。メアリも、行ってしまいたくなんかなかった。この謎《なぞ》めいた、隠《かく》された部屋のなかで、謎めいた男の子としゃべっていたかったのだ。

「なんの話が聞きたい？」と、メアリは言った。

コリンは、メアリがどれくらい前から、ミスルスウェイトにいるのかを知りたがった。それから、部屋がどの廊下《ろうか》に面しているのかも聞こうとした。何をしているのか、とか、自分とおなじようにムアがきらいか、とか、ヨークシャーに来る前はどこにいたのか、などといったことも、知りたがった。メアリがこうした質問《しつもん》全部と、そのほかにもたくさんのことに答えるあいだ、コリンは、枕《まくら》によりかかって聞いていた。とりわけくわしく聞きたがったのは、インドのことと、そこから広い海を渡《わた》ってきた船旅のことだった。メアリは、コリンがずっと病人だったために、ほかの子のようには物事がわかっていないことに気がついた。しかし、まだ小さかったときに、世話係だった人の一人が読み方を教えてくれたので、本はしょっちゅう読んでおり、見事《みごと》な挿絵《さしえ》がたくさんはいった本をながめたりもしていた。

お父さんは、コリンが起きているときには、めったに会いにこようとしなかったが、一人でも楽しめるように、いろんなすばらしいものをとどけてくれていた。もっとも、コリンがそれらを楽しめたとは思えなかった。何かがほしいと言えば、なんでも与《あた》えられたし、したくないことは、決してさせられないですんだ。

「みんな、ぼくがよろこぶように、しなくちゃならないのさ」と、コリンは投げやりに言った。「ぼくが怒《おこ》ると、具合が悪くなるからね。大人になるまで生きるとは、だれも思ってないよ。」

その言い方は、そう考えることにすっかりなれてしまい、もう気にならなくなったみたいに聞こえた。メアリの声の響《ひび》きは、気に入ったようだった。メアリがおしゃべりを続けるあいだ、コリンは眠《ねむ》そうに、でも興味《きょうみ》深そうに、じっと耳を傾《かたむ》けていた。一度か二度、このまま うとうとしはじめるんじゃないかと思ったときもあった。しかし、たまたまコリンが投げかけてきた質問が、新たな話題を引き出すことになった。

「君、いくつ？」

「十歳《さい》よ」と、メアリは答え、ついうっかり、「あんたもでしょ」と言ってしまった。

「どうして知ってるの？」と、コリンは、驚《おどろ》いてたずねた。

「あんたが生まれたとき、庭の扉《とびら》に鍵《かぎ》がかけられて、その鍵が埋《う》められて、それから十年たってるから。」

コリンは肘《ひじ》をついて、半分身体《からだ》を起こし、メアリのほうを向いた。

そして、突然《とつぜん》ひどく興味《きょうみ》をそそられたように、「扉に鍵がかかった庭って、何？　だれが鍵をかけたの？　鍵はどこに埋められたの？」と、さけぶように言った。

「クレ――クレイヴンおじさまが、きらいだったお庭よ」と、メアリは、おそるおそる言った。

「おじさまが扉に鍵をかけたの。鍵がどこに埋まってるかは、だれも――だれも知らないのよ。」

「どんな庭なの？」と、コリンは熱心に聞きたがった。

「この十年、だれもはいれないのよ」と、メアリは用心深く答えた。

しかし、いまさら用心してもおそかった。コリンも、以前のメアリそっくりだった。コリンもまた、考えることが何もなく、秘密《ひみつ》の庭というものに、メアリ自身もそうだったように、たちまち惹《ひ》きつけられたのだった。コリンは、次々に質問《しつもん》を投げかけてきた。どこにあるの？　扉《とびら》を探《さが》してみなかったの？　庭師《にわし》たちに聞いてみたことはないの？

「あの人たちは、そこのことを話そうとしないわ」と、メアリは言った。「たずねられても、答えないように、命令されてるんだと思う。」

「ぼくが答えさせてやる」と、コリンは言った。

「ほんとに？」メアリは心配になってきて、口ごもった。もしもこの子が、みんなに返事をさせることができるのだとしたら、どんなことになるだろう？

「みんな、ぼくの言うとおりに、しなくちゃならないんだ。ぼくが命令するよ」と、コリンは言った。「もしぼくが死ななかったら、そのうちここは、ぼくのものになるんだ。みんなそれを知ってるから、言わせられるよ。」

メアリは、自分がわがまま放題に育ってきたことには気づいていなかったが、この男の子がそうだということは、よくわかった。この子は、世界じゅうが自分のものだと思っているのだ。なんて変わった子なんだろう。自分が長く生きられないことを、こんなに平然と話すなんて。

「あんた、生きられないと思ってるの？」と、メアリはたずねたが、それは、興味《きょうみ》をひかれたからでもあり、庭のことを忘《わす》れさせたかったからでもあった。

「生きられるなんて、思ってないよ」というその返事は、さっきと同様に、なんの関心もないかのようだった。「おぼえてるかぎり昔から、みんながそう言うのばかり、聞いてきたもの。最初は、小さいからわからないと思ってたみたいだけど、そのうち、聞いてないと思うようになったんだな。でも、聞いてたよ。ぼくの医者は、父さんの従弟《いとこ》なんだ。すごく貧乏《びんぼう》でね。もしぼくが死んだら、父さんが死んだときに、ミスルスウェイトがまるごと手にはいる。ぼくが生きられればいいなんて、思ってるはずないよ。」

「あんたは、生きたいの?」と、メアリはたずねた。

「いや」というその答えは、ふきげんそうで、もううんざりだと言わんばかりだった。「だけど、死にたいわけでもない。具合が悪いとき、ぼくはここに寝《ね》て、そのことばっかり考えて、泣いて、泣いて、泣き続けるんだ。」

「あんたが泣いてるの、三回、聞いたわ」と、メアリは言った。「でも、だれなのか、わからなかった。あんた、そのことで泣いてたの?」メアリは、なんとしてもこの子に、庭のことを忘れさせたかった。

「まあね」と、コリンは答えた。「何かほかのことを話そうよ。その庭のことがいいな。君はそこが、見たくないの?」

「見たいわ」と、メアリは、とても低い声で言った。

「ぼくもだ。」コリンは、なおもその話を続けようとした。「ぼくはこれまで、何かが本当に見たいなんて、一度も思わなかったけど、その庭は見たいよ。その鍵《かぎ》を掘《ほ》り出したい。扉《とびら》を開けたい。車椅子《くるまいす》で連れていかせるよ。新鮮《しんせん》な空気を吸《す》うことになるんだもんな。みんなに、扉を開けさせてやる。」

コリンはすっかり興奮《こうふん》し、その風変わりな目は、星のように輝《かがや》きはじめ、ますます大きくなったように見えた。

「みんな、ぼくのきげんをとらなくちゃいけないんだ」と、コリンは言った。「みんなにそこへ連れていかせるから、君も来ていいよ。」

メアリは、両手をぎゅっと握《にぎ》りしめた。何もかもが、だいなしになる——何もかも。ディッコンは二度と、もどってはこないだろう。メアリが、安全に隠《かく》された巣のなかのヤドリギツグミのような気分を味わうことは、もう二度とないだろう。

「ああ、だめ——だめ——だめ——そんなこと、しないで!」と、メアリはさけんだ。

コリンは、メアリの頭が変になったと思ったかのように、まじまじと見た!

「どうして?」と、コリンはさけんだ。「君も見たいと言ったじゃないか。」

「見たいわ」と言ったメアリの声は、のどのなかですすり泣きと混《ま》じって、よく聞こえなかった。「でも、あんたがみんなに扉を開けさせて、なかにはいったりしたら、もうそれっきり、秘密《ひみつ》の花園じゃなくなってしまう。」

コリンはぐっと身を乗り出してきた。

「秘密って？」と、コリンは言った。「どういうこと？　教えてよ。」

メアリの口からは、言葉が、あとからあとからこぼれ出てきた。

「あのね――それはね」と、メアリはあえいだ。「あたしたち以外に、だれも知らなかったら――もし扉が、どこか、ツタの下かなんかに隠《かく》れていたら――もしそうだったら――そして、それが見つけられたら、それで、あたしたちだけでそこにはいって、扉をしめてしまったら、だれも、なかにだれかいるなんて、気がつかないから、あたしたちはそこを、自分たちの庭にして、いろんなことが――たとえば、あたしたちはヤドリギツグミで、庭はあたしたちの巣なんだと思うこともできるわ。そして、毎日のようにそこで遊んで、土を掘《ほ》って、種をまいて、何もかもを生き返らせることだって――」

「そこは死んでるの？」と、コリンは口をはさんだ。

「世話をする人がいないと、じきにそうなるわ」と、メアリは話を続けた。「球根は生き延《いの》びるけど、バラは――」

コリンは、メアリとおなじくらい興奮《こうふん》した様子で、話をさえぎった。

そして、「球根って何？」と、すばやく口をはさんだ。

「ラッパ水仙《すいせん》とか、百合《ゆり》とか、スノードロップなんかが、それから咲《さ》くの。ちょうどいまごろ、土のなかで活動をはじめてるわ。薄緑《うすみどり》のとんがった芽を出してね。春が来たから。」

「春が来てるの？」と、コリンは言った。「どんなふうなの？　病気で、部屋んなかにいると、わかんないよ。」

「雨が降《ふ》ってるとこに、お日さまが照って、お日さまの光の上に、雨が降って、何もかもがぐんぐん伸《の》びてきて、土のなかでも伸びていくの」と、メアリは言った。「もしその庭が秘密《ひみつ》のままで、なかにはいることができたら、いろんなものが、日ごとに大きくなるのが見られるし、どれくらいたくさんのバラが、生きているかも見られるわ。ねえ、わからない？　秘密になってるほうが、どんなにすてきか、考えてもみてよ。」

コリンはあお向けになって枕《まくら》にもたれ、その顔に不思議な表情《ひょうじょう》を浮《う》かべていた。

「ぼく、秘密なんて、持ったことないな」と、コリンは言った。「大人になるまで生きられないってこと以外にはね。みんなは、ぼくが知ってるとは知らないから、秘密みたいなもんさ。でも、いま君が言った秘密のほうがいいなあ。」

「もしあんたが、みんなに言って、庭に連れていかせるなんてことをしなければ」と、メアリは頼《たの》むように言った。「たぶん――そのうち、なかにはいる方法がわかりそうな気がするの。そしたら――もし、お医者さまが、車椅子《くるまいす》であんたを外へ行かせたいと思ってて、あんたがいつも、自分のしたいようにしてるんだったら――そしたら、たぶん、車椅子を押《お》せる男の子は見つかるから、あたしたちだけで行って、そこをずっと秘密の花園にしておけるわ。」

「それ——よさそう——かも」と、コリンは、夢見《ゆめみ》るような目をして、とてもゆっくりと言った。

「それ、よさそうだね。秘密の花園でなら、ぼく、新鮮《しんせん》な空気を吸《す》ってみてもいいな。」

コリンが、秘密にするということを気に入ったようだったので、メアリはほっとし、息がつけるようになった。自分が庭のことを話し続け、コリンが心のなかで、メアリが見たのとおなじ庭の光景を見られるようにできれば、コリンはそこがとても気に入って、いろんな人が勝手に出はいりして踏《ふ》み荒《あ》らすなどということには、とても耐《た》えられなくなるにちがいないと思ったのだ。

「もし、はいってみられたら、そこがどんなふうか、あたしが考えてることを、話してあげるわ」と、メアリは言った。「すごく長いあいだしめきられてるわけだから、何もかもが勝手に育って、もつれあってるでしょうね。」

メアリが、木から木へとはいのぼって、たれ下がっているかもしれないバラのことや、そこがとても安全なので、いっぱい集まってきて巣を作っているかもしれない鳥のことを話すあいだ、コリンは、じっと黙《だま》って聞き入っていた。それから、コマドリとベン・ウェザスタッフの話になったが、コマドリのことなら、話すことがいっぱいあったし、安心して話せるので、メアリは、あまりハラハラしないですむようになった。コリンはコマドリの話をとてもよろこび、ほほえみを浮《う》かべさえした。最初、メアリは、やたらに目が大きくて、巻《ま》き毛《げ》ばかりがもじゃもじゃしている少年を、自分以上にぱっとしないと思ったのだが、ほほえむと、その顔は、美しいと言ってもいいほどに見えた。

「鳥がそんなふうだなんて、知らなかったなあ」と、コリンは言った。「でも、ずっと部屋のなかにばっかりいたら、なにも見られないもんね。君はすごくたくさんのことを知ってるんだね。聞いてると、まるで、その庭にはいったことがあるみたいだ。」

メアリは、どう言えばいいかわからなかったので、黙っていた。コリンは明らかに、返事を期待してはいなかったようで、急に、全然ちがうことを言い出して、メアリをびっくりさせた。

「君に、見せたいものがあるんだ」と、コリンは言った。「暖炉《だんろ》の上の壁《かべ》に、バラ色の絹《きぬ》のカーテンがかかってるの、見えるだろ?」

メアリはそれに気づいてはいなかったが、顔を上げると、すぐにわかった。それは、やわらかそうな絹のカーテンで、何か絵らしいものをおおい隠《かく》していた。

「見えるわ」と、メアリは答えた。

「そこから、紐《ひも》が下がってる」と、コリンは言った。「行って、引っぱってみて。」

メアリは不思議に思いながら立ち上がり、紐を見つけた。それを引くと、絹のカーテンがするすると開き、一枚の絵が現《あらわ》れた。それは、笑っている少女の顔を描《か》いた絵だった。少女は輝《かがや》く髪《かみ》を青いリボンで結んでおり、楽しそうで美しい目は、ちっとも幸せそうでないコリンの目そっくりに、灰色《はいいろ》がかった瑪瑙《めのう》のようで、黒いまつげにびっしりと囲《かこ》まれており、じっさいの倍ほどもあるかのように見えた。

「ぼくの母さんなんだけどね」と、コリンは、愚痴《ぐち》をこぼすように言った。「どうして死んだのかは、知らない。ときどき、憎《にく》らしくなるよ。死んだりしたから。」

「変なの！」と、メアリは言った。

「もし、母さんが生きてたら、ぼくも、こんなに病気ばっかりしてないよ」と、コリンはぶつぶつ言った。「この先も、生きていけるだろうし、父さんだって、ぼくを見るのをいやがったりしないだろうし、背中《せなか》だって、しっかりするだろうし……。カーテンを、もとにもどして。」

メアリは言われたとおりにしてから、もとの腰《こし》かけにもどった。

「お母さんは、あんたより、ずっときれいね」と、メアリは言った。「でも、目はあんたのにそっくり――少なくとも、形と色はね。どうして、お母さんに、カーテンがかかってるの？」

コリンは、落ち着かなげに、もぞもぞした。

「ぼくが、かけさせたんだ」と、コリンは言った。「ぼくのほうを見てるのが、いやになるときがあるんだ。具合が悪くて、つらいときでも、いつだってにこにこしてるんだもの。それに、ぼくの母さんなんだから、だれにでもは見せたくないんだ。」

ちょっと沈黙《ちんもく》が続いたあとで、メアリがまた口を開いた。

そして、「あたしがここにいると知ったら、メドロックさんはどうするかしらね?」と言った。

「ぼくの言うとおりにするだけさ」と、コリンは答えた。「ぼくはあいつに、毎日君をここに来させて、話をさせると言うよ。君が来てくれて、よかった。」

「あたしも、来てよかったわ」と、メアリは言った。「なるべくしょっちゅう来るわ。だけど」

——メアリは口ごもった——「あたし、お庭の扉《とびら》も探《さが》さなくちゃならないし。」

「そりゃそうだ」と、コリンは言った。「あとで、どうだったか、話してくれるよね。」

コリンは少しのあいだ、さっきのように考えにふけっていたが、やがてまた、口を開いた。

そして、「君のことも、秘密《ひみつ》にしようかな」と言った。「見つかるまで、こっちからは言わないんだ。一人でいたいと言って、看護婦《かんごふ》を追い出すことは、いつだってできる。君は、マーサを知ってる?」

「ええ、とてもよく知ってるわ」と、メアリは言った。「あたしの世話係だもん。」

コリンは、外の廊下《ろうか》のほうに、頭を動かしてみせた。

「いま、すぐそばの部屋で寝《ね》てるよ。昨日、看護婦が休みをとって、姉さんのとこへ泊《と》まりに行ったんだけど、そんなふうに外出するときには、いつもマーサに、ぼくの世話を任《まか》せていくのさ。君に来てほしいときには、マーサに伝えさせるよ。」

これを聞いてメアリは、いつか泣き声のことをたずねたとき、マーサが困《こま》った顔をしたわけがわかった。

「マーサはずっと前から、あんたのことを知ってるの?」と、メアリはたずねた。

「うん。よくつきそいに来る。看護婦はしょっちゅう出かけたがるんで、そんなときは、マーサが来るのさ。」

「ここへ来て、ずいぶんの時間になるわね」と、メアリは言った。「もう、行ったほうがいい? あんた、眠《ねむ》そうよ。」

「君がここにいるうちに、眠ってしまいたいな」と、コリンは、ちょっとはずかしそうに言った。

「じゃあ、目をとじて」と、メアリは言い、腰《こし》かけをベッドの近くに引きよせた。「インドにいたとき、アヤがしてくれたみたいにしてあげるわ。手をトントンたたいたり、なでたりしながら、低ーい声で歌うの。」

「それ、よさそうだね」と、コリンは、眠そうな声で言った。

メアリはなんとなくコリンをかわいそうに思い、目をさましたままで一人にしたくはなかった。そこで、ベッドの上に身を乗り出して、コリンの手を軽くなでたり、たたいたりしながら、北インドで使われているヒンドスタニー語の単調な短い歌を、ごく低い声で歌った。

「それ、いいね」と、コリンは、ますます眠そうになった声で言った。メアリは歌いながら、なで続けていたが、少ししてまた見ると、黒いまつげはほっぺたにくっついており、コリンは目をとじて、すやすやと眠《ねむ》っていた。メアリはそっと立ち上がると、ろうそくを持ち、音を立てないように気をつけながら、そこからしのび出た。

14
若《わか》きラジャー

朝が来たとき、ムアは霧《きり》に隠《かく》れており、雨が降《ふ》り続いていた。外に出るのは、問題外だった。マーサはとてもいそがしそうで、メアリが声をかける暇《ひま》もなかったが、午後になってメアリは、ちょっと子ども部屋へ来てくれるようにと頼《たの》んだ。マーサは、ほかにすることがないときには、いつも靴下《くつした》を編《あ》んでいたが、それを持って、やってきた。

「いったいどうしたんじゃね？」と、マーサは、腰《こし》を下ろしたとたんに言った。「なんか、言うことがありそうな顔じゃな。」

「そうなの。あの泣き声の正体を見つけたの」と、メアリは言った。

マーサは編みものを膝《ひざ》の上に落とし、大きく目を見開いた。

「なんちゅうことを！」とマーサはさけんだ。

「そら、いかんわ！」

「夜中に、あの声がしたの」と、メアリは話を続けた。「だから、起きて、どこで声がしてるのか、探《さが》しにいったの。コリンだったわ。見つけたの。」

マーサの顔は、恐怖《きょうふ》のあまり、まっ赤になっていた。

「あれまあ！　メアリ嬢《じょう》さん！」と、マーサは、半泣きになって、言った。「そないなことをしたら、いかんがな。あたしは、どうなることやら。あたしはあんたに、何も言うたりは、せなんだけど、みんなはあたしのせいにするじゃろうな。あたしが首になったら、おっかさんは、どうするんじゃろ！」

「首になったり、しないわよ」と、メアリは言った。「コリンはあたしに会って、よろこんだもん。いっぱいおしゃべりをして、コリンは、会えてよかったと言ってたわ。」

「あの子が？」と、マーサは大声をあげた。「ほんとかね？　なんか気に入らんことがあると、あの子がどうなるか、あんたは知らんのじゃ。もう大きいのに、赤んぼみたいに泣きわめくし、かんしゃくを起こそうもんなら、あたしらをおどしたい一心で、ものすごい金切り声をあげるんじゃから。そうすりゃ、あたしらが言うなりになると、わかっとるんじゃ。」

「べつに、平気だったみたいよ」と、メアリは言った。「もう帰ったほうがいいかって聞いたら、このままいろって言ったもん。いろんなことを聞かれたんで、大きな足置きにすわって、話をしたわ。インドのこととか、コマドリのこととか、庭のこととか。なかなか帰らせてくれなかった。お母さんの絵も見せてくれたわ。歌をうたって、眠《ねむ》らせてから、帰ってきたの。」

マーサは、びっくり仰天《ぎょうてん》して、あんぐりと口を開けた。

「信じろと言われたって、無理じゃ！」と、マーサは文句《もんく》を言った。「ライオンのねぐらに、まっすぐ、はいっていくようなものじゃもん。いつもじゃったら、ものすごいかんしゃくを起こして、館じゅうをたたき起こしてしまうわ。よそのもんには、絶対《ぜったい》に姿《すがた》を見せようとせんのじゃ。」

「あたしには、ちゃんと姿を見せたわ。いっしょにいるあいだ、ずっと見てたし、むこうも見てた。にらめっこみたいだったわ！」と、メアリは言った。

「どうしたら、ええんじゃろ！」と、マーサは、動転してさけんだ。「メドロックさんに知れたら、決まりを破《やぶ》ってあんたに言うたと思われて、おっかさんのとこへ送り返されてしまうわ。」

「メドロックさんには、まだ何も言わないつもりらしいよ。最初のうちだけは、秘密《ひみつ》にしておくんだって」と、メアリは、きっぱり言った。「だれもみんな、あの子の言うとおりにしなくちゃいけないんだって、言ってた。」

「やれやれ、まったく、そのとおりなんじゃから――しようのない坊《ぼっ》ちゃまじゃ！」マーサはそう言って、ため息をつきながら、エプロンで額《ひたい》の汗《あせ》をぬぐった。

「メドロックさんも、そうしなくちゃいけないんだって。あたしには、毎日、話しにこいって。

来てほしいときには、マーサに言うって言ってたよ。」

「あたしに！」と、マーサは言った。「首になるわ――まちがいなしじゃ！」

「みんながあの子の言うとおりにしなくちゃいけないんなら、あの子に言われたことをして、首になるはずないでしょ」と、メアリは主張《しゅちょう》した。

「つまり、坊《ぼっ》ちゃまは」と、マーサは、目を大きく見開いて、さけんだ。「あんたには、きげんようしとった、っちゅうことかね？」

「あたしのことが、気に入ったみたいよ」と、メアリは答えた。

「だったらあんたは、坊ちゃまをたぶらかしたんじゃな！」マーサはそう決めこんで、ほーっと長い息をついた。

「それって、魔法《まほう》のこと？」と、メアリはたずねた。「魔法の話は、インドにいたとき、聞いたけど、あたしには魔法は使えないわ。ただあの子の部屋へはいってって、あの子を見て、あんまりびっくりしたもんだから、ただじろじろ見てたの。そしたら、あの子のほうも、こっちを向いて、やっぱりじろじろ見たわ。あの子は、あたしのこと、幽霊《ゆうれい》か夢《ゆめ》だと思ったし、あたしもあの子のこと、たぶんそうなんだと思った。真夜中に、お互いのことは全然知らずに、二人だけでにらめっこしてたんだから、おかしいわよね。それから、あれこれ、たずねあいはじめたの。行っちゃったほうがいいかと言ったら、行くなって言われたわ。」

「この世の終わりが来たようじゃ！」と、マーサがあえいだ。

「あの子は、どうなってるの？」と、メアリがたずねた。

「だれにも、はっきりしたことは、わからんのじゃと」と、マーサは言った。「クレイヴンさまは、坊《ぼっ》ちゃまがお生まれのとき、頭がおかしゅうなってしまわれとった。お医者さんたちが、精《せい》神病院《しんびょういん》に入れんといかんじゃろうかと、言うとったぐらいでな。前にも言うたけど、そんときに、奥《おく》さまを亡《な》くされたからじゃった。そんで、赤んぼは、見ようともせんようになられて、どうせこの子も、自分みたいに背中《せなか》が曲がるんじゃから、死んでくれた方がましじゃと、どなりちらされるばっかしじゃった。」

「コリンは、背中が曲がってるの？」と、メアリはたずねた。「そんなふうには見えなかったけど。」

「まだ、そうはなっとらん」と、マーサは言った。「けど、どんどん悪うなるばっかしじゃ。おっかさんは、お屋敷《やしき》のなかがあんなにごたごたしとったら、どんな子どもでも悪うなると言うとった。みんな、坊ちゃまの背中が弱いのを心配して、ものすごく用心しとる。ずっと寝《ね》かせといたり、歩かさんかったりな。枠《わく》みたいなもんをはめさせたときには、坊ちゃまは、いやがって暴《あば》れて、すっかり具合が悪うなった。そのとき、どっかの偉《えら》いお医者さんが来て、診察《しんさつ》して、それをはずさせたんじゃ。そのお医者さんは、もひとりのお医者さんを、こっぴどくやっつけた

――言葉はていねいじゃったけどな。そのお医者さんは、薬が多すぎるし、わがまま放題のさせすぎじゃと言うとった。」

「ものすごく甘《あま》やかされてると思ったわ」と、メアリは言った
「あんなにひどい子どもは、どこにもおらんよ！」と、マーサは言った。「そりゃ、身体《からだ》の具合があんまりようないのは、たしかじゃ。ひどい咳《せき》の出る風邪《かぜ》をひいて、二、三度は、もうちっとで死ぬとこだったもんな。リウマチ熱にもかかったし、腸《ちょう》チフスにもなっとる。やれやれ！　あんときは、メドロックさんもふるえあがっとられた。坊《ぼっ》ちゃまはもう、頭がおかしゅうなっとったから、メドロックさんは、坊ちゃまが何も聞いとらんと思うて、看護婦《かんごふ》さんと話しとったんじゃと。『今度ばかりは、坊ちゃまも、乗り切るのはご無理じゃろうね。それが、坊ちゃまご自身にも、まわりのみんなにも、なによりかもな』とな。そんで、ひょいと見たら、坊ちゃまが、あの大きい目を開けて、メドロックさんを、まじまじと見とったんじゃと。その目のしゃんとしとったこと、メドロックさんと変わらんぐらい、分別《ふんべつ》をわきまえとるようだったそうじゃ。メドロックさんは、どうなることかと思うたそうじゃけど、坊ちゃまはただ、大きい目でにらんで、『しゃべるのはやめて、水をくれ』とだけ、言うたそうじゃ。」

「あの子、死ぬと思う？」と、メアリはたずねた。

「おっかさんは、どんな子どもでも、ええ空気を吸《す》うこともなしに、ただあお向けに寝《ね》とって

ばっかしで、絵入りの本を見たり、お薬を飲んだりしかせんかったら、生きてはおれんと言うとる。けど、坊ちゃまは、力がのうて、外へ連れだされるのがやっかいじゃと言うて、きろうとる。外へ出たらすぐに風邪をひいて、具合が悪うなるんじゃと。」

メアリは、暖炉《だんろ》の火を見つめた。

「ちょっと思ったんだけど」と、メアリは、ゆっくり言った。「お庭に出て、いろんなものが育つのを見たらどうかしら。あたしには、よかったわ。」

「これまでで、いちばんひどかった発作《ほっさ》は」と、マーサが言った。「噴水《ふんすい》のそばのバラのお庭に、坊ちゃまを連れだしたときじゃった。新聞に、花粉でくしゃみが出る、『バラ風邪』っちゅう病気のことが出とって、それを読んどった坊ちゃまは、くしゃみを一回しただけで、それにかかったと言い出したんじゃ。そこへ、まだお屋敷《やしき》の決まりを知らん、新参《しんざん》の庭師《にわし》が来かかって、珍《めずら》しげに坊ちゃまを見たからたまらん。たちまち、あいつが見たのは、自分の背中《せなか》が曲がりかけとるからじゃと言うて、発作を起こしてしもうた。泣きわめいて、熱を出して、その晩《ばん》はずっと、具合が悪かったそうじゃ。」

「ひどく怒《おこ》ったりしたら、二度と行ってやらないから、いいわ」と、メアリは言った。

「来させたけりゃ、どないにしてでも、来させずにはおかん」と、マーサが言った。「それは、ちゃんと心得《こころえ》といたほうがええ。」

それからまもなく、ベルが鳴り、マーサは編《あ》みかけのものを巻《ま》いて、片《かた》づけた。「看護婦《かんごふ》さんが、ちょっと交替《こうたい》してほしいんじゃろうな」と、マーサは言った。「坊《ぼっ》ちゃまのごきげんが悪うないと、ええけどな。」

十分くらいでもどってきたマーサは、わけがわからないといった顔つきだった。

「どうやら、あんたは、坊ちゃまを、魔法《まほう》にかけたようじゃな」と、マーサは言った。「坊ちゃまは、ソファにすわって、絵本を見とった。そんで、看護婦さんには、六時まで、もどってこんでええと言いつけた。あたしは、次《つぎ》の間《ま》で待っとったんじゃけどな、看護婦さんが出ていくとすぐに呼《よ》ばれて、何を言うかと思うたら、『メアリ・レノックスに、話をしに来てもらいたい。このことは、だれにも言うな』じゃと。さっさと行ったほうがええ。」

メアリはよろこんで、さっそく出かけていった。ディッコンに会いたい気持ちほどではなかったが、コリンにも、とても会いたかった。

部屋にはいっていくと、暖炉《だんろ》にはあかあかと火が燃《も》えており、昼間の光で見ると、そこはとても美しい部屋だった。床《ゆか》の敷物《しきもの》や壁《かべ》かけは、色どり豊かだったし、壁には絵や本棚《ほんだな》があり、外では灰色《はいいろ》の空から雨が降《ふ》っていても、何もかもが輝《かがや》いているようで、心地よかった。コリン自身も、ビロードの部屋着を着て、錦織《にしきお》りの大きなクッションを背《せ》にしてすわっているのが、絵のようだった。両方の頬《ほお》には、赤みがさしていた。

「はいって」と、コリンは言った。「午前中、ずっと君のことを考えてた。」

「あたしも、あんたのことを考えてたわ」と、メアリは答えた。「マーサがどんなにおびえあがってたか、知らないでしょ。マーサは、メドロックさんはきっと、あたしにあんたのことを話したのはマーサだと思って、首にするだろうって言ってるわ。」

コリンは顔をしかめた。

「マーサに、ここへ来るように言って」と、コリンは言った。「次の間にいるから。」

メアリは行って、マーサを連れてきた。かわいそうなマーサは、ふるえておどおどしていた。

コリンは顔をしかめたままだった。

「おまえの仕事は、ぼくが思うようにすることなのか、そうじゃないのか？」

「若《わか》さまのお思いのとおりにです」と、マーサは口ごもりながら言ったが、その顔はまっ赤になっていた。

「メドロックの仕事は、ぼくが思うようにすることなのか、ちがうのか？」

「だれの仕事も、そうです」と、マーサは言った。

「だったら、ぼくがメアリさんを呼んでこいと言ったのに、なんで、メドロックがそれを知ったら、おまえを首にできるんだ？」

「どうか、首にならんですむように、お助けください」と、マーサは訴《うった》えた。

「あいつがよけいなことに口をはさんだら、あいつのほうを、首にしてやる」と、コリンは、偉《えら》そうに言った。「あいつとしても、それはいやだろうよ。」

「ありがとうございます、若《わか》さま」と、マーサはぴょこぴょこ頭を下げた。「いただいたお仕事は、ちゃんとやります。」

「ぼくの望みどおりにするのが、おまえの仕事だ」と、コリンは、ますます偉そうに言った。「首にはならんようにしてやる。さあ、とっとと行け。」

マーサが出ていって、ドアがしまったとき、コリンは、メアリが驚《おどろ》いたような顔で自分を見つめているのに気がついた。

「どうして、そんな目で見るの？」と、コリンはたずねた。「何を考えてるんだい？」

「二つのことを考えてたの。」

「どういうことだい？　すわって、話してくれよ。」

「一つはね」と言いながら、メアリは大きな腰《こし》かけにすわった。「インドにいたときに見た、子どものラジャーのこと。ラジャーっていうのは、インドの王さまよ。その子は、身体《からだ》じゅう、ルビーやエメラルドやダイヤモンドだらけだったわ。そして、みんなにむかって、いまあんたがマーサに話したのと、そっくりに話すの。だれもが、その子に言われたとおりに、なんでもしなくちゃならないの――すぐにね。もし、しなかったら、殺されたんでしょうね。」

「ラジャーのことは、もっとくわしく聞きたいけど」と、コリンは言った。「二つめのことっていうのは、何?」

「二つめは」と、メアリは言った。「あんたとディッコンは、なんてちがうんだろうってこと。」

「ディッコンって、だれ?」と、コリンは言った。「へんな名前!」

話したほうがよさそうだと、メアリは思った。ディッコンのことなら、秘密《ひみつ》の花園のことには触《ふ》れないでも話せる。メアリ自身も、マーサからディッコンの話を聞くのが好きだった。それに、ディッコンのことを話したくもあった。話していれば、ディッコンを身近に感じることができるだろう。

「マーサの弟なの。十二歳《さい》になるわ」と、メアリは説明した。「この世のどんな人ともちがってるの。キツネやリスや小鳥たちをならすことができてね、ちょうど、インドの人たちが蛇《へび》をならすみたいなの。ディッコンがすごくやわらかい音で笛を吹《ふ》くと、みんなよってきて、聴《き》くのよ。」

コリンはいきなり手を伸《の》ばすと、すぐそばのテーブルの上に置いてあった、何冊かの大きい本のなかから、一冊を引きよせた。

「ここに、蛇使いが出てる」と、コリンは大きな声で言った。「ほら、見て。」

それは、色つきの挿絵《さしえ》がいくつもはいった、とても美しい本で、コリンはページをめくって、その挿絵を見つけた。

そして、「こんなふうにできるの？」と、熱心にたずねた。

「ディッコンが笛を吹《ふ》くと、みんな聴《き》いてるわ」と、メアリは説明した。「でも、魔《ま》法《ほう》というのじゃないみたい。自分では、ずっとムアに住んでて、みんなのことをよく知ってるからだと言ってる。ディッコンはときどき、自分が鳥になったり、ウサギになったりしたみたいな気がするんですって。それくらい、鳥や動物が好きなのね。コマドリには、何かたずねてたようだったわ。両方でさえずるような音を出して、会話をしてるみたいだったもの。」

コリンはクッションにもたれていたが、その目はますます大きく見開かれ、頬《ほお》の赤いところは、ますます赤くなった。

「その子のこと、もっと話してよ」と、コリンは言った。

「鳥の巣や卵《たまご》のことも、みんな知ってるわ」と、メアリは続けた。「キツネや、アナグマや、カワウソが、どこに住んでるかもね。それをちゃんと秘密《ひみつ》にして、ほかの子が巣穴《すあな》を見つけて、みんなをおどかしたりしないように、気をつけてるのよ。ムアで育つものや、そこで暮《く》らしてるもののことなら、なんでも知ってるわ。」

「その子は、ムアが好きなの？」と、コリンは言った。「どうしてかなあ？　だだっ広くて、なんもなくて、陰気《いんき》くさいばっかりなのに？」

「こんなに美しいところ、ほかにないわ」と、メアリは言《い》い張《は》った。「何千もの美しいものが生《は》えてるし、何千もの小さな生きものたちが、せっせと巣を作ったり、穴を掘《ほ》ったりしてるし、さえずったり、歌ったり、鳴いたりして、おしゃべりをかわしてるの。みんな土のなかや、木のなかや、ヒースの茂《しげ》みのなかで、いそがしく働いたり、楽しんだりしてるわ。そんなものたちの世界なの。」

「どうして君は、そんなことを知ってるの?」と言うと、コリンは、肘《ひじ》をついたまま、メアリのほうに顔を向けた。

メアリは、はっと気がついて、「ほんとには、見たことないのよね」と言った。「ムアは、まっ暗なときに、馬車で通っただけだもの。そのときには、ぞっとするとこだと思ったわ。最初は、マーサから話を聞いたんだけど、そのあと、ディッコンからも聞いたの。ディッコンが話すのを聞いてると、いろんなものが見えたり聞こえたりしてるように、思えてくるのよ。まるで、自分がヒースの荒野《こうや》に立って、お日さまの光を浴びてて、ハリエニシダの蜜《みつ》のようなにおいがして、そこらじゅう、蜜蜂《みつばち》や蝶々《ちょうちょ》が飛んでるみたいに。」

「病気だと、何も見られやしない」と、コリンは、いらだたしげに言った。その顔は、遠くから聞こえる耳なれない音に耳をすまし、あれはなんだろうと思っているような顔だった。

「部屋のなかにいるばっかりじゃ、見られないわね」と、メアリは言った。

「ムアへなんか、行けっこないだろ」と、コリンはうんざりしたように言った。

メアリはちょっと黙《だま》っていたが、やがて、思い切ったように、口を開いた。

「行けるわよ――そのうち。」

コリンはびっくりしたように、身じろぎをした。

「ムアへ？　どうやって？　ぼくは死にかけてるんだよ。」

「どうしてわかるのよ？」と、メアリは、情《なさ》け容赦《ようしゃ》なく言った。メアリは、コリンが死ぬ話をするときの言い方が気に入らず、あまり同情《どうじょう》する気にはなれなかった。なんだか、それを自慢《じまん》しているみたいに聞こえたのだ。

「おぼえてるかぎり前から、そう言われてきたんだもの」と、コリンはふきげんそうに言った。「みんなひそひそ声でしゃべって、ぼくが聞いてないと思ってるんだ。みんな、さっさと死ねばいいと思ってるのさ。」

メアリは、思いっきりつむじまがりな気分になって、唇《くちびる》をぎゅっと結んだ。

「あたしだったら」と、メアリは言った。「みんなが思ってるようになんか、なってやらないわ。だれがそんなこと、思ってるの？」

「使用人たちだろ、それからもちろん、医者のクレイヴンさん。いまは貧乏《びんぼう》だけど、ミスルスウェイトを自分のものにしたら、金持ちになれるもんな。そんなこと、言いはしないけど、ぼくの具合が悪くなると、いつだってきげんがよくなるんだ。ぼくが腸《ちょう》チフスにかかったときなんか、顔が丸くなったよ。父さんも、そう思ってるんだろうし。」

「あたしは、そうは思わないわ」と、メアリは断固《だんこ》として、言《い》い張《は》った。

コリンはさっと向き直って、また、メアリを見つめた。

そして、「ほんとに？」と言った。

それから、クッションにもたれかかり、口をつぐんで、しきりに考えこんでいるようだった。ずいぶん長いあいだ、沈黙《ちんもく》が続いた。たぶん二人とも、ふつうは子どもが考えないような変わったことを、考えていたのだろう。

「あたし、ロンドンから来た、偉《えら》いお医者さんが好き。鉄の枠《わく》をはずさせたから」と、しばらくしてから、メアリは言った。「その人も、あんたが死ぬだろうって言ったの？」

「いや。」

「なんて言ったの？」

「その人は、ひそひそ声じゃなかった」と、コリンは言った。「たぶん、ぼくがひそひそ声がらいなのが、わかってたんだろうな。その人は、よく聞こえる声で、こんなことを言ってた。『この子は、自分が生きようという気になれば、生きていけるだろう。そんな気持ちになれるように、してあげなさい』ってさ。なんだかちょっと、怒《おこ》ってるみたいだった。」

メアリは考え考え、「だれだったら、あんたをそんな気持ちにできるか、知ってるわ」と言った。

コリンのことを、ぜひともなんとかしたいと、思いはじめていたのだ。「ディッコンなら、できると思うの。ディッコンはいつも、いろんな生きもののことを話してくれるわ。死んだもののことや、病気になったもののことは、聞いたことない。いつだって上を向いて、鳥が飛ぶのを見てる。下を向くのは、土のなかから育ってくるものを見るときよ。まん丸い青い目をしてて、いろんなものを見てばっかりいるもんだから、その目が大きいったらないの。笑うときは、口を、ものすごく大きく開けるのよ。ほっぺたの赤いことといったら、まるで、まるで、サクランボみたい。」

メアリは腰《こし》かけをソファに引きよせたが、あの大きくてゆがんだ口と、大きく見開いた目を思い出したおかげで、すっかり表情《ひょうじょう》が変わっていた。

「ねえ」と、メアリは言った。「死ぬ話なんか、やめましょうよ。あたし、きらい。生きる話をしなきゃ。それから、ディッコンの話をいっぱい。そのあと、あんたの本の絵を見ましょうよ。」

それ以上の思いつきはなかった。ディッコンの話になると、ムアのことや、そこにある小さな家のこと、そこでは一家十四人が、週に十六シリングで暮《く》らしていること、子どもたちは、ムアの草のなかで遊んで、野生のポニーみたいに育っていることなどが、次々に出てきた。ディッコンのお母さんのこと、なわとびのこと、お日さまが照っているときのムアのこと、とんがった薄《うす》緑《みどり》のものが、黒い土のなかから出てくること……。何もかもが、とてもいきいきと浮《う》かんできたので、メアリは、ついぞこんなにはしゃべったことがないほど、しゃべり続けた。コリンのほうも、しゃべったり、熱心に聞いたりしたが、それも、これまでは、してこなかったことだった。そして二人とも、子どもたちがいっしょになって楽しんでいれば、よくやるように、たいしたわけもなく、笑ってばかりいた。あんまり笑ったので、しまいには、気むずかしくて小さな、愛することを知らない女の子と、自分はもうすぐ死ぬと信じている病気がちの男の子ではなく、ごくあたりまえの、健康で、のびのび育った二歳児《さいじ》かと思うほどになっていた。

二人はあんまり楽しかったので、本の絵を見ることも、いま何時かということも、すっかり忘《わす》れていた。大声で笑いころげながら、ベン・ウェザスタッフとコマドリのことを話しているうちに、コリンは、背中《せなか》が弱いことも忘《わす》れて起き上がっていたが、ふと、あることに気がついた。

「ねえ、これまで考えてみなかったんだけどさ」と、コリンは言った。「ぼくたち、いとこなんだよ。」

こんなにおしゃべりをしていながら、そんなかんたんなことにも気づかなかったのがおかしいと言って、二人はますます大笑いした。それくらい、何にでも笑いたくなる気分になっていたのだ。そうやって笑い転げている最中《さいちゅう》に、ドアが開いて、お医者のクレイヴン先生と、メドロックさんがはいってきた。

クレイヴン先生はとび上がりそうになったし、メドロックさんは、あとずさりしたクレイヴン先生にぶつかられて、あやうく転ぶところだった。

「あれ、まあ！」気《き》の毒《どく》なメドロックさんは、目の玉がとびだしそうになって、大声をあげた。

「こりゃまた、いったい、なんちゅうこと？」

そのときメアリは、また、インドで見た子どものラジャーのことを思い出した。コリンは、お医者さんが仰天《ぎょうてん》したことも、メドロックさんが肝《きも》をつぶしたことも、まるでなんでもないかのように、しゃべりはじめた。その平然と落ち着きはらった様子は、まるで、年取ったイヌとネコが部屋にはいってきただけと言わんばかりだった。

「これは、ぼくのいとこのメアリ・レノックスだ」と、コリンは言った。「話をしに来るように、ぼくが頼《たの》んだんだ。ぼくはメアリが気に入っている。メアリは、ぼくが呼《よ》びにやったら、いつでも話をしに来てくれなくちゃいけない。」

クレイヴン先生は、非難《ひなん》がましい目で、メドロックさんを見た。

「まあ、先生」と、メドロックさんは、あえぐように言った。「どうしてこんなことになったのか、わたくしは存《ぞん》じません。使用人には、余分《よぶん》なおしゃべりをする者などおりません。みんな、ご命令にしたがっています。」

「だれも告《つ》げ口《ぐち》なんか、してない」と、コリンは言った。「メアリが、ぼくが泣いていたのを聞きつけて、自分でぼくを見つけたんだ。メアリが来てくれて、ぼくはよろこんでいる。ばかなことを言うな、メドロック。」

メアリは、クレイヴン先生がよろこんでいないことに気づいたが、先生が自分の患者《かんじゃ》に逆らう気がないことは、明らかだった。先生は、コリンのそばにすわって、脈《みゃく》をみた。

「興奮《こうふん》しすぎたんじゃないかね。君には興奮は、よくないんだよ」と、先生は言った。

「メアリが来てくれなかったら、興奮すると思う」と、コリンは答えた。その目は、危険《きけん》を感じさせるくらい、キラキラしはじめていた。「今日は具合がいい。メアリのおかげだ。看護婦《かんごふ》に言って、メアリのぶんのお茶も用意させてくれ。いっしょにお茶にするから。」

メドロックさんとクレイヴン先生は、困《こま》ったように顔を見合わせたが、明らかに、それにしたがうしかなさそうだった。

「たしかに、おかげんはよさそうでいらっしゃいますわね」と、メドロックさんは、思い切って、口をはさんだ。「でも――考えてみますと――このお嬢《じょう》さんが来る前から、けさはお元気そうでしたわ。」

「メアリは、ゆうべ、ここへ来たんだ。ずいぶん長くいたよ。ヒンドスタニー語の歌を歌って、眠《ねむ》らせてくれたんだ」と、コリンは言った。「起きてみたら、まえより気分がよくなっていた。朝ごはんがほしかったくらいだ。いまは、お茶にしたい。持ってこさせてくれ、メドロック。」

クレイヴン先生は、あまり長くはいなかった。看護婦さんが部屋にやってくると、ほんの数分、話をし、それからコリンに、少しばかり注意を与《あた》えた。おしゃべりをしすぎるな、とか、病気だということを忘《わす》れるな、とか、とても疲《つか》れやすいことを忘れるな、とかだ。メアリは聞いていて、忘れてはいけないのは、いやなことばっかりなんだな、と思った。

　コリンはいらいらしてきたようで、黒いまつげに縁取《ふちど》られたその風変わりな目を、じっとクレイヴン先生の顔にすえた。

「ぼくは、忘れたいんだ」と、最後にコリンは言った。「メアリは、忘れさせてくれる。だから、いてほしいんだ。」

　クレイヴン先生は、部屋を出るとき、うれしそうではなかった。先生は行きがけに、大きな腰《こし》かけにすわっている、小さな女の子を、わけがわからないと言いたげな目で、ちらりと見た。メアリは、先生が部屋へ来た瞬間《しゅんかん》に、もとのむっつりした子どもにもどっており、先生には、こんな子のどこがいいんだか、さっぱりわからなかった。しかし、男の子のほうは、明らかに具合がよくなっていた。廊下《ろうか》を帰りながら、先生は重苦しいため息をついた。

「みんな、ぼくが食べたくないときに、食べろ食べろと言うんだ。」看護婦《かんごふ》さんが、ソファに近づけたテーブルの上に、運んできたお茶を置いていくと、コリンはそう言った。「でも、君が食べるんなら、ぼくも食べる。そのマフィンは、焼きたてで、おいしそうだね。さっきのラジャーの話をしてよ。」

15
巣作り

もう一週間、雨が続いたあと、また青空の大きなアーチが高々と広がり、お日さまから降《ふ》りそそぐ光は、すっかり暑くなった。しばらくのあいだ、秘《ひ》密《みつ》の花園にも行けず、ディッコンにも会えないことが続いたが、そのあいだもメアリ嬢《じょう》ちゃんは、とても楽しくすごしていた。一週間は、たいして長いと思わないうちに、すぎていった。毎日、コリンの部屋へ出かけていっては、ラジャーのことや、庭のことや、ディッコンのことや、ムアにある小さな家のことを話して聞かせた。すばらしくきれいな本や絵を、いっしょに見ることもあったし、メアリがコリンに何か読んで聞かせることもあった。ときにはコリンのほうが、メアリに少しだけ読んでくれた。何かに興味《きょうみ》を持ったり、おもしろがったりしているときのコリンは、全然、病人らしくないなと、メアリは思った。もっとも、顔はとても青白かったし、いつもソファにすわっていた。

「あんたはまったく、油断《ゆだん》のならん子じゃな。夜中にベッドから抜《ぬ》け出して、探険《たんけん》したりして」と、メドロックさんが、あるとき言った。「けど、何が幸いするか、わからんもんじゃ。それでみんな、どれだけ助かったやら。あんたたちが、なかようなってから、坊《ぼっ》ちゃまは、かんしゃくも起こさんし、ぐずりもされとらん。看護婦《かんごふ》さんは、坊ちゃまに手を焼いて、もうやめると言うとったけど、あんたもいっしょについとってくれるんなら、このままいてくれるそうじゃ。」そう言うと、メドロックさんは、ちょっと笑った。

コリンと話すとき、メアリは、秘密《ひみつ》の花園のことを言わないように、とても用心していた。メアリには、コリンについて、たしかめておきたいことがいくつかあったが、だからといって、正面から質問《しつもん》するのは、やめておいた方がよさそうな気がしていた。コリンとすごすのが楽しくなってきていたメアリは、まず第一に、この少年に秘密を打ち明けても大丈夫《だいじょうぶ》かどうかを、知りたいと思っていた。コリンは、おなじ男の子でも、ディッコンとは全然ちがっていたが、だれも見たことがない庭の話を、とてもよろこんでおり、信用してもよさそうな気がした。しかし、まだ知りあったばかりだったので、確信《かくしん》は持てなかった。二つめに考えていたのは、もしもコリンが、信用できる子――まちがいなく信用できる子だったら、だれにも見られずに花園へ連れだすことはできないだろうか、ということだった。コリンを診察《しんさつ》した偉《えら》いお医者さんは、いい空気を吸《す》わせないといけないと言ったそうだし、コリン自身も、秘密の花園でなら、新鮮《しんせん》な空気を吸っ

ご注文方法について

●ご注文は、最寄りのキリスト教書店または一般書店、児童書専門店にお申し付けください。

●近くに書店がなく、お急ぎの場合は教文館子どもの本の店ナルニア国でもご注文をお受けいたします。

TEL 03-3563-0730　午前10時〜19時

FAX 03-3561-7350　24時間OK!

ホームページ https://www.kyobunkwan.co.jp/narnia/

Eメール narnia@kyobunkwan.co.jp

★ご注文の内容（書名／冊数／プレゼントの有無等）をお書き添えください。在庫の有無や取り寄せの日数について、書店からご連絡いたします。

★お電話・メールでナルニア国にご注文いただいた場合はクレジットカード決済はできません。あらかじめご了承ください。

●インターネットからのご注文は、E-shop教文館をご利用ください。

ホームページ https://shop-kyobunkwan.com/

★E-shop教文館にご注文いただいた場合はクレジットカード決済をはじめ、さまざまな支払い方法がございます。詳しくは、ホームページをご参照ください。

教文館

〒104-0061 東京都中央区銀座4-5-1

TEL 03-3561-5549　FAX 03-3561-5107

https://www.kyobunkwan.co.jp/publishing/

教文館

児童書関連本のご案内

2023

秘密の花園

F.H.バーネット ✣作

脇　明子 ✣訳

閉ざされた庭で少女が体験する奇跡の物語

『小公子』『小公女』のバーネットの代表作を児童文学翻訳の名手が新訳。世紀を超えて愛される傑作の邦訳決定版！

四六変型判・上製・442頁

●定価 2,310円

（本体 2,100円+税）

ISBN 978-4-7642-6761-9 C8097

鉄道きょうだい

E. ネズビット ✣著　中村妙子 ✣訳

子どもたちと鉄道をめぐる人々との心温まる物語

ある日突然お父さんが不在となり、田舎暮らしを余儀なくされた3人きょうだい。そんな子どもたちに鉄道は、様々な事件を通して素敵な友人と贈り物をもたらしてくれたのです！『砂の妖精』の E. ネズビットが描く、心温まる物語。

四六判・上製・376頁

● **定価 1,760円**（本体 1,600円+税）

ISBN 978-4-7642-6946-0 C8097

ふたりのエアリエル

ノエル・ストレトフィールド ✣著　中村妙子 ✣訳

『バレエ・シューズ』の姉妹編、初邦訳

第2次世界大戦下のロンドンで、演劇の家系に生まれた子どもたちが繰り広げる物語。自分の将来の道を模索する少女ソレルは、大女優の祖母に引き取られる。演劇学校に入れられた彼女が、従姉妹との競演の果てにつかんだ夢とは……！

四六判・上製・230頁

● **定価 1,540円**（本体 1,400円+税）

ISBN 978-4-7642-6712-1 C8097

バレエ・シューズ

ノエル・ストレトフィールド ✣著　中村妙子 ✣訳

児童小説の古典的名作、新訳で登場！

1930 年代の英国。姉妹として育てられた3人の孤児ポーリーン、ペトロヴァ、ポージー。彼女たちが舞台芸術学院で学びながら収入を得て、それぞれが自分の進む道を選ぶ物語。

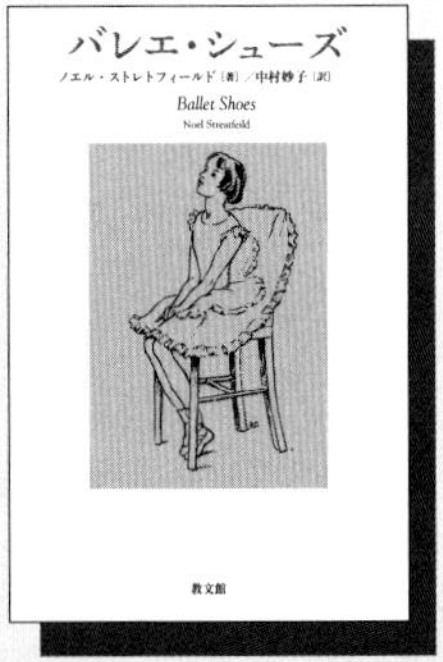

四六判・上製・206頁

● **定価 1,430円**（本体 1,300円+税）

ISBN 978-4-7642-6732-9 C8097

ふたりのスケーター

ノエル・ストレトフィールド ✣著　中村妙子 ✣訳

対照的な2人の少女の、友情と家族愛の物語

第2次世界大戦前の英国。健康回復のため 10 歳でフィギュアスケートを始めたハリエット。スター選手の忘れ形見として3歳から英才教育を受けてきたララ。2人の少女が切磋琢磨しながら成長する姿を描く物語。

四六判・上製・210頁

● **定価 1,320円**（本体 1,200円+税）

ISBN 978-4-7642-6730-5 C8097

郵便はがき

料金受取人払郵便

銀座局
承認

3148

差出有効期間
2025年12月
31日まで

104-8790

628

東京都中央区銀座4－5－1

教文館出版部 行

◉裏面にご住所・ご氏名等ご記入の上ご投函いただければ、キリスト教書関連書籍等のご案内をさしあげます。なお、お預かりした個人情報は共同事業者である「(財)キリスト教文書センター」と共同で管理いたします。

●今回お買い上げいただいた本の書名をご記入下さい。

書名

●この本を何でお知りになりましたか

1．新聞広告（　　）　2．雑誌広告（　　）　3．書　評（　　）
4．書店で見て　5．友人にすすめられて　6．その他

●ご購読ありがとうございます。
本書についてのご意見、ご感想、その他をお聞かせ下さい。
図書目録ご入用の場合はご請求下さい（要　不要）

教文館発行図書　購読申込書

下記の図書の購入を申し込みます

書　　　名	定価（税込）	申込部数
		部
		部
		部
		部
		部

●ご注文はなるべく書店をご指定下さい。必要事項をご記入のうえ、ご投函下さい。
●お近くに書店のない場合は小社指定の書店へお客様を紹介するか、小社から直送いたします。
●ハガキのこの面はそのまま取次・書店様への注文書として使用させていただきます。
●DM、Eメール等でのご案内を望まれない方は、右の四角にチェックを入れて下さい。□

ご氏名　　　　　　歳	ご職業
（〒　　　　　） ご住所	
電　話 ●書店よりの連絡のため忘れず記載して下さい。	
メールアドレス （新刊のご案内をさしあげます）	

書店様へお願い　上記のお客様のご注文によるものです。着荷次第お客様宛にご連絡下さいますようお願いします。

ご指定書店名	取次・番線	
住　所		
		（ここは小社で記入します）

てみてもいいと言っていた。もしも、新鮮な空気をたっぷり吸い、ディッコンやコマドリと知りあって、いろんなものが育っていくのを見ることができたら、コリンも、あんなに死ぬことばかり言わなくなるのではないだろうか。メアリ自身、つい最近、たまたま鏡のなかの自分を見て、インドからこっちへ来たばかりのときとは、全然ちがうなと思ったばかりだった。いま見えている自分のほうが、ずっとすてきだ。マーサでさえ、ちがいに気がついてくれている。

「ムアの空気が、ずいぶん、効《き》いてきたようじゃな」と、マーサは言った。「前みたいには黄色うないし、骨《ほね》と皮っちゅう感じもせん。髪《かみ》も、前には、頭にへばりついとったけど、一本一本が元気になって、ピンとしてきた。」

「あたしとおんなじ」と、メアリは、そのとき言った。「力がついて、太ってきてる。本数も、増《ふ》えたんだと思うわ。」

「たしかに、そうじゃな。」マーサはそう言いながら、メアリの顔のまわりの髪に指を入れて、ほんの少しふわっとさせてくれた。「これで、ほっぺたが、もうちっと赤うなったら、ぱっとせんかったのも、ずっとましになるじゃろうな。」

庭と新鮮な空気とが、自分にとってよかったのなら、コリンにもいいはずだ。しかし、コリンが人に見られたくないのなら、ディッコンに見られるのも、いやかもしれない。

ある日、メアリは、「どうしてあんたは、人に見られると怒《おこ》るの？」と、たずねてみた。

「昔から、ずっとそうさ」と、コリンは答えた。「まだすごく小さかったときからね。特にいやになったのは、海辺へ連れていかれてからだ。いつも、動く寝椅子《ねいす》みたいなものに、寝かされてたんだけど、だれもがじろじろ見るし、おばさんたちなんかは、立ち止まって、つきそいの看護《かんご》婦《ふ》に声をかけて、そのあと、ひそひそ話をはじめるのさ。ぼくには、連中《れんちゅう》が、この子は大人になるまでは生きられないだろうと言っているのがわかった。なかには、ほっぺたにちょいとさわって、『かわいそうにね!』なんて言う奴《やつ》もいた。一度、ぼくは、大声でわめいて、あるおばさんの手にかみついた。そのおばさんは、おびえあがって、走って逃《に》げたよ。」

メアリは、ちっとも感心できないという顔をして、「あんたのこと、狂犬病《きょうけんびょう》かなんかだと思ったんでしょうよ」と言った。

コリンは、顔をしかめながら、「あんなやつ、どう思ったって、かまやしないさ」と答えた。

「あたしが、最初、あんたの部屋に来たとき、どうして、わめいたりかんだりしなかったの?」

メアリは、そうたずねてから、ゆっくりとほほえみを浮《う》かべた。

「幽霊《ゆうれい》か、夢《ゆめ》か、どっちかだと思ったんだ」と、コリンは言った。「どっちにしたって、かみつけやしないだろ? わめいたって、なんにもならないしさ。」

「あんた、相手が男の子でも、見られたくない?」メアリは、ためらいながら、そう問いかけてみた。

コリンはクッションに深くもたれ、しばらく考えこんでいた。

それから、「一人だけ」と言いはじめたが、その返事はとてもゆっくりで、ひとことひとことを吟味《ぎんみ》しながら、口に出しているかのようだった。「一人だけ、たぶん平気だろうと思う子がいる。ほら、あの子、キツネの住んでるとこを知ってる子——ディッコンさ。」

「あの子なら、かまわないだろうって、思ってたわ」と、メアリは言った。

「鳥たちも、その子なら平気だし、ほかの動物たちも、そうなんだよね。」コリンは、なおも考えながら言った。「だから、大丈夫《だいじょうぶ》そうな気がするんだろうな。その子は動物使いで、ぼくは、男の子っていう動物だもん。」

そう言って、コリンは笑いだし、メアリも笑った。二人とも、大笑いがとまらず、男の子という動物が、穴《あな》のなかに隠《かく》れているというのは、とてもゆかいな思いつきだということになった。あとになって気づいたことだが、このときからメアリは、ディッコンのことで心配するのをやめた。

＊

また青空が広がった最初の朝、メアリは早々と目をさました。ブラインドのすきまから、お日さまの光が、いくつものななめの筋《すじ》になってさしこんでおり、それを見ただけでわくわくしてきたので、メアリはぱっととび起き、窓《まど》にかけよった。ブラインドを上げて、窓を開けると、いいにおいのする新鮮《しんせん》な風が、サーッと吹《ふ》きこんできた。ムアは青く見え、世界じゅうが、まるで魔《ま》法《ほう》の力によって、すっかり姿《すがた》を変えたかのようだった。あっちからも、こっちからも、小さな笛を吹き鳴らすような優《やさ》しい音が、ひっきりなしに聞こえてきて、まるで、これからはじまる音楽会のために、たくさんの鳥たちが音合わせをしているみたいだった。メアリは片手《かたて》を窓から突《つ》き出し、お日さまの光にさわってみた。

「あったかい――あったかいわ!」と、メアリは言った。「これで、緑の頭を出してるものたちも、ぐんぐん、ぐんぐん、伸《の》びてくるわね。球根も、根っこも、地面の下で、力いっぱい、働きはじめるんだわ。」

メアリは膝《ひざ》をつくと、窓の外へと、できるだけ身体《からだ》を伸ばし、大きな息をして、空気のにおいをかいだ。そうしていると、ディッコンのお母さんが、ディッコンの鼻の先がウサギの鼻みたいにぴくぴくすると言った、という話が、思い出された。

「まだ、ずいぶん早いにちがいないわ」と、メアリは言った。「小さい雲が、みんなピンクに染《そ》まってる。こんな空って、見るの、はじめて。だれも起きてないのね。馬の世話係の声さえ、聞こえないもの。」

そのとき、いいことを思いついたメアリは、大急ぎで立ち上がった。

「待ってなんか、いられない！　お庭を見にいかなくちゃ！」

もう、一人で着替《きが》えができるようになっていたので、メアリは、たったの五分で、いつもの服に着替えた。玄関《げんかん》の横手の小さなドアなら、自分でかんぬきがはずせるのがわかっていたので、靴下《くつした》だけはいて、下へかけおり、玄関ホールで靴をはいた。それから、鎖《くさり》をはずし、かんぬきを抜《ぬ》き、鍵《かぎ》をまわした。ドアが開くと、ひとっとびで階段《かいだん》を下り、次の瞬間《しゅんかん》には、草の上に立っていた。草は、いつのまにか、すっかり緑になっていた。頭の上からは、お日さまの光が降《ふ》りそそぎ、いいにおいのする温かい風がすべてを包み、ありとあらゆる茂《しげ》みや木の上から、チイチイ、チュクチュク、ピイピイとさえずる声や、歌う声が聞こえてきた。メアリはうれしさのあまり、両手をぎゅっと握《にぎ》りしめ、空を見上げた。空は、青とピンクと真珠《しんじゅ》色と白とに染《そ》め分けられ、春の光であふれており、それを見ていると、高らかに歌ったり、口笛を吹いたりせずには、いられないような気がしてきた。ツグミたちや、コマドリたちや、ヒバリたちも、きっと、歌わずにはいられないのだろう。メアリは茂みをまわり、小道を走って、秘密《ひみつ》の花園をめざした。

「これまでとは、大ちがいだわ」と、メアリは思った。「草はずっと緑になったし、そこらじゅうから、いろんなものが頭を出してるし、ぎゅっとかたまってたものが、ほどけてきてるし、葉っぱになる緑の芽が、あっちこっちに見えるし。お昼すぎには、ディッコンが来てくれるにちがいないわ。」

ずっと降《ふ》り続いていた温かい雨が、低い塀沿《へいぞ》いの散歩道を縁取《ふちど》っている花壇《かだん》に、不思議な力をおよぼしていた。花壇のあちこちには、枯《か》れて根っこだけになったような塊《かたまり》が残っていたが、そこから芽が出て、ぐんぐん伸《の》びはじめていた。つんつんと突《つ》き出《だ》した茎《くき》のそこここから、濃《こ》い紫《むらさき》や黄色のものがのぞきはじめているのは、開きかけているクロッカスだった。六か月前のメアリ嬢《じょう》ちゃんだったら、世界がめざめかけていても、気づかずにいただろうが、いまは、何ひとつ見逃《みのが》したりはしなかった。

ツタが茂《しげ》った下に、扉《とびら》が隠《かく》されている場所まで来たとき、メアリは、耳なれない大きな音に驚《おどろ》かされた。それは、カーァ、カーァというカラスの声で、塀の上から聞こえ、顔を上げてみると、青黒いつやつやした羽根をした大きな鳥がそこに止まり、とても賢《かしこ》そうな顔つきでメアリを見下ろしていた。メアリは、カラスをこんなに近くで見たことがなく、ちょっとこわかったが、幸いカラスはすぐに翼《つばさ》を広げ、バタバタと庭の奥《おく》のほうへ飛んでいった。メアリは、このままカラスが庭にいついたら、いやだなと思いながら、扉を押《お》し開けた。庭にはいってみると、カラスは断《だん》然《ぜん》、ここにいつく気でいるらしく、小さなりんごの木に止まっていた。その木の下には、尻尾《しっぽ》がふさふさした、赤っぽい小さな生きものがおり、カラスもその生きものも、そろって何かをじっと見ていた。その目の先にあったのは、前かがみになったディッコンの赤錆色《あかさびいろ》の頭で、ディッコンは草の上に膝《ひざ》をついて、せっせせっせと働いていた。

メアリは、そっちに向かって、一直線に走っていった。

「わあ、ディッコン！　ディッコン！」と、メアリはさけんだ。「こんなに早く、どうして来られたの！　ねえ、どうして！　お日さまはまだ、出たばっかりなのに！」

ディッコンは、にこにこ笑いながら、立ち上がった。その顔はまっ赤で、髪《かみ》はぐしゃぐしゃ、目は、青空の切れっぱしのようだった。

「ああ！」と、ディッコンは言った。「おいらのほうが、お日さんより、ずっと早起きじゃったからな。世界じゅうが、さあ、はじめるぞっちゅう、こんな朝に、寝《ね》てなんか、おれんわ！　なんもかんもが、働くわ、うなるわ、ひっかくわ、歌うわ、巣作りをするわ、においをかぐわの、まっさいちゅうじゃもん、ぐずぐずせずに出ていくしか、なかろうが。お日さんがとびだしてきたときには、ムアじゅうがうれしがって大さわぎで、ちょうど、ヒースの野っ原のまんなかにおったおいらも、なんか、うかれてしもうて、走ったり、さけんだり、歌《うと》うたりせずには、おれんかった。そんで、そのままここへ来たんじゃ。来《こ》ずにはおれんかった。ほれ、庭が、早《はよ》う来い、早う来いと、待ちかねとるもんな！」

メアリは、自分も走ってきたかのように、はあはあせずにはいられず、胸《むね》に手を当てた。

「ああ、ディッコン！　ディッコン！　うれしすぎて、息ができないわ！」と、メアリは言った。

木の下にいた、尻尾のふさふさした生きものが、ディッコンがよその人と話しているのを見て、すぐそばまでやってきた。カラスは、カアと一度だけ鳴くと、枝《えだ》から舞《ま》いおりてきて、静かにディッコンの肩《かた》に止まった。

ディッコンは、小さな赤っぽい生きものの頭をなでながら、「これが、キツネの子じゃ」と言った。「名前は、キャプテンじゃ。こっちがスート。おいらがムアを走ってくると、スートは、頭の上を飛んでくるし、キャプテンは、猟犬《りょうけん》みたいについてくる。どっちも、おいらが思うことを、おんなじように感じとるんじゃな。」

どちらも、メアリをこわがる様子は、少しもなかった。ディッコンがそこらを歩きはじめると、スートは肩の上に乗ったし、キャプテンは、トコトコ走ってついてきた。

「ほれ、見い！」と、ディッコンが言った。「芽が出てきたじゃろうが。そこも、そっちもじゃ！　それから、ここ！　まあ、これを見てみい！」

ディッコンは、地面に膝《ひざ》をつき、メアリもその横にしゃがんだ。二人の前には、クロッカスの群生地《ぐんせいち》があって、そこらじゅうが、紫《むらさき》とオレンジ色と金色に輝《かがや》いていた。メアリは身をかがめて、かたっぱしから花にキスした。

それから、顔を上げると、「人には、こんなふうにキスしたりしないけど、お花はべつよね」と言った。

ディッコンはきょとんとしてから、にこっとした。

そして、「うーん」と言った。「おいらは、一日じゅうムアを歩きまわって、家へもどったときに、おっかさんが、うれしそうな、気持ちのよさそうな顔で、夕日を浴びて、戸口に立っとったら、キスせずにおれんときが、ようあるな。」

二人は、庭の一角から、べつの一角へと走っては、すてきなものを次から次へと発見し、小声でささやかないといけないんだということを、何度も自分に言い聞かせなくてはならなかった。ディッコンは、死んだように見えるバラの枝《えだ》に、葉っぱになる芽が出てきているのを、いくつも見せてくれた。肥《こ》えた土のなかから、何千もの緑の芽が顔を出しているのも、見せてくれた。二人は、若々《わかわか》しい鼻を夢中《むちゅう》で地面にくっつけ、温かい春の息吹《いぶ》きを、くんくんかいだ。二人して、掘《ほ》ったり、抜《ぬ》いたり、うれしさのあまり、声をおさえながら笑いこけたりしているうちに、メアリ嬢《じょう》ちゃんの髪《かみ》は、ディッコンのとおなじくらいもじゃもじゃになり、ほっぺたも、ディッコン同様、ケシの花のように赤くなった。

その朝、秘密《ひみつ》の花園には、この地上のよろこびが、すべて詰《つ》まっているかのようだった。そこへさらに、それ以上にすばらしく、うれしくてたまらないことが加わった。何かがさっと塀《へい》を飛《と》び越《こ》え、木々のあいだを矢のように通《とお》り抜《ぬ》けて、びっしりと生《お》い茂《しげ》ったすみっこに向かった。小さな炎《ほのお》のように見えたそれは、胸《むね》の赤いコマドリで、くちばしに何かをくわえていた。ディッコンは動きを止め、まるで、教会でつい笑ってしまったときのように、片手《かたて》でそっとメアリにさわった。

「いごかんで」と、ディッコンは、ヨークシャーなまり丸出しでささやいた。「息もせんほうがええ。こないだ見て、嫁《よめ》さん探《さが》しをしとるのは、知っとった。ベン・ウェザスタッフのコマドリじゃ。巣を作っとる。びっくりさせたりせなんだら、ここに落ち着くじゃろう。」

二人はそーっと草の上にすわり、動かずにじっとしていた。

「近くから見よると、思われんようにせんとな」と、ディッコンが言った。「首を突《つ》っこまれそうじゃと思うたら、それっきり、よりつかんようになるからな。全部すんでしまうまでは、いつもとは様子がちがうんじゃ。いまは、自分とこのことにかかりきりで、用心深うなっとるし、ものごとを悪う悪う受け取る。友だちを訪《たず》ねて、うわさ話をしたりする暇《ひま》は、ないっちゅうことじゃ。おいらたちも、しばらくはじっとしとって、草か木になったように、見せんといかん。見なれてもろうたころに、ちょっとさえずって聞かせたら、なんのじゃまにもならんことが、わかるじゃろう。」

ディッコンにはわかっているようだったが、メアリ嬢《じょう》ちゃんには、どうすれば草や木のようになれるのか、さっぱりわからなかった。しかし、ディッコンが、このおかしなことを、世にもあたりまえで、かんたんなことのように言ったので、きっとディッコンにはかんたんなのだろうと思った。そして、しばらくは、ディッコンの身体《からだ》が、じわーっと緑色に変わり、枝《えだ》や葉っぱが出てくるのではないかと、注意深く見ていたほどだった。しかしディッコンは、信じられないほど静かにしていて、話すときも、声をぐっとひそめただけだった。その声はとてもやわらかで小さく、それでも聞き取れるのが不思議なくらいだった。

「春の行事なんじゃ、この、巣作りっちゅうんはな」と、ディッコンは言った。「この世がはじまったときから、毎年おんなじように、続いとるんじゃろうな。こいつらにも、自分の考え方や、やり方があって、じゃまをせんのがいちばんじゃ。春のうちは、ほかの季節とちごうて、知りたがりすぎると、友だちになっとっても、あっというまに、そっぽを向かれてしまうでな。」

「あの鳥のことを話してたら、そっちを見ずにはいられなくなるわ」と、メアリは、なるべくそっと言った。「何かほかのことを話さなくちゃ。あたし、あんたに話したいことがあるの。」

「あっちも、そのほうがありがたいじゃろう」と、ディッコンは言った。「話したいことっちゅうのは、なんじゃ？」

「あのね――あんた、コリンのこと、知ってる？」と、メアリはささやいた。

ディッコンはふりかえって、メアリを見た。

「あんたは、どんだけ知っとる？」と、ディッコンはたずねた。

「会ったの。今週は、毎日会いにいって、おしゃべりしたわ。あたしを来させたがるの。あたしがいると、病気のことや死ぬことを、忘《わす》れられるんですって」と、メアリは答えた。

ディッコンは明らかにほっとしたようで、丸い顔に浮《う》かんでいた驚《おどろ》きの色は、すぐに消えた。

「そりゃ、よかった」と、ディッコンは言った。「ほんまに、よかった。おいらも、気が楽んなったわ。坊《ぼっ》ちゃんのことは、なんも言うたらいかんことになっとるけど、何かを隠《かく》しとくんは、いやじゃもんな。」

「この庭のことを隠しとくのも、いや？」と、メアリはたずねた。

「ここのことは、絶対《ぜったい》、言わん」と、ディッコンは答えた。「けど、おっかさんには、こう言うた。『おっかさん、おいら、守らんといかん、秘密《ひみつ》があるんじゃ』とな。『悪いことでないんは、わかるはずじゃ。鳥の巣のありかを隠すのと、おんなじようなもんじゃ。気にせんといてくれるよな？』とな。」

メアリはいつだって、おっかさんのことを聞くのが、大好きだった。

「おっかさん、どう言った？」と、メアリはたずねたが、心配だからたずねたわけでは、全然なかった。

ディッコンは、とてもうれしそうに、にこっとした。

そして、「おっかさんらしい、返事じゃった」と言った。「おいらの頭をちょっとなでて、笑《わろ》うて、こう言うた。『ああ、好きなだけ、秘密を作りゃええ。おまえのことは、十二年このかた、知りつくしとるでな』じゃと。」

「コリンのことは、どうして知ってるの？」と、メアリはたずねた。

「クレイヴンだんなの坊《ぼっ》ちゃんが、足腰《あしこし》が立たんっちゅうことは、だれでも知っとる。そんで、それがうわさの種になるんを、だんながきろうとることもな。みんな、クレイヴンだんなを、気《き》の毒《どく》に思うとるよ。奥《おく》さんは、若《わこ》うて、きれいで、お二人は、心から好きおうておられたからな。メドロックさんは、スウェイトへ行くとき、いつもうちの家によって、おっかさんとしゃべっていく。おいらたち子どもがおっても、気にせずにな。おいらたちが、よそへ行って、いらんおしゃべりをしたりせんように、ちゃんと育ててもろうとるのを、知っとるからじゃ。なんで、坊《ぼっ》ちゃんのことがわかった？　マーサが、こないだ帰ったとき、大困《おおこま》りしとったぞ。あんたが坊ちゃんの泣き声を聞きつけて、あれこれ聞くんで、どう言うたらええんやら、とな。」

メアリは、真夜中に風がわめく音で目をさましたら、どこか遠いところから、かすかな泣き声のようなものが聞こえ、ろうそくを持って暗い廊下《ろうか》を歩いていったこと、ドアを開けてみたら、薄暗《うすぐら》い部屋のすみっこに、彫刻《ちょうこく》のしてある四本柱のベッドがあったことを話した。象牙《ぞうげ》のように白い、小さな顔と、黒いまつげに縁取《ふちど》られた目のことを話すと、ディッコンは首をふった。

そして、「おっかさまの目に、そっくりなんじゃな。おっかさまは、いつも、笑うていなすったそうじゃが」と言った。「クレイヴンだんなは、坊ちゃまが起きとるときには、会おうとなさらんらしいな。目がおっかさんの目にそっくりじゃのに、顔は全然ちごうて、情《なさ》けないありさまじゃから、っちゅうことじゃ。」

「おじさまは、あの子が死ねばいいと思ってるのかしら?」と、メアリは小声で言った。

「いんや。けど、生まれんかったほうがよかったとは、思うとられるじゃろうな。うちのおっかさんは、子どもにとって、そないにみじめなことはない、と言うとる。望まれん子どもは、生きるのも、容易《ようい》なこっちゃない。クレイヴンだんなは、かわいそうな坊《ぼっ》ちゃまのために、金出して買えるもんなら、なんでも買《こ》うてやりなさるが、坊ちゃまがこの世におるっちゅうことは、忘《わす》れたがっていなさる。ひとつには、そのうち、ご自分とおんなじように、背中《せなか》が曲がってくるんでないかと、心配されとるからじゃ。」

「コリンも、それが心配だから、起き上がろうとしないのよ」と、メアリは言った。「いつもいつも、もし、こぶができかけてるのがわかったら、頭がおかしくなって、泣いてさけんで死んでしまうだろう、なんてことばっかり、考えてるらしいわ。」

「やれやれ！　ずーっと寝《ね》たまま、そんなことばっかし考えとったら、いかんわ」と、ディッコンは言った。「そんなこと考えとったら、どんな子でも、具合が悪うなる。」

ディッコンのすぐそばの草の上には、キツネが寝ており、ときどき、ねだるように顔を上げた。ディッコンはそのたびに身体《からだ》をかがめ、黙《だま》って何かを考えながら、首のあたりをそっとなでてやった。やがてディッコンは顔を上げ、庭をぐるっと見渡《みわた》した。

「はじめてここへ来たときには」と、ディッコンは言った。「なにもかもが、灰色《はいいろ》じゃったな。ほら、見てみい。ちごうてきたんが、わかるじゃろう。」

メアリは見まわして、一瞬《いっしゅん》、息を止めた。

それから、「わあ！」とさけんだ。「灰色の壁《かべ》が、変わってきてる。緑のもやが、はいのぼってきてるみたい。緑色の紗をかぶせたみたいね。」

「ああ」と、ディッコンは言った。「これからどんどん緑が濃《こ》うなって、灰色は消えてしまう。おいらが、何、考えとるか、わかるか？」

「何か、すてきなことよね」と、メアリは熱心に言った。「きっと、コリンに関係のあることでしょ。」

「おいらが考えとったんはな、もし坊ちゃまがここへ来たら、背中が曲がってくるなんちゅう心配を、せんでもすむようになりゃせんかな、っちゅうことじゃ。そこらじゅうのバラの茂《しげ》みで、つぼみがふくらんでくるんを見りゃあ、具合もようなって来なさるじゃろう」と、ディッコンは説明した。「なんとかして坊ちゃまを、ここまで出てこようっちゅう気にさせて、車かなんかに乗せて、この木の下で、寝さしてあげられんかなあ。」

「あたしも、それを考えてたの。あの子と話すたびに、そう思ってた」と、メアリは言った。「この子には秘密《ひみつ》が守れるかなあ、だれにも見られずに、ここまで連れてこられるかなあ、って。あんたになら、車椅子《くるまいす》が押《お》せるだろうな、とも思ったわ。お医者さまは、新鮮《しんせん》な空気を吸《す》ったほうがいいと言われたそうだし、あの子があたしたちと外に出ると言ったら、だれも反対はしないと思う。ほかの人といっしょでは、出たがらないでしょうし、みんな、あの子があたしたちと出かければ、よろこぶわ。庭師《にわし》さんたちは、あの子が命令すれば、このへんから遠ざけておけるから、見られる心配もないし。」

ディッコンは、キャプテンの背中《せなか》をかいてやりながら、真剣《しんけん》に考えこんだ。

「坊《ぼっ》ちゃまには、まちがいなく、ええじゃろうな」と、ディッコンは言った。「おいらたちは、坊ちゃまが生まれてこんほうがよかったなどとは、思うとらん。庭がぐんぐん育つのを見てよろこんどる、ただの子ども二人で、坊ちゃまはその三人めじゃ。男の子二人と、ちっこい娘《むすめ》っ子《こ》とで、春が来るんをたっぷり楽しむんじゃ。お医者の薬より、よう効《き》くに決まっとる。」

「あの子はずうっと、自分の部屋で寝《ね》てて、背中《せなか》のことばっかり心配してるから、おかしくなってるのよ」と、メアリは言った。「本に書いてあることなら、たくさん知ってるんだけど、それ以外、何も知らないの。あんまり具合が悪かったから、まわりのものを見ずにきたし、外へ出るのも、庭や庭師たちも、大きらいだと言ってるわ。でも、この庭の話を聞くのは、好きなの。秘《ひ》密《みつ》だからよ。心配で、ほんのちょっとしか話してないけど、見たいなあって、言ってたわ。」

「そのうち、絶対《ぜったい》、連れてきてあげんとな」と、ディッコンは言った。「おいらだったら、車椅子ぐらい押せる。ほら、おいらたちがここにすわっとるあいだに、コマドリと奥《おく》さんが、どんだけ働いたか、わかるか？　ほれ、あすこの枝《えだ》の上に止まって、考えとるとこじゃ。いまくわえとる小枝を、どこに置くんが、いちばんええかとな。」

ディッコンが低く口笛を吹《ふ》くと、コマドリは小枝をくわえたままふり向き、何かたずねたそうに、こっちを見た。ディッコンは、ベン・ウェザスタッフが話すのとおなじように話しかけたが、その口から出てきたのは、親しみのこもった助言だった。

「どこでも好きなとこへ、置きゃあええんじゃ」と、ディッコンは言った。「そんで、ええ。おまえには、卵《たまご》から出てきたときから、巣の作り方がわかっとる。さあ、さっさとやるんじゃ。ぐずぐずしとる暇《ひま》は、ねえんじゃからな。」

「わあ！　あんたがあの子に話すの、聞くの、好き！」メアリはうれしがって笑いながら、そう言った。「ベン・ウェザスタッフは、叱《しか》ったり、からかったりするんだけど、コマドリはすぐそばを、チョンチョンとんでまわるのよ。まるで全部わかってるみたいで、きっと、いろいろ言われるのが好きなのね。ベン・ウェザスタッフは、こいつはひどいうぬぼれ屋だから、知らん顔をされるより、石を投げられるほうが好きなんだって、言ってたわ。」

ディッコンも笑い、さらに話しかけてやった。

「おいらたちがおまえのじゃまをせんことは、わかっとろう。野山の生きもんの仲間みたいなもんじゃからな。おいらたちも、巣作りのまっさいちゅうなんじゃ。よそへ行って、言わんといてくれよ。」

コマドリは、くちばしがふさがっていたので、返事をしなかった。しかし、小枝《こえだ》をくわえたまま、自分が巣作りをしている一角へと飛び去っていくのを見送ったメアリは、その、露《つゆ》の玉《たま》のように輝《かがや》く黒い目が、秘密《ひみつ》はだれにももらしませんよ、と言っているのを理解《りかい》した。

16
「いやよ！」と、メアリは言った

その朝は、することが山のようにあって、メアリは、昼食にもどるのがおそくなった。だから、大急ぎで食べ終えて、すぐまたとび出していこうとした。コリンのことを思い出したのは、最後の一瞬《いっしゅん》になってからだった。

メアリはマーサに、「コリンに、いまは会いに行けないって、伝えて」と、頼《たの》んだ。「お庭が、すごく、いそがしいの。」

マーサは、ちょっとおびえたような顔をした。

「そんな！　メアリ嬢《じょう》ちゃま」と、マーサは言った。「そんなこと言うたら、ごきげんをそこねてしまうわ。」

しかしメアリは、ほかの人たちみたいにコリンをこわがってはいなかったし、もともと、だれかのために自分のやりたいことを我慢《がまん》するようなたちではなかった。

「ぐずぐずしちゃ、いられないの」と、メアリは答えた。そして、「ディッコンが待ってるんだもん」と言うが早いか、走り出ていった。

午後になると、庭は朝よりもますます美しくなり、いそがしくもなった。すでに、庭じゅうの雑草《ざっそう》はほとんど片《かた》づき、バラや木の大半は、剪定《せんてい》されたり、根のまわりの土をほぐされたりしていた。ディッコンは、自分のシャベルを持ってきていたし、メアリはディッコンに、いろんな道具の使い方を教えてもらったので、このころには、自分勝手に育ったこの美しい場所が、「庭師《にわし》のはいった庭」のようになることはないとしても、春が終わるまでには、いろんなものが自然のままに育った、美しい庭になりそうな気配がしはじめていた。

「じきに頭の上で、リンゴの花や、サクランボの花が咲《さ》きだす。」ディッコンが、せっせせっせと働きながら、そう言った。「塀《へい》ぎわでは、桃《もも》とスモモの花が咲くし、草のとこは、花のじゅうたんみたいになる。」

小さなキツネとカラスは、二人とおなじくらい楽しげで、いそがしそうだったし、コマドリとその奥《おく》さんは、ちっぽけな稲妻《いなづま》みたいに、行ったり来たりしていた。カラスはときどき、黒い翼《つばさ》をはばたかせて舞《ま》いあがり、外の庭園の大木のてっぺんを越《こ》えていった。そして、もどってくるたびに、ディッコンのすぐそばに舞いおり、何回かカアカアと鳴いたが、それはまるで、探険《たんけん》してきたことを報告《ほうこく》しているみたいだった。ディッコンのほうも、コマドリを相手にするときのように、それに返事をしてやった。一度、ディッコンがいそがしすぎて、返事をせずにいたら、スートはその肩《かた》の上へ飛んできて、大きなくちばしで、そっと耳をつついた。メアリがちょっと休みたくなると、ディッコンもいっしょに木の下にすわり、一度はポケットから笛を取り出して、小さな音で、やわらかい不思議な調べを吹《ふ》いてくれた。すると、塀の上にリスが二匹現《ひきあらわ》れ、聞き入っているような様子で、こっちを見た。

「以前より、ちっとばかし、強うなりんさったな」と、ディッコンに言われたのは、メアリが土を掘《ほ》っていたときだった。「見た目も、たしかに、ちごうてきとる。」

メアリは、運動をしたのと、楽しいのとで、輝《かがや》かんばかりだった。

「毎日、ちょっとずつ、太ってきてるの。」メアリは、意気揚々《いきようよう》とそう言った。「メドロックさんは、もうちょっと大きい服を作ってくれなきゃいけなくなるわ。マーサが、髪《かみ》も太くなってきてると言うの。細くてぺったんこじゃなくなってきたって。」

二人がさよならを言うころには、お日さまは沈《しず》みかけており、木々のあいだから、濃《こ》い金色をした光が、斜《なな》めにさしこんでいた。

「明日も、晴れそうじゃな」と、ディッコンは言った。「おいらは、日の出までには来て、仕事をはじめる。」

「あたしも、そうするわ」と、メアリは言った。

＊

メアリはその足で走れるかぎりの速さで、館に帰った。ディッコンのキツネの子のことや、カラスのことや、春が来てどんなふうになっているかを、コリンに話したくてたまらなかったのだ。コリンは聞きたがるに決まっている。だから、自分の部屋のドアを開けて、マーサがゆううつそうな顔で立っているのを見たときには、あまりいい気持ちはしなかった。

「どうしたの？」と、メアリはたずねた。「あたしが行けないと言ったら、コリンが何か言った？」

「いやはや！」と、マーサは言った。「嬢《じょう》ちゃんが、行ってくださりゃよかったんですよ。もうちっとで、いつものかんしゃくの発作《ほっさ》を起こされるとこでした。午後のあいだずっと、静かに休んどいていただくのは、おおごとでしたよ。しょっちゅう、時計ばっかり見とられるんじゃから。」

メアリは唇《くちびる》を、ぎゅっと結んだ。コリン同様、ほかの人のことを考えるのにはなれておらず、かんしゃく持ちの男の子のために、なぜ、自分がいちばんやりたいことをじゃまされなくてはいけないのか、理解《りかい》できなかったからだ。身体《からだ》の具合が悪くて、そのせいでいらいらして、かんしゃくを起こし、まわりの人たちまで、いらいらと具合悪くさせるような人は、とてもかわいそうなのだということが、メアリには、まだわかっていなかった。メアリも、インドにいたころには、頭痛になると、ほかの人たちも頭痛になるか、おなじくらいひどい病気になればいいのにと思っていた。そして、それがまちがった考えだとは、全然思わなかった。ところがいまは、もちろんコリンがまちがっていると思っていた。

部屋を訪《たず》ねてみると、コリンはソファの上にはおらず、ベッドに寝《ね》ており、メアリがそばへ行っても、ふり向こうともしなかった。「昼すぎに、ベッドにもどしてもらった。背中《せなか》も痛《いた》いし、頭も痛いし、疲《つか》れてたから。どうして来なかったんだ?」

「ディッコンと、庭で働いてたのよ」と、メアリは言った。

コリンは顔をしかめ、見下《みくだ》すようにメアリを見た。

そして、「君がぼくんとこへ話をしに来ずに、そいつとばっかりいるんなら、そいつをここからしめだしてやる」と言った。

メアリはたちまち、猛烈《もうれつ》なかんしゃくを起こした。かんしゃくを起こすと、さけんだりどなったりするのがふつうだが、メアリは、かんしゃくを起こしても、さわぎたてずにいることができた。ただ顔をしかめて、がんこになって、何があろうと知らん顔をするのだ。

「ディッコンをしめだすのなら、この部屋へは二度と来ないわ」と、メアリは言い返した。

「ぼくが命令すれば、来ないわけにはいかないさ」と、コリンは言った。

「来ない！」と、メアリは言った。

「来させてやる」と、コリンは言った。「みんなに言って、ひきずってこさせる。」

「横暴《おうぼう》ラジャーさまだこと！」と、メアリは激《はげ》しく言った。「ひきずってはこられても、しゃべらせるわけにはいかないわ。ただすわって、歯を食いしばって、ひとこともしゃべらないから。あんたを見もしないわ。床《ゆか》をにらんでいてやる！」

二人は、にらめっこでは、いい勝負だった。もし、町をうろついているような男の子同士だったら、相手にとびかかって、とっくみあいをはじめていただろう。だが、そうではなかったので、できる手段《しゅだん》で戦いはじめた。

「自分勝手！」と、コリンがさけんだ。

「じゃあ、自分は何よ？」と、メアリは言った。「自分勝手な人にかぎって、そう言うのね。自分の思いどおりにしてくれない人は、みんな、自分勝手ってわけ。あんたはあたしより、もっと自分勝手だわ。あんたみたいに自分勝手なの、見たことない。」

「ちがう！」と、コリンはさけんだ。「ぼくは、君のご立派《りっぱ》なディッコンみたいに、自分勝手じゃない！　そいつは、ぼくがひとりぼっちなのを知ってるくせに、君に土いじりをさせとくんだ。そいつこそ、自分勝手だ！」

メアリの目が、らんらんと燃《も》え上《あ》がった。

「あの子ほど、すてきな子は、どこにもいたためしがないわ！」と、メアリは言った。「あの子は、まるで――まるで、天使みたいよ！」こんな言い方は、ちょっと安っぽいと思ったが、いまはそんなことにかまってはいられなかった。

「けっこうな天使さまだな！」と、コリンは、思いっきり馬鹿《ばか》にしたように言った。「ただの、ムアの田舎者《いなかもの》のくせに！」

「そんじょそこらのラジャーより、よっぽど立派！」と、メアリは言い返した。「千倍も立派よ！」

二人のうちでは、メアリのほうが強かったので、優勢《ゆうせい》になってきた。本当のところを言うと、コリンは生まれてこのかた、自分と肩《かた》を並《なら》べるような相手とけんかをしたことなど、ただの一度もなかったので、全体としては、このけんかはコリンのためになった。もっとも、コリンにも、メアリにも、そんなことは、まったくわかっていなかった。コリンは枕《まくら》の上にうつぶせになって、目をとじたが、涙《なみだ》がどんどん出てきて、頬《ほお》を伝った。悲しくなって、自分がかわいそうに――ほかのだれかがではなく、自分自身がかわいそうになりはじめていたのだ。

「ぼくは、君みたいにわがままじゃない。いつだって具合が悪いし、背中《せなか》にこぶができかけてるんだもの」と、コリンは言った。「どっちみち、もうじき死ぬんだ。」

「死んだりなんかしないわよ！」と、メアリは、情《なさ》け容赦《ようしゃ》なく言い返した。

コリンは腹《はら》を立てて、目を大きく見開いた。これまで、そんなことを言われたためしがなかったのだ。コリンはかんかんになると同時に、ちょっとうれしくなった。もし、そんな二つの気持ちが、両立するとすればだ。

「死んだりしないだって？」と、コリンはさけんだ。「死ぬよ！　君だって、知ってるはずだ！　だれもが、そう言ってるもの。」

「そんなの、信じない！」と、メアリは、意地悪く言った。「あんたがそんなこと言うのは、同情《どう》|《じょう》してもらいたいからよ。それが自慢《じまん》なのよね。でも、あたしは、信じない！　あんたがいい子なら、ほんとかもしれないけど、あんたは、いやなやつすぎるわ！」

コリンは、背中《せなか》が自由に動かせなかったにもかかわらず、健康な怒《いか》りにうながされて、ベッドのなかで起き上がった。

「出ていけ！」コリンは、そうさけぶと同時に、枕《まくら》をつかんで、メアリに向かって投げた。遠くまで投げるほどの力はなかったので、枕はメアリの足もとに落ちただけだったが、メアリは、くるみわり人形みたいに、ガチッと歯をかみしめた。

「行くわよ」と、メアリは言った。「二度とここへは来ないわ！」

メアリは、ドアのところまで行くと、ふりかえって、捨《す》て台詞《ぜりふ》を投げつけた。

「すてきなことを、いっぱい話してあげようと思ってたのに。ディッコンがキツネとカラスを連れてきたから、そのことを何から何まで話してあげようと思ってたのよ。もう、ひとつだって、話してなんか、やらないから！」

メアリはさっと部屋を出て、ピシャリとドアをしめたが、驚《おどろ》いたことに、外には本職《ほんしょく》の看護婦《かんごふ》さんが立っていて、どうやらずっと話を聞いていたらしく、さらに驚いたことに、くっくっと笑っていた。その人は、大柄《おおがら》で押《お》し出《だ》しのいい、若《わか》い女性《じょせい》だったが、看護婦さんには、全然向いていなかった。なぜなら、病人にがまんができず、なにかと口実を作っては、マーサや、そのほか、かわりになってくれるだれかに、コリンを押しつけてばかりいたからだ。メアリは、もともときらいだったその人が、ハンカチを口に当てて、くっくっと笑い続けるのを、ただ突《つ》っ立《た》ったまま、ながめていた。

「何、笑ってんの？」と、メアリはたずねた。

「あんたがた、お二人をですよ」と、看護婦さんは言った。「あの、とんでもなく甘《あま》やかされた、ひよわなお坊《ぼっ》ちゃんには、おんなじくらいわがままに育っただれかさんと衝突《しょうとつ》するくらい、いいことはありませんね。」看護婦さんは、そこまで言うと、またハンカチを口にあてて、笑った。「もし、けんか相手になる、雌《め》ギツネみたいな妹さんでもおられたら、助かったんでしょうけどね。」

「あの子、死ぬの？」

「あたしは知りませんし、どうなろうと、知ったことじゃありません」と、看護婦《かんごふ》さんは言った。

「坊《ぼっ》ちゃんを苦しめてるのは、半分は、ヒステリーとかんしゃくですよ。」

「ヒステリーって、何？」と、メアリはたずねた。

「かんかんにさせてみれば、わかりますよ。どっちにしても、お嬢《じょう》さんは坊ちゃんに、ヒステリーの種をまいてくださったわけで、私《わたし》は、よかったと思ってますよ。」

メアリは自分の部屋へと引き返したが、気分は、庭からもどったときとは大ちがいだった。ふきげんになり、がっかりしてもいたが、コリンをかわいそうだとは、ちっとも思わなかった。コリンにいろんなことを話してあげようと、楽しみにしていたし、大きな秘密《ひみつ》を打ち明けても大丈夫《だいじょうぶ》そうかどうか、判断《はんだん》しなくちゃ、とも思っていた。さっきまでは、大丈夫だろうと思いはじめていたのだが、いまではすっかり、考えが変わっていた。秘密を打ち明けるなんて、およそ考えられないし、あんな子は、部屋にとじこもって、いい空気を吸《す》うこともせず、死にたければ、死ねばいいのだ！　いい気味《きみ》だ！　あんまり不愉快《ふゆかい》で、意地っぱりな気分になっていたので、しばらくのあいだメアリは、ディッコンのことも、緑のヴェールが世界を包みはじめたことも、ムアからやわらかい風が吹《ふ》いてきたことも、すっかり忘《わす》れていた。

マーサがメアリを待っていた。さっきまでは困りはてたようだったその顔は、一時的にとはいえ、好奇心《こうきしん》でいっぱいになっていた。テーブルの上には木箱が置かれ、ふたはもうはずされて、なかに詰《つ》まっているきれいな包みの数々が見えていた。

「クレイヴンさまが、あんたにっちゅうて、送ってこられたんじゃ」と、マーサは言った。「絵本とか、そんなもんのようじゃな。」

メアリは、おじさんに会ったときに、「何か、ほしいものはないかね？——人形とか、おもちゃとか、本とか？」と、たずねられたことを思い出した。人形を送ってくれたのだろうか、もしそうなら、どうすればいいんだろうと思いながら、メアリは包みを開いた。しかしそれは、人形ではなかった。そこにはいっていたのは、コリンが持っているような、何冊かの美しい本で、そのうち二冊は、挿絵《さしえ》がたくさんはいった、庭についての本だった。そのほかに、ゲームが二つ三つはいっており、とても美しい、小さな文房具箱《ぶんぼうぐばこ》もあった。箱には、メアリの頭文字が金色で記されており、金色のペンと、インク壺《つぼ》がついていた。

どれもこれも、すばらしくきれいだったので、心をいっぱいにしていた怒《いか》りは、うれしさに押《お》し出されていった。自分のことをおぼえてくれているとは、思っていなかったので、かたくなだった小さい心が、すっかり温かくなった。

「これを使えば、ずっとうまく書けるわ」と、メアリは言った。「まずいちばんに、このペンで、おじさまに、すごく感謝《かんしゃ》してますって、お手紙を書こう。」

もし、コリンとけんかをしていなかったら、すぐに走っていって、プレゼントを見せ、庭の本の絵をいっしょに見たり、書いてあることを少し読んでみたり、ひょっとすると、ゲームをして遊ぶことだって、できただろう。そうやって楽しめば、コリンだって、もうじき死ぬんだと考えたり、背骨《せぼね》に手をやって、こぶができかかっていないかたしかめたりなんてことは、やらなくなっていただろう。メアリは、コリンがそんなことをするのを見るのが、たまらなくいやだった。コリンがあんまり不安そうな顔をするので、見ているとこわくなるし、気持ちが悪くなってくるのだ。コリンは、いつかそのうち、さわったらこぶがあって、たとえそれが、ほんの小さなこぶであっても、背中《せなか》が曲がりかけてることがわかるんだ、と言っていた。そう考えるようになったのは、メドロックさんが看護婦《かんごふ》さんとひそひそ話をしているのを聞いたからで、そのことをだれにも言わずに、一人で考えているうちに、その考えが頭のなかにこびりついてしまったのだった。メドロックさんは、父親の背中が曲がりはじめたのは、まだ子どもだったときで、最初はそんなふうだったのだと、話していた。コリンの「かんしゃく」の大半は、心のなかに隠《かく》された、このおさえきれない恐怖《きょうふ》の産物だったのだが、コリンはそのことを押《お》し隠《かく》し、メアリ以外のだれにも打ち明けたことがなかった。メアリはそれを聞いたとき、とてもかわいそうに思った。

「あの子は、きげんをそこねたり、くたびれたりすると、いつもそのことばっかり、考えはじめるのよね」と、メアリは思った。「そういえば、今日ははじめから、きげんが悪かったわ。

ひょっとすると——たぶん、お昼すぎからずっと、それぱっかり考えてたのかもしれない。」

メアリはじっとその場に立って、足元のじゅうたんを見つめながら、考えた。

「二度と行かない、なんて、言ったけど——」メアリは、眉《まゆ》をぎゅっとくっつけるようにして、思い迷《まよ》った。「——でも、ひょっとすると、ひょっとするとだけど、行ってみてもいいかも。あの子がもし、そうしてほしいんなら、朝にでも。また、枕《まくら》を投げつけられるかもしれないけど、でも——行こう——かな。」

17
かんしゃく

メアリはその朝、とても早く起きたし、庭でしっかり働いたので、すっかりくたびれていて、眠《ねむ》く、マーサが運んでくれた晩《ばん》ごはんをたいらげると、大よろこびでベッドにはいった。頭を枕《まくら》にのせながら、メアリはこうつぶやいた。

「朝ごはんの前に出かけて、ディッコンと働いて、そのあとで――たぶん――あの子のとこへ、行けるわ。」

ところが、真夜中に近いと思われるころ、ものすごい音がして目がさめ、あわててとび起きるはめになった。あの音は何？――いったい、なにごとだろう？　次の瞬間《しゅんかん》、ああ、あれがそうなんだと、わかった気がした。あちこちでドアが開いたりしまったりし、廊下《ろうか》を急ぐ足音が響《ひび》き、だれかが、泣きわめいているのも聞こえた。泣く声も、わめく声も、とんでもなくすさまじかった。

「コリンだわ」と、メアリはつぶやいた。「あの、かんしゃくとかいうのを、起こしてるのね。看護婦《かんごふ》さんは、ヒステリーとか言ってたけど。なんておそろしい声。」

すすり泣きといり混《ま》じった金切り声を聞いていると、みんながそれにおびえあがり、それを聞きたくないばっかりに、コリンにわがまま放題をさせているわけが、よくわかった。メアリは両手で耳をふさいだが、気分が悪くなって、身ぶるいが止まらなかった。

「どうすればいいの？　わかんないわ。いったい、どうすればばばば？」と、メアリはつぶやき続けた。

「あんなの、がまんできない。」

自分が行けば止められるかも、と思いもしたが、すぐに、部屋から追い出されたばかりだったことを思い出し、自分が顔を出したら、ますますひどいことになるだろうと、思いなおした。両手でぎゅっと耳をふさいだが、おそろしい声は、そんなことではしめだせなかった。いやだいやだと思いながら、そのものすごい声を聞いているうちに、メアリは、だんだん腹《はら》が立ってきた。自分もかんしゃくを起こして、むこうがこっちをおびえさせたのとおなじくらい、おびえあがらせてやりたい。自分のかんしゃくならともかく、他人のかんしゃくには、なれていなかった。メアリは両手で耳をふさぐのをやめ、とび起きて、じだんだを踏《ふ》んだ。

「やめさせなきゃ！　だれかがやめさせないといけないわ！　ひっぱたいてやるべきなのよ！」と、メアリはさけんだ。

ちょうどそのとき、廊下《ろうか》を走ってくる足音がして、ドアがバタンと開き、看護婦《かんごふ》さんがかけこんできた。いまは、笑うどころではない様子で、その顔は、いくらか青ざめてさえいた。

「坊《ぼっ》ちゃんが、ヒステリーを起こしなすって」と、看護婦さんは、せかせかと言った。「あのまじゃ、自分でけがをしかねないわ。だれにもどうにもできないの。お願いだから、来て、なんとかしてみて。坊ちゃんは、あんたがお気に入りだから。」

「けさはあたしを、部屋から追い出したのよ。」メアリは興奮《こうふん》して、そう言いながら、床《ゆか》をドシンと踏《ふ》みつけた。

ドシンとやったのは、看護婦さんを、よろこばせたようだった。じつを言うと看護婦さんは、メアリがふとんにもぐって、泣いているのではないかと、心配していたのだった。

「それでいいの」と、看護婦さんは言った。「それだけ、しゃんとしてればね。行って、叱《しか》ってちょうだい。何かべつのことを考えるようにさせて。ねえ、お願い。早ければ早いほど、ありがたいわ。」

あとになってメアリは、この出来事は、おそろしくもあったけれど、こっけいでもあったと気づいた。大の大人たちがおびえあがって、小さい女の子に助けを求めにきたのだ。しかもそれは、その子がコリンに負けないくらい、悪い子だからだというのだ。

メアリは廊下を走りながら、金切り声に近づいていけばいくほど、自分のかんしゃくもふくれあがってくるのを感じていた。ドアの前に着いたときには、すっかり意地悪な気分になっていた。平手でバシンとたたくようにしてドアを開けると、メアリは、四本柱のベッドのそばへかけよった。

「やめなさい！」と言ったその声は、さけび声に近かった。「やめるの！　あんたなんか、きらい！　みんな、あんたがきらいよ！　あんたをここに残して、みんないっせいにここを出て、あんたがわめき疲《つか》れて死ぬまで、放っておくといいんだわ！　あんたなんか、一分もすれば、わめき疲《つか》れて死ぬでしょうよ。いい気味《きみ》だわ！」

同情心《どうじょうしん》を持った、気立てのいい子どもだったら、こんなことは言いもしないし、考えもしなかっただろう。しかし、これまでだれにも制止《せいし》されたり、反論《はんろん》されたりしたことのない少年には、この言葉が引き起こしたショックが、何よりの薬になった。

少年はうつぶせになって、両手で枕《まくら》をなぐり続けていたが、びっくりしてはね起き、怒《いか》り狂《くる》った子どもの声が聞こえたほうへ、大あわてでふりかえった。あえいだり、のどを詰《つ》まらせたりしているその顔は、白いところと赤いところがまだらになり、はれあがっているところもあって、見るもおそろしいありさまだった。しかし、情《なさ》け容赦《ようしゃ》のない小さなメアリは、全然気にかけなかった。

「あとひと声でもわめいたら」と、メアリは言った。「こっちも、わめいてやるわ。あたしのほうが、わめき声が大きいから、あんたはおびえあがるわよ。すっかり、おびえあがらせてやるから！」

コリンはあまりにびっくりしたので、金切り声を出すのは、もうやめていた。さけびかけたところで、急にやめたので、のどが詰《つ》まったような感じだった。涙《なみだ》が顔を伝い、全身がガタガタとふるえていた。

「やめられない！」コリンはあえぎ、すすり泣いた。「だめだ！　できない！」

「できるわよ！」と、メアリはさけんだ。「あんたの病気の半分は、ヒステリーとかんしゃくよ。ただのヒステリー、ヒステリー、ヒステリー！」そう言いながら、メアリは、ひとことごとに、ドシンと床《ゆか》を踏《ふ》み鳴《な》らした。

「こぶができてる——さわったら、わかったんだ」と、コリンはのどを詰まらせた。「わかってたんだ。背中《せなか》にこぶができて、それで、死ぬんだ。」そう言うと、コリンはまた身もだえをはじめ、うつぶせになって、すすりあげたり泣いたりしはじめたが、金切り声をあげはしなかった。

「こぶなんか、ないわよ！」メアリは断固《だんこ》として、言い返した。「もしあるんなら、それは、ヒステリーこぶよ。ヒステリーで、こぶができるの。あんたのその、いまいましい背中には、なんの問題もないわ。ヒステリーだけよ！　うつぶせになったら、見てあげてもいいわよ。」

メアリは「ヒステリー」という言葉が気に入っており、なんとなく、コリンにも効《き》き目《め》がありそうな気がしていた。たぶんコリンもおなじで、聞くのははじめてだろう。

「看護婦《かんごふ》さん」と、メアリは命令した。「こっちへ来て、この子の背中を、すぐに見せて！」

看護婦さんと、メドロックさんと、マーサは、ドアの近くにかたまり、口を半開きにして、まじまじとメアリを見ていた。三人とも、あまりのこわさに、一度ならずあえいだ。看護婦さんが、おっかなびっくりで進み出てきた。コリンはすすり泣きで息ができず、ハア、ハアとあえいでいた。

「たぶん、坊《ぼっ》ちゃまは――そんなことはおさせに……」看護婦さんはためらって、低い声でそう言った。

コリンにはそれが聞こえたようで、すすり泣きとすすり泣きとのあいまに、なんとか声を出した。

「見――見せてやって！　そ――そしたらわかるから！」

むきだしになった背中は、かわいそうなほど、やせこけていた。肋骨《ろっこつ》や背骨《せぼね》の一つ一つが、ちゃんと数えられるほどだった。しかしメアリ嬢《じょう》ちゃんは、それを数えようとはせず、かがみこむと、小さな顔に、まじめくさった、意地悪くさえ見える表情《ひょうじょう》を浮《う》かべて、丹念《たんねん》に調べあげた。その様子が、はるか昔の人のように堅苦《かたくる》しげだったので、看護婦さんは横を向いて、口もとがひくひくするのを隠《かく》した。メアリが背骨に沿《そ》って、上から下へ、下から上へと、まるでロンドンから来た大先生ででもあるかのように、丹念に見ていったのは、ほんの一分ほどのことだったが、静まりかえったそのひとときに、コリンさえもが、なんとか息を止めておこうとした。

やっとのことでメアリは口を開き、「こぶなんか、ただの一つもありゃしない！」と言った。「ピンの頭ほどのこぶさえないわ。背骨《せぼね》がごつごつ出っぱってるだけよ。やせてるから、さわるとそのでこぼこがわかるだけ。背骨は、あたしだってごつごつしてるし、以前は、あんたとおんなじくらいでこぼこしてたわ。いまは太ってきたけど、でも、まだ、でこぼこがわかんなくなるほどじゃない。こぶなんて、ピンの頭ほどさえ、ありゃしない。またそんなことを言ったら、笑ってやるわ！」

この意地の悪い、子どもっぽい言葉が、コリンにどれほどの効果《こうか》をもたらしたか、コリン自身以外は、だれも知らなかった。思い切って、たずねてみさえしていれば——この、とざされた、とほうもなく大きな屋敷《やしき》のなかで、ただあお向けに寝《ね》ているのではなく、遊び仲間の子どもたちがいたのだったら——もし、この子にうんざりしている無知な人々の恐怖《きょうふ》で重たくなった、こんな空気を吸《す》わずにすんでいたら、おそらくコリンにも、自分の恐怖や病気のほとんどは、自分が作り出したものだとわかっただろう。ところがじっさいには、ただじっと寝たまま、何時間も、何日も、何か月も、何年も、自分のこと、自分の痛《いた》みのこと、だるさのことばかり考えてきたのだった。なのに、いま、同情心《どうじょうしん》など持ちあわせていない小さな女の子が、かんかんに腹《はら》を立てて、あんたは自分で思いこんでいるような状態《じょうたい》じゃないと、断固《だんこ》として、言いはるのだ。ひょっとすると、この子が言っているのが本当かもしれないと、少年は感じはじめていた。

「まさか」と、看護婦《かんごふ》さんが、口をはさんだ。「背中にこぶがあると思っておいでとは、存《ぞん》じませんでしたよ。起きようとなさらないから、背中が弱っておいでなだけです。こぶなんかございませんと、申し上げればよかったですね。」それを聞いて、コリンはあえぐように大きな息をし、わずかに顔を動かして、そっちを見た。

「ほ、ほんと?」と、コリンは、よわよわしい声でたずねた。

「ほんとですとも。」

「ほらね!」と言いながら、メアリも、大きな息をついた。

コリンはまたうつぶせになり、しばらくは、ハーッ、ハーッと、乱《みだ》れた息をしていたが、嵐《あらし》のような大泣きはおさまってきていた。やっと静かになったと思うと、その目から、涙《なみだ》がどっとあふれだし、枕《まくら》をびしょびしょにした。じつはそれは、この男の子がやっと手にした、なんともへんてこで、とても大きな、安心感のしるしだった。やがてコリンは寝返《ねがえ》りをうち、また、看護婦さんのほうを見た。そして、口を開いたが、不思議なことに、そのしゃべり方は、もう全然、ラジャーのようではなかった。

「ぼ、ぼく、大人になるまで、生き——生きられると、思う?」と、コリンは言った。

その看護婦《かんごふ》さんは、賢《かしこ》くもなければ、優《やさ》しい人でもなかったが、ロンドンから来たお医者さまの言葉を、くり返すことはできた。

「坊《ぼっ》ちゃまが、ちゃんと言われたようにして、かんしゃくを起こしたりなさらずに、外へ出て、いい空気をいっぱい吸《す》うようになされば、きっと大丈夫《だいじょうぶ》ですよ。」

コリンのかんしゃくはおさまり、泣きくたびれたせいか、気持ちもおだやかになっていた。コリンがメアリのほうへちょっと手を伸《の》ばすと、うれしいことに、メアリのかんしゃくもおさまって、おだやかな気持ちになっており、その手をとちゅうで握《にぎ》ったので、仲直りが成立した。

「ぼく、メ――メアリとなら、外に出てみる」と、コリンは言った。「いい空気だって、いやじゃない。もし、秘《ひ》――」コリンは、もう少しで、「秘密《ひみつ》の庭さえ見つかれば」と言うところだったが、あやういところで気がつき、「ディッコンが来て、車椅子《くるまいす》を押《お》してくれるんだったら、外に出たいな。ぼく、ディッコンとキツネとカラスに、とても会いたいんだ」と言いなおした。

看護婦さんは、めちゃめちゃになったベッドを整えなおし、枕《まくら》をゆすって、もとどおりにした。それから、牛肉の煮汁《にじる》で作ったスープをコリンに飲ませ、メアリにもくれたが、メアリは大騒動《おおそうどう》ですっかりくたびれていたので、それがとてもありがたかった。メドロックさんとマーサは、ほっとして出ていき、看護婦さんも、何もかもをきちんと片《かた》づけてしまうと、できれば出ていきたいという様子だった。若《わか》くて健康な女性《じょせい》だったので、睡眠時間《すいみんじかん》が削《けず》られるのは、いやだったのだ。メアリが、大きな足置きを四本柱のベッドに引きよせて、コリンの手を握っていると、看護婦さんは、これ見よがしに、あくびをした。

「お部屋へ帰って、おやすみなさいまし」と、看護婦さんは言った。「坊ちゃまも、落ち着いてこられたら、じきにおやすみになるでしょう。そしたら、私《わたし》は、次《つぎ》の間《ま》で寝《ね》させていただきますから。」

「あんた、あたしがアヤから教わった歌を、歌ってほしい?」と、メアリはコリンにささやいた。

コリンは握っていたメアリの手をそっと引《ひ》っぱり、疲《つか》れきった目で、頼《たの》むようにメアリを見た。

そして、「うん、そうして!」と言った。「すごく気持ちのいい歌だったね。ぼく、すぐに眠《ねむ》ってしまうよ。」

「あたしがこの子を、寝かせるわ。」メアリは、あくびをしている看護婦さんに、そう言った。

「だから、もう、行っていいわよ。」

「はあ」と、看護婦さんは、気が進まないふりをした。「そんなら、もし、三十分くらいしても、坊ちゃまがおやすみにならないようなら、お呼《よ》びくださいまし。」

「いいわ」と、メアリは答えた。

看護婦さんは、あっというまに部屋を出ていき、二人きりになるとすぐ、コリンはまた、メアリの手を引っぱった。

「もうちょっとで、言ってしまうとこだった」と、コリンは言った。「でも、あぶないとこで、やめられたよ。もう、しゃべらないで、眠《ねむ》るようにするけど、君は夕方来たとき、すてきなことをいっぱい話してくれると言ってたね。ひょっとして、秘密《ひみつ》の花園にはいる手がかりになるようなことを、何か見つけたんじゃない？」

その、泣きはらした目をした、小さくて、やせこけて、疲《つか》れはてた顔を見下ろしたメアリは、心がやわらぐのを感じた。

「そ、そう」と、メアリは答えた。「そうらしいの。ちゃんと眠ったら、明日、話してあげるわ。」

コリンは、手をふるわせた。

「ああ、メアリ！」と、コリンは言った。「ああ、メアリ！　もしそこへ行けたら、ぼく、死なないで、大きくなれるよ！　ねえ、アヤの歌のかわりに、最初に会ったとき、してくれたみたいに、その庭がどんなふうだと思うか、話してくれない？　それを聞いてれば、眠れると思う。」

「わかったわ」と、メアリは答えた。「目をつぶって。」

コリンは目をとじて、じっと動かなくなり、メアリはその手を握《にぎ》って、とても低い声で、ゆっくりと話しはじめた。

「そこは、とても長いあいだ、放っておかれたから、いろんなものが勝手に伸《の》びて、すてきな具合にもつれあってるはずよ。きっと、バラが、どんどん、どんどん、はいのぼって、木の枝《えだ》や塀《へい》からぶら下がったり、地面をはいまわったりして、ふしぎな灰色《はいいろ》のもやがたちこめたみたいになってるでしょうね。なかには死んだ木もあるけど、けっこうたくさん——生きてて、夏が来たら、バラのカーテンや、バラの噴水《ふんすい》ができるの。きっと地面は、暗い土の下から、がんばって出てきた、ラッパ水仙《すいせん》や、スノードロップや、ユリや、アイリスなんかでいっぱいよ。やっと、春が来たんですもの、きっと——きっと——」

やわらかくつぶやくようなメアリの声に、コリンはどんどん静かになっていき、メアリはその様子を見ながら、さらに話を続けた。

「何もかもが、どんどん、草のあいだから出てきて——紫《むらさき》や金色をしたクロッカスが、もうとっくに——群《むら》がって咲《さ》いてるかも。ひょっとすると、あちこちで、小さく丸まってた葉っぱが、ほどけてきて——もしかすると、灰色だったのが、そうじゃなくなって、緑色の薄《うす》いヴェールが広がって——どんどんどんどん広がって——何もかもを包むの。そこならすごく安全で——静かだから、小鳥たちがやってきて——そして、ひょっとすると——」声はますますやわらかくなり、ゆっくりになった。「コマドリが、奥《おく》さんを見つけて——巣を作りはじめてるかも。」

コリンはもう、すやすやと眠っていた。

18 「ぐずぐずしとれんぞ」

その翌朝《よくあさ》は、当然ながら、メアリは早起きができなかった。疲《つか》れはててぐっすり眠《ねむ》り、おそくなって起きると、マーサが朝ごはんを運んできて、コリンはとてもおとなしくしているけれど、大泣きの発作《ほっさ》を起こしたあとはいつもそうなるように、力を使いつくして、熱を出し、具合がよくない、と言った。メアリはその話を聞きながら、ゆっくりと朝ごはんを食べた。

「坊《ぼっ》ちゃまは、もしよかったら、なるべく早く、会いにきてもらえんじゃろうかと、言うとりなさる」と、マーサは言った。「あんたを気に入りなすったっちゅうのは、妙《みょう》な話じゃなあ。あんたは、ゆうべ、こっぴどくやりなすったんじゃろ？　だれにも、そないなことはできんかったよ。ああ！　かわいそうになあ！　好き勝手にさせられて、どうにもならんように、なってしまわれたんじゃ。子どもにとって、何がいちばんようないかというと、二つあって、一つは、全然、好きにさせてもらえんこと、も一つは、好き勝手にさせられることじゃと、おっかさんが、いつも言うとる。どっちがよけい悪いか、わからんそうじゃ。あんたも、また、えらいかんしゃくを起こしたもんじゃな。けど、けさ、坊ちゃまの部屋へ行ったら、なんと、『すまないけど、メアリお嬢《じょう》さんに、よかったら、話をしにきてほしいと、頼《たの》んでくれ』じゃと。あの坊ちゃんが、『すまないけど』とはな！　行ってくれるわな、嬢ちゃん？」

メアリは、「先にちょっと、走っていって、ディッコンに会ってから」と言いかけたが、急にいいことを思いつき、「ううん、まずコリンのほうへ行って、話すわ――話すことがあるのよ」と言った。

部屋へやってきたメアリが、帽子《ぼうし》をかぶっているのを見て、コリンはちょっと、がっかりしたような顔になった。コリンは寝《ね》ていたが、その顔には、かわいそうなほど血の気がなく、目のまわりには、黒いくまができていた。

「来てくれて、よかった」と、コリンは言った。「すごく疲れたもんで、頭が痛《いた》いし、身体《からだ》じゅう痛いんだよ。これから、どこかへ行くの？」

メアリはベッドのそばまで行って、身をかがめた。

「あんまり長くは、留守《るす》にしないわ」と、メアリは言った。「ディッコンに会ったら、もどってくる。ちょっと用が——秘密《ひみつ》の庭のことで、用があるのよ。」

コリンの顔がさっと輝《かがや》き、血の色が少しもどってきた。

「えっ、ほんと?」と、コリンは、大きな声を出した。「ゆうべ、ずっと、その夢《ゆめ》を見てたよ。君が、灰色《はいいろ》が緑に変わっていくって言ってたよね。夢のなかで、ぼくは、まわりじゅうで小さな緑の葉っぱがゆれてるところに立ってた。そこらじゅうに巣があって、鳥たちがいて、何もかもが、ふんわりしてて、静かだった。ぼく、君がまた来てくれるまで、そのことを考えながら、寝《ね》てるよ。」

五分後には、メアリは庭にいて、ディッコンに会っていた。キツネとカラスが、このあいだとおなじようについてきており、今度は、よくなれた二匹《ひき》のリスもいっしょだった。

「けさは、ポニーに乗ってきたんじゃ」と、ディッコンは言った。「うん！ ちっこいけど、えええやつでな、ジャンプっちゅうんじゃや！ こいつらも、ポケットに入れてきた。こっちのやつがナットで、もう一匹が、シェルじゃ。」

コリンが「ナット」と呼《よ》んだとたんに、一匹がその右肩《みぎかた》にとび乗り、「シェル」と呼ぶと、もう一匹が、左肩にとび乗った。

二人が草の上にすわり、キャプテンが足もとで丸くなり、スートが木の上でおごそかに話に聞き入り、ナットとシェルがすぐそばで、いろんなもののにおいをかいでまわるのを見ていると、メアリは、こんなに楽しいところからほかへ行くなんて、とてもできないと思った。しかし、前の晩《ばん》の話をはじめたとき、ディッコンの楽しげな顔に浮《う》かんだ表情《ひょうじょう》を見て、次第に気持ちが変わってきた。ディッコンは、コリンのことを、メアリよりもはるかに、気《き》の毒《どく》がっているようだった。ディッコンは空を見上げ、それから、まわりを見渡《みわた》した。

「ほれ、あの鳥が歌《うと》うとるのを、聞いてみい。世界じゅう、鳥だらけじゃ。みんなして、ピイピイ、チュクチュク、鳴いとる」と、ディッコンは言った。「そこらじゅう飛びまわっては、あっちとこっちで、呼びおうとる。春んなると、なんもかんもが、こんなふうに、呼びかけあいはじめるんじゃ。見てのとおり、葉っぱは、ほどけてくるし――ほれ、そこらじゅう、ええにおいがするじゃろうが！」そう言うと、ディッコンは、楽しげに上を向いた鼻を、くんくんさせた。「それじゃっちゅうに、その気の毒な坊《ぼっ》ちゃんは、部屋にとじこもって、寝とるばっかしで、ろくに何も見んから、つい悪う悪う考えて、泣きわめくことになるんじゃな。ああ、そうじゃ！　なんとしても、その坊ちゃんを、ここへ連れてきてあげんといかん。見たり、聞いたり、風のええにおいをかいだり、お日さんの光をたっぷり浴びたり、さしてあげんとな。さあ、ぐずぐずしとれんぞ。」

ディッコンは、ふだんは、メアリにわかりやすいように、自分のヨークシャーなまりを、なるべくやわらげようとしていたが、話に熱中すると、いつも、なまり丸出しになってしまうのだった。しかしメアリは、ディッコンのヨークシャーなまりが大好きで、それがしゃべれるように、こっそり練習していたくらいだった。そこで、いま、ちょっとだけ、それを使ってみた。

「ああ、ほんまにそうじゃ」と、メアリは言った。これは、「ほんとにそうね」という意味だった。「まずはじめに、せんといかんことはな」と、メアリが続けると、ディッコンは、にやっとした。この小さい女の子が、言いたいことを、なんとかヨークシャーなまりに置《お》き換《か》えようとがんばっているのは、聞いていて、とてもゆかいだったからだ。「あの子は、あんたのことを聞いて、えろう気に入っとる。そんでな、あんたや、スートや、キャプテンに、会《お》うてみたいと思うとる。家へもどって、あの子に会うて、明日の朝、あんたが、みんなを引きつれて、会いにきてもええか、聞いてみるわ。そんでな、もうちっとして、葉っぱが出てきだして、つぼみも見えだしたら、外へ連れだして、あんたが車椅子《くるまいす》を押《お》したら、ここへ連れてきて、なんもかんも全部、見せてやれるでないか。」

ここまで話し終えて、メアリは大得意だった。これまで、ヨークシャーなまりを使って、長く話したことはなかったが、よくおぼえていて、ちゃんと話せたのだ。

「コリン坊《ぼっ》ちゃんにも、ちっとばかし、そないなふうに、ヨークシャー言葉を聞かせてあげたらええ」と、ディッコンは、くすくす笑った。「笑うにきまっとるし、病人には、笑うほどええ薬はない。おっかさんは、毎朝、半時間でも、楽しゅう笑《わろ》うとったら、チフスになりかかっとっても、なおると言うとる。」

「今日、さっそく、ヨークシャーなまりで、話してみるわ。」メアリは、自分もくすくす笑いながら、そう言った。

庭は、いまや、一日ごと、一晩《ばん》ごとに、魔法使《まほうつか》いがやってきて、その杖《つえ》で地面や枝々《えだえだ》にさわっては、いろんな美しいものを呼《よ》び出しているかのような時期に、さしかかっていた。こんなにすてきなものだらけの場所を離《はな》れて、よそへ行くのはむずかしかった。とりわけ、ナットが、メアリの服の上をかけ上がり、シェルが、二人がその木蔭《こかげ》にすわっていたリンゴの木の幹《みき》をかけ下りてきて、もの問いたげにメアリを見るようなときには……。それでもメアリは館に帰り、コリンのベッドのそばに腰《こし》をおろした。するとコリンは、くんくんと鼻を動かしはじめたが、それはディッコンのような、年季《ねんき》のはいった動きではなかった。

「花のにおいがする――それに、何かな、新鮮《しんせん》なにおい。」コリンはうれしそうに、大きな声を出した。「いったい何のにおいなの？　涼《すず》しげで、あったかくて、甘《あま》くて、それを全部いっしょにしたみたいだ。」

「ムアから吹《ふ》いてくる風のにおいじゃ」と、メアリは言った。「ディッコンや、キャプテンや、スートや、ナットや、シェルと、木の下で、草の上にすわっとったでな。もう春じゃで、外へ出たら、お日さんが照って、そこらじゅう、ええにおいじゃ。」

メアリは、あらんかぎりのヨークシャーなまりを使ってみたのだが、ヨークシャーなまりというのは、じっさいに聞いてみないと、どんなに開けっぴろげに聞こえるか、想像《そうぞう》もつかないほどのものだった。コリンは笑いだした。

「どうしたの？」と、コリンは言った。「君がそんな話し方をするの、聞いたことないよ。すごくへんてこな響《ひび》き。」

「ちっとばかし、ヨークシャーなまりを、聞かせてやっとんじゃ」と、メアリは、勝《か》ち誇《ほこ》ったように言った。「ディッコンやマーサのようには、いかんけどな、ちっとはできるんが、わかったじゃろう。ヨークシャーなまりが、聞いて、わからんのか？　あんたも、ヨークシャーの出じゃろうが！　生まれも育ちも！　ほれ！　自分とこの言葉もでけんで、よう恥《は》ずかしゅうないもんじゃ。」

そこまでで、メアリ自身も笑いだしてしまい、二人とも笑いが止まらず、部屋じゅうにその声が響きわたったので、ちょうどドアを開けてはいってこようとしていたメドロックさんは、びっくりして目をまわし、廊下《ろうか》にあとずさりして、聞き耳をたてた。

「ありゃ、まあ！」メドロックさんは、だれも聞いていなかったので、自分もヨークシャーなまり丸出しになってしまった。それほど、びっくり仰天《ぎょうてん》していたのだ。「あんなん、はじめて聞くわ！　まったくもう、思うてもみなんだ！」

話すことは、山ほどあった。ディッコンや、キャプテンや、スートや、ナットや、シェルや、ジャンプという名のポニーの話になると、コリンは、いくら聞いても聞《き》き飽《あ》きないようだった。

メアリはディッコンといっしょに、森までかけていって、そこで待っていたジャンプを見たのだ。ジャンプは、ムアにもともといる、小さくてもじゃもじゃした、ポニーと呼《よ》ばれる小型の馬で、目の上には、たっぷりした房《ふさ》になったたてがみがおおいかぶさり、かわいい顔をしていて、すりよせてくる鼻先は、ビロードのようだった。ムアの草を食べて生きているので、やせていたが、とても丈夫《じょうぶ》で、力強く、短い脚《あし》の筋肉《きんにく》は、鋼鉄《こうてつ》のばねでできているのではないかと思うほどだった。ディッコンの姿《すがた》を見るやいなや、ジャンプは首をふり上げてやわらかくいななき、トコトコとかけよってきて、その肩《かた》に頭をのせた。ディッコンがその耳に話しかけてやると、ジャンプも、ちょっといなないたり、フンフン息をはいたり、鼻を鳴らしたりして、返事をした。そして、ディッコンが何か言うと、小さな前脚をメアリにさしだし、頬《ほお》にビロードのような鼻をくっつけて、キスをしさえした。

「ディッコンが言うこと、ほんとになんでもわかるの？」と、コリンはたずねた。

「わかってるように見えるわ」と、メアリは答えた。「ディッコンは、ちゃんと友だちになりさえすれば、何とでも、話が通じると言ってる。でも、ちゃんと友だちにならないと、だめよ。」

コリンはそこに寝《ね》たまま、しばらくのあいだ何も言わずに、その灰色《はいいろ》の目で、じっと壁《かべ》を見つめていた。でもメアリには、コリンが何か考えているのだなと、わかっていた。

「ぼくも、いろんなものと友だちになれるといいな」と、コリンは、やっと言った。「でも、無理だな。友だちになれる相手がいないし、人にはがまんできないし。」

「あたしにも、がまんできない？」と、メアリはたずねた。

「いや、できる」と、コリンは答えた。「変だけど、君なら、好きなくらいだ。」

「ベン・ウェザスタッフが、あたしはベンと、同類みたいだと言ってたわ」と、メアリは言った。「どっちも、愛想《あいそう》のない、いやな性分《しょうぶん》ですって。あたし、あんたも同類だと思うわ。あたしたち三人は、似《に》た者《もの》どうしね。あんたと、あたしと、ベン・ウェザスタッフと。ベンは、二人とも、見てくれがよくないし、中身も、見てくれどおりに、愛想がないと言ってたわ。でもあたしは、コマドリやディッコンに会ってから、以前みたいにひどくはなくなってると思う。」

「君は、まわりの人たちがきらいだった？」

「うん」と、メアリは、あっさり答えた。「コマドリやディッコンに会う前に、あんたに会ってたら、あんたのことも、きらいだったと思う。」

コリンはやせた手を伸《の》ばして、メアリに触《ふ》れた。

「メアリ」と、コリンは言った。「ディッコンをしめだすなんて、言わなきゃよかったと思うよ。

君がディッコンのこと、天使みたいだって言うのが憎《にく》らしくて、あざ笑ったりしたんだ。でも、その子、そうなのかもしれないね。」

「あんなこと言うなんて、あたしも、ちょっと変だったわね」と、メアリは、あっさりと認《みと》めた。「天使にしちゃ、鼻は、上、向いてるし、口は大きいし、服はそこらじゅうつぎだらけだし、まるっきりのヨークシャーなまりだし――でも、もしも天使が、ヨークシャーに降《お》りてきて、ムアに住んだら――ヨークシャーの天使ってものがいるとしたら――その天使は、草や木の考えてることがわかって、どうやったらみんながうまく育つかがわかって、ディッコンみたいに、野生の生きものたちと話ができて、みんなのほうでも、この人は友だちなんだって、安心できるんでしょうね。」

「ぼく、ディッコンになら、見られても、平気だ」と、コリンは言った。「会ってみたいなあ。」

「あんたがそう言ってくれて、うれしいわ」と、メアリは答えた。「だってね――だってね――」

突然《とつぜん》、メアリは、いまこそが、コリンに打ち明けるべきときだと悟《さと》った。コリンは、何か新しいことが起ころうとしているのを、感じている。

「だって、何？」と、コリンは熱心にたずねた。

メアリはとても心配だったので、腰《こし》かけから立ち上がり、コリンのそばまで行って、両手を握《にぎ》った。

「あんたを、信用していい？　あたし、鳥たちが信用してるから、ディッコンを信用したの。あんたを、信用していい？　絶対《ぜったい》に、なんの心配もなしに？」と、メアリは、頼《たの》むように言った。

コリンは、とても厳粛《げんしゅく》な顔になり、ささやくような声で、「うん、いい！」と答えた。

「あのね、ディッコンが、明日の朝、あんたに会いにくるの。動物たちを連れて。」

「うわーっ！」と、コリンは、よろこびのさけび声をあげた。

「それだけじゃないの。」メアリは話を続けたが、その顔は、おごそかな興奮《こうふん》で、青ざめているようにさえ見えた。「そのあとが、もっとすごいの。庭にはいる扉《とびら》があったのよ。あたしが見つけたの。塀《へい》におおいかぶさってる、ツタの下にあったの。」

もしもコリンが、健康でたくましい少年だったら、たぶん、「わーい！　わーい！　わーい！」と、さけんだだろう。しかし、ひよわで、なにかと興奮しがちな少年だったので、目を大きく見開いて、あえぐことしかできなかった。

「ああ！　メアリ！」と、コリンは、半分すすり泣くように言った。「ぼく、そこ、見られる？　そこに、はいれる？　そこにはいるまで、生きてられる？」そう言いながら、コリンはメアリの両手をつかんで、引っぱりよせた。

「見られるに決まってるでしょ！」メアリは腹《はら》を立てて、ぴしゃりと言ってのけた。「生きて、はいれるに決まってるわよ！　ばかなこと、言うんじゃないの！」

メアリは、かんしゃくを起こしたわけではなく、いつもどおりで、子どもらしかったので、コリンもじきに正気にもどり、自分のしたことを笑いはじめた。数分後には、メアリもまた、もとの腰《こし》かけに落ち着き、秘密《ひみつ》の花園がどんなふうか、自分が想像《そうぞう》したことではなく、じっさいにはどんな様子かを話していた。コリンは、痛《いた》いだとか、だるいだとかいうことをすっかり忘《わす》れ、夢《む》中《ちゅう》になって聞き入っていた。

「君が、こんなふうじゃないかと想像してたのと、そっくりだね」と、コリンが、しまいに言った。「あれ、ほんとにそこを見たみたいだったよ。最初に君の話を聞いたときにも、そう言ったけど。」

メアリは、二分ほどためらっていたが、思い切って、真実を打ち明けた。

「あたし、そこを見てたの──もう、はいってたのよ」と、メアリは言った。「何週間も前に、鍵《かぎ》を見つけて、はいってたの。でも、あんたに教えていいか、わからなかったのよ──あんたを信用していいか、まだ心配だったから、言えなかったの──絶対《ぜったい》に大丈夫《だいじょうぶ》と思えるまで！」

19
「来たわ！」

もちろん翌朝《よくあさ》は、コリンがかんしゃくを起こしたというので、お医者のクレイヴン先生が呼《よ》ばれた。先生は、こういうことが起こるたびに、いつでもすぐに呼ばれるのだが、来てみると、ベッドには、血の気のない、弱よわしい男の子が横たわっており、ヒステリーの名残《なごり》で、まだ、すねていて、ちょっと何か言おうものなら、たちまちぐすんぐすんと泣きだしてしまうのだった。じっさい、クレイヴン先生は、こんな診察《しんさつ》のやっかいさをおそれ、忌《い》みきらっていた。このとき先生は、ミスルスウェイト屋敷《やしき》からは遠いところへ出かけており、午後にならないと、来られなかった。

「どんなだね?」先生は、到着《とうちゃく》するとすぐ、いささかいらだたしげに、メドロックさんにたずねた。「あんな発作《ほっさ》ばかり起こしていたら、そのうち、血管が破裂《はれつ》するよ。あの子は、ヒステリーと気ままのせいで、半分おかしくなっているからな。」

「それが、先生」と、メドロックさんが答えた。「坊《ぼっ》ちゃまにお会いになったら、びっくりされますよ。あのぱっとしない、むっつりしたお嬢《じょう》さんが、自分だって坊ちゃまとおんなじくらい、やっかいな子なのに、坊ちゃまに魔法《まほう》をかけてしまわれたんです。何をどうしたのやら、さっぱりわかりませんがね。なんとまあ、あの見栄《みば》えのせん、ろくに何もしゃべらん子が、わたくしどものだれにもできなんだことを、やってしまわれたんです。ゆうべ、坊ちゃまのところへ、子ネコみたいに走ってきて、ドンドン足踏《あしぶ》みをして、さけぶのをやめろと命令しなすったんです。そしたら、あんまり驚《おどろ》いたせいか、坊ちゃまは本当に、泣きやんでしまわれました。そんで、今日の昼すぎには――まあ、上へ行って、その目でごらんになってくださいまし。申し上げても、信じていただけそうにありませんから。」

患者《かんじゃ》の部屋を訪《おとず》れたクレイヴン先生を迎《むか》えた光景は、たしかに、驚くべきものだった。メドロックさんがドアを開けた瞬間《しゅんかん》に聞こえてきたのは、笑いながらおしゃべりをしている声だった。コリンは部屋着を着て、背中《せなか》をしゃんと伸《の》ばしてソファにすわり、庭の本の絵をながめながら、「見栄えのせん女の子」と話をしていた。女の子は、いま見ると、見栄えがせんとはとても言えず、それは、楽しげに顔を輝《かがや》かせていたせいだった。

「その、長い茎《くき》に花がたくさんついてて、青いやつ――それ、たくさん植えよう」と、コリンが宣言《せんげん》しているところだった。「名前はね、ええと、デル――フィニ――ウムだって。」

「ディッコンが、それはラークスパーを、大きく立派《りっぱ》にしたもんだって言ってた」と、メアリお嬢《じょう》さんが、大声を出した。「ラークスパーなら、もうどっさり生《は》えてる。」

そのとき二人は、クレイヴン先生を見て、口をつぐんだ。メアリは、ぱっと動きを止め、コリンは、気むずかしげになった。

「ゆうべは、具合が悪かったそうだね、坊《ぼう》や」と、クレイヴン先生は、ちょっと遠慮《えんりょ》がちに言った。この人は、いささか気の小さい人だったのだ。

「もういいよ――ずっといい」と、コリンは答えたが、その言い方は、いくらかラジャーじみていた。「お天気がよかったら、一日、二日のうちに、車椅子《くるまいす》で、外に出る。いい空気を吸《す》いたいからね。」

クレイヴン先生は、少年のそばにすわって、脈《みゃく》を調べ、不思議そうな目で少年を見た。

「よく晴れた日でないとね」と、先生は言った。「注意の上にも注意して、疲《つか》れないようにしないとな。」

「新鮮《しんせん》な空気を吸ってれば、疲れないよ」と、若《わか》きラジャーは言った。

このおなじ、お若《わか》い紳士《しんし》が、以前には、新鮮な空気を吸ったりしたら、風邪《かぜ》をひいて死んでしまうと言いはり、怒《いか》り狂《くる》って金切り声をあげていたのだから、お医者さまがいささかびっくりしたのも、当然だろう。

「君は、新鮮な空気はきらいなのかと思っていたよ」と、先生は言った。

「一人では、出たくないけど」と、ラジャーは答えた。「いとこがいっしょだからね。」

「看護婦《かんごふ》さんもだね」と、クレイヴン先生は言ってみた。

「いや、看護婦はいらん。」その言い方が、あんまり偉《えら》そうだったので、メアリは、インドにいたときに見た、近くの国の若い王子のことを思い出さずにはいられなかった。その王子は、身体《からだ》じゅう、ダイヤモンドやエメラルドや真珠《しんじゅ》だらけで、巨大《きょだい》なルビーをいくつもつけた小さな黒い手を動かすと、召使《めしつか》いたちが深々と頭を下げたまま近づいてきて、命令をうけたまわるのだった。

「ぼくの世話なら、いとこが心得《こころえ》ている。いとこがついていてくれると、ぼくはいつも具合がいい。ゆうべもちゃんと治してくれた。ぼくの車椅子《くるまいす》は、とても強い男の子が来て、押《お》すことになっている。」

クレイヴン先生は、いささかびっくりした。もしも、この疲れやすい、ヒステリー気質《きしつ》の少年がよくなるようなら、自分は、ミスルスウェイト荘園《しょうえん》を受《う》け継《つ》ぐ機会を失ってしまう。しかし先生は、弱い人ではあったが、たちの悪い人ではなかったので、少年を危険《きけん》なほうへ追いやろうとまでは、考えていなかった。

「強いだけでなく、しっかりした子でないとな」と、先生は言った。「その子のことを知っておく必要がある。だれだね、それは？　名前は？」

「ディッコンよ」と、メアリがいきなり、口をはさんだ。メアリはなんとなく、ムアを知っている人なら、ディッコンを知っているだろうと思ったのだ。それは、大当たりだった。クレイヴン先生のむずかしい顔は、たちまちほどけ、ほっとしたような笑顔になった。

「ああ、ディッコンか」と、先生は言った。「ディッコンなら、安心だ。ムアにいる野生のポニーみたいに、丈夫《じょうぶ》な子だからね。」

「頼《たよ》りにもなるしな」と、メアリは言った。「ヨークシャーじゅうに、あないに頼りになる子はおらん。」さっきまで、コリンとヨークシャーなまりでしゃべっていたので、メアリは、ついうっかり、それを使ってしまったのだ。

「ディッコンから、習ったのかい？」と、クレイヴン先生が、大笑いしながら、たずねた。

「あたし、フランス語を習うみたいに、これを習っているの。」メアリは、つんとすまして、そう言った。「インドの現地《げんち》の言葉みたいなものよ。とりわけ賢《かしこ》い人は、現地の言葉を勉強しようとするわ。あたし、この言葉が好きだし、コリンもそうよ。」

「まあいい、まあいい」と、先生は言った。「もし楽しいんなら、習って悪いことはないよ。ゆうべは鎮静剤《ちんせいざい》を飲んだかい、コリン？」

「飲んでない」と、コリンは答えた。「最初は、飲みたくなかったし、そのあと、メアリがぼくを落ち着かせて、眠《ねむ》らせてくれたんだ。低ーい声で、庭が少しずつ春になっていく話をして。」

クレイヴン先生は、「それは、落ち着けそうだね」と言ったが、ますますわけがわからなくなり、腰《こし》かけにすわったまま、黙《だま》りこくってじゅうたんを見下ろしているメアリ嬢《じょう》ちゃんを、横目でちらりと見た。「たしかに、よくなってはいるようだ。しかし、ちゃんとおぼえておかなくては——」

「おぼえておくのなんか、ごめんだ」と、その言葉をさえぎったのは、またもや出現《しゅつげん》したラジャーだった。「一人で横になって、いろいろ思い出していると、どこもかもが痛《いた》みだして、いろんなことを考えずにはいられなくなって、それがいやでいやでたまらないから、さけびだしてしまうんだ。もし、いろんなことをおぼえさせるかわりに、忘《わす》れさせてくれるお医者さんがいたら、連れてきてもらいたいよ。」そう言いながら、コリンは、やせほそった手をふったが、その手のふり方は、ルビーをちりばめた王家の印章《いんしょう》つきの指輪をはめていれば、さぞかし似合《にあ》いそうなふり方だった。「いとこがいてくれると、具合がいいのは、いろんなことを忘れさせてくれるからさ。」

コリンが「かんしゃく」を起こしたあとの、クレイヴン先生の診察《しんさつ》が、こんなに早く終わるのは、はじめてだった。ふだんなら、ずいぶん長くいて、いろんなことをしなくてはならなかった。ところがこの午後は、薬も処方《しょほう》しなかったし、新しい指示《しじ》を出すこともなく、不愉快《ふゆかい》なめにもあわずにすんだ。階下へ下りてきたとき、先生はひどく考えこんでおり、図書室で話をしたメドロックさんは、先生がとまどっていることに気がついた。

「まったく、ほんとに」と、メドロックさんは、話を切り出してみた。「信じられないようで、ございましたでしょう?」

「たしかに、新しい事態《じたい》だな」と、お医者さんは言った。「しかし、以前に比《くら》べて、いい状態《じょうたい》であることには、ちがいない。」

「スーザン・サワビーが言うのが、当たってるんだと存《ぞん》じますわ」と、メドロックさんは言った。「昨日、スウェイトへ行くとちゅうで、あの人んとこへよって、ちょっとばかり、おしゃべりをしたんでございます。そのときスーザンに、『なあ、セーラ・アン、あの嬢《じょう》ちゃんはええ子ではないかもしれんし、かわゆうもないかもしれんが、子どもじゃ。そんでな、子どもには子どもが必要なんじゃ』と、言われました。スーザン・サワビーとは、いっしょに学校へ通った仲ですもんで。」

「病人の看護《かんご》にかけて、あれ以上の人はおらんよ」と、クレイヴン先生が言った。「私《わたし》の患者《かんじゃ》のところへ、あの人が来てくれておれば、これは助かるかもしれんぞと思うくらいだよ。」

メドロックさんは笑顔になった。スーザン・サワビーが大好きだったからだ。

「あの、スーザンという人には、あの人ならではのやり方があるんでございますよ。」メドロックさんは、すっかりおしゃべりになって、話を続けた。「けさはずっと、昨日、あの人に言われたことを、考えとりました。あの人は、『以前、うちの子たちが、けんかをしとったときに、ちょっとばかり、お説教をしてやったことがある』と、言うたんです。『おっかさんは、学校へ行っとったとき、この世界はオレンジみたいな形をしとると習うた。そんでな、十になるより前に、このオレンジをひとりじめにできるもんは、どこにもおらんと、気がついた。だれであろうが、自分の分け前の、ほんのちょっとしかもらえんし、それさえ、だれもかれもには、行《い》き渡《わた》らん。じゃから、オレンジが全部自分のもんじゃと思うたらいかん。こっぴどいめにおうて、自分がまちごうとったと、思い知らされるのが落ちじゃからな』とな。そんで、『子どもは、子ども同士でいろいろやっとるうちに、オレンジを、皮から何から、全部一人じめにしようと思うたらいかん、そんなことをしようもんなら、種さえ手にはいらんか、口に入れても苦すぎるだけじゃと、わかってくるんじゃ』とも、言うとりました。」

「なかなか鋭《するど》いな」と言いながら、クレイヴン先生はコートを着こんだ。

「的《まと》をついた言い方のできる人でしてね」と、メドロックさんは言った。「ときどき、あの人に、言ってやるんですよ。『なあ、スーザン、あんたの見てくれが、こうでのうて、ヨークシャーなまり丸出しでなかったら、ときどき、えろう賢《かしこ》い人じゃと思うてしまいそうになるわ』とね。」

＊

その晩《ばん》、コリンは、とちゅうでは一度も目をさまさずに眠《ねむ》り続け、朝になって目ざめたときには、自分では気づかずに、ほほえみを浮《う》かべていた。ほほえんでいたのは、不思議なくらい、いい気分だったからだ。目をさましているのが、とても気持ちがよくて、コリンは寝返《ねがえ》りを打ってから、思うぞんぶん、手足を伸《の》ばした。身体《からだ》を縛《しば》っていたきつい紐《ひも》がゆるんで、自由になれたような感じだった。コリンは知らないことだったが、クレイヴン先生なら、ピリピリしていた神経《しんけい》がほぐれて、ゆったり休めたのだと言っただろう。いつもなら、横になったまま壁《かべ》をにらみ、目がさめなければよかったのに、と思っているところだったが、いまのコリンの心のなかは、昨日、メアリといっしょにたてた計画のことや、庭や、ディッコンや、動物たちの様子を思い浮かべることで、いっぱいになっていた。考えるべきことがあるというのは、とてもすてきなことだった。しかも、ほんの十分ほど、もの思いにふけっていたと思うと、もう、メアリが廊下《ろうか》をかけてくる足音がした。次の瞬間《しゅんかん》、ドアがパッと開き、メアリがベッドのそばまで走ってくるのといっしょに、朝の香《かお》りでいっぱいになった新鮮《しんせん》な風が、サァーッと部屋に吹《ふ》きこんできた。

「外にいたんだね！　外へ行ってたんだ！　葉っぱの、とってもいいにおいがする！」と、コリンはさけんだ。

走ってきたメアリの髪《かみ》は、ほどけてばらばらになっていた。いい空気を吸《す》って、頬《ほお》はバラ色に染《そ》まっていたが、髪に隠《かく》れて、コリンには見えなかった。

「ものすごーく、きれい！」メアリは、あんまり夢中《むちゅう》になってかけてきたので、息を切らしていた。「あんなにきれいなのって、見たことないと思う！　いよいよ来たの！　この前も、来たと思ったんだけど、あのときは、来かけてただけだったの。でも、もう、来たわ！　春が来たの！　ディッコンがそう言ったもの！」

「ほんと？」コリンには、それがどういうことか、さっぱりわかっていなかったが、心臓《しんぞう》がドキドキしだすのを感じて、そう言った。ベッドのなかで、起き上がりさえした。

そして、笑いながら、「窓《まど》を開けて！」と言った。笑ったのは、よろこびがあふれてきたからだったし、自分の空想がゆかいだったからでもあった。「金のトランペットが、聞こえてくるかもしれないよ！」

コリンは笑ったが、メアリはすぐに窓にかけより、次の瞬間には、それを開け放っていた。そこからは、新鮮で、やわらかくて、香りがよくて、鳥のさえずりでいっぱいな風が、ふわーっと流れこんできた。

「これが、新鮮な空気よ」と、メアリは言った。「あお向けになって、大きく息を吸ってみなさいよ。ディッコンは、ムアに寝そべって、そうするって言ってるわ。血管のなかまで、いい空気がはいってきて、強くなれて、いつまでもいつまでも生きられそうな気がしてくるんですって。」

メアリは、ディッコンから聞いたことを、受け売りしただけだったが、この言葉はコリンの心を、しっかりととらえた。

「『いつまでもいつまでも！』だって？　ディッコンは、そんなふうに感じるの？」コリンはそう言うと、メアリに言われたとおりに、長く、深く、息を吸《す》い、それを何度もくり返した。そうしていると、何かまったく新しくて、うれしいことが、自分に起こりはじめているような気がしてきた。

メアリはまた、ベッドの横にもどってきた。

そして、「いろんなものが、先を争って、地面の上へ出てこようとしてるわ」と、早口で話を続けた。「花が開いてきて、何もかもにつぼみができて、灰色《はいいろ》だったところは、ほとんどみんな緑のヴェールに包まれて、鳥たちは、巣作りが間に合わないんじゃないかと大いそがしで、秘密《ひみつ》の花園のなかでは、いい場所の争奪戦《そうだつせん》さえ、はじまってるのよ。バラの茂《しげ》みは、すごく元気になってきてるし、小道のへりや、森のなかには、サクラソウが咲《さ》いてるし、あたしたちがまいた種からは、芽が出たし、ディッコンは、キツネと、カラスと、リスたちと、生まれたての羊の赤ちゃんを連れてきたわ。」

そこまでしゃべって、メアリは、ひと息入れた。羊の赤ちゃんというのは、ムアのハリエニシダの茂みのなかで、死んだ親羊のそばにいたのを、ディッコンが三日前に見つけたのだった。ディッコンはこれまでにも、母親をなくした子羊を見つけたことがあったので、どうすればいいかは、心得《こころえ》ていた。ディッコンはその子羊を、自分の上着にくるんで、家までかかえて帰り、火の近くに寝《ね》かせて、温めたミルクを飲ませてやった。子羊は身体《からだ》がとてもやわらかく、いかにも赤ちゃんらしい、あどけない顔をしており、身体が小さいわりに、足はけっこう長かった。ディッコンは、その子羊を腕《うで》に抱《だ》き、哺乳《ほにゅう》びんをリスといっしょにポケットに入れて、ムアを越《こ》えてきたのだった。メアリは、ふにゃふにゃして温かいその身体が、木の下にすわった自分の膝《ひざ》の上で丸くなっているのを感じたとき、不思議なよろこびで胸《むね》がいっぱいになりすぎて、口もきけないほどだった。子羊、子羊！　ちゃんと生きている子羊が、赤ちゃんみたいに、自分の膝の上にいる。

メアリは、そのときの大きなよろこびもろとも、何もかもを事細かく語って聞かせ、コリンはそれに聞き入りながら、ゆっくりと深呼吸《しんこきゅう》を続けた。そこへはいってきた看護婦《かんごふ》さんは、窓《まど》が開いているのを見て、びっくりした。これまでこの看護婦さんは、窓を開けたら風邪《かぜ》をひくと信じているこの患者《かんじゃ》のせいで、温かい日にも何度となく、息の詰《つ》まりそうな部屋でがまんをしてきたのだった。

「お寒くはありませんか、コリン坊《ぼっ》ちゃま？」と、看護婦さんはたずねた。

「いや」というのが、返事だった。「新鮮《しんせん》な空気を、深呼吸《しんこきゅう》してるんだ。そうすれば、強くなれるからね。起きて、ソファで、朝ごはんにするよ。いとこのぶんも、いっしょに頼《たの》む。」

看護婦《かんごふ》さんは、笑いを隠《かく》しながら、二人ぶんの朝ごはんを頼みにいった。使用人たちのたまり場のほうが、病室よりも楽しかったし、いまやだれもが、上で起こっていることを聞きたがっていた。だれにも好かれていなかった、若《わか》い世捨《よす》て人が、料理番の言い方によれば、「頭が上がらん相手を見つけたらしいや、けっこうなこった」という事件《じけん》については、山ほどの冗談《じょうだん》がとび交《か》っていた。使用人たちのたまり場では、みんな、かんしゃくにうんざりしており、家族持ちの執事《しつじ》などは、あの病人には「とことん鞭打《むちう》ち」をくらわせるにかぎるという持論を、一度ならず披露《ひろう》していた。

すわっているソファの前のテーブルに、二人前の朝ごはんが並《なら》べられると、コリンは、とっておきのラジャー風な言い方で、命令を下した。

「男の子が一人、キツネと、カラスと、リスを二匹と、生まれたての子羊を連れて、けさ、ぼくに会いにくる。来たらすぐに、ここへ通すんだぞ」と、コリンは言った。「おまえたちのたまり場で引《ひ》き留《と》めて、動物たちと遊んだりしてはいかん。すぐにここへ案内してくれ。」

看護婦さんはつい、口をあんぐり開けてしまい、声がもれそうになるのを、咳《せき》をしてごまかした。

そして、「かしこまりました」と答えた。

「どうすればいいか、教えてやる」と、コリンは、手で合図《あいず》をしながら言った。「マーサに言って、案内させるんだ。その子は、マーサの弟だからな。名前はディッコンといって、動物使いだ。」

「動物が噛《か》んだりしないといいんですが、コリン坊《ぼっ》ちゃま」と、看護婦さんは言った。

「動物使いだと言ったはずだ」と、コリンは、厳《きび》しく言った。「動物使いの動物は、噛んだりせん。」

「インドには、蛇使《へびつか》いがいたわ」と、メアリが口をはさんだ。「蛇使いはね、蛇の頭を口に入れたりもできるのよ。」

「まあ、いやだ！」と、看護婦さんは、身ぶるいした。

二人は朝の風に吹《ふ》かれながら、朝ごはんを食べた。コリンのための朝ごはんは、とても上等で、メアリは、コリンが食べる様子を、真剣《しんけん》な目つきで観察した。

「あんた、あたしそっくりに、太りはじめてるわね」と、メアリは言った。「あたしも、インドにいたときには、朝ごはんが食べたくなかったけど、いまは、いつだって大歓迎《だいかんげい》よ。」

「ぼくも、けさは大歓迎さ」と、コリンは言った。「きっと、いい空気のおかげだね。ディッコンは、いつごろ、来るかな？」

ディッコンはじきにやってきた。十分くらいしたとき、メアリが片手《かたて》を上げた。

「ほら！」と、メアリは言った。「カアっていったの、聞こえない？」

コリンは耳をそばだてた。聞こえてきたのは、家のなかで聞く音としては、世にも珍《めずら》しい、しわがれた、「カア、カア」という声だった。

「聞こえた」と、コリンは言った。

「あれは、スートよ」と、メアリは言った。「ほら、聞いて！　鳴き声がしない？　とてもちっちゃな。」

「うん、する！」コリンの顔は、すっかりまっ赤になっていた。

「あれは、生まれたての、羊の赤ちゃんよ」と、メアリが言った。「じきに来るわ。」

ディッコンがムアを歩くためにはく長靴《ながぐつ》は、靴底が厚《あつ》く、重くできていて、なるべく静かに歩こうとしても、長い廊下《ろうか》では、ドシンドシンと音をたてないわけにはいかなかった。メアリとコリンには、ディッコンが次第に近づいてくるのが、音でわかった。もう、手織《てお》りの壁《かべ》かけのかかったドアをすぎて、コリンの住まいの廊下の、やわらかいじゅうたんのところまで来ている。

「失礼します、若《わか》さま」と、マーサがドアを開けながら、取り次いだ。「ディッコンと、動物たちが、来とります。」

ディッコンは、大きな口を思いっきりにこにこさせて、はいってきた。腕《うで》に抱《だ》いていたのは、生まれたばかりの子羊で、すぐそばをトコトコ歩いているのは、赤毛の子ギツネだった。左の肩《かた》にはナットが乗り、右肩にはスートがいた。そして、上着のポケットから、シェルの頭と前足がのぞいていた。

コリンはゆっくりと身体《からだ》を起こし、まじまじと見つめた。その様子は、はじめてメアリに出会ったときに似《に》ていた。しかし、いまの見つめ方には、感動とよろこびがこめられていた。じつを言うと、これまでにたっぷりと話を聞かされていたにもかかわらず、ディッコンという子がどんなふうで、キツネや、カラスや、リスたちや、子羊が、どんなにその子になついており、あんまりなついているので、どれくらい身体の一部分みたいに見えるか、まったくわかっていなかったのだ。コリンはこれまで、男の子と話したことが一度もなく、よろこびと好奇心《こうきしん》でいっぱいになりすぎ、話をしなくちゃと思いつくことさえできないありさまだった。

しかし、ディッコンは、恥《は》ずかしがっておどおどしたりはしなかった。はじめて会ったカラスが、人間の言葉を話さず、ただ黙《だま》って自分のほうを見ているだけでも、ディッコンは全然困《こま》らなかった。生きものというのは、相手のことがわかるまでは、みんな、そんなふうなのだ。ディッコンは、コリンのソファの前まで行くと、何も言わずに、生まれたての羊の赤ちゃんを、その膝《ひざ》にのせた。すると、その小さな生きものは、ただちに温かいビロードの部屋着にすりより、そのひだのなかに鼻先を突《つ》っこもうとしはじめ、巻き毛《まげ》にびっしりとおおわれた頭で、コリンのおなかのあたりを、やわらかく、でも、じれったげに突いた。こんなことをされたら、だれだって、黙ってなんかいられない。

「どうしたいんだろう?」と、コリンはさけんだ。「何がほしいのかな?」

「おっかさんがほしいんじゃ」と、ディッコンは、にこにこ顔をますますほころばせながら、言った。「多少腹《はら》ぺこなままで、連れてきたからな。こいつがミルクを飲むとこを、坊《ぼっ》ちゃんが見たかろうと思うたんじゃ。」

ディッコンはソファの横に膝《ひざ》をつき、ポケットから哺乳《ほにゅう》びんをとりだした。

「ほれ、ちびさんや」と言うと、ディッコンは、褐色《かっしょく》に焼けた優《やさ》しい手で、白くてもしゃもしゃした小さい頭にさわった。そして、「おまえがほしいんは、これじゃろう。絹《きぬ》のビロードの上着のなかではのうて、こっちのほうにあるんじゃ。ほれ」と言って、びんの首にかぶせたゴムの吸《す》い口《くち》を、子羊が押《お》しつけてくる口に突《つ》っこんだ。すると子羊は、飢《う》えきっていたかのように夢中《むちゅう》になって、ごくごくとそれを吸いはじめた。

このあとは、話に困《こま》るはずもなかった。子羊が眠《ねむ》りに落ちるころには、質問《しつもん》が次々にとび出し、ディッコンはそれに、次から次へと答えていった。子羊を見つけたのは、三日前のことで、ちょうどお日さまが昇《のぼ》る時分《じぶん》だったそうだ。ディッコンはムアに立って、ヒバリが青空の高みをめざして、歌いながらどこまでもどこまでも昇っていくのを、目で追っていた。やがてヒバリは、青一色のなかの、小さな点になってしまった。

「もうほとんど見えんようになって、そんでも歌は聞こえとって、あっというまにこの世の外まで出ていったみたいなのに、なんでまだ声が聞こえるんじゃろと、不思議に思うた、そのときじゃ、なんか、それとはちがう声が、遠くの、ハリエニシダの茂《しげ》ったとこから、聞こえてきた。メエーメエーっちゅう、弱ーい声で、すぐに、生まれたばっかしの子羊が、おなかをすかせとるんじゃと気がついた。けど、親とはぐれでもせんかぎり、おなかをすかすっちゅうはずはない。そんで、探《さが》しにかかった。ああ、もう、どんだけ探したことやら。ハリエニシダの藪《やぶ》を、出たり、はいったり、あっち行ったり、こっち行ったりして、まちごうたほうへばっかし、行っとった。けど、ようよう、ムアのいちばん高いとこにある岩のそばに、白いもんがぽちっと見えた。そこまで登ってみたら、このチビが、寒いんと、腹《はら》をすかしたんとで、半分死にかけとった。」

ディッコンが話しているあいだ、スートは、開いた窓《まど》から出たりはいったりして、カアカアと鳴いては、外で何を見てきたかを報告《ほうこく》した。ナットとシェルは、すぐ外に見えていた大木まで遠足をし、幹《みき》を上ったり下りたりしてから、枝《えだ》が広がっている先へ探険《たんけん》に出かけた。キャプテンは、椅子《いす》よりこっちがいいと、暖炉《だんろ》の前の敷物《しきもの》の上にすわっていたディッコンのそばで、丸くなっていた。

三人は園芸の本の挿絵《さしえ》をながめたが、ディッコンはどの花を見ても、土地の呼《よ》び方ではなんと言うかを心得《こころえ》ており、秘密《ひみつ》の花園ではどれとどれが育っているかを、残らずちゃんと知っていた。

「この名前は知らんけど」と言いながら、ディッコンは、下に「アキレギア」と書いてある植物を指さした。「こっちでは、オダマキと言うとる。そっちのは、キンギョソウじゃな。どっちも、生《い》け垣《がき》のなかで、勝手にどんどん育っとる。けど、この本に出とるんは、園芸種で、大きいし、立派《りっぱ》じゃな。あの庭にも、オダマキが群《むら》がって生《は》えとるとこがある。咲《さ》いたら、青と白の蝶々《ちょうちょ》が、群《む》れて飛んどるみたいに見えるじゃろうな。」

「ぼく、それ、見る」と、コリンはさけんだ。「ぼく、それ、見るよ！」

「ああ、そりゃ、見ないかん」と、メアリが、おおまじめに言った。「あんた、もう、ぐずぐずしとれんぞ。」

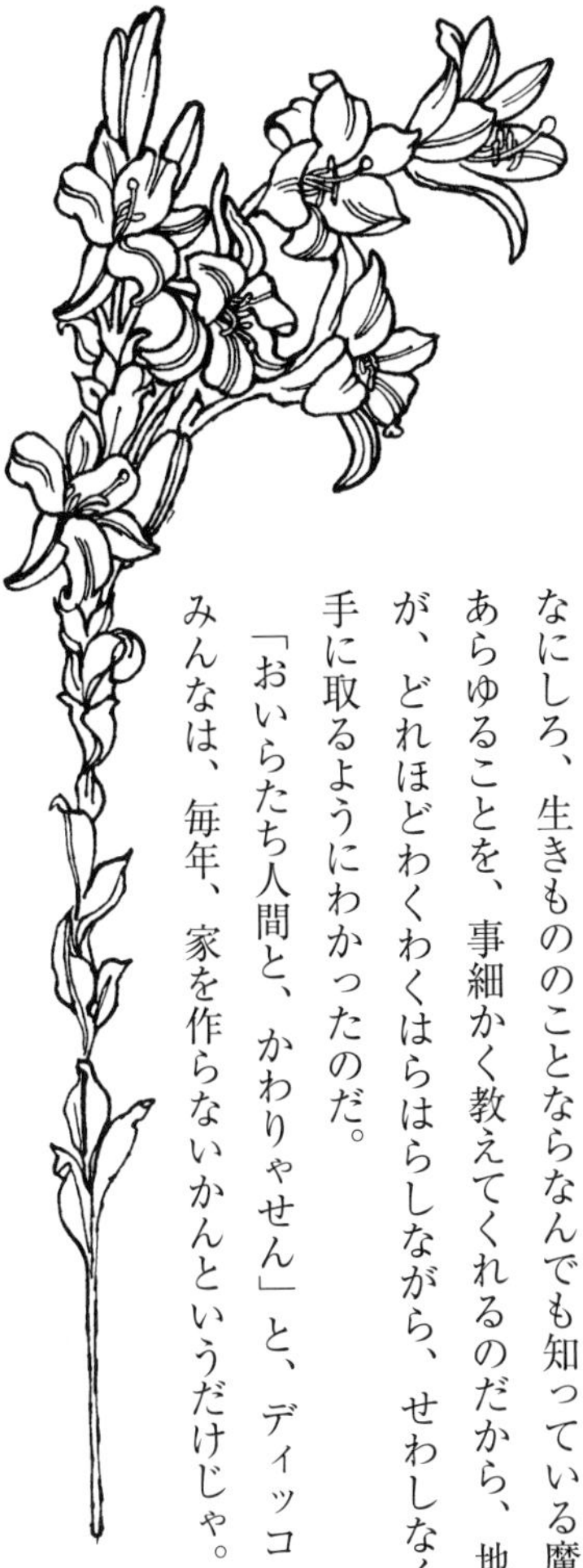

20
「いつまでも、いつまでも、いつまでも生きるよ！」

しかし、三人はそのあと、一週間以上、待たなくてはならなかった。まず、何日か強い風が吹《ふ》き荒《あ》れ、そのあと、コリンが風邪《かぜ》をひきかけた。この二つのことが、あいついで起こったので、ふだんのコリンなら、怒《いか》り狂《くる》うところだった。そうならなくてすんだのは、こまごまとした秘密《ひみつ》の計画をいっぱいたてなくてはならなかったし、ディッコンが、ほとんど毎日、たとえ数分しか暇《ひま》がなくても顔を見せ、ムアや、小道や、生《い》け垣《がき》や、小川のふちなどで、どんなことが起こっているかを、報告《ほうこく》してくれたからだ。ディッコンの報告は、鳥の巣のことや、野ネズミたちとその巣穴《すあな》のことから、カワウソや、アナグマや、ミズネズミの巣のことにまでおよび、聞いていると、興奮《こうふん》で身体《からだ》がふるえてくるほどだった。なにしろ、生きもののことならなんでも知っている魔法使《まほうつか》いが、ありとあらゆることを、事細かく教えてくれるのだから、地面の下のものたちが、どれほどわくわくはらはらしながら、せわしなく働いているかが、手に取るようにわかったのだ。

「おいらたち人間と、かわりゃせん」と、ディッコンは言った。「ただ、みんなは、毎年、家を作らないかんというだけじゃ。そんで、それができるまでは、めちゃくちゃに、あくせくしとるというわけじゃ。」

しかし、三人がとりわけ夢中《むちゅう》になったのは、どうすればコリンを、だれにも見られずに花園まで連れていけるか、その計画を練ることだった。車椅子《くるまいす》とディッコンとメアリが、生け垣《がき》の角を曲がって、ツタにおおわれた塀《へい》に沿《そ》った散歩道にはいったら、そこからは、姿《すがた》を見られるわけにはいかない。一日一日がすぎるごとに、コリンは、これから行こうとしている庭の、何よりの魅《み》力《りょく》の一つは、それが秘《ひ》密《みつ》の庭だということだと、強く感じるようになってきていた。それをぶちこわしてはいけない。三人が秘密を持っているのではないかと、疑《うたが》われるだけでも、いけないのだ。みんなには、コリンがメアリとディッコンを気に入って、二人といっしょに外へ出たいだけで、それをみんなにじろじろ見られたくはないのだと、思わせておかなくてはならない。三人は、どういう道順で行けばいいかについて、とても楽しい議《ぎ》論《ろん》を、長々とくり広げた。まずこの道を行って、こっちの道に曲がり、もう一つの道と交差しているところを通りすぎて、噴水《ふんすい》のまわりの花壇《かだん》のあいだを、ぐるっとまわろう。そこは、庭師頭《にわしがしら》のローチさんが植えつけを指《し》揮《き》したところで、花で幾何学模様《きかがくもよう》を描《えが》いたようになっていた。そこをながめるのは、あたりまえのことで、だれも、全然、不思議がりはしないだろう。そこから、生け垣のあいだの散歩道にはいって姿を消し、それから、長い塀に沿った散歩道へむかえばいいのだ。計画は、戦争のときに偉《えら》い将軍《しょうぐん》たちが立てる行軍《こうぐん》計画のように、真剣《しんけん》に、かつ綿密《めんみつ》に検討《けんとう》された。

病室で、目新しい変わったことが起きているといううわさは、もちろん、使用人たちのたまり場から、厩《うまや》へ、庭師たちへと、少しずつ中身を変えながら、伝わっていた。それでもやはり、ローチさんは、ある日、コリン坊《ぼっ》ちゃまがじきじきに話をしたいとお望みだから、外働きの者はだれ一人として見たことのない一角にある、坊ちゃまの病室へ出頭《しゅっとう》せよという命令を受けて、肝《きも》をつぶした。

「やれやれ」とつぶやきながら、ローチさんは、大あわてで上着を着替《きが》えた。「なにごとじゃろうな？　お高くとまった若《わか》さまが、目のはしにも入れておらんかった者に、お会いになりたいとは？」

ローチさんは、好奇心《こうきしん》を感じずにはいられなかった。坊ちゃまの姿は、ちらりとも見たことがなかったが、ひどく気味《きみ》の悪い様子をしているとか、正気とは思えないかんしゃくを起こすなどの、誇張《こちょう》されたうわさは、さんざん耳にしていた。いちばんよく聞いたのは、いつ死んでも不思議はないという話で、その曲がった背中《せなか》や、動かせない手足については、一度もコリンを見たことがない人々による、とんでもないうわさが、あれこれと流れていた。

「このお屋敷《やしき》のなかも、いろいろと、変わってきとりましてね、ローチさん」と、メドロックさんが言ったのは、裏階段《うらかいだん》を通って、謎《なぞ》の部屋へと続く廊下《ろうか》を案内していたときだった。

「ましなほうへ変わってくれるんじゃやと、よろしいがな、メドロックさん」と、ローチさんは答えた。

「これ以上、悪いほうへは、変わりようがありますまいよ」と、メドロックさんは言った。「不思議なのは、みんなの仕事が、えらい、楽になってきたことですわ。動物園のまんなかにはいったようでも、びっくりせんといてくださいよ、ローチさん。マーサ・サワビーんとこのディッコンが、あんたや私《わたし》より前からおるみたいに、くつろいどりますけど。」

メアリが以前からひそかに思っていたことだが、ディッコンには本当に、魔法《まほう》のような力があった。その名前を聞いたとたんに、ローチさんも頰《ほお》をゆるめた。

「あの子なら、バッキンガム宮殿《きゅうでん》へ行こうと、炭鉱《たんこう》の奥底《おくそこ》へ行こうと、くつろいどるでしょうな」と、ローチさんは言った。「そのくせ、あつかましゅうはない。まったく、ええ子じゃな、あの子は。」

注意されていたからよかったようなものの、そうでなければローチさんは、さぞかしびっくり仰天《ぎょうてん》したことだろう。寝室《しんしつ》のドアが開かれたとたんに、彫刻《ちょうこく》をほどこした椅子《いす》の、高い背《せ》もたれに止まって、落ち着きはらっていた大きなカラスが、大声で「カア、カア」と鳴き、客が来たことを知らせた。メドロックさんに注意されていたにもかかわらず、ローチさんは、もうちょっとでとび上がってあとずさりして、おおいに威厳《いげん》をそこねるところだった。

若《わか》いラジャーは、ベッドに寝《ね》てもいなかったし、ソファによりかかってもおらず、肘《ひじ》かけ椅子《いす》にすわっていた。そのかたわらには、子羊が立っていて、ディッコンに哺乳《ほにゅう》びんでミルクを飲ませてもらいながら、いかにも赤ちゃん羊らしく、尻尾《しっぽ》をプルプルさせていた。ディッコンの前かがみになった背中《せなか》には、リスが一匹《ぴき》すわり、一心不乱《いっしんふらん》に木の実をかじっていた。インドから来た女の子は、大きな足置き台にすわって、それをながめていた。

「ローチさんでございます、コリン坊《ぼっ》ちゃま」と、メドロックさんが言った。

若《わか》いラジャーはふりかえって、自分の下僕《げぼく》を点検《てんけん》するように見た。――少なくともローチさんは、そう感じた。

「ああ、お前が、ローチか」と、ラジャーは言った。「おまえを呼《よ》んだのは、たいへん重要な指《し》示《じ》を与《あた》えるためだ。」

「はい、うけたまわります」と、ローチさんは答えたが、庭じゅうのオークの木を全部切り倒《たお》せとか、果樹園《かじゅえん》を池にしてしまえなどと言われるのではないかと、びくびくしていた。

「今日の午後、ぼくは、車椅子《くるまいす》で外に出る」と、コリンは言った。「新鮮《しんせん》な空気が身体《からだ》にいいようなら、これからは、毎日出かける。ぼくが出かけるときには、庭の塀《へい》に沿《そ》った長い散歩道のあたりには、庭師《にわし》は一人もおってはならん。一人もだぞ。ぼくは二時ごろに外に出る。それからは、仕事にもどれとぼくが命令するまで、近づいてはならん。」

「かしこまりました、若さま」と、ローチさんは、おおいにほっとして答えた。オークの木も大丈夫《だいじょうぶ》なようだし、果樹園《かじゅえん》も無事だ。

「メアリ」と、コリンは、横を向いてたずねた。「インドじゃ、謁見《えっけん》が終わって、出ていってほしいときには、どう言うんだっけ？」

「『下がってよいぞ』と言うのよ」と、メアリは答えた。

ラジャーは、手をふってみせた。

「下がってよいぞ、ローチ。しかし、忘《わす》れるんでないぞ。これはとても重要なことだからな。」

「カア、カア！」と、カラスがしわがれ声で口をはさんだが、べつに無作法《ぶさほう》という感じはしなかった。

「よくわかりました、若《わか》さま。失礼いたします。」ローチさんは、そう言うと、メドロックさんに導《みちび》かれて、部屋を出た。

廊下《ろうか》まで出ると、わりあいおだやかな性分《しょうぶん》だったローチさんは、にこにこしはじめ、笑い声をあげそうになった。

「いやはや！」と、ローチさんは言った。「なかなか堂々としとられるでないですか？　王室の方々を、全部まとめて一人にしたようじゃ――女王陛下《じょおうへいか》のお連れ合いから、だれからかれから。」

「まったく、もう！」と、メドロックさんは文句《もんく》を言った。「あたしらは、あの坊《ぼっ》ちゃまに足が生《は》えてからっちゅうもの、一人残らず、さんざん踏《ふ》みつけられてきとりますわ。人っちゅうもんは、そのためにおるんじゃと、思うとられるんじゃないですかね。」

「もし、お命があるようなら、ましになってきなさるじゃろう」と、ローチさんは言った。

「まあ、ひとつだけ、たしかなんは」と、メドロックさんは言った。「坊ちゃまに命があって、あのインドから来た嬢《じょう》ちゃんがここにおってくれれば、あの嬢ちゃんが坊ちゃまに、スーザン・サワビーが言うとったように、オレンジを一人じめにはできんっちゅうことを、教えてくれるじゃろ、っちゅうことですわ。自分の分け前はこんだけじゃということを、わきまえられるようにな。」

部屋のなかでは、コリンがまた、クッションにもたれていた。

「これで、もう、安心だね」と、コリンは言った。「お昼すぎには、見られるんだ――なかに、はいれるんだね！」

ディッコンは、動物たちといっしょに、庭へ帰っていき、メアリはコリンのそばに残った。コリンは疲《つか》れたようではなかったが、昼ごはんの時間になるまで、ずっと静かにしていたし、食べながらも、何も話さなかった。メアリは不思議に思い、わけを聞いてみた。

「コリン、あんた、ずいぶん大きな目をしてるわね」と、メアリは言った。「考えごとをしてると、お茶のカップの受け皿みたい。いま、何を考えてるの？」

「どんなふうかなあって、考えずにはいられないんだ」と、コリンは答えた。

「庭が？」と、メアリはたずねた。

「春がさ」と、コリンは言った。「これまで、ほんとには見たことがないんだなあ、って、考えてた。ほとんど外に出なかったし、出ることがあっても、けっして見ようとしなかった。考えてみようともしなかった。」

「あたしも、インドでは、見なかったわ。お庭なんて、なかったもの」と、メアリは言った。

生まれてこのかた、ずっと屋内にとじこめられ、病気だったために、コリンはメアリよりも、想像力《そうぞうりょく》を養ってきていた。それに、美しい本や絵をながめることにだけは、ずいぶんの時間をついやしてきた。

「君が、『来たわ！　来たわ！』と言いながら、かけこんできた朝、すごく不思議な気分になったんだ。まるで、大行列が、にぎやかな音楽を奏《かな》でながら、やってくるみたいな気がした。ぼくの持ってる、どれかの本に、そんな絵があったんだ。すてきな人たちが、大人も子どもも、花輪を身につけたり、花の咲《さ》いてる小枝《こえだ》を持ったりして、笑ったり、踊《おど》ったり、楽器を奏でたりしながら、にぎやかにやってくるんだ。それを思い出したから、『金のトランペットが、聞こえてくるかもしれないよ！』って言って、君に窓《まど》を開けてもらったんだよ。」

「おもしろいわね」と、メアリは言った。「あたしもちょうど、そんなふうに感じてたわ。花や、葉っぱや、いろんな緑のものや、鳥や、野山の生きものたちが、勢《せい》ぞろいして、踊りながら通っていったら、どんなかしら！　きっと、歌ったり、踊ったり、さえずったりで、すてきな音楽になるでしょうね。」

二人はどっと笑ったが、それは、その思いつきがこっけいだと思ったからではなく、二人とも

それが、とても気に入ったからだった。

少しして、看護婦《かんごふ》さんが、コリンの身支度《みじたく》を整えてくれた。以前のコリンは、着替《きが》えをさせて

もらうあいだ、丸太《まるた》ん棒《ぼう》のように寝《ね》ているだけだったが、この日は起き上がって、できるところ

は自分でしようと、なんとかがんばっており、看護婦さんもそれに気がついた。コリンはそんな

ふうにがんばりながらも、メアリとの楽しそうなおしゃべりをずっと続け、笑いあったりもして

いた。

クレイヴン先生が、ちょっと様子を見に立ちよったとき、看護婦さんは、「今日は、おかげんが、

およろしいようですわ」と言った。「とてもごきげんがよくて、そのせいで、いつもより、しっ

かりしておられるのかも。」

「午後、この子がもどってきたころを見はからって、もう一度よってみよう」と、クレイヴン

先生は言った。「外出が身体《からだ》によかったかどうか、診《み》てみなくてはな。ほんとは」と、先生はぐっ

と声を落とした。「あんたにつきそってもらえたら、何よりなんじゃがな。」

「そんなことをおっしゃるのなら、ただちにやめさせていただきます。ご提案《ていあん》なさるあいださ

え、とどまっている気にはなれません。」看護婦さんは、突然《とつぜん》、断固《だんこ》とした態度《たいど》になって、そう言った。

「ほんとにそう提案してみようと、考えたわけじゃないよ。」先生は、ちょっと肝《きも》を冷《ひ》やしたように言った。「まあ、やらせてみよう。ディッコンになら、生まれたての赤《あか》ん坊《ぼう》を任《まか》せても、安心だからな。」

使用人のうち、館じゅうでいちばん力の強い男が、コリンを外まで運び、ディッコンが待っていた場所のすぐそばで、車椅子《くるまいす》に乗せた。ほかの使用人が、敷物《しきもの》やクッションを整え終わると、ラジャーは、その使用人と看護婦《かんごふ》さんに、手をふってみせた。

「下がってもよいぞ」と、コリンが言うと、二人はあっというまに姿《すがた》を消した。じつを言うと、二人とも、建物のなかへ無事に逃《に》げこんだとたんに、こらえていた笑いを爆発《ばくはつ》させたのだった。

ディッコンが、そのたしかな腕《うで》で、ゆっくりと車椅子を押《お》しはじめた。メアリ嬢《じょう》ちゃんはその横を歩き、コリンはうしろによりかかって、空を見上げた。空は高々とアーチを描《えが》いており、雪のように白い小さな雲がいくつか浮《う》かんでいるのが、まるで翼《つばさ》を広げた白い鳥たちが、青水晶《あおすいしょう》のような空の下をただよっているかに見えた。ムアから吹《ふ》いてくる風は、だれかが大きくフーッと息をしているかのようで、野性的《やせいてき》で、甘《あま》くて、すっきりとした、不思議な香《かお》りがした。コリンは薄《うす》い胸《むね》を持ち上げては、それを吸《す》いこもうとし、大きな目は、ますます大きく見開かれて、まるで、見るだけでなく、耳のかわりに聞くことにも使われているかのようだった。

「歌ってるのや、ブンブンいってるのや、呼《よ》んでるみたいなのや、いろんな声がするね」と、コリンは言った。「風が吹くのといっしょに、ふわーっとにおってくるのは、何?」

「ムアのハリエニシダが、咲《さ》きかけとるんです」と、ディッコンが答えた。「今日は、蜜蜂《みつばち》どもが、大よろこびしとりますよ。」

一行が進んでいく小道に、人影《ひとかげ》はまったく見えなかった。じっさい、庭師《にわし》たちも、下働きの少年たちも、魔法《まほう》で消されたみたいに、すっかりいなくなっていた。それでも一行は、植《う》えこみのまわりや、噴水《ふんすい》を囲《かこ》む花壇《かだん》のまわりを、綿密《めんみつ》に練った計画どおりに、あっちへ曲がり、こっちへ曲がりしながら、くねくねと進んでいった。そのほうが、秘密《ひみつ》めいていて、楽しかったからだ。しかし、いよいよ角を曲がって、ツタの生《お》い茂《しげ》った塀《へい》に沿《そ》った、長い散歩道にはいると、特別な瞬間《しゅんかん》が刻々《こくこく》と近づいているのが感じられて、なぜなのか説明しろと言われても無理だっただろうが、三人ともが、声をひそめずにはいられなくなった。

「ここよ」と、メアリが、ささやき声で言った。「ここを、あたしは、扉《とびら》はどこなんだろうと不思議に思いながら、何度も行ったり来たりしたの。」

「ここだね?」と、コリンは言い、ツタのすきまという、すきまを、熱心に目で探《さぐ》った。「でも、何も見えないよ」と、コリンはささやいた。「扉なんか、ない。」

「あたしも、そう思ったの」と、メアリは言った。

そのあとには、まるで夢《ゆめ》のなかのような、息もつけない沈黙《ちんもく》が続き、車椅子《くるまいす》は進んでいった。

「このなかが、ベン・ウェザスタッフが働いてる、菜園よ」と、メアリは言った。

「ふーん」と、コリンは言った。そこから、二、三ヤード進んだとき、メアリはまた、ささやいた。

「ここで、コマドリが塀《へい》を飛《と》び越《こ》えてったの」と、メアリは言った。

「ほんと?」と、コリンはさけんだ。「ああ! また飛んでくるといいのになあ!」

「そして、そこが」と言うと、メアリは、おごそかなよろこびを感じながら、大きなライラックの茂《しげ》みをの下を指さした。「コマドリが土の山の上に止まって、鍵《かぎ》のありかを教えてくれたところよ。」

すると、コリンは、まっすぐにすわりなおした。

「どこ? どこなの? そこ?」とさけんだときの、その目の大きさときたら、『赤ずきん』のお話に出てくる小さな赤ずきんが、おばあさんの目はなんて大きいの、と言ったときの、オオカミの目かと思うくらいだった。ディッコンは立ち止まり、車椅子も止まった。

メアリは、「そして、ここが」と言いながら、ツタの茂みのそばの花壇《かだん》に、足を踏《ふ》み入れた。

「コマドリが塀のてっぺんに止まって、あたしにむかってさえずったんで、あたしも話しかけようと思って、近づいてったとこ。そしてこれが、風で吹《ふ》きはらわれた、ツタ。」メアリはそう言いながら、たれ下がっている緑のカーテンに手をかけた。

「これが！——」と、コリンはあえぐように言った。

「で、これがノブで、これが扉《とびら》。ディッコン、押《お》して、入れてあげて——大急ぎ！」

ディッコンは、力強い腕《うで》で、ぐいと、見事《みごと》に一押しした。

しかしコリンは、背《せ》もたれのクッションに深く身体《からだ》をうずめ、よろこびでハアハアあえいでいるくせに、両手で目をしっかりとおおい、一行がすっかりなかにはいって、扉がとじられてしまうまで、そのままにしていた。まるで魔法《まほう》の力が働いたかのように、車椅子がすっと止まったとき、コリンははじめてその手をはずし、以前、メアリやディッコンもやったように、まわりじゅうを、何度も何度も見まわした。塀も、地面も、木々も、ゆれている小枝《こえだ》やつるも、何もかもが、出はじめたばかりのやわらかい小さな葉っぱでできた、美しい緑のヴェールに、ふんわりと包まれているかのようだった。そして、木々の下の草のあいだや、塀のくぼみに置かれた灰色《はいいろ》の壺《つぼ》や、そのほか、あそこにも、ここにも、至《いた》るところに、金色や紫《むらさき》や白の花が、点々と、ところによってはいっぱいまとまって、咲《さ》いていた。頭の上の木々には、ピンクや白の花が咲きはじめており、そこらじゅうが、翼《つばさ》のはばたきや、かすかな甘《あま》いさえずりや、ブンブンいう羽音や、さまざまな香《かお》りでいっぱいだった。お日さまの光が、まるでだれかの手が優《やさ》しくそっとさわるように、コリンの顔を照らした。メアリとディッコンは、なんとも言えない思いでいっぱいになって、ただ立ったまま、じっとコリンを見つめていた。コリンの顔や首や手は、象牙色《ぞうげいろ》をしていたが、いま、そこに、ピンク色の光がやわらかく広がり、その姿《すがた》全体を、すっかり様変わりさせていた。

「ぼく、よくなる！　よくなるよ！」と、少年はさけんだ。「メアリ！　ディッコン！　ぼく、よくなるよ！　そして、いつまでも、いつまでも、いつまでも生きるよ！」

21　ベン・ウェザスタッフ

この世に生きていて出会う不思議なことのひとつは、ごくまれにではあるが、いつまでも、いつまでも、いつまでも生きていくんだと、ゆるぎなく信じられるときがある、ということだ。ひそやかでおごそかな、しらじら明けの時間に目をさまし、一人きりで外に出て立ち、頭をぐっとうしろにそらして、高く高くどこまでも広がる空を見上げると、青ざめていた空がゆっくりと色を変え、ほんのりと紅色《べにいろ》に染《そ》まりはじめ、見たこともない、途方《とほう》もなくすばらしいことが起こり、ついには東のほうで、あの不思議きわまりない、常《つね》に変わることのない壮大《そうだい》な出来事、日の出がはじまり、それを見ると、大声でさけばずに

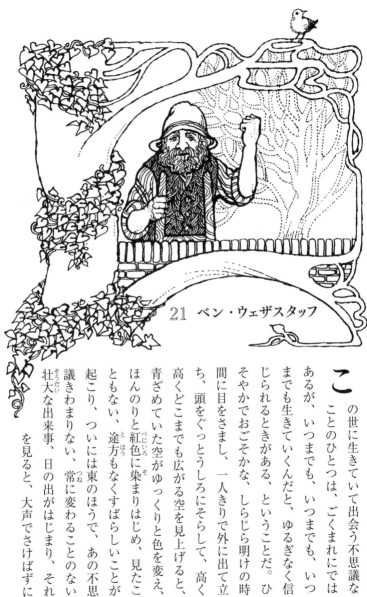

はいられないのに、それでいて心がしんと静かになるが、そんなとき、人は、ほんの一瞬《いっしゅん》ではあっても、そんなふうに感じることがある。この出来事は、千をいくつとなく重ねる年月のあいだ、朝ごとに起こってきたのだ。あるいは、日が沈《しず》むころに、ひとりきりで森のなかに立っていると、枝々《えだえだ》のすきまや下から、濃《こ》い金色をした神秘的《しんぴてき》な光が、ひっそりと斜《なな》めにさしこみ、なんだか、どんなに耳をそばだてても、はっきりとは聞き取れない言葉が、何度も何度もくり返して、ゆっくりと語られているように思えてくることもある。あるいは、濃紺《のうこん》の夜空のとほうもない静けさのなかで、何百万もの星々が、じっと何かを待つように、こちらを見つめているときにも、そう思うことがあるし、はるか遠くから聞こえてくる音楽に、ああ、ほんとにそうなのだと感じることもある。あるいは、だれかの目を、じっとのぞきこんでいるようなときにも……。

コリンが、四方にめぐらされた高い塀《へい》のなかに隠《かく》されていた、その庭の内側にはいり、春というものをはじめて見て、聴《き》いて、感じたことも、まさにそんなふうだった。その午後は、世界じゅうがこの少年のために、何もかもを、輝《かがや》かんばかりに美しく、完璧《かんぺき》で、しかも優《やさ》しいものにしようと、心をつくしているかのように思われた。まるで春が、清らかでよいものばかりの天上世界からやってきて、ありったけのものを、この一つの場所に集めてくれたかのようでもあった。ディッコンは一度ならず、何かをしている最中《さいちゅう》にふっと手を止め、つのってくる一方の驚異《きょうい》の念が、いまにもあふれだしそうな目で、そっと首をふった。

「ああ！　すげえなあ」と、ディッコンは言った。「おいら、十二で、もうじき十三になるから、そりゃもう、どんだけの日を見てきたかわからんけど、今日みたいにすんばらしい日は、はじめてじゃ。」

「ああ、すんばらしいよね。」メアリも、よろこびのあまりため息をつきながら、言葉を返した。

「この世がはじまって以来、こげんにすんばらしい日は、またとなかったにちげえねえ。」

「なあ、あんたがた」と、コリンが、気をつけて言葉を選びながら、夢見《ゆめみ》るように言った。「こげんに、すんばらしゅうなっとるのは、なんもかも、おいらのためじゃろうか？」

「あら、まあ！」と、メアリが感心してさけんだ。「いっちょまえの、ヨークシャーっ子じゃない。そこまでできたら、一流じゃ、ほんと——ほんまに。」

そして、よろこびが、そこらじゅうに満ちあふれた。

車椅子《くるまいす》は、スモモの木の下へと押《お》されていったが、そこは、蜜蜂《みつばち》の音楽でにぎやかだった。その木には、雪のように白い花が、いまを盛《さか》りと咲《さ》いていて、まるで妖精《ようせい》たちの王さまのための天《てん》蓋《がい》のようだった。近くには桜《さくら》の木とリンゴの木もあり、ピンクと白のつぼみをふくらませていて、もう咲きはじめた花もあちこちにあった。花咲く枝々《えだえだ》が天蓋を織《お》りなしているすきまからは、まっ青な空が、とても美しい瞳《ひとみ》のように、子どもたちを見下ろしていた。

メアリとディッコンは、あっちで少し、こっちで少しと作業をし、コリンはそれを見守った。

二人は、何かを見つけると、持ってきて、コリンに見せた。それは、開きかけたつぼみだったり、まだ堅《かた》くとじたつぼみだったり、ちらほらと緑のものを見せはじめた小枝《こえだ》だったり、草の上に落ちていたキツツキの羽根だったり、鳥のひなが出てきたあとの、卵《たまご》の殻《から》だったりした。ディッコンは車椅子《くるまいす》を押《お》して、ゆっくりと庭をまわり、あそこここで止まっては、地面から顔を出したすてきなものや、木々からたれ下がっているものを見せた。まるでそれは、魔法《まほう》の国の王さまとお妃《きさき》さまが、領国《りょうこく》全体をひとめぐりして、その不思議な富《とみ》の数々を確認《かくにん》して歩いているかのようだった。

「コマドリも、見られるかなあ?」と、コリンは言った。

「もうちっとしたら、しょっちゅう見られるで」と、ディッコンが答えた。「卵がかえって、ひなが出てきたら、いそがしゅうなって、頭がくらくらするほど、働かな、いかんからなあ。自分とおんなしぐらいでっかい虫をくわえて、行ったり来たりするんが、よう見える。親がもどってきたら、巣のなかはえらい騒《さわ》ぎで、どの大口に、ごちそうの最初のひときれを放りこんだらええんやらと、親はてんてこまいじゃ。どっち向いても、大口があんぐり開いて、ピイピイゆうとるからな。母ちゃんは、コマドリのおっかさんが、あんぐり開いた大口を、全部いっぱいにせないかんと、あくせくするんを見とったら、自分が、なんもせんでええ奥方《おくがた》さまのような気がしてきたと、言うとった。あのちっこい身体《からだ》から、汗《あせ》がとび散るんが、見えるようだったそうじゃ。人間の目には見えん汗がな。」

三人は、楽しくなって大笑いをはじめ、やがて、聞かれてはいけないんだったと思い出し、あわてて口を押《お》さえた。コリンは、何日か前に、ささやくか低い声で話すだけにするように、教えられていた。このことにかかわる、そんな秘密《ひみつ》らしさが、コリンはとても気に入り、それにしたがおうとがんばっていたが、すっかり興奮《こうふん》して楽しんでいると、笑うのをがまんして、ささやくだけにするのは、とてもむずかしかった。

その午後は、すべての瞬間《しゅんかん》が新しいことだらけで、お日さまの光は、一時間ごとに、ますます金色になっていった。車椅子は、スモモの木の天蓋《てんがい》の下にもどされ、ディッコンが芝生《しばふ》の上にすわって、笛を取り出したちょうどそのとき、コリンが、それまで気づかずにいたものを見つけた。

「あそこにある木、すごく古いんじゃない？」と、コリンは言った。

ディッコンは芝生のむこうのその木に目をやり、メアリもそっちを見たが、すぐには、だれも口を開かなかった。

「ああ」と、少ししてから答えたディッコンの声は、低くて、とても優《やさ》しげだった。

メアリはその木を見つめて、考えた。

「枝がすっかり灰色《はいいろ》になってて、葉っぱが全然見えないね」と、コリンは話を続けた。「あの木は、死んでるの？」

「ああ」と、ディッコンは認《みと》めた。「けど、バラが全体にからんどるから、葉っぱが出て、花が咲《さ》いたら、枯《か》れた木はほとんど隠《かく》れてしまう。そうなったら、死んだようには見えん。どこよりもきれいに見えるようになるじゃろうな。」

メアリはなおもその木を見つめて、考えていた。

「大きい枝《えだ》が折《お》れてるみたいだね」と、コリンが言った。「なんで、あんなことになったのかなあ。」

「もうずいぶん前から、ああなっとる」と、ディッコンは答えた。そして急に、ほっとしたような声で、「あっ！」と言うと、コリンの身体《からだ》に手をかけた。「ほら、コマドリじゃ！ そこにおる！ 嫁《よめ》さんをさがしに行っとったんじゃな。」

コリンは、もうちょっとで見逃《みのが》すところだったが、なんとか間に合って、胸《むね》の赤い小鳥が、何かくわえているのを見た。コマドリは、あたりの緑のなかを矢のように横切り、すみっこの茂《しげ》みのなかへ姿《すがた》を消した。コリンはまたクッションにもたれ、少し笑った。

「これから、奥《おく》さんとお茶にするんだね。そろそろ五時なのかも。ぼくも、お茶がほしくなったよ。」

二人はそれを聞いて、ほっとした。

「魔法《まほう》が、コマドリをよこしてくれたのね」と、メアリは、あとでこっそり、ディッコンに言った。「あれ、魔法だったにちがいないわ。」そんなことを思ったのは、メアリもディッコンも、十年前に枝が折れた木について、コリンに何かたずねられることを、とても心配していたからだった。そのことについて相談したとき、ディッコンは、困《こま》ったように頭をかいた。

そして、「ほかの木と、なんもちがわんと思うとるように、見せんといかんな。あれがなんで折れたか、坊《ぼっ》ちゃんに言うわけにはいかん。お気《き》の毒《どく》になあ。あれのことで、坊ちゃんがなんか言うても、おいらたちは、楽しうしとらないかん」と言ったのだった。

「ああ、そうじゃな」と、メアリは答えた。

しかしメアリは、その木に目をやった自分が、楽しそうにしていたとは、とても思えなかった。そのときメアリは、以前、ディッコンから聞いたことはほんとなんだろうかと、しきりに考えこんでいたのだった。ディッコンは、赤錆色《あかさびいろ》の髪《かみ》の毛《け》を、しきりにかきまわしながら、ちょっと困ったように、こんなことを言ったのだったが、話すうちに、その青い目には、ほっとしたような気持ちのいい輝《かがや》きがもどってきた。

「クレイヴン旦那《だんな》の奥さんは、お若《わこ》うて、とてもおきれいな方でな」と、ディッコンは、ためらいがちに話しはじめたのだった。「うちのおっかさんは、奥さんは、亡《な》くなりなさっても、コリン坊ちゃまのことが心配で、しょっちゅう、ミスルスウェイトにもどって来とられるんじゃろうな、と言うとる。この世から旅立った、たくさんのおっかさんたちと、おんなじにな。みんな、もどってこずには、おれんのじゃ。わかるじゃろ？　ひょっとすると、奥《おく》さんはこの庭におられて、おいらたちが庭の世話をはじめたんも、坊《ぼっ》ちゃんをここへ連れてきたんも、おっかさんが、そうなるように、しむけなさったからかもしれん。」

メアリはそれを聞いて、魔《ま》法《ほう》みたいなものだと思った。メアリは、魔法を深く信じていた。心ひそかに、ディッコンは、自分のまわりのいろんなものに対して、魔法を使っているのだと思っていたくらいだった。もちろんそれはいい魔法で、だから、だれもがディッコンを大好きだし、野山の生きものたちも、ディッコンは友だちなんだと知っているのだ。じっさい、メアリは、コリンがやっかいな質問《しつもん》をした、まさにその瞬間《しゅんかん》に、コマドリが姿《すがた》を見せたのは、その魔法の力なしにはありえないことだったのではないかと、考えたくらいだった。魔法は、この午後のあいだじゅう、ずっと働きつづけていたようで、コリンはまるで、人がちがったようだった。これが、金切り声をあげたり、枕《まくら》にかみついたり、なぐったりしていた、頭のおかしくなった子どもとおなじ人間だとは、とても考えられなかった。象牙《ぞうげ》のように白かった顔の色も、変わってきていた。最初にこの庭にはいった瞬間、その顔や首や手を染《そ》めた、ほんのりと赤い輝きは、すっかり消えてしまいはしなかった。以前は象牙か蠟《ろう》でできたみたいに見えていたのが、ちゃんと血と肉でできているように見えてきていた。

コマドリが奥さんのところへ食べものを運ぶのを、二、三回見ているうちに、コリンは、みんなで午後のお茶にしなくちゃと思いついた。

「行って、いろんなものをバスケットに詰《つ》めさせて、だれかにシャクナゲの散歩道まで運ばせてよ」と、コリンは言った。「そこからは、君とディッコンで、ここまで運んでこられるだろ。」

それは、すてきな思いつきで、すぐに実行された。草の上に白いテーブルクロスが広げられ、熱い紅茶と、バターをつけたトーストと、薄《うす》く焼いたマフィンが並《なら》べられた。このうれしい軽食が、あっというまに片《かた》づけられていくのを、家族のための用足しに飛びまわっていた何羽かの小鳥が、近くに止まって、いったいなにごとだろうとながめ、パン屑《くず》をまいてやると、すぐに調査《ちょうさ》にやってきて、たいへんな勢《いきお》いで片づけてしまった。ナットとシェルは、お菓子《かし》のかけらをもらって、木の上へかけ上がったし、スートは、薄いパンケーキの半分にバターを塗《ぬ》ったのを、すみっこまで運んでいき、しきりにひっくり返して調べてから、しわがれ声で意見を述《の》べ、ついには、うれしそうにひと口でのみこんでしまった。

午後の時間は、果物が次第に熟《じゅく》していくように、すぎていった。斜《なな》めにさしこむお日さまの光は、次第にその金色を濃《こ》くしてきていた。蜜蜂《みつばち》は巣に帰り、鳥たちが飛びすぎていくのも、間遠《まどお》になってきていた。ディッコンとメアリは草の上にすわり、お茶のバスケットは、いつでも持って帰れるように、きちんと詰《つ》めなおされていた。コリンは、クッションによりかかって寝《ね》そべっており、重そうな巻《ま》き毛《げ》を押《お》しやって額《ひたい》をあらわにしたその顔は、まったくふつうの顔色に見えた。

「今日が終わらないといいのにな」と、コリンは言った。「でも、明日、また来て、そのあとも、そのあとも、そのあとも、毎日、来よう。」

「いい空気が、ずいぶん吸《す》えるわね」と、メアリが言った。

「それ以外、なんにもいらないいくらいだよ」と、コリンは答えた。「春を見たから、今度は、夏を見るよ。何もかもがここで育っていくのを、見るんだ。ここでぼくも、育っていくんだ。」

「そうじゃとも」と、ディッコンが言った。「坊《ぼっ》ちゃまは、じきに、ほかのもんとおんなじに、そこらを歩きまわったり、土を掘《ほ》ったりできるように、なんなさる。」

コリンの顔が、さっとまっ赤になった。

「歩きまわる！」と、コリンは言った。「土を掘る！　ぼくが？」

ディッコンは、優《やさ》しいまなざしで、注意深くたしかめるように、コリンを見た。ディッコンも、メアリも、コリンの足にどんな問題があるのか、たずねてみたことがなかったのだ。

「できなさるとも」と、ディッコンは、力強く言った。「坊ちゃまにも、二本の足がおありなんじゃもん、ほかのみんなと、おんなじじゃ！」

メアリは、なんだかこわいような思いで、コリンの返事を待った。

「何も、ほんとに悪いとこはないんだ」と、コリンは言った。「すごく細くて、弱いだけだよ。

ひどくふるえるもんで、こわくて、立ってみる気になれないんだ。」

メアリもディッコンも、ほっとしたように、ため息をついた。

「こわがるのをやめなすったら、立てるようになんなさる」と、ディッコンが、また元気づいて、言った。「じきに、こわがらんでおれるように、なられるわ。」

「ほんと？」と、コリンは言い、何か考えをめぐらしてでもいるかのように、じっと横になっていた。

しばらくのあいだ、みんなはとても静かにしていた。お日さまは、ずいぶん低くなってきていた。何もかもが静まり返る時刻《じこく》だったし、この午後はいそがしくて、興奮《こうふん》することだらけだったのだ。コリンは、ゆったり休むというぜいたくを楽しんでいるようだった。動物たちまでが、動きまわるのをやめ、子どもたちの近くで、身をよせあって休んでいた。スートは低い枝《えだ》の上に片《かた》足《あし》で立ち、もう片足は折《お》り曲《ま》げて身体《からだ》に引きつけ、灰色《はいいろ》の薄《うす》い幕《まく》のようなもので目をおおって、いかにも眠《ねむ》そうだった。メアリは心のなかで、いついびきをかきはじめてもおかしくないように見えるわと、考えていた。

その静けさのまったただなかで、コリンがいきなりさっと顔を上げ、はっきりと聞こえるように、警告《けいこく》のささやきを発したので、二人はびっくりした。

「あの男は、だれだ？」

ディッコンとメアリは、あわてて立ち上がった。

「男?」と、二人は同時に、早口で低くさけんだ。

コリンが高い塀《へい》のほうを指さした。

「ほら!」と、コリンは、興奮《こうふん》したような声で言った。「見て、あそこ!」

メアリとディッコンは、ふりかえった。そこには、かんかんに怒《おこ》って子どもたちをにらみつけている、ベン・ウェザスタッフの顔があった。塀にたてかけたはしごの上から、こっちを見ていたのだ! ベンはメアリにむかって、拳《こぶし》をふり上げさえした。

「わしがひとりもんでのうて、おまえがわしの娘《むすめ》なら」と、ベンはさけんだ。「こっぴどく、ぶちのめしてやるんじゃが!」

ベンは、おどかすように、もう一段《だん》上った。その様子は、そのままぱっととび下りて、メアリをこらしめてやらずにおくものかと、勢《いきお》いづいているようだった。しかし、メアリが近づいていくあいだに、ベンは明らかに考え直したらしく、はしごのてっぺんに立ったまま、拳をふりまわしただけだった。

「おまえのことは、前から気にくわなんだわ!」と、ベンは、熱弁《ねっべん》をふるった。「はじめて見たときから、がまんならんやつじゃと思うとった。やせこけた、バターミルクみてえな顔色の小娘《こむすめ》のくせして、やたらなんでも聞きたがるわ、いらんところへ鼻を突《つ》っこむわ。なんで、あないにわしにつきまとうんか、不思議に思うとった。もし、あのとき、コマドリのやつが――あんちくしょうめ――」

「ベン・ウェザスタッフ。」メアリは、やっと声が出せるようになって、呼《よ》びかけた。そして、ベンのすぐ下まで行って、あえぐような声で、説明しようとした。「ベン・ウェザスタッフ、あたしの道案内をして、ここへ来させてくれたのは、コマドリだったのよ！」

ベンはますますかんかんになり、そのまま塀のこっちがわへ降《お》りてきかねない勢《いきお》いだった。「この、じゃじゃ馬め！」と、ベンは、上からどなりつけた。「自分の悪いのを、コマドリのせいにしおって――あいつが、ずうずうしいやつだっちゅうのは、たしかじゃが、道案内をしたじゃと！　あいつが！　なんとまあ！　この、こましゃくれた」――メアリには、ここに至《いた》って、つのってきた好奇心《こうきしん》が、ついに爆発《ばくはつ》したのがわかった――「それにしても、どうやって、なかにはいった？」

「だから、コマドリが案内してくれたって、言ったでしょ」と、メアリは、がんこに言いはった。「自分でわかってやったわけじゃないけど、でも、案内してくれたのよ。それに、そんなに拳をふりまわされてちゃ、何も言えないわ。」

まさにその瞬間《しゅんかん》、ベンは拳をふりまわすのをやめ、口をあんぐりと開けて、メアリの頭ごしに、草の上を自分のほうへと近づいてくるものを見た。

ベンがわめきちらしはじめたとき、コリンは、あんまりびっくりしたので、身体《からだ》を起こして、金縛《かなしば》りになったように、耳をそばだてていただけだった。しかし、そのうち、気をとりなおすと、偉《えら》そうにディッコンに合図《あいず》をした。

「椅子《いす》をあっちへやれ！」と、コリンは命令を下した。「あの男のすぐそばまで行って、真正面に停《と》めろ！」

そして、これこそがまさに、ベン・ウェザスタッフの口を、あんぐりと開けさせた光景にほかならなかった。豪華《ごうか》なクッションや膝《ひざ》かけもろとも、ベンのほうへと近づいてくる車椅子《くるまいす》は、まるで、王家の公用車のようだった。なぜならその椅子には、若《わか》きラジャーがよりかかって、黒いまつげに縁取《ふちど》られた大きな目を光らせ、白くて細い手を、ベンにむかって、偉そうに伸《の》ばしていたからだ。車椅子は、ベン・ウェザスタッフのすぐ下で、ピタリと停まった。ベンが口をあんぐりと開けたままだったのも、無理はなかった。

「ぼくがだれか、わかるか？」と、ラジャーは詰問《きつもん》した。

ベン・ウェザスタッフが、どれほど目を見張《みは》ったことか！　年老《としお》いて、赤くなった目は、まるで幽霊《ゆうれい》を見ているかのように、目の前のものに据《す》えられていた。ベンは、ただまじまじと前を見つめ、のどをゴクリと鳴らしたが、何も言わなかった。

「ぼくがだれか、わかるか？」と、コリンは、ますます偉そうに、問いただした。「答えろ！」

ベン・ウェザスタッフは、節くれだった手を上げて、まず目をこすり、それから額《ひたい》をこすって、ちょっとおかしな、ふるえる声で答えた。

「あんたが、だれかじゃと?」と、ベンは言った。「ああ、わからいでか——その顔から、わしをにらんでござるのは、おっかさまの目じゃ。なんでここに、ござらっしゃるのかは、かいもくわからん。けど、あんたさまは、お気《き》の毒《どく》に、背中《せなか》が曲がって、こぶになっとられると、聞いとったが。」

「こぶなんかない!」と、コリンは、かんかんになってさけんだ。「あるもんか!」

「もちろん、ないわよ!」メアリもおおいに憤慨《ふんがい》して、塀《へい》の上にむかって、どなるように言った。「ピンの頭ほどのこぶさえないわ! あたし、ちゃんと見たもん! 一つだって、ありゃしなかったわ!」

ベン・ウェザスタッフは、手でもう一度、額《ひたい》をこすり、いくら見ても見足りないかのように、また見つめた。その手はふるえ、口もともふるえ、声もふるえていた。ベンは物知らずで、頭の硬《かた》い老人《ろうじん》で、人から聞いたことを、そのまま信じていただけだった。

「そんなら、あんた——あんたさまの背中は、曲がっとらんのか?」と、ベンは、しわがれ声で言った。

「もちろん!」と、コリンはさけんだ。

「足も――足も、曲がっとらんのか？」ベンは、ますますしわがれてきた声をふるわせた。

これは、あんまりだった。コリンがいつも、かんしゃくに注ぎこんでいた力が、いま、これまでとはちがう道筋《みちすじ》を通って、噴《ふ》き出《だ》してきた。コリンはいままで、ひそひそ話のなかでさえも、足が曲がっているなどと言われたことはなかった。ベン・ウェザスタッフの言葉によって、そんなことがあたりまえのように信じられているとわかったとき、ラジャーの血と肉は、忍耐《にんたい》の限界《げんかい》に達した。その一瞬《いっしゅん》、怒《いか》りと、傷《きず》つけられた誇《ほこ》りとが、すべてを忘《わす》れさせ、この少年の身体《からだ》を、これまでついぞ知らなかった、超自然《ちょうしぜん》と言いたいほどの力で満たした。

「こっちへ来い！」コリンは、ディッコンにむかってそうさけび、足にかけてあった膝《ひざ》かけから抜《ぬ》け出《だ》そうともがいた。「来い！　すぐだ！　急いで！」

ディッコンは、すぐさま、そばへ行った。メアリはちょっとあえいで、息を止め、自分が青ざめているのを感じた。

「できるわ！　きっとできる！　きっとできる！　きっと！」メアリは声をひそめて、あらんかぎりの早口で、自分にむかって、そうしゃべりつづけた。

ちょっとのあいだ、じたばたやった末に、膝かけは地面に落ち、ディッコンがコリンの腕《うで》を支《ささ》えると、細い足が突《つ》き出され、草を踏《ふ》んだ。コリンは立っていた。まっすぐ――矢のようにまっすぐ――そして、不思議なくらい、背《せ》が高く見えた。頭はぐいとそびやかされ、不思議な目が、稲妻《いなづま》のように光った。

「ぼくを見ろ！」コリンは、ベン・ウェザスタッフをどなりつけた。「見るんだ！　そう！　まっすぐに見ろ！」

「坊《ぼっ》ちゃんは、おいらとおんなじに、しゃんとしていなさる」と、ディッコンがさけんだ。「ヨークシャーじゅうの、どんな子にも、負けやせん！」

そのときの、ベン・ウェザスタッフのふるまいを見て、メアリは、なんとも変てこで、わけがわからないと思った。ベンはのどを詰《つ》まらせ、あえぎ、どっと涙《なみだ》を流し、しなびてしわだらけになった頰《ほお》をぬらしながら、年老《としお》いた両手を突《つ》き出したのだ。

「やれ、まあ！」と、言葉が爆発《ばくはつ》した。「みんな、なんちゅう、うそを！　薄板《うすいた》みてえに細うて、幽霊《ゆうれい》みてえに青白うていなさるが、こぶなんざ、どこにもねえ。ちゃんと大人になんなさる。ありがてえこった！」

ディッコンがコリンの腕を、しっかりとつかんでいたが、コリンはふらついたりはしなかった。それどころか、ますますしゃんと背筋を伸《の》ばし、ベン・ウェザスタッフの顔を、まっすぐに見た。「ぼくがおまえの主人だ」と、コリンは言った。「父上が、お留守《るす》のときはな。おまえは、ぼくの言うことを聞かなければならん。ここは、ぼくの庭だ。ここのことを、ひとことも言ってはいかん！　はしごから下りて、長い散歩道へ出ろ。メアリお嬢《じょう》さんが、そこまで出て、おまえをここへ連れてくる。話があるからな。おまえに来てほしくはなかったが、こうなったら、秘密《ひみつ》を守ってもらわなくてはいかん。急げ！」

ベン・ウェザスタッフの、年老《としお》いた、しわだらけの顔は、どっとあふれた不思議な涙で、まだびしょぬれだった。その目は、頭をしゃんともたげ、かぼそいとはいえ、自分の足でまっすぐに立っているコリンの姿《すがた》から、どうしても離《はな》れられないかのようだった。

「へえ！　坊《ぼっ》ちゃま」と、ベンは、ささやくように言った。「へえ！　坊ちゃま！」そして、突《とっ》然《ぜん》、気をとりなおし、庭師《にわし》らしい動作で、帽子《ぼうし》に手を当てると、「かしこまりました！」と言いながら、おとなしくはしごを下りて、姿を消した。

22 お日さまが沈《しず》むとき

ベンの頭が見えなくなるとすぐ、コリンはメアリのほうを向いた。

「行って、連れてきてくれよ」と、言われるがはやいか、メアリは、ツタに隠《かく》された扉《とびら》めざしてかけだした。

ディッコンは、何ひとつ見のがさない目で、見守っていた。コリンのほっぺたには、赤くなったところがあり、驚《おどろ》きでくらくらしているようだったが、倒《たお》れそうな様子はなかった。

「ぼく、立てる。」コリンは、しゃんと頭を上げたまま、堂々とそう言った。

「こわがるのをやめなすったら、立てるようになんなさると、言うたじゃろうが」と、ディッコンが言った。「ちゃんと、やめなすったもんな。」

「うん、やめた」と、コリンも言った。

そのとき、コリンは急に、メアリが言っていたことを思い出し、「君、魔《ま》法《ほう》を使ってるの?」と、問《と》い詰《つ》めるように言った。

ディッコンは、口もとをほころばせて、ゆかいそうに、にやっとした。

そして、「坊《ぼっ》ちゃまが、自分で魔法をつこうとるんじゃ」と言うと、ごつい長靴《ながぐつ》の先で、草のあいだに咲《さ》いている、ひと群《む》れのクロッカスにさわりながら、「地面のなかから、こいつらが出てくるんと、おんなじ魔法じゃ」と、つけたした。

コリンも、それらを見下ろした。

そして、ゆっくりと言葉を選びながら、「んじゃな、こげんにでっかい魔法は、ほかにはねえ。どこにもねえわ」と言った。

言い終えると、さらにいっそう、まっすぐに、身体《からだ》を伸《の》ばした。

それから、二、三フィート先にあった木を指さし、「ぼく、あの木のとこまで歩いていく」と言った。「ウェザスタッフが来たとき、立っていたいんだ。あそこなら、木にもたれることもできるからね。すわりたくなれば、すわるけど、それまでは立ってる。車椅子《くるまいす》から、膝《ひざ》かけを取ってきてよ。」

コリンは、木のところまで歩いていった。ディッコンが腕《うで》を支《ささ》えてはいたが、その足どりは、驚《おどろ》くほどしっかりしていた。ちゃんと木の幹《みき》の前に立つと、よりかかっているようには見えなかったし、しゃんと背筋《せすじ》を伸《の》ばすようにつとめていたので、背もずいぶん高く見えた。

塀《へい》の扉《とびら》からはいってきたベン・ウェザスタッフには、コリンがそこに立っているのが見えた。ベンのそばでは、メアリが、声をひそめて、しきりにぶつぶつつぶやいていた。

「何を言うとるんじゃ？」ベンは、しゃんと立っている少年から、注意をそらされたくなかったので、怒《おこ》ったように文句《もんく》を言った。少年はやせていたが、背が高く、その顔は誇《ほこ》らしげだった。

メアリは返事をしなかったが、つぶやいていたのは、こんなことだった。

「がんばって！　がんばって！　きっとできるって、言ったでしょ！　できるわよ！　がんばって！」

メアリはコリンに向かって、こう唱《とな》え続けていたのだが、それは、魔法が力を貸《か》して、コリンを立たせておいてくれるといいと思ったからだ。ベン・ウェザスタッフの目の前で、コリンが倒《たお》れてしまうなどということには、耐《た》えられなかった。でもコリンは、倒れなかった。やせこけてはいても、その姿《すがた》がとても立派《りっぱ》に見えることに気づいて、メアリは不意に、心が浮《う》き立《た》つのをおぼえた。コリンは、ベン・ウェザスタッフに目をすえていたが、いかにも偉《えら》そうなその態度《たいど》は、ちょっとほほえましくもあった。

「ぼくを見ろ！」と、コリンは命令した。「よく見るんだ！　背中《せなか》が曲がってるか？　足はどうだ？　曲がってるか？」

ベン・ウェザスタッフは、まだ驚《おどろ》きから抜《ぬ》け出《だ》せずにいたが、いくらかは気を取り直しており、その返事のしかたは、いつもと変わらなかった。

「いんや」と、ベンは言った。「そげんなことは、なんもねえ。いったい、何をしとられただ。だれにも見られんように、隠《かく》れてしもうて、足が曲がっとるとか、頭がたりんとか、みんなが勝手に思うとるんを、そのまま、ほっといたりして？」

「頭がたりんだと！」コリンは、かんかんになって、言い返した。「だれだ、そんなことを言うやつは？」

「おおぜいの、ばかもんどもじゃ」と、ベンは言った。「この世のなかは、でたらめばっかり吠《ほ》えたてる、ロバのようなやつら、ばっかしじゃからな。それにしても、いったいなんで、とじこもっていなすったんじゃ？」

「みんなに、死にかけてると、思われてたからさ」と、コリンはあっさりと言った。「そんなことないのに！」

あまりにきっぱりとそう言ったので、ベン・ウェザスタッフは、まじまじとコリンを見て、上から下へ、下から上へと、目を走らせた。

「死にかけとるじゃと！」と、ベンは、勝《か》ち誇《ほこ》ったように言った。「そんなことは、ありゃせん。そんだけ、ぴんとしていなすったら、大丈夫《だいじょうぶ》じゃ。さっき、二本の足を地面に下ろして、あっというまに、しゃんと立たれたんを見て、ああ、これでもう、大丈夫じゃと思うた。さあ、そこの敷物《しきもの》にすわってくだされ、坊《ぼっ》ちゃま。そんで、わしが何をすりゃええか、教えてくだされ。」

ベンの態度《たいど》には、不器用な優《やさ》しさと、察しのよさとが、おかしな具合に、混《ま》じりあっていた。メアリは、長い散歩道を歩いてベンを連れてくるあいだに、大急ぎでいろんなことを話しておいた。まず心に留《と》めておくべきこととして、メアリが言ったのは、コリンが回復《かいふく》しつつある――目に見えて、よくなってきている、ということだった。それは、庭のおかげだった。こぶができるとか、死ぬなどということを、絶対《ぜったい》に思い出させてはならなかった。

ラジャーは、臣下の願いを聞き入れて、木の下に広げられた敷物の上に、腰《こし》を下ろした。

「おまえは庭で、何をしている、ウェザスタッフ？」と、コリンはたずねた。

「言われたことは、なんでもやっとります」と、ベンは答えた。「お情《なさ》けで、置いてもろうとります。奥《おく》さまが、ごひいきにしてくださっとったもんで。」

「母さまが？」と、コリンが言った。

「へえ、おっかさまがです」と、ベン・ウェザスタッフは答えた。

「母さまが？」と、コリンはまた言い、静かにあたりを見渡《みわた》した。「ここは、母さまの庭だったんだね？」

「へえ、さようで！」そう言うと、ベン・ウェザスタッフもまた、あたりを見渡した。「ここが、えろう、気に入っとられました。」

「いまは、ぼくの庭だ。ぼくもここが好きだ。これから、毎日、来るよ」と、コリンは宣言《せんげん》した。「しかし、ここのことは、秘密《ひみつ》だ。だれにも、ぼくたちがここに来ることを、知られてはならん。これは命令だ。ディッコンといとこが、世話をして、ここを生き返らせたんだ。ときどき、おまえにも手伝ってもらいたいから、呼《よ》びにやる。しかし、来るときには、だれにも見られてはならんぞ。」

ベン・ウェザスタッフは、顔をゆがめ、ちょっと皮肉っぽい笑みを浮《う》かべた。

そして、「以前から、だれにも見られんと、来とりますがな」と言った。

「なんだと！」と、コリンがさけんだ。「いつだ？」

「この前は」と、ベンは、あごをこすりながら、あたりを見まわした。「二年ほど前じゃったかな。」

「しかし、ここには、十年間、だれもはいっていないんだぞ！」と、コリンがさけんだ。「入り口がなかったんだから！」

「わしは、だれものうちには、はいらん」と、ベンじいさんは、そっけなく言った。「入り口は、通っとらん。塀《へい》を越《こ》えたんじゃ。この二年ほど、リウマチがひどうて、来れなんだがな。」

「剪定《せんてい》してくれとったんじゃな！」と、ディッコンがさけんだ。「なんでこうなっとるんじゃろと、不思議に思うとったわ。」

「奥《おく》さまは、ここが、えろう、お好きだったでな。ほんに、そうじゃった。」ベン・ウェザスタッフは、ゆっくりと言った。「まだお若《わこ》うて、それはそれは、おきれいじゃった。その奥さまが、あるとき、笑いながら言われたんじゃ。『ベン、もしも私《わたし》が病気になったり、遠くへ行ったりしたら、私のバラの世話を頼《たの》むわね』とな。奥さまが、ほんとに遠くへ行ってしまいなすったとき、ここにはだれも近づいちゃならんと、ご命令が出た。けど、わしは来た。」その言い方は、気むずかしげで、がんこそのものだった。「塀を越えてな。リウマチで来られんようになるまでは、年に一回は来て、ちょっとしたことをやっとった。奥さまのご命令のほうが、先だったでな。」

「もし、おじさんが来てくれとらなんだら、こんなに元気にしとらんよ」と、ディッコンが言った。「ほんまに、不思議じゃった。」

「やってもらえて、よかったよ、ウェザスタッフ」と、コリンも言った。「秘密を守ることは、できるよな。」

「へい、できまさ」と、ベンは答えた。「リウマチ持ちには、戸口を通らしてもらうほうが、ずっと楽ですしな。」

コリンがもたれていた木のそばの草の上に、メアリが使っていた移植《いしょく》ごてがあった。コリンは手を伸《の》ばして、それを拾った。そして、なんとも不思議な表情《ひょうじょう》を浮《う》かべながら、土をひっかきはじめた。その細い手は弱かったが、コリンは、みんなが見守るなかで、ついに移植ごての先を土にさし、いくらかの土を掘《ほ》り起《お》こした。

メアリは夢中《むちゅう》になって、息をするのも忘《わす》れて見つめ、「できるわ！　できるわよ！」と、自分に言い聞かせ続けていた。「できるって、言ったでしょ！」

ディッコンも、その丸い目をますます丸くし、物珍《ものめず》しそうに見ていたが、何も言いはしなかった。ベン・ウェザスタッフも、興味《きょうみ》深げに見守っていた。

コリンはがんばり、移植ごてに何杯《ばい》かの土を掘り起こした。そして、ディッコンのほうを向くと、精一杯《せいいっぱい》のヨークシャーなまりで、意気揚々《いきようよう》と、こう言った。

「君は、ぼくが、ほかのもんとおんなじに、そこらを歩きまわったり、土を掘ったりできるようになると、言うとったな。そんなん、ぼくをよろこばそうと思うて、言うとるだけじゃと思うとった。けど、まだ、今日来たばっかしなのに、歩いたし、ほれ、こうして、土も掘っとる。」

ベン・ウェザスタッフは、口をあんぐりと開けて聞いていたが、しまいに、くすくす笑いだした。

「こりゃまた！」と、ベンは、感心したように言った。「たいした頭をしとられるわ。そんでこそ、ヨークシャーっ子じゃ。土まで、掘んなすった。そこに、なんか、植えなすったらどうじゃろ？　鉢《はち》で育てとるバラなら、ありますがな。」

「それ、取ってきて！」と、コリンは言って、熱心に掘り進めた。「急いで！　大急ぎだよ！」

それは、すばやく実行された。ベン・ウェザスタッフは、リウマチのことも忘《わす》れて、出ていった。ディッコンはシャベルを握《にぎ》ると、新米の掘り手が細い手で掘った穴《あな》を、深く大きくしていった。メアリはとび出していって、水を入れたジョウロを持ってもどってきた。ディッコンが穴を深くしているあいだに、コリンは、掘った土を何度も掘り返して、やわらかくした。それから、空を見上げたが、その顔は、ごく軽い運動とはいえ、ついぞしたことのない動きで赤くなって、輝《かがや》かんばかりだった。

「お日さまが沈《しず》まないうちに——すっかり沈んでしまわないうちに、植えたいなあ」と、コリンは言った。

メアリには、お日さまが、ちゃんとわかっていて、何分か待ってくれたように思えた。ベン・ウェザスタッフが、温室から、バラの苗《なえ》の植木鉢《うえきばち》を持ってきた。ベンは、片足《かたあし》を引きずりながら、大急ぎで草の上を横切ってきた。ベンも興奮《こうふん》しはじめており、穴のそばに膝《ひざ》をつくと、鉢を割《わ》って、苗を土ごと出した。

「それ、坊《ぼっ》ちゃま」と言いながら、ベンはその苗《なえ》を、コリンに渡《わた》した。「ご自分で、穴《あな》んなかに据《す》えなされ。王さまが、はじめてのとこへ行かれたときに、植樹《しょくじゅ》っちゅうのをされるようにな。」

コリンは、細くて白い手を少しふるわせ、顔をますます赤くしながら、土ごとの苗をじっと支《ささ》えて、ベンじいさんが土を固めてしまうまで、がんばった。まわりにさらに土が入れられ、しっかりと押《お》し固《かた》められた。メアリはずっと、両手と両膝《きょうひざ》をついて前かがみになっていた。スートが舞《ま》いおりてきて、いったい何事かと言いたそうに、近づいてきた。ナットとシェルは、桜《さくら》の木の上で、しきりにおしゃべりをしながら、見物していた。

「植えたぞ！」と、ついにコリンが言った。「まだお日さまは、縁《ふち》のところが下に着いただけだね。手伝って、立たせてよ、ディッコン。ぼく、お日さまが沈《しず》むときに、立っていたいんだ。それも、魔《ま》法《ほう》の一つだからね。」

お日さまが地平線に沈んでいき、この美しい不思議な午後が終わりを告げたとき、コリンはディッコンに助けられ、魔法にも——それをなんと呼《よ》ぶかはべつとして——力をもらって、本当に、自分自身の二本の足で、立っていた。しかも、笑いながら。

23 魔法《まほう》

屋《や》敷《しき》に帰ると、しばらく前から、クレイヴン先生が来て、待っていた。先生は、だれか人をやって、庭の小道のあちこちを探《さが》させたほうがいいのではないかと、考えはじめていたところだった。コリンが自分の部屋に連れもどされたとき、気《き》の毒《どく》な先生は、その身体《からだ》じゅうをていねいに診察《しんさつ》した。

「こんなに長く外にいては、いけなかったね」と、先生は言った。「君には、過労《かろう》は禁物《きんもつ》なんだよ。」

「ぼく、全然、疲《つか》れてないよ」と、コリンは言った。「出かけて、具合がよくなった。明日は、午後だけじゃなく、午前中から、外に出るよ。」

「それを許《ゆる》していいか、疑問《ぎもん》だな」と、クレイヴン先生は答えた。「あまり賢明《けんめい》ではないと思うがね。」

「ぼくを止めるのは、賢明ではないと思うよ」と、コリンは大まじめに言った。「ぼくは行く。」

メアリでさえ、コリンのとりわけ変わっているのは、だれにでも平気で命令して、それがとても無作法《ぶさほう》で失礼だということに、全然気づいていないところだと、考えるようになっていた。生まれてからずっと、絶海《ぜっかい》の孤《こ》島《とう》の王さまだったようなもので、ほかの人のやり方を見て学ぶということを、まったくしてきていないのだ。メアリも似《に》たようなものだったが、ミスルスウェイトに来てからは、自分のやり方はふつうでないし、まわりに受け入れられるものでもないと、わかるようになってきていた。このことに気づいたメアリは、当然ながら、ぜひともコリンに伝えなくてはと考えた。だから、クレイヴン先生が帰ったあと、数分のあいだ、とても興味《きょうみ》深いものを見るように、じっとコリンを見つめ続けた。そうしていればコリンが、どうしてそんなに見るのかとたずねるだろうと思ったのだが、それは大当たりだった。

「どうしてそんなに、ぼくを見るの？」と、コリンは言った。

「クレイヴン先生が、ちょっと気《き》の毒《どく》だなあって思ってたの。」

「ぼくもさ」と、コリンも言ったが、その落ち着きはらった言い方には、いくらか満足そうな響《ひび》きも混《ま》じっていた。「ぼくが死なないとなると、ミスルスウェイトを手に入れるわけにはいかないからね。」

「もちろんそのことも、気の毒ではあるわね」と、メアリは言った。「でも、あたしがいま考えてたのは、いつもいつも無作法《ぶさほう》な子ども相手に、十年ものあいだ、礼儀《れいぎ》正しくしてなくちゃいけないなんて、さぞかし不愉快《ふゆかい》だっただろうな、ってこと。あたしなら、絶対《ぜったい》、ごめんだわ。」

「ぼくが、無作法?」と、コリンはたずねたが、あまり気にした様子はなかった。

「もしもあんたが、あの人の息子《むすこ》で、あの人が子どもに平手打《ひらてう》ちをするような人だったら、きっとやったでしょうね」と、メアリは言った。

「やれやしないさ」と、コリンは言った。

「そうね、やれないわね。」メアリ嬢《じょう》ちゃんは、こう答えると、この問題を、なるべく公平な目で見てみようとした。「だれもが、あんたの気に入らないことは、しないようにしてるものね。なぜかっていうと、あんたが、もうじき死ぬとか、そんなふうに思われてたから。つまり、あんたは、すごくかわいそうな子どもだったのよね。」

「けど」と、コリンは、断固《だんこ》として言った。「ぼくはもう、そんなんじゃないぞ。そんなふうに思われて、たまるもんか。さっきは、自分の足で立ったんだからな。」

メアリは、声に出して考えているだけのように、「自分のしたいようにしか、しないでいたら、変人になったって、しかたないわよね」とつぶやいた。

コリンは顔をしかめて、メアリを見た。

「ぼくが、変人だって?」と、コリンはとがめるように言った。

「そう」と、メアリは答えた。そして、「かなりね。でも、怒《おこ》ることないわ。あたしだって、ベン・ウェザスタッフだって、そうだもの。だけど、あたしは、いろんな人が好きになったり、お庭を見つけたりして、以前ほど変人じゃなくなってきてるわ」と、公平につけ加えた。

「ぼく、変人なんて、いやだな」と、コリンが言った。「そうならないようにするよ。」そして、決意を固めたかのように、顔をしかめた。

コリンは、とても気位《きぐらい》の高い少年だった。しばらく横になったまま、考えこんでいるようだったが、少ししてからメアリが見ると、その顔には美しいほほえみが広がりはじめており、顔全体が、さっきとはまるでちがっていた。

「ぼく、変人にならないように、できると思う」と、コリンは言った。「毎日、あの庭へ行けばね。あそこには、魔法《まほう》があるんだ。いい魔法だよ、メアリ。ぼくにはわかる。」

「あたしもそう思うわ」と、メアリは言った。

「もし、本当の魔法じゃないとしても」と、コリンは言った。「魔法があるつもりにはなれるね。あそこには、何かがあるんだ——何かが！」

「魔法よ」と、メアリは言った。「でも、黒い魔法じゃないわ。雪みたいに、まっ白な魔法よ。」

二人はそれから、魔法だ魔法だと言い続けていたが、じっさい、それからの数か月は、まさに魔法そのもの——驚《おどろ》きと輝《かがや》きに満ちた、すばらしい数か月だった。ああ！　庭で、次から次へと起こったことといったら！　もしもあなたが、庭を持ったことがなかったら、お話ししてもわかっていただけないだろうし、庭を持ったことがおありなら、本を一冊まるごと使っても、庭で起こったことを書きつくすのは無理だということを、理解《りかい》してくださるだろう。まずは、そこらじゅうから、緑のものが頭を出した。土のなかから、草のあいだから、苗床《なえどこ》から、塀《へい》のすきまからさえも、あとからあとから、出てくるわ、出てくるわ、いつ果《は》てるとも知れないほどだった。緑のものからは、つぼみが生まれ、それがほどけると、さまざまな色が現《あらわ》れた。さまざまな濃《こ》さの青、おなじくさまざまな濃さの紫《むらさき》、濃さも色調もとりどりの赤……。庭が栄えていた時代には、ちょっとでもすきまや穴《あな》があれば、そこには、何か花が植えられていた。ベン・ウェザスタッフは、そのやり方を見おぼえていて、塀のレンガのあいだのモルタルをはがし、かわりに少し土を詰《つ》めて、はいのぼっていく植物が、そこで美しい花を咲《さ》かせるようにした。アイリスや白百合《しらゆり》は、草のなかから束になって伸《の》びてきたし、緑のあずまやは、デルフィニウムや、オダマキや、ホタルブクロの、丈《たけ》の長い青や白の花芽《はなめ》でいっぱいだった。

「奥《おく》さまは、こういうのが、何よりお好きでな」と、ベン・ウェザスタッフは言った。「青い空めがけて、まっすぐに伸びとるもんがお好きじゃと、よう言うとられた。高いとこから見下ろすのが、お好きだったわけではないぞ。そんなんではない。ただ、お好きだったんじゃ。青い空みたいに、楽しそうじゃと言われてな。」

ディッコンとメアリがまいた種も、妖精《ようせい》たちが世話を焼いてくれたのかと思うくらい、よく育った。ポピーは、サテンのようにつやつやした、色とりどりの花をいっぱい咲かせ、昔からここで生き抜《ぬ》いてきたものたちをものともせずに、群《む》れをなして、楽しげに風にゆれていた。昔からのものたちは、じつのところ、この見なれない連中《れんちゅう》はいったいどこからきたのだろうと、いささか当惑《とうわく》しているようでもあった。

そして、バラ――たくさんのバラたち！ 草むらからはいのぼり、日時計にからみつき、木の幹《みき》に巻《ま》きつき、大枝《おおえだ》からたれ下がり、塀《へい》をはいのぼり、その上で大きく広がって、長く伸びた花綱《はなづな》が、滝《たき》のようにほとばしり、それが、一日一日、いや、一時間ごとに、どんどん勢《いきお》いを増《ま》してきていた。新しくてみずみずしい葉っぱや、つぼみ、つぼみ、たくさんのつぼみたち――最初はちっぽけでも、どんどんふくらんで、魔法《まほう》の力をのぞかせ、ついにはほころび、ほどけていって、その盃《さかずき》の縁《ふち》から、なんともいえない香《かお》りをあふれさせ、庭じゅうがその香りでいっぱいになった。

コリンは、そんな変化の一つ一つを、あますところなく見た。雨が降《ふ》らないかぎり、毎朝、庭に連れだしてもらい、すべての時間をそこですごした。曇《くも》った日でさえ、楽しかった。そんなときには、草の上に寝《ね》ころんで、草が「育っていくのを観察」した。しんぼう強く見ていれば、つぼみがほころびてくるのも見えるよ、と、コリンは言った。いそがしく走りまわっている風変わりな虫たちとも、知りあいになれた。虫たちは、人間にはわからない大事な仕事を、いろいろかかえているらしく、藁《わら》や羽毛の小さな切れっぱしや、食べものの屑《くず》を運んでいるかと思えば、長い草の葉にとりついて、まるでそれが大木で、てっぺんまで行けば、これから探険《たんけん》する国の様子が偵察《ていさつ》できると言わんばかりに、せっせとよじ登っていたりもした。地面の下をずっと掘《ほ》り進んできたモグラが、モコモコと盛《も》り上がってきた土のなかから、長い爪《つめ》のついた手をのぞかせたときは、まるで妖精《ようせい》の手のように思えて、午前中ずっと観察していても、飽《あ》きなかった。アリたちの暮《く》らし、カブトムシの、蜜蜂《みつばち》の、カエルの、鳥たちの、そして植物たちの暮らしは、コリンにとっては、知りたいことだらけの新世界だった。ディッコンはそれらについて、いろいろと教えてくれただけでなく、庭にはいないキツネ、カワウソ、イタチなどのことや、リスのこと、川にいるマスや、川ネズミや、アナグマのことなども教えてくれたので、おしゃべりや考えごとの種が尽《つ》きることはなかった。

しかもこれらは、魔法のうちの半分でさえなかった。本当に自分の足で立てて以来、コリンは、いろんなことを真剣《しんけん》に考えるようになってきていた。メアリがそのとき、おまじないのようなことを唱《とな》えていたと聞いたときには、すっかり興奮《こうふん》し、それを重く受け止めた。そして、しょっちゅうそのことを話題にした。

「もちろん、この世界には、たくさんの魔法があるにちがいないね。」ある日、コリンは、考え深げに、そう話しはじめた。「でも、たいていの人たちは、魔法というのがどんなもので、どんな具合に働くか、わかってないんだ。たぶん、まずやるべきことは、いいことが起こるといいなと、ちゃんと口に出して言うことだね。それをくり返していれば、やがて、ほんとになるんだ。

ぼく、実験をしてみようと思ってる。」

次の朝、秘密《ひみつ》の花園へ出かけていくと、コリンはすぐに、ベン・ウェザスタッフを呼《よ》んでこさせた。ベンが急げるかぎり急いでやってきたとき、ラジャーは、自分の足で木の下に立っており、とても立派《りっぱ》に見えたし、その顔には、美しいほほえみが浮《う》かんでいた。

「おはよう、ベン・ウェザスタッフ」と、コリンは言った。「ディッコンやメアリお嬢《じょう》さんと並《なら》んで立って、ぼくの話を聞いてくれ。とても重要なことを、話したいんだ。」

「アイ、アイ、サー!」と、ベンは答え、額《ひたい》に手を当てた。(じつは、ベン・ウェザスタッフは、ずっとだれにも言わずにいたが、まだ少年のころに家をとび出して船乗りになり、あちこちへ航海したことがあった。だから、船乗りのようなあいさつもできたのだった。)

「ぼくは、科学的実験をしてみようと考えています」と、ラジャーは説明した。「いずれ、大人になったら、ぼくは、偉大《いだい》な科学的発見をするつもりですが、その手はじめに、まずはこの実験をしようと思います。」

「アイ、アイ、サー!」と、ベンはすぐさま答えたが、じつのところ、「偉大な科学的発見」などという言葉は、聞いたこともなかった。

メアリにとっても、これは、はじめて聞く言葉だったが、すでにメアリは、コリンが、かなり変人なのはたしかだけれど、本を読んで珍《めずら》しいことをたくさん知っているし、なぜか、人を説得する力を持った少年でもあることに気づいていた。コリンが頭をぐいと持ち上げ、その不思議な目でまっすぐに見ると、見られた人は、相手が、もうすぐ十一歳《さい》とはいえ、まだ十歳の子どもにすぎないにもかかわらず、その言葉を信じずにはいられなくなった。ふだんでもそうなのに、このときのコリンは、とりわけ自信に満ちていた。なぜなら、生まれてはじめて、大人みたいにスピーチをしているんだと気づいて、うれしさでいっぱいになっていたからだ。

「ぼくがこれからしようとしている、偉大なる科学的発見は」と、コリンは話し続けた。「魔法《まほう》に関するものです。魔法はとても重要なものですが、それについて知っているのは、昔の本に出てくる、ほんのわずかな人たちだけです。メアリは少し知っていますが、それは、インドで生まれたからです。インドには、修行《しゅぎょう》を重ねている、ファキールという人たちがいます。ぼくは、ディッコンもいくらか魔法を心得《こころえ》ていると考えていますが、自分では気がついていないようです。ディッコンは、動物にも人間にも、魔法をかけることができます。もしも、ディッコンが、動物たちに魔法をかけることのできる魔術師《まじゅつし》でなかったら、ぼくは、会いにこさせたりはしなかったでしょう。動物に魔法がかけられるということは、ぼくのような子どもにも、魔法がかけられるということです。人間も、動物のうちにはいるからです。ぼくは、すべてのもののなかには、魔法があると考えています。ただ、ぼくたちに、それをとらえて、電気や馬や蒸気《じょうき》を使うみたいに、魔法を使いこなす力がないだけなのです。」

この堂々とした話しぶりに、すっかり感銘《かんめい》を受けたベン・ウェザスタッフは、興奮《こうふん》してしまって、じっとしていられなくなった。

「アイ、アイ、サー」と、船乗り式のあいさつをすると、ベンはしゃんと立って、身体《からだ》をピンと伸《の》ばした。

「メアリがこの庭を発見したとき、ここは、すっかり死んでいるように見えました」と、演説《えんぜつ》者《しゃ》は話を続けた。「ところが、何かが、いろんなものを土のなかから押《お》し出《だ》し、何もなかったところに、いろんなものを生み出したのです。ある日なかったものが、次の日にはそこにありました。ぼくはこれまで、いろんなものを見る機会がなかったので、それを、とても興味《きょうみ》深く思いました。科学者というのは、いつもいろんなものに興味を持っている人たちで、ぼくは科学者になりたいと思っています。ぼくは常《つね》に、『この力はなんだろう？　なんだろう？』と、自分に問いかけ続けています。この力は、何かです。なんでもないはずがありません！　ぼくは、この何かの名前を知らないから、魔《ま》法《ほう》と呼《よ》ぶことにします。ぼくは、お日さまが出てくるのを見たことがありませんが、メアリとディッコンは見ていて、二人の話を聞くと、それは魔法にちがいないとわかります。何かが、お日さまを空に押し上げ、引きもどしているのです。ぼくは、この庭に来るようになって、木の枝《えだ》のすきまから空を見たときなんかに、何かがぼくの胸《むね》を押し上げたり、引きもどしたりして、息をするのを助けてくれてるような気がして、なんだかわかりませんが、幸せな気分になることがあります。魔法は常に、押し上げたり、引きもどしたりして、何もないところから、いろんなものを作り出しているのです。葉っぱも、木も、花も、鳥も、アナグマも、キツネも、リスも、人間も、すべてを作り出したのは、魔法です。ですから魔法は、そこらじゅうにあって、ぼくたちを取り巻《とま》いているにちがいありません。この庭にも、どこにあるよりもずっとたくさん、魔法があります。この庭の魔法が、ぼくを立ち上がらせ、ちゃんと生き続けて、大人になれるよと、教えてくれたのです。ぼくはこれから、科学的実験をして、その力を自分のなかに取りこみ、押したり引いたりしてもらって、強くなっていきたいと考えています。どうすれば取りこめるかはわかりませんが、その力について考え続け、呼びかけ続けていれば、助けてもらえるにちがいありません。まだ、赤《あか》ん坊《ぼう》が歩くようなものですが、それでも、第一歩は第一歩です。ぼくが、最初、自分の足で立とうとしたとき、メアリは口のなかで、『きっとできる！できるわよ！』と、あらんかぎりの早口でくり返していました。そしてぼくは、立ったのです。もちろん、ぼく自身もがんばらなくちゃならなかったけど、メアリの魔法にも助けられました。ディッコンの魔法にもです。ぼくはこれから、毎朝、毎晩《まいばん》、そして、昼間でも、思い出すたびに、こう唱《とな》えようと思っています。『ぼくのなかには、魔法がある！　魔法がぼくを、よくしてくれる！　ぼくは、ディッコンみたいに強くなる、ディッコンみたいに強くなる！』とね。君たちみんなにも、これをやってもらわなくてはなりません。それがぼくの実験です。手伝ってくれるよね、ベン・ウェザスタッフ？」

「アイ、アイ、サー！」と、ベン・ウェザスタッフは答えた。「アイ、アイ！」

「もし、君たちが、兵士が教練《きょうれん》をやるみたいに、毎日、規則《きそく》正しくこれを続けてくれれば、それによって起こることで、この実験が成功かどうかがわかる。何かをちゃんとおぼえたいときには、それを何度も何度も唱《とな》えて、それについて考えて、それが、心のなかから消えないようにするよね。魔法《まほう》の場合も、おなじだと思うんだ。魔法に向かって、やってきて、助けてほしいと、呼《よ》びかけ続けていれば、それが自分の一部になって、とどまって、働いてくれるはずだ。」

「あたし、インドにいたとき、ある士官さんが、母さんに、ファキールのことを話しているのを聞いたわ。その人たちは、おんなじことを、くり返し、くり返し、何千回も唱えるんですって」と、メアリが言った。

「わしは、ジェム・フェトルワースのかみさんが、おんなじことを何千回もくり返すのを、聞いたことがありますわい。ジェムに向かって、この、飲んだくれのけだものめ、とな」と、ベン・ウェザスタッフが、そっけなく言った。「そしたら、たしかに、なんか起こった。ジェムは、かみさんをさんざんぶんなぐってから、青獅子亭《あおじしてい》へ出かけていって、殿《との》さまみてえに、飲んだくれましたわい。」

コリンは、眉《まゆ》をよせて、二、三分考えた末に、また明るい顔になった。

「それもね」と、コリンは言った。「魔法で起こったことなんだよ。悪い魔法を使ったから、相手に自分をなぐらせることになったんだ。正しい魔法を使っていれば、その男は、そんなふうに酔《よ》っぱらったりせずに、おかみさんに、新しいボンネットを買ってやったかもしれない。」

ベン・ウェザスタッフは、くすくす笑い、年は取っても抜《ぬ》け目《め》のなさそうな小さい目で、感心しきったように、コリンをながめた。

「いやあ、足がしゃんとしとるだけではのうて、頭もたいしたもんじゃな、コリン坊《ぼっ》ちゃま」と、ベンは言った。「こんど、ベス・フェトルワースに会《お》うたら、魔法っちゅうもんが、どんな具合に働くか、ちっとばかし、教えてやりますわい。その、カークテキズッケンちゅうもんがうまいこといったら、どないにうれしがるやら——ジェムのほうもな。」

ディッコンは、立ったまま、コリンの演説《えんぜつ》を聞いていたが、その丸い目は、好奇心《こうきしん》とよろこびで、キラキラしていた。その肩《かた》にはナットとシェルが乗っており、腕《うで》には、白くて耳の長いウサギが抱《だ》かれていた。ディッコンが、何度もそっとなでてやると、ウサギは、長い耳を、背中《せなか》にくっつきそうになるほどうしろへ倒《たお》し、とても気持ちよさそうにしていた。

「この実験、成功すると思うかい？」コリンは、ディッコンが何を考えているんだろうと思いながら、たずねてみた。ディッコンは、うれしそうににこにこしながら、じっとコリンを見ていることがよくあったし、おなじようにして、自分の「生きもんたち」のどれかを見ていることもあった。そんなときコリンは、いったい何を考えているんだろうと、しばしば不思議に思っていたのだった。

このときも、ディッコンはにこにこしていたが、その笑顔は、いつもよりいちだんと輝《かがや》いていた。

「ああ」と、ディッコンは答えた。「もちろんじゃ。種が、お日さんの光をもろうたときみたいなもんじゃな。ちゃんと、うまいことといく。さっそく、はじめたらどうじゃ？」

コリンはよろこんだし、メアリも同様だった。コリンは、本の挿絵《さしえ》で見た苦行僧《くぎょうそう》や、信心深い巡礼《じゅんれい》たちのことを思い出し、木の枝《えだ》が天蓋《てんがい》のように広がっている下に、みんなして、足を組んですわろうと提案《ていあん》した。

「お寺みたいなとこにいるような気分になれるよ」と、コリンは言った。「ぼく、ちょっとくたびれたから、すわりたいんだ。」

「いんや」と、ディッコンが言った。「くたびれたなんぞと、言うたらいかん。そんでは、魔法《まほう》が、うまいこといかん。」

コリンはふり向いて、ディッコンの、曇《くも》りのまったくない丸い目をのぞきこんだ。

そして、ゆっくりと、「たしかに、そうだね」と言った。「魔法のことだけ、考えるようにしなきゃ。」

輪になってすわると、とても荘厳《そうごん》で神秘的《しんぴてき》な気分になれた。ベン・ウェザスタッフは、祈禱会《きとうかい》に引っぱり出されたときのような気がしてきた。ふだんのベンは、断固《だんこ》とした祈禱会反対派《はんたいは》だったが、ラジャーの仰《おお》せとあっては、いやとは言えず、それどころか、協力を求められたことに大満足の様子だった。メアリ嬢《じょう》ちゃんは、おごそかな雰囲気《ふんいき》に、うっとりしていた。ディッコンはウサギを腕《うで》に抱《だ》いており、だれの耳にも聞こえはしなかったが、どうやら、何か魔法の合図《あいず》をしたようだった。なぜなら、ディッコンがみんなとおなじように足を組んですわると、カラスが、キツネが、リスたちが、子羊が、ゆっくりと近づいてきて、ここが気に入ったと言わんばかりに落ち着き、輪に加わったからだ。

「『野に住まうものたち』も、やってきた」と、コリンが、おごそかに言った。「力を貸《か》そうと、してくれているんだ。」

メアリは、コリンがなんて立派《りっぱ》に見えるんだろうと思った。頭を高くもたげているので、まるで修行僧《しゅぎょうそう》のようで、風変わりな目は、美しく輝いていた。天蓋のように広がる枝のすきまから、光が射《さ》しこみ、コリンを照らした。

「さあ、はじめよう」と、コリンは言った。「イスラムの修行僧みたいに、前後に身体《からだ》をゆらそうか、メアリ？」

「前後にゆらすんは、無理じゃ」と、ベン・ウェザスタッフが言った。「リウマチじゃでな。」

「魔法《まほう》がそれを、とりのぞいてくれるであろう」と、コリンは高僧《こうそう》のように、おごそかに言った。「でも、それを待ってもいられないね。歌うだけにしよう。」

「歌うんも、無理じゃ」と、ベン・ウェザスタッフが、ちょっと怒《おこ》ったように言った。「いっぺんだけ、歌おうとしたら、聖歌隊《せいかたい》からおんだされた。」

だれも、にやっとさえしなかった。みんな、それほど真剣《しんけん》だったのだ。コリンの顔には、一瞬《いっしゅん》の影《かげ》もささなかった。魔法のことだけ、考えていたからだ。

「だったら、ぼくが歌う」と、コリンは言った。歌いはじめたその姿《すがた》は、少年に姿を変えて現《あらわ》れた、不思議な精霊《せいれい》のようだった。「お日さまは輝《かがや》く、お日さまは輝く、それは魔法──花は育ち、根は広がる、それも魔法──生きている、それは魔法──強くなる、それも魔法──魔法はある、ぼくのなかに──魔法はある、ぼくのなかに。ぼくのなかに、ぼくのなかに──ぼくたちみんな、みんなのなかに──ベン・ウェザスタッフの背中《せなか》にもある──魔法よ！　魔法よ！　やってきて、力を貸して！」コリンはこれを、何度となく、くり返した。千回もではないが、かなりの回数だった。メアリは、うっとりして、聞き入っていた。とてもへんてこなのに、とても美しくもあって、いつまでもいつまでも、歌い続けてほしいくらいだった。ベン・ウェザスタッフはすっかりくつろぎ、気持ちのいい夢《ゆめ》を見ているらしかった。花に群《むら》がっている蜜蜂《みつばち》の羽音が、歌う声と混《ま》じりあって、心地よい眠《ねむ》りに誘《さそ》われたのだ。ディッコンは、足を組んですわり、眠っているウサギを片腕《かたうで》に抱《だ》き、もう一方の手を、子羊の背中に置いていた。スートは、ディッコンの肩《かた》にすわっていたリスたちの一匹《ぴき》を追い出し、その場所を占領《せんりょう》していた。その目には、灰色《はいいろ》の薄《うす》い幕《まく》のようなものがかぶさっていた。やがてコリンは、歌を終えた。

そして、「さあ、今度は、庭をひとめぐりしよう」と、宣言《せんげん》した。

ベン・ウェザスタッフは、こっくりと前に落ちた頭を、あわててぐいと引き上げた。

「寝《ね》てたね」と、コリンが言った。

「と、とんでもねえ」と、ベンがもごもご言った。「いや、けっこうなお説教で——だども、献《けん》金《きん》になる前に、帰らんと……」

ベンはまだ、ちゃんと目をさましてはいなかった。

「ここは教会じゃないよ」と、コリンが言った。

「もちろんじゃ」と、ベンは、身体《からだ》をしゃんと伸《の》ばしながら、言った。「だれがそんなことを言うただ？　お話はちゃんと聞きましたぞ。坊《ぼっ》ちゃまは、わしの背中にも魔法があると言われとった。お医者はそれを、リウマチックとやら、言うとりますがな。」

ラジャーは、ちがうちがうというふうに、手をふった。

そして、「それは、よくない魔法だ」と言った。「おまえは、もっとよくなれる。さあ、もう、自分の仕事にもどっていいぞ。けど、明日もまた来るんだぞ。」

「坊《ぼっ》ちゃまが、庭をひとまわりなさるところを、おがましてもらわんと」と、ベンはうなるように言った。

それは、敵意《てきい》のこもったうなり声ではなかったが、うなったのには、ちがいなかった。ベンはがんこな老人《ろうじん》で、魔法《まほう》などというものを、すっかり信用する気にはなれず、もし追《お》いはらわれたら、はしごに上って塀《へい》の上からのぞき、よろけるなどということがあれば、ただちにもどってこようと考えたのだった。

ラジャーは、ベンがそのままいることに反対しなかったので、さっそく行列が作られた。それはまさに、行列と呼《よ》ぶに値《あたい》するものになった。コリンが先頭にたち、片側《かたがわ》にはディッコン、反対側にはメアリがつきしたがった。ベン・ウェザスタッフがそのうしろを歩き、「生きもんたち」はそのあとについてきた。子羊とキツネは、ディッコンのすぐそばを歩き、白ウサギはピョンピョンはねていたと思うと、立ち止まっては何かをかじるというぐあいで、スートはそのうしろから、自分が責任《せきにん》を持たなくてはと思っているらしい、儀式《ぎしき》ばった様子でついてきた。

行列はゆっくりとではあるが、堂々と進んでいった。ほんの数ヤードごとに、休まなくてはならなかった。コリンはディッコンの腕《うで》によりかかっており、ベン・ウェザスタッフは、そのうしろから、油断《ゆだん》なく目を光らせていた。コリンはときどき、ディッコンの腕から手を放し、一人で、二、三歩、歩いてみた。頭は常《つね》に、しゃんとまっすぐになっていて、その姿《すがた》はとても立派《りっぱ》に見えた。

「魔法はある、ぼくのなかに！」と、コリンは唱《とな》え続けた。「魔法がぼくを、強くしてくれる！　それがわかる！　それがわかる！」

何かがコリンをしゃんと立たせ、支《ささ》えてくれているにちがいなかった。あずまやがあれば、そこのベンチにすわったし、一、二度は、草の上にすわり、何回かは立ち止まって、ディッコンによりかかりもしたが、それでもコリンは、ちゃんと庭をひとまわりするまで、やめてしまおうとはしなかった。天蓋《てんがい》のような木のところまでもどったとき、コリンは頬《ほお》をまっ赤にし、勝利のよろこびでいっぱいだった。

「やったぞ！　魔法が働いたんだ！」と、コリンはさけんだ。「これがぼくの、科学的発見、第一号だ。」

「クレイヴン先生は、なんて言うかしら？」と、メアリが言った。

「なんとも言わないさ」と、コリンは答えた。「だって、教えてやらないもん。これを、秘密《ひみつ》のなかの秘密にするんだ。ぼくがしっかり強くなって、ほかの子たちとおんなじに、歩いたり走ったりできるようになるまで、だれにもこのことは教えない。ぼくは、これからも、毎日、車椅子《くるまいす》でここへ来て、車椅子で帰るよ。みんながこそこそ、うわさしたり、あれこれ聞きたがるのはごめんだし、この実験が成功するまで、父さんには、何も知らせたくないんだ。成功したら、父さんがミスルスウェイトへ帰ってきたときに、いきなり書斎《しょさい》へ歩いていって、言うんだ。『ぼくです。

ぼく、ほかの子たちと、変わりませんよ。すっかり元気になって、ちゃんと大人になります。科学的実験の結果、こうなったんです』ってね。」

「おじさまは、夢《ゆめ》を見てるのかと思うでしょうね」と、メアリがさけんだ。「きっと、自分の目が信じられないと思うわ。」

コリンは、勝《か》ち誇《ほこ》ったように、顔を赤くした。コリンは、自分はよくなるんだと、自分に信じさせることができたのだった。コリン自身は気づいていなかったが、それができれば、よくなるための戦いに、半分以上勝ったのとおなじだった。コリンにとって、何よりの刺激《しげき》になったのは、自分には、だれの息子《むすこ》にも負けない、背筋《せすじ》がしゃんとした息子がいるんだと知ったら、父親がどんな顔をするだろうか、という思いだった。これまでの病弱でゆううつな年月のあいだ、少年を何よりも苦しめていたのは、自分の背中が弱くて、病気ばかりしているせいで、父親さえもが自分を見るのをおそれている、ということだった。

「でも、信じないわけにはいかないよ」と、コリンは言った。「魔《ま》法《ほう》の効《き》き目《め》が出てきたら、科学的発見に乗り出す前に、もうひとつやっておきたいことがある。それは、運動選手になることさ。」

「一、二週間もすりゃあ、ボクシングにだって、出られまさぁ」と、ベン・ウェザスタッフが言った。「坊《ぼっ》ちゃまは、優勝ベルトを獲《と》んなすって、懸賞金最高額《けんしょうきんさいこうがく》のチャンピオンに、なんなさるだ。」

コリンは、厳《きび》しい目でベンをにらんだ。

「ウェザスタッフ」と、コリンは言った。「礼儀《れいぎ》をわきまえろ。秘密《ひみつ》の仲間にはいったからといって、勝手なことを言うのはゆるさん。魔法がどんなに助けてくれても、ぼくは、賞金稼《しょうきんかせ》ぎのボクサーなんかには、ならない。ぼくは、科学的発見者になるんだ。」

「おゆるしを――どうか、おゆるしくだせえ」と言いながら、ベンは額《ひたい》に手を当てて、深くお辞儀《じぎ》をした。「冗談《じょうだん》を言う場でないことを、心得《こころえ》とらにゃいかんかった。」しかし、その目には楽しげな光があり、ベンが、心のなかでは大満足であることを物語っていた。ベンは、叱《しか》りとばされても、全然気にしていなかった。人を叱りとばせるということは、体力も気力もぐんぐん身についていることの、何よりの証拠《しょうこ》だったからだ。

24
「笑わせておきなさい」

ディッコンが働く場所は、秘密《ひみつ》の花園のほかにもあった。ムアの小さな家のまわりには、岩のかけらを集めて積んだ低い塀《へい》で囲《かこ》んだ、ほんのわずかな畑があった。朝の早いうちと、夕闇《ゆうやみ》がせまるころ、そして、コリンとメアリがディッコンに会わない日には一日じゅう、ディッコンはここで、おっかさんのために、ジャガイモや、キャベツや、カブや、人参《にんじん》や、さまざまなハーブを、植えつけたり、世話したりしていた。ディッコンはそこで、自分の「いきもんたち」といっしょに、疲《つか》れた様子も見せずに、せっせせっせと働いた。掘《ほ》ったり、草を抜《ぬ》いたりしながら、ヨークシャーのムアに伝わる歌を歌ったり、口笛で吹《ふ》いたりすることもあったし、スートや、キャプテンや、仕事を教えながら手伝わせている弟たち、妹たちと、おしゃべりをすることもあった。

「こんなに気持ちよう暮《く》らせるのは、ディッコンの菜園のおかげじゃな」と、サワビーのおかみさんは言った。「ディッコンのためなら、なんだって育つんじゃから。イモでも、キャベツでも、よその倍はあって、おまけに、どこでもかいだことない、ええにおいがしとる。」

ちょっと休める暇《ひま》があると、おっかさんは外へ出てきて、ディッコンと話をした。イギリスの夏は日が長く、晩《ばん》ごはんのあとでも、まだまだ外仕事ができるので、そんなときがおっかさんの、ひと休みの時間になっていた。おっかさんは、ごつごつした石を積んだ低い塀に腰《こし》かけ、あたりをながめたり、その日の出来事を聞いたりした。おっかさんは、このひとときが大好きだった。

菜園に生《は》えているのは、野菜だけではなかった。ディッコンは、一袋《ふくろ》一ペニーで売っている種をときどき買ってきては、いいにおいのするきれいな花が咲《さ》くのを、グースベリーの茂《しげ》みのあいだや、キャベツのあいだにまでもまいた。菜園のまわりには、モクセイソウやナデシコやパンジーの種をまいて、縁取《ふちど》り花壇《かだん》にした。これらの花には、種を採《と》っておいて翌年《よくとし》まけばいいものもあったし、根が生きていて、春ごとに芽を出して育ち、どんどん大株《おおかぶ》になっていくものもあった。ヨークシャーじゅうに、この家の低い石塀ほど、美しい塀はなかった。なぜなら、ディッコンが、塀の石のすきまのあちこちに、ムアで育つジギタリスや、シダや、芥子菜《からしな》や、そのほかの生《い》け垣《がき》むきの花を植えこんだおかげで、積まれた石は、ところどころからのぞいているだけになっていたからだ。

「よう咲《さ》いてもらおうと思うたらな、おっかさん」と、ディッコンはよく言った。「こいつらと、なかようすることじゃ。ほかの生きもんたちと、ちょっともちがわん。のどがかわいとったら、飲ましてやって、腹《はら》がへっとるようなら、なんか滋養《じよう》になるもんをやりゃええ。元気でおりたい気持ちは、おいらたちといっしょなんじゃ。もしこいつらが死んだら、おいらは、自分が性悪《しょうわる》で、ひどい仕打ちをしてしもうたと、思わなならん。」

サワビーのおかみさんが、ミスルスウェイト荘園《しょうえん》で起こったことを、何から何まで聞かされたのは、そんな外仕事のときだった。最初、おっかさんが聞いていたのは、「コリン坊《ぼっ》ちゃま」が、メアリお嬢《じょう》さんと庭に出るのをよろこぶようになって、それが身体《からだ》にいいようだ、ということだけだった。しかし、少し前に、コリンとメアリとの相談の結果、ディッコンのおっかさんも、「秘密《ひみつ》の仲間にいれてもいい」ということになった。なぜかはうまく言えないが、「絶対大丈夫《ぜったいだいじょうぶ》」と信じることができたからだ。

そこで、ディッコンは、ある静かで気持ちのいい夕暮《ゆうぐ》れどきに、これまでのことを全部、おっかさんに、事細かく話して聞かせた。埋《う》められていた鍵《かぎ》とコマドリのことからはじまって、庭では最初、何もかもに灰色《はいいろ》の霞《かすみ》がかかっているようで、死んでいるように思えたこと、メアリお嬢さんが、だれにも知られないように秘密にしたこと……ディッコンが出かけていって、話を聞かされたときのこと、コリン坊ちゃんに打ち明けても大丈夫だろうかと心配したこと……ついに坊ちゃんを秘密の庭へお連れした折《おり》も折《おり》、塀《へい》の上からベン・ウェザスタッフの怒《いか》り狂《くる》った顔がのぞき、コリン坊ちゃんがそれに腹を立てて、思わぬ力がわいてきたこと……。一部始終をはじめて聞いたサワビーのおかみさんは、その感じのいい顔を、何度となく曇《くも》らせたり輝《かがや》かせたりした。

「やれやれ、まあ！」と、おっかさんは言った。「そのちっこい嬢ちゃんが、お屋敷《やしき》に来なすって、ほんまによかったねえ。嬢ちゃんにもよかったし、坊ちゃまも助かったし。自分の足で立ちなすったとはねえ！　あたしらはみんな、坊ちゃまのことを、身体《からだ》じゅうの骨《ほね》がひんまがって、頭もたらん、気《き》の毒《どく》なお子じゃとばっかし、思うとったんじゃから。」

おっかさんは、いろいろと質問《しつもん》をし、その青い目は、何かを一生懸命《いっしょうけんめい》に考えているようだった。

「お屋敷の方々は、どう思うとりなさる？　坊ちゃまがようなって、明るうなって、あれこれ文句《もんく》を言うたり、なさらんようになって？」と、おっかさんはたずねた。

「わけがわからんと思うとられるじゃろうな」と、ディッコンは答えた。「坊ちゃまの顔つきは、一日ごとに変わっとられる。まえはとんがっとったのが、丸うなってきたし、色も蠟《ろう》みたいではのうなってきたし……。そんでもな、ぐずぐず言うのだけは、やめるっちゅうわけにはいかん。」

そう言うと、ディッコンは、とてもゆかいそうに、にやっとした。

「そりゃまた、なんでじゃ？」と、サワビーのおかみさんはたずねた。

ディッコンは、くすくす笑った。

「みんなに、様子を知られんようにするためじゃ。坊《ぼっ》ちゃまが自分の足で立てることが、お医者さんに知れたら、クレイヴン旦那《だんな》に、手紙を書かれてしまうじゃろ。コリン坊ちゃまは、秘密《ひみつ》にしといて、自分で知らせたいんじゃ。坊ちゃまは、毎日、魔法《まほう》の力を借りて、足を強うする稽古《けいこ》をしとられる。お父《とっ》つぁまが帰られたら、お部屋まですたすた歩いていって、ほかの子とかわらん、しゃんとした足をしとるとこを、見せたいんじゃと。けど、いまは、坊ちゃまもメアリ嬢《じょう》ちゃんも、疑《うたが》われたりせんように、ぐずったり、だだこねたりを、ちっとはやらんといかんのじゃ。」

サワビーのおかみさんは、ディッコンがこう話し終えるよりずっと前から、低くて快《こころよ》い笑い声を、何度となくもらしていた。

「そりゃまた！」と、おっかさんは言った。「お二人とも、楽しんでおられるようじゃな。何よりの、お芝居《しばい》ごっこじゃ。子どもには、お芝居ごっこほど、ええもんはない。どんなふうなんか、聞かせてくれんかの、ディッコン。」

ディッコンは、草抜《くさぬ》きをしていたのをやめて、しゃがんだまま身体《からだ》を起こし、話しはじめた。その目は、おかしそうに、キラキラ輝《かがや》いていた。

「コリン坊ちゃまは、外へ出るときは、あいかわらず、車椅子《くるまいす》のとこまで、運んでもろとる」と、ディッコンは説明した。「運ぶのは、従僕《じゅうぼく》のジョンさんじゃが、坊ちゃまは、運びようが雑《ざつ》じゃと言うて、毎度、怒《おこ》る。なるべくぐったりして見せて、お屋敷《やしき》から姿《すがた》が見えんとこへ行くまで、頭も上げなさらん。車椅子に乗るときにも、やたら文句《もんく》を言うて、ぐずる。坊ちゃまも、メアリ嬢ちゃんも、それがおもしろうてならんのじゃ。坊ちゃまが、うめいたり、ぐずったりすると、メアリ嬢ちゃんは、『かわいそうなコリン！　そんなに痛《いた》いの？　ほんとに力が出ないのね、かわいそうに』と言うたりする。困《こま》るんは、ときどき、おかしゅうなってきすぎて、笑うまいと思うても、がまんしきれんようになることじゃ。無事に庭にはいったら、お二人とも、息が続かんようになるほど、大笑いされる。そんときも、どっか近場に、庭師《にわし》がおって、聞かれたりせんように、コリン坊ちゃまのクッションに、顔を押《お》しつけて笑うんじゃ。」

「お二人には、笑うほどええことはないわな！」と、サワビーのおかみさんは、自分も笑い続けながら言った。「健康で子どもらしい、ええ笑いは、いつなんどきでも、薬より、よう効《き》く。お二人とも、どんどん太ってきなさるわ。」

「もう、だいぶ太ってきなすった」と、ディッコンは言った。「おなかも、よう空くようになって、どうすりゃあ、余分《よぶん》なことを言わんと、食べもんを増《ふ》やしてもらえるじゃろうと、困っとられる。コリン坊ちゃまは、もっと持ってこいなぞと言うたら、病人じゃとは思うてもらえんようになると、心配しとる。メアリ嬢ちゃんは、自分のを分けると言うんじゃけど、坊ちゃまは、嬢ちゃんがおなかをすかせて、やせたらいかん、二人いっしょに、太らないかんと言うとる。」

サワビーのおかみさんは、この難題《なんだい》を打ち明けられて、青いケープでくるんだ身体《からだ》を、前後に大きくゆすって、笑いころげた。ディッコンも、いっしょになって笑った。

「ええことがあるよ、坊《ぼう》や。」サワビーのおかみさんは、やっと口がきけるようになるやいなや、そう言った。「お二人を、お助けできそうじゃ。朝、お二人のとこへ出かけていくとき、しぼりたてのミルクのバケツを、持っておいき。皮のパリパリしたパンや、おまえたちの好物《こうぶつ》の、干しぶどう入りのパンなんかも、焼いたげるから、それもいっしょにな。しぼりたてのミルクと、焼きたてのパンほど、ええもんはない。そんだけあれば、お庭に出とるあいだに、ペコペコなんが、ちっとはおさまって、お屋敷《やしき》にもどって、上等なお食事が出たとき、がつがつなさらんですむじゃろう。」

「うわあ！　おっかさん！」と、ディッコンは、感心して言った。「さすがじゃなあ！　いつでも、ええことを思いついてくれるんじゃから。昨日なんぞ、お二人とも、大困《おおこま》りじゃった。食べもんを増《ふ》やしてくれと言わずに、どうすりゃあ、しのいでいけるんじゃろうとな。それほど、腹《はら》ぺこになっとられるんじゃ。」

「お二人とも、育ちざかりじゃもんな。どんどん元気になってきとられるし。そんくらいのお子たちは、オオカミの子のようにおなかをすかすもんで、食べもんがそのまま、血や肉になる」と、おかみさんは言った。それから、ディッコンそっくりに、口もとをゆがめて笑った。そして、「いやはや！　それにしても、お二人とも、おもしろがっとられるようじゃな」と言った。

すばらしい母親である、この、気持ちのいいおかみさんが言ったことは、まったくそのとおりだった。とりわけ当たっていたのが、二人とも、「お芝居《しばい》ごっこ」を楽しんでいるのだろう、と言ったことだった。コリンとメアリは、それが何よりもわくわくする楽しみのひとつだということを、発見していた。二人が、疑《うたが》いから身を守るために、お芝居をすればいいと思いついたのは、まずは、ちょっと当惑《とうわく》した看護婦《かんごふ》さんが、次に、クレイヴン先生自身が、そんなつもりはなしに、ヒントを与《あた》えてくれたおかげだった。

看護婦さんは、ある日、「ずいぶん食欲《しょくよく》が出てこられましたわね、コリン坊《ぼっ》ちゃま」と言ったのだった。「以前は、全然召《め》し上《あ》がらなかったし、おきらいなものだらけだったのに。」

コリンは、「いまは、きらいなものなんて、ないからな」と答えたが、看護婦さんが不思議そうに自分を見ていることに気づき、まだ、元気になってきたと気づかれてはいけないんだ、と思い出した。「まあ、きらいだと思うことは、少なくなってきてるかもな。いい空気のせいだろ。」

看護婦さんは、不思議そうな顔をして、「そうかもしれませんわね」と言いながら、まじまじとコリンを見た。「とにかく、クレイヴン先生に、ご報告《ほうこく》しとかなくては。」

看護婦《かんごふ》さんが出ていくとすぐ、メアリが、「あんたのことを、穴《あな》が開くほど見てたわよ!」と言った。「何か秘密《ひみつ》があるんじゃないかと、思ったみたいだった。」

「悟《さと》られちゃ、困《こま》るんだよな」と、コリンは言った。「いまはまだ、悟られるわけにはいかないんだ。」

お昼前に診察《しんさつ》に来たクレイヴン先生も、わけがわからないという顔をしていた。コリンは、次から次へと質問《しつもん》されて、困りはてた。

「ずいぶん長く、庭に出ているようだが、どこへ行ってるんだね?」と、先生はたずねた。

コリンは、お得意の、何事にも関心がないと言わんばかりの、偉《えら》そうな態度《たいど》をよそおった。

「どこへ行くかなんて、だれにも言う気はないよ」と、コリンは答えた。「ぼくは、行きたいところへ行く。だれも近くへ来ないように、命令を出してる。監視《かんし》されたり、じろじろ見られたりするのは、ごめんなんだ。わかってるだろ!」

「一日じゅう、出てるようだが、それが悪いというのじゃない。悪いとは、全然、思ってないよ。看護婦さんの話では、これまでになく、ちゃんと食が進むようじゃないか。」

「ひょっとすると、食欲異常《しょくよくいじょう》なんじゃないかな」と、コリンは、突然《とつぜん》ひらめいて、言ってみた。

「そうは思わないね。食べものは、身体《からだ》にあっているようだ」と、クレイヴン先生は言った。

「急速に、肉がついてきてるし、血色《けっしょく》もいい。」

「たぶん——たぶん、むくんできて、熱があるんだよ。」コリンは、ゆううつそうな顔をよそおって、そう言った。「長生きできない人間っていうのは、どこか——ふつうじゃないものね。」

クレイヴン先生は、首をふった。それから、コリンの手首にさわってみて、袖《そで》をまくりあげると、腕《うで》のもっと上にもさわってみた。

「熱はないね」と、先生は、考えこみながら言った。「肉のつき方も、健康的だ。このまま行けば、死ぬなんて話は、しないでよくなりそうだよ、坊《ぼう》や。こんなにめざましくよくなりつつあると聞かれたら、父上は、さぞよろこばれることだろう。」

「父さんには、言っちゃだめ！」と、コリンは、大声でわめいた。「また悪くなったら、がっかりさせるだけだよ。今夜にも、悪くなるんじゃないかな。ひどい熱を出しそうな気がする。もう、熱が出てきたみたいだ。父さんに手紙なんか、書かないで——絶対《ぜったい》——絶対だよ！　ぼくを怒《おこ》らせると、身体に悪いのは知ってるよね。もう、熱くなってきた気がする。ぼくは、じろじろ見られたくないのとおんなじくらい、手紙であれこれ書かれたり、かげでいろいろ言われたり、したくないんだ！」

「わかった、わかった、坊や！」と、クレイヴン先生は、少年をなだめた。「君の許可《きょか》なしには、何も書いたりしないよ。君は、神経質《しんけいしつ》すぎるね。せっかくよくなってきたのを、だめにしてはいけないよ。」

先生は、クレイヴン氏に手紙を書くことについては、それ以上何も言わず、あとで看護婦《かんごふ》さんに、患者《かんじゃ》の前でそういうことを一切言わないようにと注意した。

「あの子は、考えられないくらい、よくなってきている」と、先生は言った。「異常《いじょう》なほどの回《かい》復《ふく》ぶりだ。しかし、もちろん、以前はさせようとしても無理だったことを、いまや、自分の意思でやっているんだからな。それにしても、ひどく興奮《こうふん》しやすいのはたしかだから、神経にさわるようなことは、言ってはいかん。」

メアリとコリンは、この出来事で肝《きも》を冷《ひ》やし、どうしたらいいだろうと、相談した。その結果、はじまったのが、「お芝居《しばい》」だった。

「ぼく、かんしゃくを起こすしかなさそうだな」と、最初、コリンは、がっかりしたように言った。「もう、そんなこと、したくないし、派手《はで》にやらなくちゃいけないと考えただけで、とてもいやな気分になる。たぶん、やろうと思っても、できないだろうな。もう、のどが詰《つ》まりそうな気もしないし、いつも、思い浮《う》かぶのはすてきなことばっかりで、ぞっとするようなことは、出てこないもん。でも、父さんに手紙を書かれそうだとなると、なんとかしなくちゃな。」

コリンは、食べるのを減《へ》らそうと決心したが、困《こま》ったことに、朝、起きると、おなかはすばらしくすいているし、ソファの前のテーブルには、自家製《じかせい》のパンと、新鮮《しんせん》なバター、雪のように白い卵《たまご》、ラズベリーのジャム、こってりと固まった生クリームという朝ごはんが並《なら》べられていた。

メアリはいつも、コリンといっしょに朝ごはんを食べるようになっていたが、テーブルについた二人は——とりわけ、まだジュージューいっている薄切《うすぎ》りのハムが、銀製《ぎんせい》の皿《さら》カバーの下から、誘惑的《ゆうわくてき》なにおいをただよわせているようなときには——困《こま》りはてて顔を見合わせるしかなかった。

「けさは、全部食べるよりしかたがないね、メアリ」と、コリンはいつも、結論《けつろん》をくだした。

「お昼はちょっと残して、夜はたくさん残そう。」

しかし、いざとなると、何も残すことはできず、磨《みが》かれたようになってもどってきたお皿は、おおいに話の種になった。

「ハムがもっと厚《あつ》けりゃなあ」とまで、コリンは言った。「マフィンにしても、一人に一個《こ》じゃ、だれにだって、たりやしない。」

「死にかけの人にならたりるわよ。」メアリは、コリンが文句《もんく》を言うのを最初に聞いたとき、こう言った。「でも、これから生きていこうという人には、たりないわね。あたしは、開いた窓《まど》からムアの風が吹《ふ》きこんで、ヒースやハリエニシダのすてきなにおいがしてくるときなんか、三個だって食べられるのにと思うわ。」

ある朝、庭で二時間ほど楽しくすごしたあと、ディッコンが、大きなバラの茂《しげ》みのうしろから、ブリキのバケツを二つ、持ってきた。その一つには、しぼりたてのミルクがたっぷりはいっていて、その上にはクリームの層《そう》ができていた。もう一つには、青と白の清潔《せいけつ》なナプキンに包んだ、干しぶどう入りの自家製《じかせい》のパンがはいっていた。とてもていねいに包んであったので、パンはまだ温かく、二人は驚《おどろ》くやらよろこぶやら、たいへんな騒《さわ》ぎになった。サワビーのおかみさんは、なんてすてきなことを思いついてくれたんだろう！　なんて親切で、機転《きてん》のきく人なんだろう！　パンのおいしいことといったら！　しぼりたてのミルクの、香《かお》りのいいことといったら！

「ディッコンとおんなじで、お母さんにも、魔法《まほう》の力があるんだね」と、コリンは言った。「こんなことを――こんなにすてきなことを思いつかせてくれたのは、魔法だよ。きっと、魔法の使える人なんだね。感謝《かんしゃ》してますと伝えてくれたまえ、ディッコン――たいへん深く感謝いたしておりますって。」

コリンはときどき、ちょっと大人っぽい言葉を使い、それがなかなかうまかった。コリンはそれを楽しんでいた。だから、さらにそれに、磨《みが》きをかけようとした。

「お母さんにね、惜《お》しみなきご親切に、わが感謝の念もまた、かぎりなきものとなりましょう、と伝えて。」

次の瞬間《しゅんかん》、コリンは威厳《いげん》をかなぐり捨《す》てて、おなかをすかせた少年らしく、パンにかじりついた。むしゃむしゃ食べながら、バケツから直接に、ごくごくとミルクを飲むその様子は、いつになくたっぷりと身体《からだ》を動かし、ムアの空気を吸《す》い、朝ごはんを食べてから二時間以上たっていれば、どんな男の子だってそうなりそうな勢《いきお》いだった。

これを皮切りとして、おなじようにうれしいことが、何度も続いた。二人はやがて、サワビーのおかみさんは、家族十四人を食べさせないといけないのに、さらに、腹《はら》ぺこな子どもが二人も加わったら、とてもたいへんだろうということに気がついた。そこで、持っていたお小遣《こづか》いから、いくらかとどけて、食べものを買ってもらうことにした。

ディッコンも、とてもわくわくすることを思いついた。メアリがはじめてディッコンに出会ったのは、ディッコンがいろんな生きものたちに囲《かこ》まれて、笛を吹《ふ》いていたときだったが、それは、秘密《ひみつ》の庭の外の、森のなかでのことだった。そこには深い小さな窪地《くぼち》があって、そこに石を積めば、小さなかまどが作れて、ジャガイモや卵《たまご》を蒸《む》し焼《や》きにできるというのだ。蒸し焼きの卵は、これまで知らなかったごちそうだったし、熱々のジャガイモに塩と新鮮《しんせん》なバターをつけて食べるのは、おいしくて、おなかがいっぱいになるだけでなく、いかにも森の王さまらしいぜいたくだった。ジャガイモと卵なら、買いやすいし、食べたいだけ食べても、十四人家族の食べものを横取りしているような気分にならずにすむ。

美しい朝が来るごとに、スモモの木の下に描《えが》かれた魔法の輪のそばで、魔法の儀式《ぎしき》が行われた。スモモの木は、あっというまにすぎさった花ざかりのあとは、どんどん濃《こ》くなっていく緑の葉を広げて、天蓋《てんがい》の役目をはたしてくれた。儀式を終えると、コリンはいつも、歩く練習をした。そして、それからあとも、いろんなことのあいま、あいまに、新たに獲得《かくとく》したこの力を鍛《きた》えていった。コリンは日ごとに力をつけて、歩き方もしっかりしてきたし、より広い範囲《はんい》を歩けるようになりつつあった。そして、日を重ねるごとに、当然ながら、魔法《まほう》への信頼《しんらい》の念も強くなってきていた。コリンは、力が増《ま》してきたと感じるたびに、いろんな運動をやってみたが、やがてディッコンが、どれよりもすばらしい運動を教えてくれた。

一日姿《すがた》を見せなかった翌朝《よくあさ》、ディッコンは、「おいら、昨日」と話しはじめた。「おっかさんの用があって、スウェイトまで行っとったんじゃが、そんとき、青牛亭《あおうしてい》の近くで、ボブ・ハワースに会《お》うた。ボブは、このムアでいちばんの力持ちなんじゃ。レスリングのチャンピオンじゃし、高とびでもだれにも負けんし、ハンマー投げでも、あないに遠いとこまで飛ばせるもんはおらん。いつじゃったか、スポーツのことで、スコットランドまで行っとったこともある。おいらがまだ小さかったときから、知ってくれとったし、気さくなのもわかっとったから、ちょっと声をかけてみた。おえらがたの話では、ボブは運動選手じゃっちゅうことじゃったから、コリン坊《ぼっ》ちゃまのことを思い出して、たずねてみたんじゃ。『なあ、ボブ、どうしたら筋肉《きんにく》が、そないに太うなるんじゃ？　なんか、強うなるための、特別な運動でもしたんか？』とな。そしたら、ボブが、こう言うた。『ああ、やったとも、坊《ぼう》や。昔、スウェイトへ来た見世物《みせもの》の一座の、力持ちの男がな、腕《うで》やら、脚《あし》やら、身体《からだ》じゅうの筋肉を強うするすべを、じっさいにやってみせて、教えてくれたんじゃ』とな。そこでおいらは、『ひよわい子でも、それをやったら、強うなれるじゃろうか？』

とたずねてみた。そしたら、ボブが笑《わろ》うてな、『おまえ、ひよわいんか？』と聞いてきたんで、『いんや、おいらの知っとる若《わか》い坊ちゃんがな、ずっと病気だったんが、ようなりかけとんじゃが、いま言うた運動を教えてもらえたら、その坊ちゃんに教えてやりたいんじゃ』と言うた。お名前は出さなんだし、あっちも聞いたりせなんだ。さっきも言うたように、気のええ男じゃから、その場で立って、ひととおり見せてくれた。そんで、そのまねをして、なんべんもやってみて、おぼえてきたんじゃ。」

コリンは、夢中《むちゅう》になって、聞き入っていた。

そして、「やってみせてくれる？」と、さけんだ。「ねえ、いい？」

「ああ、もちろんじゃ」と、ディッコンは答え、立ち上がった。「ボブが言うにはな、はじめはゆっくりにして、くたびれんようにすることじゃと。あいだで休んで、しっかり息を吸《す》うて、やりすぎんことじゃとな。」

「気をつけるよ」と、コリンは言った。「やってみて！　やってみてよ！　ディッコンって、ほんとに、世界一の魔法使《まほうつか》いだね！」

ディッコンは草の上に立って、かんたんだけれども、よく考えて工夫された、筋肉《きんにく》を鍛《きた》える一連の運動をやってみせた。コリンは目を丸くして見守っており、すわったままでもできるものを、少しだけ、やってみた。それから、立ち上がって、いくつかを、ゆっくりとやった。このころには、もう、ちゃんと立てるようになっていたのだ。メアリも、やりはじめた。スートは、三人の運動をずっと観察していたが、落ち着かなくなって枝《えだ》を離《はな》れ、草の上をピョンピョンととんでまわった。自分にはやれないので、気に入らなかったのだ。

このときから、この運動は、魔法《まほう》とおなじく、毎日の日課になった。コリンもメアリも、やってみるたびに、前よりもできるようになった。おかげでますます食欲旺盛《しょくよくおうせい》になり、ディッコンが毎朝持ってきて、茂《しげ》みのかげに置いておくバスケットがなかったら、とても困《こま》ったことになっていただろう。じっさいには、窪地《くぼち》に作った小さなかまどと、サワビーのおかみさんの親切なごちそうのおかげで、メドロックさんと、クレイヴン先生と、看護婦《かんごふ》さんは、またもや頭をかかえることになった。蒸《む》し焼《や》きにした卵《たまご》とジャガイモ、泡立《あわだ》っているしぼりたてのミルク、それに、オート麦のビスケットと、ロールパンと、ヒースの花の香りのする蜂蜜《はちみつ》と、こってりした生クリームを楽しんでいれば、朝ごはんはちょっとつつくだけですませ、晩《ばん》ごはんはいやそうに押《お》しやるのも、なんでもなかった。

「お二人とも、ほとんど召《め》し上《あ》がらないのよ」と、看護婦さんが言った。「なんとかして、栄養のあるものを食べさせるようにしないと、飢《う》え死《じ》にしかねないわ。そのくせ、見た目はああなのよ。」

「見た目！」と、メドロックさんは、腹《はら》を立ててさけんだ。「まったく！　あの二人には、死ぬ思いをさせられるわ。二人組の小悪魔《こあくま》じゃな。上着を破《やぶ》いてもどるかと思えば、今度は、料理番のおばさんが、腕《うで》によりをかけた食事に、見向きもせんのじゃから。昨日なんぞ、極上《ごくじょう》の若鶏《わかどり》にパン粉とミルクで作ったソースをそえた、とびきりのごちそうだったのに、ひと口も食べんかった。工夫をこらして作ったプディングも、そのまま下げられてきて、おばさん、泣きそうじゃったわ。あの二人がやせおとろえて死んだら、自分の責任《せきにん》になるんじゃないかと言うてな。」

クレイヴン先生が来て、時間をかけて、ていねいにコリンを診察《しんさつ》した。看護婦さんが、先生に見てもらおうとそのままにしておいた、ほとんど手のつけられていない朝ごはんのお盆《ぼん》を見せて、様子を話すと、先生はとても困《こま》ったような顔をしたが、コリンのソファの横に腰《こし》かけて、診察をしたときには、ますます心配そうな顔になった。先生は仕事でロンドンへ行っていて、この二週間近く、コリンの様子を診《み》ていなかった。子どもというのは、回復《かいふく》しはじめると、急速に健康を取りもどすものだ。蠟《ろう》みたいだったコリンの肌《はだ》は、温かいバラ色に、うっすら染《そ》まりはじめていた。美しい目は澄《す》んでいたし、目の下や頰《ほお》やこめかみのくぼみも、目立たなくなってきていた。黒っぽくて重たそうだった巻《ま》き毛《げ》も、額《ひたい》から元気そうに立ち上がり、やわらかくて温かい命を吹《ふ》きこまれたようだった。唇《くちびる》にも厚《あつ》みが出て、色もふつうになっていた。じっさい、病人と認定《にんてい》されていた子どもの役をつとめるには、落第としか言いようのないありさまだった。クレイヴン先生は、コリンのあごをつまんだまま、考えこんでしまった。

「全然、食べようとしないと聞いたがね」と、先生は言った。「それはよくないよ。せっかくよくなってきていたのが、だいなしになる——驚《おどろ》くべき回復ぶりだったというのに。ちょっと前には、ずいぶんよく食べていたじゃないか。」

「だから、不自然な食欲《しょくよく》なんじゃないかって、言ったでしょ」と、コリンは言った。

すぐ近くの腰《こし》かけにすわっていたメアリが、急にとても変な声を出し、なんとかそれをおさえようと必死になって、のどを詰《つ》まらせそうになった。

「どうしたんだね?」と、クレイヴン先生が、ふりかえって、たずねた。

メアリは、つんとすまして、身体《からだ》を硬《かた》くした。

「くしゃみと咳《せき》が、いっしょに出てきただけ。」メアリは、失礼だと言わんばかりに、偉《えら》そうに答えた。「それで、のどが詰まったのよ。」

「だって」と、あとになってメアリは、コリンに話した。「どうにもならなかったのよ。あんたが昨日食べた大きなジャガイモのことや、あの分厚《ぶあつ》いパンに、ジャムと生クリームをたっぷりのせて、大口を開けてかじりついたときの様子を、思い出さずにはいられなくて、噴《ふ》き出《だ》しそうになったんだもん。」

「あの子たちが、何かこっそりと食べているということは、ないだろうかね?」と、クレイヴン先生は、メドロックさんにたずねた。

「土のなかのもんを掘《ほ》るか、木になっとるもんをもぐかでもせんかぎり、無理じゃと思いますけど」と、メドロックさんは答えた。「お二人はずっと、ここのお庭におられて、ほかのだれにも、お会いになってはおられませんもの。いつもお出しするんと、ちごうたものが召《め》し上《あ》がりたけりゃ、そうおっしゃればよろしいんですし。」

「ふむ」と、クレイヴン先生は言った。「食べんのが、身体《からだ》に合うというのなら、頭を悩《なや》ましてもしかたがないな。あの子は、生まれ変わったようだよ。」

「お嬢《じょう》さんもでございますよ」と、メドロックさんが言った。「少しふっくらしてきて、あのすねたような、みっともなかった目つきも消えて、すっかりかわいくなられましたもの。髪《かみ》も増《ふ》えて、つやつやしてきたし、顔色もようなられたし。以前は、むっつりして、ひねくれたお嬢さんだったのが、いまじゃ、コリン坊《ぼっ》ちゃまと二人して、頭がおかしゅうなったように、大笑いされとります。あの大笑いで、太っとられるんじゃないですかね。」

「そうかもしれんな」と、クレイヴン先生は言った。「まあ、笑わせておきなさい。」

25
カーテン

秘《ひ》密《みつ》の花園では、次から次へと花が咲《さ》き、朝ごとに、新たな奇跡《きせき》が起こった。コマドリの巣には卵《たまご》が並《なら》び、コマドリ奥《おく》さんがその上にすわって、ふわふわした小さな胸《むね》と用心深い翼《つばさ》とで、それを温めていた。最初のうち、奥さんは、すっかり心配症《しんぱいしょう》になり、コマドリ氏のほうも、用心のあまり、怒《おこ》りっぽくなっていた。ディッコンでさえ、しばらくのあいだは、草木の生《お》い茂《しげ》ったそのあたりへは、行かないようにしていた。しかし、そのうち、静かに働きかける、不思議な呪文《じゅもん》のようなものを使って、この庭には、よそ者はいないんだよ、君たち小さな夫婦《ふうふ》に起ころうとしているすばらしいことを——卵という、この、かぎりなく偉大《いだい》で、優《やさ》しくて、やっかいで、深く感動せずにはいられないほど美しくて、おごそかなものを、理解《りかい》しようとしないような者は、ただの一人もいないんだよ、と、この夫婦に伝えることができたらしかった。もしこの庭に、ほんの一人でも、それが

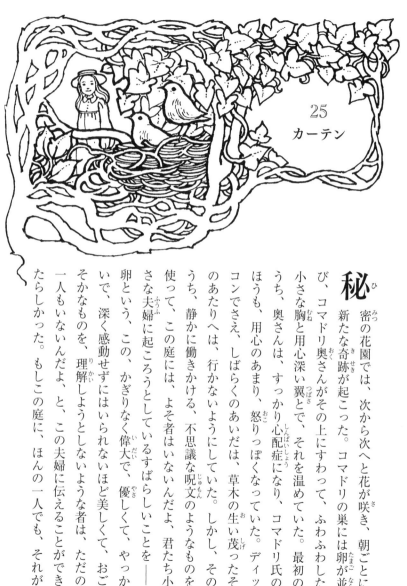

わからない者――もしも卵が、たった一つでも、盗《ぬす》まれたり、壊《こわ》されたりしたら、全世界が渦《うず》にのまれて砕《くだ》け散《ち》り、終わりを告げることになるだろうと、心の奥底でしっかりとわかっていない者がいたとしたら――もしも、たった一人でも、そのことを感じ取ることができず、それにしたがった行動ができない者がいたとしたら、この黄金のような春の日にさえも、幸せというものは失われてしまうだろう。しかし、ここにいる人たちは、みんなそれを理解し、しっかりと感じ取っていたし、コマドリ夫妻《ふさい》にも、そのことがちゃんとわかっていた。

最初、コマドリは、メアリとコリンには不安を感じ、厳重《げんじゅう》に警戒《けいかい》していた。ディッコンには気をつけなくてもいいことが、なぜかはわからないが、はっきりしていた。黒い露《つゆ》のように輝《かがや》く目で、はじめてディッコンを見たときから、この子はよそ者ではなく、くちばしもないし、羽根も生《は》えていないけれど、コマドリみたいなもんだということが、わかっていたのだ。この子には、コマドリ語が話せた。（コマドリ語は、ほかのどの言葉ともまちがえられる心配のない、はっきりした特徴《とくちょう》を持った言葉だった。）コマドリにコマドリ語で話しかけるのは、フランス人にフランス語で話しかけるようなものだ。ディッコンはいつも、ちゃんとコマドリ語で話しかけてくれたので、ほかの連中《れんちゅう》とチンプンカンプンな言葉で話すのは、ちっとも気にならなかった。たぶん、あとの二人は、あまり教養《きょうよう》がなくて、鳥の言葉が理解できず、チンプンカンプン語を使うしかないのだろう。コマドリ語が話せる子は、動きもコマドリのようだった。急に動かれると、ドキッとして、ひやひやさせられるものだが、その子はけっして、そんな動きはしなかった。どんなコマドリでも、ディッコンのことなら理解でき、近くをうろうろされても、全然気にならなかった。

しかし、あとの二人に対しては、最初のうちは、警戒《けいかい》の必要を感じていた。まず第一に、男の子という生きもののほうは、足を使わないで、この庭へやってきた。なにやら、輪のついたものに乗せられ、身体《からだ》の上には動物の毛皮がかかっており、その様子を見ただけでも、おおいに疑《うたが》わしい感じがした。やがてその子は、足で立ち、あたりを動きまわるようになったが、まだそれになれていないような、へんな動きだったし、ほかの者たちに助けてもらう必要があるらしかった。コマドリはしばしば、茂《しげ》みのなかにひそんで、頭を心配そうにあっちへかしげたり、こっちへかしげたりしながら、その様子を観察した。ゆっくりした動きというのは、ネコがよくやるように、パッととびかかるための準備《じゅんび》かもしれない。ネコがとびかかろうとするときには、まるで地面をはうように、とてもゆっくりと動くものだ。コマドリは数日のあいだ、奥《おく》さん相手に、このことについて、さんざん議論《ぎろん》をしたが、やがて、もうその話題は持ち出さないことにしようと決めた。奥さんがおびえると、卵《たまご》たちによくないのではないかと、心配になってきたからだ。

やがて男の子が自分の足で歩きはじめ、その歩き方が、次第に速くなってきたとき、コマドリは一安心した。しかし、ずいぶんのあいだ——コマドリにとっては、ずいぶん長く思えるあいだ——この子には、何かと心配させられた。なにしろ、動き方が、ほかの人間たちとちがっているのだ。歩くのはとても好きらしいが、すぐにすわったり、寝《ね》そべったりして、それからまた立ち上がり、見ていて不安になるような動作で、また歩きはじめる。

ある日、コマドリは、自分が両親から飛び方を教わったときも、こんなふうだったことを思い出した。ほんの二、三ヤード飛んだだけで、もう休まなくてはならなかった。ひょっとすると、この子も、飛び方を――いや、歩き方を教わっているのかもしれない。コマドリが奥さんにそう話し、いま温めている卵たちも、やがて羽が生《は》えそろったら、おなじようなことをやりだすだろうと言うと、奥さんはおおいにほっとし、それどころか、巣の縁《ふち》ごしに熱心に男の子を観察し、おおいに楽しむようになった。もっとも、いつも心のなかでは、うちの卵たちは、あんな子よりずっと賢《かしこ》いから、おぼえも早いだろうと考えていた。それどころか、親馬鹿《おやばか》のあまり、うちの卵たちと比《くら》べて、人間というものは、なんてのろまで、不器用なんだろうとも思っていた。ほとんどが、飛び方を身につけるまでにはいかないのだから。空中や木のてっぺんでは、人間にはついぞ出会ったことがない。

しばらくすると、男の子は、ほかの二人のように歩くことをはじめたが、今度は、三人そろって、とてもおかしなことをやりだした。みんなで木の下に立ち、腕《うで》や足や頭を動かすのだが、その動きは、歩くのとも、走るのとも、すわるのともちがっていた。子どもたちは、そのおかしな動きを、毎日、あいだをおいて、何回もやった。コマドリは、それが何を意味する動きなのか、あるいは、まだうまくいかない動きのための試みなのか、奥《おく》さんに説明することができなかった。コマドリに言えたのは、うちの卵《たまご》たちは、こんなふうにやたらと翼《つばさ》をバタバタさせたりはしないだろう、ということくらいだった。しかし、コマドリ語がたっしゃな男の子も、いっしょにやっているのだから、危険《きけん》な動きでないことはたしかだった。もちろん、コマドリにしても、奥さんにしても、レスリングのチャンピオンのボブ・ハワースのことなど、聞いたことがなかったし、ボブに教わった運動をすれば、筋肉《きんにく》がこぶのように盛《も》り上がってくることも知らなかった。コマドリは人間とはちがっていて、その筋肉は、最初から鍛《きた》えられ続けているし、使ううちに自然に強くなってくる。食事のたびに、飛びまわって食べものを探《さが》さなくてはならないのだから、筋肉が退化《たいか》したりはしない。（退化というのは、使わないでいると、弱ってしまうということだ。）

男の子が、ほかの二人とおなじように、歩いたり、走りまわったり、掘《ほ》ったり、草を抜《ぬ》いたりしはじめると、すみっこにある巣のなかは、申し分のない安心感で満たされた。卵についての心配は、過去のことになった。卵の安全が、銀行の金庫室に収められているのも同然に保証《ほしょう》され、居《い》ながらにして、こんなにたくさんのおもしろいことが見物できるのなら、卵を温めるというのも、なかなか楽しい仕事だ。雨の降《ふ》る日には、子どもたちが庭に来ないので、卵たちのお母さんは、ちょっと退屈《たいくつ》に思ったほどだった。

でも、メアリとコリンは、雨の日でも、退屈したりはしなかった。雨が毎日のように降り続いていたある朝、起きて歩きまわるわけにはいかないコリンが、ソファの上でじっとしているしかないことに、ちょっとイライラしはじめたとき、メアリがいいことを思いついた。

「ぼくはもう、ちゃんと一人前になって、脚《あし》にも、腕《うで》にも、身体《からだ》じゅう全部に、魔法《まほう》の力がみなぎってるんだから、じっとしてなんかいられないよ」と、コリンは言った。「いつだって、何かやっていたいんだ。朝、目をさましたときなんかね、メアリ、まだすごく早い時間で、外で鳥たちが、まるでさけぶみたいにさえずっていて、何もかもがよろこびの歌を歌っていて、木や草なんかも、耳には聞こえないけど、やっぱり歌ってたりすると、ベッドからとび起きて、さけびたくなるよ。でも、そんなことしたら、どうなることやら！」

メアリは、とめどなく笑いころげた。

そして、「看護婦《かんごふ》さんが走ってきて、メドロックさんも走ってきて、あんたの気が変になったと思って、先生を呼《よ》ぶでしょうよ」と言った。

コリンも、くすくす笑った。自分の爆発《ばくはつ》に、みんながどれほど肝《きも》をつぶし、しゃんと立っているのを見て、どんなに目をまわすか、想像《そうぞう》がついたからだ。

「父さんが帰ってくるといいのに」と、コリンは言った。「自分で言いたいんだ。いつも、そのことばっかり、考えてる――けど、もう、こんなこと、続けてられないよ。具合の悪いふりして、ずっと寝《ね》てるなんて、とてもできない。見た目も、ずいぶん変わってきたしね。今日が、雨でなきゃいいのに。」

メアリ嬢《じょう》ちゃんが、いいことを思いついたのは、そのときだった。

「ねえ、コリン」と、メアリは、思わせぶりに言ってみた。「このお屋敷《やしき》に、いくつぐらい部屋があるか、知ってる?」

「千ぐらいかな」と、コリンは答えた。

「だれも使わなくなってる部屋が、百くらいあるわ」と、メアリは言った。「雨が降《ふ》ってた日に、行ってみて、たくさんの部屋をのぞいたことがあるの。しまいにメドロックさんに見つかったけど、探険《たんけん》してたことは、知られずにすんだわ。引き返そうとして、迷《まよ》ったとき、あんたの部屋の前の廊下《ろうか》に出て、行き止まりになったの。あんたの泣き声を聞いたのは、それが二度目だったわ。」

コリンがソファの上で、パッと身体《からだ》を起こした。

「だれも使ってない部屋が、百だって」と、コリンは言った。「まるで秘密《ひみつ》の花園みたいじゃないか。行って、のぞいてみようよ。ぼくを車椅子《くるまいす》に乗せて、君が押《お》していけば、どこへ行ったか、だれにもわかりゃしないよ。」

「まさにそれを、考えてたの」と、メアリは言った。「何がなんでもついてくるなんて人は、いないでしょうよ。走れるぐらい長い廊下もあるわ。いつもの運動だって、できるわよ。インドふうに作ってある小さい部屋もあって、そこの飾《かざ》り棚《だな》には、象牙《ぞうげ》で作った象がいっぱい並《なら》んでるわ。すごくいろんな部屋があるの。」

「ベルを鳴らしてよ」と、コリンが言った。

看護婦《かんごふ》さんが来ると、コリンは、命令を下した。

「車椅子を持ってこい。メアリお嬢さんとぼくは、この屋敷のなかの、使われていない部分を見にいくことにした。ジョンに、画廊《がろう》のところまで押していかせる。そこまでの途中《とちゅう》には、階段《かいだん》が少しあるからな。そこでジョンを下がらせ、あとはぼくたちだけで行く。またジョンを呼《よ》びにやるまで、だれもじゃまをしてはならん。」

この朝からというもの、雨の日もこわくはなくなった。ジョンが画廊のところまで車椅子を押していき、命令にしたがって、二人を残して引き下がると、コリンとメアリは、うれしくてたまらない顔を見合わせた。ジョンがちゃんと、下の階の自分の居場所にもどったかどうか、メアリが行って確認《かくにん》してくるとすぐ、コリンは車椅子から下りた。

「まずは、この画廊を、端《はし》から端まで、走るぞ」と、コリンは言った。「それから、ピョンピョンとんで、そのあと、ボブ・ハワースの体操《たいそう》をしよう。」

二人はこれを全部やり、ほかにもいろんなことをやった。たくさんの肖像画《しょうぞうが》をながめ、あの、緑色の模様織《もようお》りのドレスを着て、オウムを指に止まらせた、見栄《みば》えのしない小さな女の子の肖像画も見つけた。

「ここにいるのは、みんな」と、コリンは言った。「ぼくの親類たちなんだろうな。ずっと昔に生きてたみたいだね。オウムを持ってるのは、きっと、ぼくの大大大伯母《おば》さんたちの、一人だね。たしかに、ちょっと君に似《に》てる。でも、いまの君じゃなくて、ここへ来たころの君にだよ。いまは、ずっとふっくらしたし、見た目だって、よくなってる。」

「あんたも、そうよ」と、メアリが言い、二人は笑いこけた。

二人は、インド風の部屋へも行って、象牙《ぞうげ》の象たちと遊んだ。バラ色の模様織《もようお》りの布を壁《かべ》に張《は》った寝室《しんしつ》では、ネズミが穴を開けたクッションを見つけた。しかし、子ネズミたちは大きくなって出ていったようで、穴は空っぽだった。二人は、メアリが最初に来たときよりも、はるかにたくさんの部屋を見て、はるかにたくさんの発見をした。知らなかった廊下《ろうか》や、曲がり角や、階段《かいだん》が、いくつもあった。新たに発見して、二人ともが気に入った古い絵もあったし、何に使ったのかわからない、古めかしくて風変わりな品物もあった。二人は、とてもへんてこでゆかいな朝をすごしたが、ほかの人たちもいる屋敷《やしき》のなかで、まるでみんなからは何マイルも離《はな》れているかのように感じながら、さまよい歩くというのは、なかなかわくわくする冒険《ぼうけん》だった。

「来て、よかったよ」と、コリンは言った。「ぼく、こんなに大きくて、へんてこで、古めかしい家に住んでるなんて、ちっとも知らなかった。気に入ったな。雨が降《ふ》るたびに、歩きまわろう。

きっとそのたびに、見たことのないへんてこな場所や、珍《めずら》しいものが見つかるよ。」

この朝、見つけたものの一つは、とても旺盛《おうせい》な食欲《しょくよく》で、コリンの部屋にもどって昼食を前にしたとき、あまり手をつけずにおくというのは、とても無理だった。

お盆《ぼん》を下へ運んでいった看護婦《かんごふ》さんは、それを食器棚《しょっきだな》の上にガシャンと置き、料理番のルーミスさんが思わずそっちへ目をやると、お皿はどれも、磨《みが》き上げられたようになっていた。

「なんと、まあ!」と、ルーミスさんは言った。「まったく、謎屋敷《なぞやしき》だね。なかでもあの二人の子どもが、最大の謎だわ。」

「この調子じゃ」と、力持ちの若《わか》い従僕《じゅうぼく》の、ジョンが言った。「ひと月前の、倍の重さになっとっても、不思議はないな。いまのうちにおさらばさせてもらわんと、こっちが筋肉《きんにく》を傷《いた》めてしまうわ。」

その午後、メアリは、コリンの部屋に、これまでとはちがったところがあるのに気がついた。前の日にも、そうなってはいたのだが、偶然《ぐうぜん》のことかもしれないと思って、何も言わなかった。今日も、何も言おうとはせずに、暖炉棚《だんろだな》の上に飾《かざ》ってあるその絵を、まっすぐに見つめた。その絵をそんなふうに見られたのは、カーテンが開かれていたからだった。それが、メアリが気づいた変化だった。

「君が何を聞きたいのか、わかるよ。」メアリが見つめはじめて、少しすると、コリンが言った。

「君が何か聞きたがってるときには、いつだってわかる。どうしてカーテンが開いてるか、知りたいんだよね。このカーテンは、ずっと開けておくことにしたんだ。」

「どうして?」と、メアリはたずねた。

「母さんが笑っているのを見ても、腹《はら》が立たなくなったからさ。おとといの晩《ばん》、目をさましたら、月が明るくて、まるで魔法《まほう》が部屋じゅうにあふれて、何もかもをすてきにしてくれてるみたいだったから、とても寝《ね》ていられなくなったんだ。だから、起きて、窓《まど》から外を見てみた。部屋のなかはすごく明るくて、その絵の上のカーテンにも、月の光が当たっていた。それを見て、思わず近よって、紐《ひも》を引っぱってみた。すると、母さんが、まっすぐぼくを見下ろしていて、まるで、ぼくがそこに立ってるのを、うれしがって笑ってるみたいに見えたんだ。それを見て、母さんを見るのが、好きになった。いつも、母さんが、ああして笑ってるのを、見ていたいんだ。たぶん、母さんも、魔法の使える種類の人だったんだろうな。」

「いまのあんたは、お母さんに、とってもよく似《に》てるわ」と、メアリは言った。「あんたを見てると、ときどき、お母さんの魂《たましい》が男の子になったのかも、って思うもの。」

その考えは、コリンに、強い印象を与《あた》えたようだった。しばらく考えこんでいたコリンは、ゆっくりと口を開いた。

「もしぼくが、母さんの魂なら、父さんはぼくを好きになってくれるかな」と、コリンは言った。

「お父さんに、好きになってもらいたいの？」と、メアリはたずねた。

「ぼくがこの絵を見たくなかったのは、父さんがぼくを好きじゃなかったからだ。もしも父さんが、ぼくを好きになってくれたら、魔法のことを話してあげたいな。魔法は父さんを、もっと元気にしてくれるかもしれない。」

26「おっかさんじゃ！」

二人の、魔法《まほう》に対する信頼《しんらい》は、ゆるぎないものだった。朝の儀式《ぎしき》のあと、コリンはときどき、魔法について講演《こうえん》をした。

「ぼく、講演するの、好きなんだ」と、コリンは言った。「大人になって、偉大《いだい》なる科学的発見をしたら、それについて講演しなくちゃいけないだろ。その練習になるからさ。いまはまだ、年が若《わか》いから、ちょっとした講演しか、できないけどね。それに、ベン・ウェザスタッフが、教会にいるみたいな気分になるとか言って、寝《ね》ちゃうんだもんな。」

「コーエンっちゅうもんの、ええとこは」と、ベンは言った。「一人が立って、好き放題しゃべるあいだ、だれも言い返せん、っちゅうとこじゃな。わしも、ちっとばかし、やってみても、えぐらいいじゃ。」

しかし、コリンがお気に入りの木の下に進み出ると、ベンはむさぼるようにその姿《すがた》を見つめ、目を放そうとしなかった。頭のてっぺんから足の先まで、くまなく点検《てんけん》しているようなその目には、深い愛情《あいじょう》がこもっていた。ベンの関心の的《まと》は、講演ではなく、日ごとにまっすぐになり、強くなっていく脚《あし》、しゃんとかかげられた、少年らしい頭、以前はとんがっていたり、落ちくぼんでいたりだったのが、日ごとに丸みを帯びていく、あごやほっぺたの様子だった。とりわけ、キラキラと輝《かがや》くようになった二つの目は、昔見た二つの目のことを思い出させた。コリンもときどき、感慨深《かんがいぶか》そうに見入っているベンの視線《しせん》に気づき、いったい何を考えているんだろうと不思議に思い、一度、問いかけてみた。

「何を考えてるんだい、ベン・ウェザスタッフ?」

「へえ、いま、考えとったんは」と、ベンは答えた。「あんたさまが、今週は、三、四ポンドぐれえは、増《ふ》えなすったにちげえねえ、っちゅうことでがす。そのふくらはぎといい、肩《かた》といい、いっぺん、量《はか》りにかけてみてえもんじゃ。」

「それもみんな、魔法《まほう》と、サワビーおばさんの、パンやミルクやなんかのおかげだよ」と、コリンは言った。「ほらね、科学的実験は、大成功したんだ。」

その朝、ディッコンはおそくなって、講演《こうえん》が聞けなかった。おくれてやってきたとき、そのゆかいな顔は、走ったせいですっかり赤くなっており、目はいつも以上に輝《かがや》いていた。雨のあとで、雑草《ざっそう》が増えていたので、みんなはさっそく、草取りの仕事にかかった。暖《あたた》かくて、土のなかに深くしみこんでいくような雨が降《ふ》ったあとは、いつだって、することがいっぱいあった。湿《しめ》り気《け》は花にもいいけれど、雑草にもいい。雑草は、そこらじゅうから、つんつんした葉先や、丸っこい芽をのぞかせており、根がしっかりと張《は》る前に、抜《ぬ》いてしまわなくてはならなかった。コリンはすでに、草抜きではだれにも負けなくなっており、しかもそれをしながら、講演をすることもできた。

「魔法は、人が自分で働くときに、最もよく働きます」と、コリンは述《の》べた。「あなたは、自分の骨《ほね》や筋肉《きんにく》のなかに、魔法を感じることができます。ぼくはこれから、骨や筋肉について書かれた本を読む予定ですが、書こうと考えているのは、魔法についての本です。ぼくはすでに、それにとりかかっています。次から次へと、いろんなことが明らかになりつつあります。」

ここまで話して、少ししたとき、コリンは立ち上がった。立つ前には、しばらく黙《だま》っていたので、みんなは、いつものように、次に話すことについて考えているのだろうと思っていた。移植《いしょく》ごてを取り落とすようにして、すっくと立ったその姿《すがた》を見て、メアリもディッコンも、きっと何か、すごいことがひらめいたんだなと思った。コリンは、思いっきり背伸《せの》びをすると、感極《かんきわ》まったように両腕《りょううで》を広げた。顔は輝《かがや》かんばかりで、いっぱいに見開いた不思議な目には、よろこびがあふれていた。突然《とつぜん》、何か大事なことが、まるごと全部、のみこめたのだ。

「メアリ！　ディッコン！」と、コリンはさけんだ。「ぼくを見て！」

二人は草抜きをやめて、コリンを見た。

「君たちがぼくを、はじめてここへ連れてきてくれたときのこと、おぼえてる？」と、コリンはたずねた。

ディッコンは、じっとコリンに目をすえていた。動物使いであるディッコンには、ふつうの人には見えないことでも、ちゃんとよく見えていたが、たいていのことについては、見えても決して話さなかった。いま、ディッコンは、コリンのなかに、何かを見ていた。

「ああ、おぼえとるとも」と、ディッコンは答えた。

メアリもじっと見つめ返したが、何も言わなかった。

「たったいま、思い出したんだ」と、コリンは言った。「移植ごてを握《にぎ》って、土を掘《ほ》っている、自分の手を見た瞬間《しゅんかん》にね。それで、すぐにも自分の足で立ってみて、これが本当のことなのかどうか、たしかめずにはいられなくなった。そしたら、本当だった！　ぼくは、よ、よくなった――よくなったんだ！」

「そうじゃ、ようなられた！」と、ディッコンが言った。

「ぼくはよくなった！　よくなったんだ！」そうくり返したコリンの顔は、すっかり赤くなっていた。

これまでにも、よくなったことは、一応わかっていたし、そうであればいいと願い、感じ、考えてはいた。しかし、本当に目を開かせ、信じさせ、有頂天《うちょうてん》にさせてくれる何かが、身体《からだ》じゅうにどっと流れこみ、そのあまりの勢《いきお》いに、大声を出さずにはいられなくなったのは、まさにこの瞬間《しゅんかん》だったのだ。

「ぼく、いつまでも、いつまでも、いつまでも生きるよ！」と、コリンは堂々とさけんだ。「何千も、何万ものことを、発見するんだ。人間や、生きものや、育っていく何もかもについてね。ディッコンみたいにだよ。魔法《まほう》のことも、大事にしていく。ぼくはよくなった！　よくなったんだ！　何か、さけばずにはいられないよ——何か——この感謝《かんしゃ》の気持ちが、よろこびが伝わるように！」

近くのバラの茂《しげ》みの手入れをしていたベン・ウェザスタッフが、ちらりとふりかえった。

そして、「頌栄《しょうえい》でも、歌いんさったらええ」と、うなるような声で、そっけなく言った。ベンは信心深いほうではなく、頌栄など、なんとも思っていなかったが、たまたま思いついたので、言ってみただけだった。

「それ、何？」と、コリンがたずねた。

「ディッコンに、歌《うと》うてもろたらええ」と、ベン・ウェザスタッフは答えた。

ディッコンは、なんでもよくわかっている動物使いのほほえみで、それに応えた。

「教会で歌う歌じゃ」と、ディッコンは言った。「おっかさんは、ヒバリが空へ昇《のぼ》っていくときに歌うんも、頌栄にちがいないと言うとる。」

「おっかさんがそう言うんなら、すてきな歌にちがいないね」と、コリンは言った。「ぼく、教会へは、行ったことがないんだ。ずっと病気だったからね。歌ってよ、ディッコン、聞きたいな。」

ディッコンは、なんでもないように、あっさりとその願いを受け止めた。コリンが感じていることが、コリン自身よりも、よくわかっていたのだ。そのわかり方は、とても自然な直観《ちょっかん》にもとづいていたので、自分でも、理解《りかい》していることに気づいていないほどだった。ディッコンは帽子《ぼうし》をぬぎ、にこにこしながら、みんなを見まわした。

「帽子は、ぬがな、いかん」と、ディッコンは、コリンに言った。「ベンじいさんもだよ。そんで、みんな、立たな、いかん。」

コリンは帽子をぬいで、ディッコンをじっと見つめた。お日さまの光が、そのふさふさした髪《かみ》を輝《かがや》かせ、温めてくれた。ベン・ウェザスタッフは、膝《ひざ》を伸《の》ばして、よっこらしょと立ち、帽子をぬいだが、その年老《としお》いた顔には、なんでまた、こんな、いつもはせんことを、せんならんのじゃと言いたげな、ちょっと不満そうな、当惑《とうわく》した表情《ひょうじょう》が浮《う》かんでいた。

ディッコンは、木々やバラの茂《しげ》みにまわりを囲《かこ》まれたところへ進み出て、ごくあっさりと歌いはじめたが、その少年らしい声は、力強くて、美しかった。

たたえよ、すべての恵《めぐ》みの源《みなもと》なる神を
たたえよ、生きとし生けるものを作りたまいし神を
たたえよ、すべてを治めたまう天なる神を
たたえよ、父と子と聖霊《せいれい》を
アーメン

ディッコンが歌い終えたとき、ベン・ウェザスタッフは、がんこに口をとじたまま、じっとその場に立ち、ちょっと当惑したようなまなざしで、コリンを見つめていた。コリンの顔は、物思いにふけっているようで、どうやら、いま歌われたことを、かみしめているらしかった。

「とってもすてきな歌だね」と、コリンは言った。「ぼく、これ、好きだな。魔法《まほう》に向かって、感謝《かんしゃ》してますって、さけびたくなったとき、ぼくが言いたかったのは、まさにこういうことだっ

たんだ。」コリンは、口をつぐむと、ちょっと考えこんだ。「たぶん、どっちだって、おんなじことなんだよね。何もかもの、正確な呼《よ》び方なんて、わかりっこないだろ？　もう一回、歌ってよ、ディッコン。ぼくらも歌ってみようよ、メアリ。ぼく、歌いたいんだ。これ、ぼくの歌だよ。最初は、どうだっけ？　『たたえよ、すべての恵みの源なる神を』でよかったっけ？」

そこでみんなは、その歌をくり返した。メアリとコリンは、なんとか歌いこなそうと声をはり上げ、ディッコンの声は、美しく朗々《ろうろう》と響《ひび》きわたり、二行目になると、ベンじいさんがゴホゴホと咳《せき》ばらいをはじめ、三行目では、乱暴《らんぼう》に聞こえるほど力のはいった声で、加わってきた。「アーメン」でおしまいになったとき、メアリは、以前、コリンの脚《あし》が曲がっていないと知ったときとそっくりおなじことが、ベンの身に起こっていることに気がついた。ベンはあごをふるわせ、見開いた目をパチパチさせており、そのしわだらけのごつごつした頬《ほお》は、ぐっしょりとぬれていた。

「わしゃ、いまのいままで、頌栄《しょうえい》なんざ、くだらんと思うとったが」と、ベンは、しわがれ声で言った。「じきに、宗旨《しゅうし》がえをすることになりそうじゃな。坊《ぼっ》ちゃまは、今週、また五ポンド、増《ふ》えなさるじゃろう。いまより、もう五ポンドな。」

さっきから、何かが気になるらしく、庭のむこうのほうを見ていたコリンが、ハッとした様子を見せた。

「だれか、こっちへ来るぞ」と、コリンは、早口で言った。「あれは、だれだ？」

ツタがおおいかぶさっている塀《へい》の扉《とびら》が、みんなが気づかないうちにそっと開き、女の人が一人、はいってきていたのだった。それは、みんなが頌栄《しょうえい》の最後の一行を歌っていたときで、その人は、そのままじっとそこに立って、みんなのほうを見ながら、耳を傾《かたむ》けていた。生《お》い茂《しげ》るツタを背《せ》にして、木漏《こも》れ日《び》でまだらに見える、青くて長い薄手《うすで》のマントをはおり、庭の緑のむこうから、みんなのほうをにこにこと見ているその顔は、なんとも感じがよくて、いきいきとしていて、まるで、コリンが持っている本の、美しい彩色《さいしき》をほどこした絵のようだった。愛でいっぱいのすばらしい目は、何もかもを——ベン・ウェザスタッフや、「生きもんたち」はもちろんのこと、咲《さ》いている花々の一つ一つに至《いた》るまで、本当に何もかもを、受け止めてくれているように思えた。何の前触《まえぶ》れもなしに、いきなり姿《すがた》を見せたにもかかわらず、だれ一人として、よそものが勝手にはいってきたなどとは、感じなかった。ディッコンの目が、ランプのように輝《かがや》いた。

「おっかさんじゃ——おいらの、おっかさんじゃ！」と、ディッコンはさけび、草の上を、出《で》迎《むか》えにかけだしていった。

コリンもそっちへ行こうとし、メアリがつきそっていった。二人は、胸《むね》の鼓動《こどう》がどんどん速くなるのを感じていた。

両方から近づいて出会ったとき、ディッコンはあらためて、「おっかさんじゃ！」と言った。

「二人が会いたがっとるんが、わかっとったから、扉が隠《かく》れとるとこを、教えたんじゃ。」

コリンは、どんなに恥《は》ずかしくても堂々としている王族のように、顔を赤くして、手をさしのべたが、その目はおっかさんの顔を、むさぼるように見つめていた。

「まだ具合が悪くて、寝《ね》てたときから、ずっと、お会いしたいと思ってました」と、コリンは言った。「あなたと、ディッコンと、秘密《ひみつ》の庭とを、ちゃんとこの目で見たいと。それまでは、だれかに会いたいとか、何かを見たいなんて、思ったことなかったんです。」

自分を見上げているその顔をのぞきこんだとき、おっかさんの顔にはさっと赤味がさし、口もとがふるえ、目は、見る見るうちに、霧《きり》に包まれたようになった。

「ああ、坊《ぼう》や!」と、おっかさんは、口もとをわなわなさせながらさけんだ。「ああ、かわいい坊や!」……その言葉は、自分でも気づかないうちに、自然にすべり出てきたようだった。ふつうなら、「コリン坊《ぼっ》ちゃん」と言うところなのに、思わず、「ああ、坊や!」と言ってしまったのだ。もし、ディッコンの顔に、おっかさんの心を動かすような何かが浮《う》かんでいたら、おっかさんはきっと、おなじように、「ああ、坊や!」と言っただろう。コリンはそれが、とてもうれしかった。

「ぼくがすごく元気で、びっくりしませんでしたか?」と、コリンはたずねた。

おっかさんは、コリンの肩《かた》に片手《かたて》を置き、目にかかった霧をはらうように、にっこりした。

「ああ、びっくりしたとも!」と、おっかさんは言った。「坊ちゃまが、おっかさまにあんまりよう似《に》とられるんで、どきっとして、心臓《しんぞう》が止まりそうになったぐらいじゃ。」「父さんは、ぼくを好きになってくれるかしら?」

「もし、そうなら」と、コリンはちょっと口ごもりながら、問いかけた。

「もちろんじゃとも、坊《ぼう》や。」そう答えると、おっかさんは、コリンの肩《かた》を、軽くトントンとたたいた。「帰ってきていただかな、いかんな――ぜひとも、そうしていただかんとな。」

「スーザン・サワビーよ」と、ベン・ウェザスタッフが、近づいてきて、言った。「坊《ぼっ》ちゃまの足を、見てみい。ふた月前には、太鼓《たいこ》をたたく棒《ぼう》みてえじゃったがな。外向いて曲がっとると言うもんもおれば、いや、内へ向いとるんじゃと言うもんもおった。それが、まあ、見てみい!」

スーザン・サワビーは、気持ちのいい声で笑った。

そして、「じきに、男の子らしい、ぴんしゃんとした足に、おなりじゃろうよ」と言った。「せっせと遊んで、庭で働いて、しっかり食べて、おいしいミルクをたっぷり飲んどったら、ヨークシャー一の立派《りっぱ》な足になんなさるわ。ありがたいこっちゃ。」

おっかさんは、メアリ嬢《じょう》ちゃんの両肩に手を置くと、いかにもお母さんらしいやり方で、その小さな顔をのぞきこんだ。

「あんたもじゃ!」と、おっかさんは言った。「あんたはもう、うちのリズベス・エレンとおんなじぐらいあるな。おっかさまに、よう似てこられるんじゃろうな。マーサがメドロックさんから聞いたと言うとったが、おっかさまは、おきれいなお方だったそうじゃな。もっと大きゅうなったら、バラみたいにきれいになんなさるわ。」

マーサは、外出日に家へ帰ってきたとき、メアリのことを、顔色の悪い、ぱっとしない子だと言い、メドロックさんの話なんか、信じられないと主張《しゅちょう》したのだったが、そんなことは口に出さなかった。「そないにきれいな人から、あないにぱっとせん嬢ちゃんが生まれるっちゅうのは、理屈《りくつ》にあわんわ」と、マーサは、断固《だんこ》として言《い》い張《は》ったのだ。

メアリはずっといそがしくて、自分の顔のことなど、気にかける暇《ひま》がなかった。「ちがってきた」のはわかっていたし、髪《かみ》がずいぶん増《ふ》えて、伸《の》びも早いことにも、気がついていた。しかし、昔、メムサーイブをながめるのが好きだったことを思うと、いつかそんなふうになれそうだというのは、うれしいことだった。

スーザン・サワビーは、子どもたちといっしょに庭をひとまわりし、ここにまつわるお話をすっかり聞き、生き返って元気になった木々や茂《しげ》みを、ひとつ残らず見せてもらった。コリンが片側《かたがわ》を歩き、メアリがもう片側を歩いた。二人とも、バラ色をした感じのいい顔を、何度も見上げ、どうしてこの人といると、こんなにうれしいんだろう、温かくて、支《ささ》えてもらっているような気分になるんだろうと、ひそかに不思議に思っていた。ディッコンが「生きもんたち」のことをわかるように、おっかさんは、二人のことをわかってくれているようだった。おっかさんは、いろんな花の上にかがみこんでは、それらもまた、子どもたちであるかのように、話しかけた。スートがあとからついてきて、一、二度、カアカアと言ったと思うと、ディッコンの肩《かた》に止まるときとおなじように、おっかさんの肩に止まった。二人がコマドリのことや、ひなたちがはじめて飛んだときのことを話すと、おっかさんは、のどの奥《おく》で、いかにも母親らしいやわらかい声を響《ひび》かせて笑った。

そして、「ひなが飛び方を習うんは、子どもが歩き方を習うようなもんらしいな。けど、もし、うちの子に、足のかわりに羽が生《は》えてきたら、さぞ、おろおろせんならんじゃろうな」と言った。

ムアの小さくてすてきな家に住む、このおばさんは、とびっきりすばらしい人だったので、ついに、この人になら、魔法《まほう》のことを打ち明けてもいいだろう、ということになった。

コリンは、インドの苦行僧《くぎょうそう》のことを説明したあとで、「おばさんは、魔法を信じてますか？」とたずねてみた。「信じてるんだと、いいんだけど。」

「ああ、信じとるよ、坊《ぼう》や」と、おっかさんは答えた。「その名前で知っとるわけではないけど、名前はちごうても、ええじゃろ？　フランスでも、ドイツでも、ちがう呼《よ》び方《かた》をしとるに、決まっとるもんな。種から芽が出てきたり、お日さんが照ったり、坊やがええ若《わか》い衆《しゅう》に育ったりするんも、おんなじ力が働いとるからで、そりゃ、ええ力に決まっとる。わたしらのように、貧《まず》しうて学のないもんは、勝手な名前で呼んだらいかんと思うとるけど、そんなもんやない。大きゅうて、ええもんは、ちゃんと見とってくださる。ありがたいこっちゃ。そのええもんは、あたしらのこの世界みたいなもんを、百万も千万も、作っとられる。その大きなええもんを信じるのを――この世界がその力でいっぱいじゃと信じるのを、やめたらいかん。呼び方は、どうでもええ。さっき、ここへ来たとき、あんたは何か、歌《うと》うとったな。」

「すごくうれしくなったんです」と言いながら、コリンは、その風変わりな美しい目で、おっかさんを見つめた。「急に、ぼくはなんて変わったんだろう――腕《うで》も、足も、なんて強くなったんだろうと思って――土が掘《ほ》れるし、しっかり立てるし――それで、とび上がって、さけびたくなったんです。何かは知らないけど、聴《き》いててくれるものに向かって。」

「魔法は、坊やの頌栄《しょうえい》を、聴《き》いてくれとったよ。何を歌うても、聴いてくれたじゃろうな。大事なんは、坊やの、その、うれしいっちゅう気持ちじゃ。ああ、坊や、よろこびをとどけてくださるお方にとって、名前なんざ、どうでもええ。」そう言うと、おっかさんは、コリンの両肩を、また、軽く、トントンとたたいてくれた。

おっかさんは、この日にも、いつものバスケットに、ごちそうを詰《つ》めてくれていた。みんなのおなかがすいて、ディッコンが隠《かく》し場所からバスケットを持ってくると、おっかさんもいっしょに、いつもの木の下にすわり、みんながせっせと食べるのをながめ、笑ったり、みんながよく食べるのを見てよろこんだりした。おっかさんは、おもしろいことをいっぱい知っており、いろんな話をして、みんなを大笑いさせた。ヨークシャーなまり丸出しの昔話を聞かせて、知らなかった言葉を教えてくれたりもした。コリンが、いまだにぐずぐず言う病人のままだ、というふりをし続けるのが、どんどんむずかしくなっているという話を聞いて、おっかさんは、大笑いをせずにはいられなかった。

「二人いっしょだと、いつだって笑いそうになっちゃうんですよ」と、コリンは説明した。「そうすると、全然、病人らしくなくなっちゃって。こらえようとするんだけど、爆発《ばくはつ》して、かえってひどいことになっちゃうんです。」

「しょっちゅう、頭に浮《う》かんでしまうことがあって」と、メアリが言った。「急にそれを思い出すと、どうしてもがまんできなくなるんです。あたしがしょっちゅう考えてしまうのは、コリンの顔が、いまに、まんまるなお月さまみたいになるだろうな、ってことなの。まだそこまではいってないけど、毎日、ちょっとずつ、ふくらんでるんですもん。もし、ある朝起きて、そんなふうになってたら——ねえ、どうしたらいいかしら?」

「そりゃ、困《こま》ったな。まあ、それも、ええお芝居《しばい》ごっこになるわ」と、スーザン・サワビーは言った。「けど、もうそんなに長《なご》うは、続けんでもええじゃろうよ。クレイヴン旦那《だんな》が、帰ってこられるじゃろうからな。」

「帰ってくると思う?」と、コリンがたずねた。「どうして?」

スーザン・サワビーは、くすくす笑った。

そして、「坊《ぼう》やは、自分が考えといたとおりに言うより先に、旦那の方で知っとったら、胸《むね》がつぶれるほど、がっかりするじゃろうな」と言った。「夜もろくろく寝《ね》んと、考えよるんじゃもんな。」

「だれかに先に言われるなんて、がまんできないよ」と、コリンは言った。「毎日のように、ちがうやり方を考えてるんです。いまは、ただまっすぐ、父さんの部屋へかけこもうかなと思ってるんだけど。」

「そりゃ、びっくり仰天《ぎょうてん》されるじゃろうな」と、スーザン・サワビーは言った。「そんときの、旦那のお顔が、見てみたいわ。ほんまに、見られたらな！　早《はよ》うお帰りいただかんとな——一日も早う。」

話題になったことの一つは、おっかさんの家を訪問《ほうもん》しようという計画だった。コリンたちは、すっかり計画をめぐらしていた。馬車でムアを越《こ》えていき、家の外のヒースの上で、お弁当《べんとう》にするのだ。十二人の子どもたちみんなに会い、ディッコンの庭を見せてもらい、くたびれるまで、帰ってなんかこないのだ。

やがて、スーザン・サワビーは、お屋敷《やしき》によって、メドロックさんに会っていくと言って、腰《こし》を上げた。コリンも、車椅子《くるまいす》に乗って、帰る時刻《じこく》だった。しかし、車椅子に乗る前に、コリンはスーザンのすぐそばへ行き、ちょっとまどったような、あこがれの思いをこめて、その顔をじっと見ていたと思うと、いきなり抱《だ》きついて、青いマントごと、ぎゅっと抱きしめた。「おばさんは、まるで——まるで、ぼくが思ってた……」と、コリンは言いかけた。「おばさんが、ぼくの母さんだといいのに——ディッコンとぼくと、両方の！」

スーザン・サワビーは、さっと身をかがめると、その温かい腕《うで》でコリンを抱きよせ、青いマントで包んで、まるでコリンがディッコンの弟であるかのように、ぎゅっと胸《むね》に抱いた。その目が、霞《かすみ》がかかったように、ふっとうるんだ。

「ああ！　坊《ぼう》や！」と、おっかさんは言った。「坊やのおっかさまは、このお庭におられるにちがいないよ。ここから離《はな》れていかれるのは、とうていご無理だったはずじゃ。おとっつぁまが、帰って来てくださらんとな——そうじゃとも！」

27　お庭よ！

この世のはじめから、どの世紀にも、すばらしい発見があいついだ。いまは、二十世紀になったばかりだが、その前の十九世紀にも、それ以前には考えられなかったようなことが、たくさん発見された。この二十世紀にも、きっと、さらに目を見張《みは》るような何百ものことが、脚光《きゃっこう》を浴びることだろう。人々は、最初のうちは、新しくて見なれないものの可能性《かのうせい》を信じようとしないが、やがて、そういうことも可能なのかもしれないと考えはじめ、いつしか世界じゅうが、これくらいのことがもっと前からわかっていなかったのが不思議だ、と思いはじめる。

前世紀のうちに人々が理解《りかい》するようになってきた、新しいことの一つは、心のなかの思いが——単に「思う」というだけのことが、電池のように大きな力となって、いいときにはお日さまの光のように、悪いときには毒薬のように、効果《こうか》を発揮《はっき》するということだ。

もしも心のなかに、悲しい思いや、悪い考えがはいってきたら、それは、猩紅熱《しょうこうねつ》の菌《きん》が身体《からだ》にはいったのとおなじくらい、危険《きけん》なことになる。それらがしのびこんできたとき、もしそのまま放っておいたら、生きているかぎり、二度とそれから回復《かいふく》することができないかもしれない。

もしも、メアリ嬢《じょう》ちゃんの心が、まわりの人たちをきらったり、意地悪く品定めしたりする気持ちや、どんなものにも興味《きょうみ》なんか持たない、気に入ったりなんかしないという思いに、凝《こ》り固《かた》まっていたら、嬢ちゃんは、黄色い顔をした、病気がちの、退屈《たいくつ》でみじめな子どものままだっただろう。しかし、幸いなことに、自分では全然気づいていなかったが、置かれた環境《かんきょう》が、とてもいい具合に働いてくれた。環境はメアリを、メアリ自身のためになる方向へと押《お》しやりはじめた。メアリの心は、知らず知らずのうちに、コマドリや、子どもでいっぱいのムアの田舎家《いなかや》や、変わりもので気むずかしい年老《としお》いた庭師《にわし》や、平凡《へいぼん》なヨークシャーの田舎娘《いなかむすめ》であるメイドや、春の訪《おとず》れや、それとともに日ごとに生き生きとしてくる秘密《ひみつ》の庭や、ムア育ちの男の子や、その「生きもんたち」で満たされてきていた。そうするうちにいつしか、メアリの肝臓《かんぞう》や消化器《しょうかき》に悪影響《あくえいきょう》をおよぼし、黄色っぽい顔色や、疲《つか》れやすさの原因になっていた、不愉快《ふゆかい》な思いがはいりこむ場所は、なくなってしまったのだ。

コリンが部屋にとじこもったままで、自分の恐怖《きょうふ》や、弱さや、自分を見るまわりの人たちへの嫌悪感《けんおかん》ばかりにとらわれ、背中《せなか》にこぶができることや、早死《はやじ》にすることばかりを考えていたら、ヒステリックで、勝手気ままな、小さい憂鬱症患者《ゆううつしょうかんじゃ》のままで、お日さまの光のことも、春のことも何も知らず、自分だってよくなることができるし、やってみれば、二本の足で立つことだってできるのだということを、知らないままでいたことだろう。いまでは、新しくて美しい考えが、古くて不愉快な考えを、押し流しはじめたので、コリンは再び人生に出会いなおし、血管を流れる血の勢《いきお》いも健康になり、力が洪水《こうずい》のように身体《からだ》にみなぎりはじめていた。コリンの科学的実験は、きわめて実際的《じっさいてき》で、単純《たんじゅん》で、怪《あや》しげな要素《ようそ》など、何もなかった。もし、うっとうしくてゆううつな考えが、心にしのびこんできても、間に合ううちに正気を取りもどし、そんな考えを押しやってしまい、かわりに、気持ちのいい、断固《だんこ》たる、勇気に満ちた心を持つようにするだけの良識《しき》さえそなえていれば、だれにだって、驚《おどろ》くべきことが起こりうると、期待することができる。一つの場所に、二つのものが同時に存在することは不可能《ふかのう》だ。

バラの花を咲《さ》かせてごらん、坊《ぼう》や
そこにアザミは、生《は》えないから

秘密《ひみつ》の花園がいきいきとよみがえり、それとともに、二人の子どもたちが元気になってきていたころ、一人の男が、ノルウェーのフィヨルドや、スイスの山々や谷間などの、美しい土地を旅してまわっていた。男は心を打《う》ち砕《くだ》かれ、この十年というもの、暗い思いばかりをかかえていた。その男は勇敢《ゆうかん》ではなかった。暗い思いがたまっている心のなかに、ほかの考えを入れてみようとしたこともなかった。青い湖のほとりを歩いていても、心はいつもの思いでいっぱいだった。濃《こ》い青色をしたリンドウがそこらじゅうに咲《さ》いている山腹《さんぷく》に横たわり、心地《ここち》よい花の香《かお》りに包《つつ》まれていても、考えるのは、ただそのことだけだった。その男は、とても幸せだったときに、おそろしい悲しみにおそわれ、以来、自分の魂《たましい》を真っ黒な闇《やみ》で満たし、どんなに小さな裂《さ》け目《め》から光が射《さ》しこんでこようとしても、断固《だんこ》として拒否《きょひ》していたのだ。男は、自分の家も、果《は》たすべき義務《ぎむ》も、すべて忘《わす》れ去り、放棄《ほうき》していた。あちこちを旅していても、あまりにも闇に包まれているように見えたので、ちらりとでもその姿《すがた》を見た人たちは、その闇であたりの空気が毒されたように感じ、何か危害《きがい》を加えられでもしたかのように受け取った。知らない人たちのほとんどは、この男は気が変になりかけているにちがいないと思ったり、そうでなければ、人知れず罪《つみ》を犯《おか》して、それが心の重荷になっているにちがいないと考えたりした。男は背《せ》が高く、顔はやつれ、背中が曲がっていた。そして、ホテルに泊《と》まるときには、いつもフロントで、「イギリス、ヨークシャー、ミスルスウェイト荘園《しょうえん》、アーチボルド・クレイヴン」と署名《しょめい》した。

書斎《しょさい》でメアリに会って、「地面をちょっと」使っていいと言ったときから、クレイヴンさんはあちこちを旅して歩いていた。ヨーロッパでとりわけ美しいところを、いくつも訪《たず》ねたが、どこにも、二、三日以上はじっとしていなかった。好んで訪れたのは、遠くて、あまり人が行かないような、静かなところだった。雲から頭を出している高い山々に登って、下に居並ぶ山々のてっぺんが朝日に照らされ、まるで、たったいま世界が生まれたかのように見えるのを、見下ろしたりもした。

しかし、そんな朝日の輝《かがや》きも、旅を続けて十年の月日がたったときに、ある不思議な出来事が起こるまでは、この人の心にはとどかなかった。そのときこの人は、オーストリアのチロル地方に来ており、どんな闇のなかにいる人の魂でも、助け出してもらえそうな、美しい谷間を歩いていた。ずいぶん遠くまで歩いたが、この人の魂はいっこうに軽くはならなかった。それでもやっと、疲《つか》れを感じはじめたので、小さな流れのほとりの苔《こけ》の上に身を投げ出し、ちょっと休むことにした。気持ちのいい、しっとりした緑のあいだに、細い通り道を見つけたその小川は、澄《す》みきっていて、楽しげだった。川床《かわどこ》の石を乗《の》り越《こ》えたり、迂回《うかい》したりするときに、水が立てるざわめきは、まるで、かすかな、かすかな笑い声のようだった。小鳥たちが来て、頭をちょっとひたして水を飲み、また翼《つばさ》をひらめかせて、飛び去ることもあった。小川はまるで生きているもののようで、そのくせ、それが立てる小さな音のせいで、あたりの静けさがますます深く感じられもするのだった。その谷間は、本当にひっそりと、静かなところだった。

その澄んだ流れを見ているうちに、アーチボルド・クレイヴンさんは、心と身体《からだ》が次第に落ち着いてきて、この谷間そのもののように、静かになってくるのを感じた。そのまま眠《ねむ》ってしまいそうな気がしたが、眠りはしなかった。お日さまの光に照らされた流れを見つめていた目が、その縁《ふち》に生《は》えているものへと移っていった。流れのすぐそばの、葉っぱがしぶきで濡《ぬ》れるようなところに、青いワスレナグサが、ひとかたまりになって咲《さ》いていた。それをじっと見ているうちに、これとよく似《に》たものを、何年も前に見たような気がしてきた。頭のなかで、優《やさ》しい思いとともに考えていたのは、なんと美しいのだろう、何百となく集まった、この小さな花の青さは、まさに奇跡《きせき》のようだ、ということだった。このちょっとした思いが、ゆっくりと心を満たしつつあることに、この人は気づかなかった。それは、ゆっくりと、ゆっくりと広がっていき、ほかのものをそっと押《お》し出《だ》していった。それはまるで、よどんで腐《くさ》った水たまりの底から、きれいに澄《す》んだ泉がわきだし、それまでの水を少しずつ、ほんの少しずつ押し出していくかのようだった。しかし、もちろん、自分ではそんなことには、全然気づいていなかった。わかっていたのは、その、明るくて繊細《せんさい》な青いものを見ているうちに、谷間がどんどん静かになってくるような気がした、ということだけだった。どれくらい長くそこにすわっていたのか、自分ではわからなかったし、自分に何が起こったのかも理解《りかい》してはいなかったが、やっとのことで、まるで目ざめたばかりのように身体《からだ》を動かし、ゆっくりと起き上がり、苔《こけ》のじゅうたんの上に立って、長く、深く、やわらかく深呼吸《しんこきゅう》をし、同時に、そんなことをしている自分に驚《おどろ》いた。まるで、自分のなかの何かを縛《しば》りつけていたものが、静かに静かにほどかれつつあるような感じだった。

「どうしたのだろう?」と、クレイヴンさんは、ささやくように言い、片手《かたて》で額《ひたい》をぬぐった。

「なんだか、まるで——生き返ったようだ!」

この世には、この人に起こったことの説明になるような、まだ発見されていない不思議な力があるのかもしれないが、私《わたし》はそれについて、十分に知っているとは言えない。たぶん、だれにもまだ、よくわかってはいないだろう。クレイヴンさん自身にも、わかってはいなかったが、何か月もたってミスルスウェイトへ帰ったときに、ひょんなことから、コリンが秘密《ひみつ》の庭にはいったのは、まさにこの日だったということを知った。そのときコリンは、こうさけんだのだ。

「ぼく、いつまでも、いつまでも、いつまでも生きるよ!」

この不思議な静けさは、その日が暮《く》れるまで、ずっと残り、クレイヴンさんは、これまでになく、ぐっすりと眠った。しかし、そんな状態《じょうたい》は長くはつづかなかった。それを保っておけるということを、知らなかったからだ。次の夜には、もう扉《とびら》を広く開けてしまい、そこからは、いつもの暗い思いの群《む》れが、どっとなだれこんできた。クレイヴンさんは、この谷間をあとにし、さすらいの旅を続けた。しかし、不思議なことに——少なくとも、クレイヴンさんには不思議に思えたことに、何分か、ときには三十分くらいにもわたって、なぜかはわからなかったが、まっ黒な重荷が軽くなったように感じられ、自分が死人ではなく、生きた人間なのだと思えることがあるようになった。なぜなのか、自分ではまったく理解《りかい》できていなかったが、クレイヴンさんは、庭とともに、ゆっくりと、ゆっくりと、「生き返り」つつあったのだ。

金色に輝《かがや》く夏が、さらに深い金色の秋へと移っていったとき、クレイヴンさんは、イタリア北部にあるコモ湖に来ており、そこで美しい夢《ゆめ》に出会った。クレイヴンさんは、来る日も来る日も、青い水晶《すいしょう》のような湖の上をただようか、やわらかい緑におおわれた山々に分け入って、さんざん歩きまわるかしてすごした。そうすれば、くたびれて、夜、眠《ねむ》れるからだった。もっとも、このころにはもう、かなりよく眠れるようになっていた。それは、悪夢《あくむ》におびやかされることが、なくなってきたからでもあった。

「たぶん、身体《からだ》が丈夫《じょうぶ》になってきたんだろうな」と、クレイヴンさんは考えた。

それはそのとおりだったが、同時に心のほうも、ゆっくりと強くなってきており、それは、あの、魔法《まほう》のような静けさに満ちたひとときに、心のなかの思いが変化したおかげだった。ミスルスウェイトのことを考えはじめ、帰らなくてもいいのだろうかと思うようになった。ときどきぼんやりと子どものことを思い出し、屋敷《やしき》へ帰って、あの彫刻《ちょうこく》をほどこした四本柱のベッドの横に立ったら、どんな思いにおそわれるだろうかと考えもした。白い象牙《ぞうげ》を刻《きざ》んで作ったような、やせこけた顔に、ぎゅっととじた目を縁取《ふちど》るまつげばかりが、ぎょっとするほどきわだって黒く見えたものだ。それを思うと、しりごみしたい気分になった。

ある、すばらしく美しい日に、クレイヴンさんは、ずいぶん遠くまで散歩をした。帰るころには、月が高く昇《のぼ》っており、しかも満月だったので、何もかもが、紫色《むらさきいろ》の影《かげ》と銀色とに染《そ》め分《わ》けられているようだった。静まりかえった湖や岸辺や森が、あまりに美しかったので、クレイヴンさんは、滞在《たいざい》していた貸《か》し別荘《べっそう》にもどろうという気になれなかった。そこで、水辺の木蔭《こかげ》にあったテラスまで下りていき、ベンチにすわって、かぐわしい夜の空気を、胸《むね》いっぱいに吸《す》った。不思議な静けさが忍《しの》びよってくるのが感じられ、それがどんどん深くなっていって、やがてクレイヴンさんは、そのまま眠《ねむ》りに落ちた。

いつ眠りに落ちて、どこから夢《ゆめ》がはじまったのか、クレイヴンさんには、わからなかった。夢があまりにも現実《げんじつ》のようで、夢だという気がしなかったのだ。あとになって思い返しても、しっかりと目ざめたままで、いろんなことをちゃんと受け止めていたとしか思えなかった。クレイヴンさんは、自分がそこにすわって、遅咲《おそざ》きのバラの香《かお》りをかぎ、足元でぴちゃぴちゃいっている水の音を聞いていることを、意識していた。そのとき、呼《よ》び声《ごえ》が聞こえたのだ。その声は、美しくて、透明《とうめい》で、幸せそうで、そして、遠かった。とても遠いようなのに、まるですぐそばから聞こえてくるかのように、はっきりしてもいた。

「アーチー！　アーチー！　アーチー！」と、その声は呼んだ。それから、さらに美しく、さらにくっきりと、また、「アーチー！　アーチー！」と呼んだ。

クレイヴンさんは、少しも驚《おどろ》かずに、さっと立った。自分では、少なくとも、そう思った。その声は、いかにもいつもどおりで、それが聞こえるのは、まったくあたり前のことのように思われた。

「リリアス！　リリアス！」と、クレイヴンさんは答えた。「リリアス！　どこにいるんだい？」

「お庭よ」と、黄金のフルートのような声が、もどってきた。「お庭よ！」

そこで、夢《ゆめ》は終わった。しかし、クレイヴンさんは、目をさましはしなかった。その心地よい夜が続くあいだじゅう、気持ちよく、ぐっすりと眠《ねむ》り続けた。やっと目をさましたときには、まぶしい朝で、貸《か》し別荘《べっそう》の使用人が、すぐそばに立って見つめていた。その男はイタリア人で、貸し別荘の使用人はだれでもそうだが、外国人の滞在客《たいざいきゃく》がどんなに変わったことをしようと、つべこべ言わずに受け入れるようにと、しつけられていた。いつ出かけていこうが、いつ帰ってこようが、どこで眠ろうが、庭をうろつきまわろうが、夜じゅう、湖に浮《う》かべたボートの上で眠ろうが、それはその客の勝手だった。男は、何通かの手紙がのったお盆《ぼん》をさしだし、クレイヴンさんがそれを手に取るまで、じっとしていた。男が下がっていったあと、クレイヴンさんは、それらの手紙を手に持ったまま、しばらく湖を見つめていた。不思議な静けさはまだ残っていたが、それ以上の何かがあるように思えた。それは、ほがらかさ――自分の身に起こった残酷《ざんこく》な出来事は、これまで思っていたようなものではなかった、というような、何かが変わったのだ、というような、そんな思いだった。クレイヴンさんは、夢のことを——本当に起こったように思えた夢のことを、ありありと思い出していた。

「お庭よ！」クレイヴンさんは、自分で自分に驚《おどろ》きながら、そうつぶやいた。「お庭よ！　しかし、ドアには鍵《かぎ》がかかっているし、鍵は、深い穴《あな》を掘《ほ》って、埋《う》めてしまった。」

それから数分して、手に持った手紙の束をちらりと見たクレイヴンさんは、いちばん上にあるのが、ヨークシャーから来た英語の手紙であることに気がついた。あて名は、女性《じょせい》の筆跡《ひっせき》で読みやすく書かれていたが、その筆跡には見おぼえがなかった。だれからとも心当たりがないままに、開封《かいふう》してみたクレイヴンさんは、書き出しを読んで、はっとした。

拝啓《はいけい》

わたくしは、スーザン・サワビーと申しまして、まえにいちど、失礼にも、ムアで、お声をかけさせていただいたことがあります。そのときは、メアリおじょうさまのことでした。失礼をかえりみず、もういちど、お声をおかけします。申し上げたいのは、わたくしがあなたさまなら、すぐに、おやしきにもどるということです。おもどりになったら、きっとよろこばれるとぞんじます。そして、おゆるしをいただいて、さらに申し上げさせていただくなら、おくがたさまも、もしここにおられたら、そうおねがいなさるとぞんじます。

あなたさまに心からおつかえする

スーザン・サワビー

クレイヴンさんは、この手紙を二回読んで、封筒《ふうとう》にもどした。そして、前夜の夢《ゆめ》のことを考え続けた。

それから、「ミスルスウェイトに帰ろう」と言った。「そうだ。すぐに出発しよう。」

クレイヴンさんは、庭を抜《ぬ》けて貸《か》し別荘《べっそう》にもどり、ピッチャーさんを呼《よ》んで、イギリスへの帰《かえ》り支度《じたく》を命じた。

それから二、三日で、ヨークシャーに着いたが、長い汽車の旅のあいだは、この十年というもの、考えないようにしていた、息子《むすこ》のことばかりが思い出された。この年月、息子のことは、忘《わす》れてしまいたいとしか、思わなかった。なのにいまは、そんなつもりは少しもないのに、息子についての記憶《きおく》ばかりが、次々に心に浮《う》かんできていた。子どもは助かったが、母親は死んだと知って、気が狂《くる》ったようにわめき続けた、まっ暗な日々のことがよみがえってきた。クレイヴンさんは、子どもを見ることを拒《こば》み、それでもやっと見にいったとき、その子は、とてもかぼそくて弱々しく、だれもが、二、三日のうちには死んでしまうだろうと言った。しかし、世話をした、だれもが驚《おどろ》いたことに、その子は生《い》き延《の》びた。それでもみんなは、この子は、ちゃんとやっていけるようには育つまいと言った。

クレイヴンさんは、悪い父親になるつもりはなかったが、親だという気持ちには、少しもなれなかった。医者や看護婦《かんごふ》の手配をし、環境《かんきょう》はぜいたくに整えさせたが、その子のことを考えることさえ避《さ》け続《つづ》け、自分自身のみじめさのなかに身を隠《かく》していた。一年留守《るす》にしたあとで、はじめてミスルスウェイトにもどり、なんともはかなげな、ちっぽけな子が、なんの関心もなさそうに、ものうげな目つきで自分を見上げたとき、黒いまつげに縁取《ふちど》られた大きな灰色《はいいろ》の目が、クレイヴンさんが心の底から愛していた幸せそうな目と、あまりにもそっくりで、そのくせ、あまりにもちがっていたので、見ているとたまらなくなり、死神におそわれたように真っ青になって、突《つ》き放《はな》してしまったのだ。それからというもの、息子《むすこ》には、眠《ねむ》っているときにしか、めったに会おうとせず、息子について知っていることと言えば、正真正銘《しょうしんしょうめい》の病人であること、根性まがりで、ヒステリックで、ひどく怒《おこ》りっぽいということだけだった。かんしゃくを起こして荒《あ》れ狂《くる》うと、本人の身があぶないので、何もかも、好きにさせておくよりしかたがなかった。

こんなことは、思い出しても気が滅入《めい》るばかりだったが、列車が山あいの峠《とうげ》をいくつも越《こ》え、金色に輝《かがや》く平野を渡《わた》っていくうちに、「生き返り」つつあったこの人は、これまでとはちがったふうに考えはじめ、長い時間をかけて、しっかりと、深く、考え抜《ぬ》いた。

「私《わたし》は、この十年、まちがったことばかりしていたのかもしれない」と、この人は考えた。「十年といえば、長い年月だ。もう、何をするにもおそすぎるのだろうな――まったく、おそすぎる。私《わたし》はいったい、何を考えていたのだろう！」

最初から「おそすぎる」と言うのは、もちろん、まちがった魔《ま》法《ほう》だ。コリンでさえ、そう教えることができただろう。しかしこの人は、魔法について、何も知らなかった。悪い魔法だろうと、いい魔法だろうとだ。それはこれから、学ばなくてはならない。クレイヴンさんは、スーザン・サワビーが思い切って手紙を書いてよこしたのは、母親らしい優《やさ》しい心を持ったこの人が、息子の具合が悪いこと、命にかかわるような病気であることに気づいたからかもしれないと考えた。心をとらえていた不思議な静けさの魔法が、まだ消えずに残っていたからいいようなものの、もしそうでなかったら、この人は、ますますみじめになっていたにちがいない。しかし、あの静けさのおかげで、ある種の勇気と希望とを持つことができるようになっていた。最悪のことばかり考えるかわりに、よりよいことを信じようとしている自分に、気づきはじめていたのだ。

「もしかすると、彼女《かのじょ》は、私にならば、あの子に何かしてやれて、いいほうに向けることもできると思ったのかもしれないな」と、クレイヴンさんは考えた。「ミスルスウェイトにもどる途中《とちゅう》で、立ちよってみよう。」

しかし、ムアを越《こ》えていく途中、小さな家の前で馬車を停《と》めさせると、遊んでいた七、八人の子どもたちが、わっと集まってきて、七つか八つの頭を、お行儀《ぎょうぎ》よくぴょこんぴょこんと下げてあいさつしたが、おっかさんは、ムアの反対側の家で赤ちゃんが生まれるというので、朝早くから手伝いに行って留守《るす》だということだった。「ディッコンにいちゃん」はお屋敷《やしき》へ行って、お庭で働いており、毎週、四、五日はそっちへ行っていると、子どもたちは、たずねられもしないのに言った。

クレイヴンさんは、そろいもそろって、小さくても元気いっぱいで、それぞれが、その子にしかできない笑い方でにこにこしている、赤いほっぺたをした丸い顔の群《む》れを見渡《みわた》し、なんと健康そうで、感じのいい子どもたちなんだろうと思った。そこで、親しげににこにこしている子どもたちに、ほほえみを返し、ポケットから金貨をひとつ取り出すと、いちばん年上の「リズベス・エレン姉ちゃん」に渡した。

「八人で分けなさい。そうすれば、一人に、半クラウンずつになる」と、クレイヴンさんは言った。

子どもたちが、満面の笑顔になって、きゃあきゃあ言いながら、しきりにひょこぴょこと頭を下げているのをあとに、クレイヴンさんは、また馬車を走らせていった。うしろでは、肘《ひじ》でつきあったり、有頂天《うちょうてん》になってピョンピョンはねたりの、大騒《おおさわ》ぎが続いていた。

いまが美しい盛《さか》りのムアに馬車を走らせていると、心がなごんだ。なぜ、二度と感じることはあるまいと思っていた、帰郷《ききょう》のよろこびがわいてくるのだろう？　大地と空と、遠くかすむ紫《むらさき》のヒースの丘を、こんなにも美しいと感じ、六百年のあいだ受《う》け継《つ》がれてきた、あの大きくて古めかしい屋敷《やしき》に近づくにつれて、こんなにも心が温かくなってくるのは、いったい、なぜなんだろう？　この前、そこを離《はな》れるために馬車を走らせていたときには、とざされた部屋べやや、模様《もよう》織《お》りのカーテンをめぐらせた四本柱のベッドに寝《ね》ている子どものことを思うだけで、たまらない気持ちになったものだった。あの子がいくらかでもよくなったなどということが、ありうるものだろうか？　あの子を見ただけで、しりごみしたくなる思いに、なんとか打ち勝つことができるだろうか？　あの夢《ゆめ》が、なんと、あざやかだったことか。帰ってくるようにと呼《よ》びかけてきたあの声が、なんと美しく、はっきりと聞こえたことか。「お庭よ――お庭よ！」「鍵《かぎ》を探《さが》してみよう」と、クレイヴンさんはつぶやいた。「扉《とびら》を開けてみなくては。ぜひともだ。なぜかは、わからないが。」

お屋敷に着くと、いつもとおなじように、使用人たちによる儀式《ぎしき》ばった出迎《でむか》えが行われた。みんなが注目したのは、ご主人の顔色がよくなったことと、いつものようにピッチャーさんをしたがえて、ふだんの住まいにしている遠くの部屋べやのほうへ行くのではなかったことだった。ご主人は書斎《しょさい》へ行き、メドロックさんを呼んだ。メドロックさんは、興奮《こうふん》するやら、好奇心《こうきしん》をそそられるやらで、そわそわしながらやってきた。

「コリンはどんな具合だ、メドロック？」と、ご主人はたずねた。

「それが、そのう」と、メドロックさんは答えた。「ずいぶん、そのう、お変わりになられて……。ある意味では、ですが。」

「悪くなったということか？」と、ご主人はたずねた。

メドロックさんは、まっ赤になった。

そして、「あのう、そのう」と、なんとか説明しようとした。「クレイヴン先生も、看護婦《かんごふ》さんも、わたくしも、正直なところ、どういうことか、さっぱりわかりませんで。」

「なぜだ？」

「正直に申し上げまして、コリン坊《ぼっ》ちゃまは、よくおなりのようでもあり、悪くなられているようでもあり、なんでございます。ご食欲《しょくよく》が、そのう、わけがわかりませんで――それに、なさることも――」

「ますます、おかしくなってきたということか？」と、クレイヴンさんは、心配そうに眉《まゆ》をひそめながら、たずねた。

「さようでございます、ご主人さま。ずいぶん、わけのわからんことに、なっとられまして――以前と比《くら》べてということでございますが……。ふだんは全然召《め》し上《あ》がらないのに、いきなり、とんでもなく召し上がるときもあり、かと思うとまた、ぱったり食欲をなくされて、お食事が以前のように、そのままもどされてまいったりもする、というありさまなんでございます。旦那《だんな》さまはご存《ぞん》じないかもしれませんが、以前は、外へお連れしようとしても、絶対《ぜったい》に出ようとなさいませんでした。坊《ぼっ》ちゃまに車椅子《くるまいす》で外出していただこうとして、わたくしどもがどんなめにあわされたか、思い出すだけで、ふるえが止まらないほどでございますよ。あんまりひどいかんしゃくを起こされますものですから、クレイヴン先生も、無理強《むりじ》いして、何が起こっても、責任《せきにん》は持てないとおっしゃいまして……。それがですね、旦那《だんな》さま、とりわけひどいかんしゃくを起こされたあとで、いきなり、今度は、メアリお嬢《じょう》さまと、スーザン・サワビーのとこのディッコンとごいっしょに、何がなんでも外に出るとおっしゃるんです。ディッコンなら、車椅子が押《お》せますものですから。どうやら、メアリお嬢さまとディッコンが、お気《き》に召《め》したようでして。ディッコンは、ようなれた動物たちを連れてまいります。そして、まあ、信じていただけますか、どうですか、朝から晩《ばん》まで、ずうっと外でおすごしなんでございます。」

「見たところ、どんな具合だ?」というのが、次の質問《しつもん》だった。

「ふつうにお食事をされていれば、肉がついてこられたと申し上げたいところでございますが、むくんでおられるのではないかと存じます。メアリお嬢さまとお二人のときには、ときどき、ずいぶん変なふうに笑っておられます。以前は、全然お笑いになられませんでしたのに。クレイヴン先生は、お呼《よ》びがあれば、いつでもいらしてくださるそうです。こんなにわけがわからなくて、頭をひねったことはないと、おっしゃっておられました。」

「コリンは、いま、どこにいる?」と、クレイヴンさんはたずねた。

「お庭でございます。いつも、お庭でおすごしでございまして。人に見られるのはいやだとおっしゃいまして、そのあたりへは、だれもお近づけになりません。」

クレイヴンさんは、最後の言葉を、ほとんど聞いていなかった。

そして、「お庭で!」とつぶやいた。メドロックさんを下がらせると、クレイヴンさんは立ち上がり、「お庭よ!」、「お庭よ!」と、何度も何度もくりかえした。

クレイヴンさんが、自分が立っているその場所に、自分を連れもどすには、努力が必要だった。やっとなんとか、地上にもどってきたと思えるようになったとき、クレイヴンさんは、部屋を出た。そして、以前、メアリがたどったように、生《い》け垣《がき》についている扉《とびら》から、月桂樹《げっけいじゅ》の茂《しげ》みへ、噴《ふん》水《すい》のまわりの花壇《かだん》へと、歩みを進めた。噴水からは水がほとばしっており、そのまわりには、あざやかな秋の花々が咲《さ》いていた。クレイヴンさんは芝生《しばふ》を横切り、角を曲がって、ツタにおおわれた塀沿《へいぞ》いの、長い散歩道に出た。足どりは速くはなく、むしろのろくて、目はずっと、足もとの小道にすえられたままだった。クレイヴンさんは、自分が、なぜなのかはわからないが、長いあいだ見捨《みす》てたままだったところへと、引きよせられていくのを感じていた。そこに近づくにつれて、足どりはますますのろくなった。ツタがおおいかぶさっていても、どこに扉があるかはちゃんとわかった。しかし、鍵《かぎ》を埋《う》めたのがどのあたりだったかは、はっきりしなかった。

クレイヴンさんは、立ち止まって、あたりを見まわした。そして、動きを止めた次の瞬間《しゅんかん》、はっとして、耳をすました。ひょっとして自分は、夢《ゆめ》のなかを歩いているのはないだろうか。

ツタはびっしりと茂って、扉《とびら》をおおい隠《かく》していた。鍵《かぎ》は、茂《しげ》みの下のどこかに埋《う》まっている。十年という孤独《こどく》な月日のあいだ、だれも戸口をくぐった者はいないはずだ。なのに、庭のなかでは、物音がしている。それは、走る足音、靴《くつ》と靴をすりあわせながら、木の下を、ぐるぐるぐるぐると走りまわっている足音だった。なんとも不思議な声がするのは、大きな声を出さないように気をつけているせいらしかった。驚《おどろ》きの声、おさえようとしてもおさえきれない、よろこびのさけび……。それはまさしく、子どもたちの笑い声だった。聞きつけられまいとしておさえても、次の瞬間には興奮《こうふん》が高まってきて、どうしても爆発《ばくはつ》してしまう笑い。ひょっとすると自分は、夢を見ているのではないだろうか？　いったいあの声は、なんなのだろう？　ひょっとすると自分は、理性を失いかけていて、人間の耳には聞こえないものを聞いているのではなかろうか？　あのときの、遠い、透明《とうめい》な声が言っていたのは、このことなのだろうか？

そのとき、なかから聞こえてくる声は、いよいよおさえきれなくなった。どんどん速くなってくる足音が、庭の扉のほうへと近づいてきて、せわしくてしっかりした若《わか》々しい息づかいとともに、もうとうていこらえきれない、力強い笑いが爆発した。そして、塀《へい》の扉がバタンと開き、ひとかたまりのツタが大きくむこうへゆれ、男の子が一人、全速力でとび出してきたかと思うと、外に人がいるとは気づかずに、その腕《うで》のなかへととびこんできた。

クレイヴンさんは、あやういところで腕を広げ、前を見もせずにとび出してきた男の子が、倒《たお》れるのを防《ふせ》いだ。そして、その顔を見ようと、肩《かた》をつかんだ手を少し伸《の》ばし、あまりの驚きで息が止まりそうになって、あえいだ。

それは、背《せ》が高くて、きりっとした少年だった。生命力で輝《かがや》かんばかりで、走ってきたために、顔がすばらしい紅色《べにいろ》に染《そ》まっていた。少年は、豊かな髪《かみ》を額《ひたい》からはねのけ、不思議な灰色《はいいろ》の目を上げた。ふさふさした黒いまつげに縁取《ふちど》られた目は、子どもらしい笑いでいっぱいだった。その目を見たクレイヴンさんは、息ができなくなった。

「だれだ――これはいったい？　だれなんだ？」と、クレイヴンさんは口ごもった。

それは、コリンが期待していたこと――計画していたことではなかった。こんなふうにして出会うなんて、考えたこともなかった。でも、こうやってとび出してくるほうが、しかも、競走に勝ったのだから、よかったのかもしれない。コリンは、できるかぎり高く、背筋《せすじ》を伸ばした。いっしょにかけっこをしていて、戸口から出てきていたメアリは、コリンが思いっきりつまだちをして、高く見せようとしているにちがいないと思った。いつもより、何インチも高く。

「父さん」と、子どもは言った。「ぼく、コリンだよ。信じられないでしょ。自分でも信じられないけど、ぼく、コリンなんだよ。」

メドロックさんもそうだったように、コリンも、クレイヴンさんが早口で言ったことの意味がわからなかった。

「お庭よ！　お庭よ！」

「そうだよ」と、コリンは、急いで言った。「庭のおかげなんだ――それに、メアリと、ディッコンと、生きものたちのね――それと、魔法《まほう》と。だれも知らないんだよ。ぼくたち、父さんが帰ってきたときに言うまで、隠《かく》しといたの。ぼく、元気だよ。かけっこでも、メアリに勝つんだ。ぼく、運動選手になるつもりなんだよ。」

こう話したコリンは、まったく健康そのものだった。顔は紅潮《こうちょう》し、言いたいことが多すぎて、言葉がもつれあいかねない勢《いきお》いだった。クレイヴンさんは、信じられないよろこびで、魂《たましい》がふるえるのをおぼえた。

コリンは、手を伸《の》ばして、お父さんの腕《うで》にさわった。

そして、「うれしくないの、父さん？」と言った。「うれしくないの？　ぼく、いつまでも、いつまでも、いつまでも生きるんだよ！」

クレイヴンさんは、両手を少年の肩《かた》に置いて、じっとさせた。すぐには、話そうとしても言葉が出てこないことが、わかっていたのだ。

それから、やっとのことで、「庭に連れていっておくれ、坊《ぼう》や」と言った。「そして、何から何まで、聞かせておくれ。」

そこで、子どもたちは、クレイヴンさんを庭へ案内した。

庭では、秋の黄金色と、赤紫《あかむらさき》と、薄紫《うすむらさき》と、炎《ほのお》のような赤とが競いあい、あちこちに、遅咲《おそざ》きの背《せ》の高いユリが、群《むら》がって咲《さ》いていた。白いユリもあったし、ルビーのような赤と白とが混《ま》じったのもあった。クレイヴンさんは、この花が、秋も終わりに近い、いまごろに咲き誇《ほこ》るのを楽しみにして、最初にここに植えたことを、よくおぼえていた。遅咲きのバラが、はいのぼり、たれ下がって、あちこちに群がって咲き、お日さまの光が、黄葉した木々をさらに金色に染《そ》め上《あ》げて、その下にいると、まるで黄金造りの寺院のなかに立っているような気がした。いきなりこの景色に出会ったクレイヴンさんは、まだすべてが灰色《はいいろ》だったときにこの庭に出会ったときの子どもたちのように、ものも言えずに立ちつくしていた。そして、何度も、何度も、あたりを見まわした。

「ここは死んでしまったと思っていたが」と、クレイヴンさんは言った。

「メアリも、はじめ、そう思ったの」と、コリンが言った。「でも、生き返ったんだ。」

それからみんなは、お気に入りの木の下にすわった。ただし、コリンだけは、立って話すほうがいいと言った。

それは、アーチボルド・クレイヴンさんが、これまでに聞いたためしのない、とても不思議な物語だった。コリンはそれを、いかにも子どもらしく、順序《じゅんじょ》などおかまいなしに、つんのめるように話した。謎《なぞ》、魔法《まほう》、生きものたち、真夜中のおかしな出会い、春が来たこと、ベン・ウェザスタッフじいさんの言葉に誇《ほこ》りを傷《きず》つけられて、見返してやりたい一心で、なんとか自分の足で立てたこと。おかしな仲間の誕生《たんじょう》、お芝居《しばい》ごっこ、大きな秘密《ひみつ》が、どんなに注意深く守られてきたかということ。聞き手は、涙《なみだ》が出てくるほど大笑いしたが、笑っていないときにも、その目には涙がにじんでいた。この、運動選手、講演者《こうえんしゃ》、科学的発見者をかねた人物は、じつにゆかいな、愛すべき、元気いっぱいの少年だった。

「でも、もう」と、少年は、話を結んだ。「秘密にしなくても、よくなったんだよね。みんな、ぼくを見たら、びっくりして、大騒《おおさわ》ぎするだろうなあ。ぼく、もう二度と、車椅子《くるまいす》には乗らないよ。歩いて家へ帰るんだ——父さんといっしょにね。」

＊

ベン・ウェザスタッフは、めったに庭を離《はな》れることはなかった。しかし、このときは、調理場へ野菜を運んでいくという口実で、屋敷《やしき》へ出かけていき、ねらいどおりに、メドロックさんに、使用人たちのたまり場でビールでも一杯《ぱい》飲んでいったらと勧《すす》められた。おかげで、いまの代のミスルスウェイト荘園《しょうえん》における、最も劇的《げきてき》な出来事を、ちゃんとその場で見とどけることができたのだった。

そのたまり場の窓《まど》は、お屋敷の中庭に面していたが、芝生《しばふ》のほうも、ちょっとは見えた。メドロックさんは、ベンがさっきまで庭にいたことを知っていて、ご主人を見かけたのではないか、ひょっとすると、コリン坊《ぼっ》ちゃまと出会うところも、見たかもしれないと思ったのだ。

「ご主人さまか、坊ちゃまを、お見かけしたかね、ウェザスタッフ？」と、メドロックさんはたずねた。

ビールを飲んでいる最中《さいちゅう》だったベンは、マグを口から離《はな》し、手の甲《こう》で、泡《あわ》のついた唇《くちびる》をぬぐった。

そして、抜《ぬ》け目《め》のない、思わせぶりな言い方で、「もちろんじゃ」と言った。

「お二人ともかい？」と、メドロックさんはたずねた。

「お二人ともじゃ」と、ベン・ウェザスタッフは答えた。「そりゃそうと、こいつを、もう一杯、いただけんかの？」

「ごいっしょのとこをかい？」と言いながら、メドロックさんはビールを注いでやったが、興《こう》奮《ふん》のあまり、あふれさせて、少しこぼした。

「ごいっしょにじゃ」と言いながら、ベンは、マグいっぱいのビールを、ひと息で、半分くらいまで飲《の》み干《ほ》した。

「コリン坊《ぼっ》ちゃまはどこにおられたんかの？　どんなご様子じゃった？　何を話されとった？」

「そりゃ、聞いとらん」と、ベンは言った。「はしごの上から、塀《へい》ごしに見とっただけじゃからな。けど、これだけは、言うてもええ。外では、お屋敷《やしき》におるあんたらが、夢《ゆめ》にも知らんことが、起こっとったんじゃとな。どんなことだったんかは、じきにはっきりするじゃろうがな。」

ベンは、それから二分とかからずに、残りのビールを飲《の》み干《ほ》し、からになったマグを持った手を、おごそかに、窓《まど》のほうへと突《つ》き出《だ》した。その窓からは、植《う》えこみごしに、芝生《しばふ》のほうが少し見えた。

「ほれ、あそこじゃ」と、ベンは言った。「気になるんならな。草の上を、こっちへ来とられるわ。」

そっちを見たメドロックさんは、両手を上げて、甲高《かんだか》いさけび声をあげた。それが聞こえる範《はん》囲《い》にいた使用人たちは、男女をとわず、使用人たちのたまり場になだれこみ、目を、とび出しかねないほど、まん丸にして、窓の外をながめた。

芝生を横切ってやってくるのは、ミスルスウェイトのご主人で、その顔は、たいていの者が一度も見たことがないほど、はればれとしていた。そしてその横を、頭をしゃんと立て、目を笑いでいっぱいにして、ヨークシャーじゅうのどんな少年にも負けないくらい、力強く、しっかりした足どりで歩いてくるのは、コリン坊《ぼっ》ちゃま、その人だった！

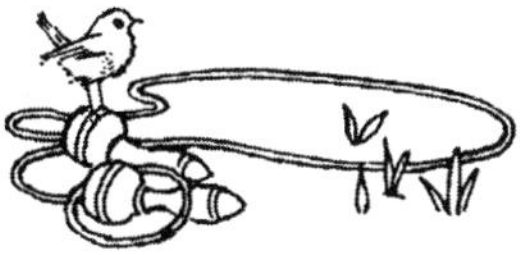

訳者あとがき

子どものときから、とりわけ大好きだった物語、フランシス・ホジソン・バーネットの『秘密の花園』を、あらためて原文でしっかりと読みなおし、何度も味わいなおしながら、少しずつ、少しずつ、自分の言葉に置きかえて、語らせていただくことができて、本当に幸せに思っています。

日本人は、昔から、庭好きだったようで、京都などには名園がいくつもありますし、私が育った香川県にも、名高い庭園のひとつである栗林公園《りつりんこうえん》があり、築山《つきやま》に駆《か》け上《のぼ》ったり、飛び石をぴょんぴょん渡《わた》ったりして、よく遊んだものです。それに負けずおとらずの庭好きが、イギリスの人たちですが、イギリスの庭園には、日本とはずいぶんちがうところが、たくさんあります。

いちばんちがうのは、お城《しろ》や大邸宅《だいていたく》の庭園に、「パーク」と「ガーデン」があること。

パークというのは、広大な芝生《しばふ》のあちこちに、年を経た大木がゆったりと枝《えだ》を広げ、鹿《しか》たちが悠々《ゆうゆう》と歩きまわっていたりするようなところで、表の門から、お城や邸宅にたどり着くまでには、そんな景色をながめながら、ひとしきり車を走らせなくてはなりません。

ガーデンと呼ばれるのは、パークの一角を、石やレンガを積んだ塀《へい》や、生《い》け垣《がき》で囲《かこ》んで、なかに花壇《かだん》や池や散歩道を作り、ぶらぶら歩きながら、いろんな花が次々に咲《さ》くのをながめたり、ベンチに腰《こし》かけて見まわしたりして、ゆったりと楽しめるようにしてあるところ。ガーデンが塀で囲んであるのは、ひとつには、外国産の植物や、交配して新たに作った園芸種などは、冬の寒さから護《まも》ってやる必要がある場合が多いからですし、パークには鹿や羊がいて、大切に育てた植物を、食べてしまいかねないからでもあります。

イギリスは、本来、船乗りの国で、かつては世界の海を制覇《せいは》していると言われたりもしていましたが、そんな時代に、「プラント・ハンター」、つまり「植物の狩人《かりゅうど》」と呼ばれた人たちが、あちこちで珍しい植物を見つけては持ち帰り、温室で育てながら交配したりして、イギリスの庭でも育つ新しい品種を、いろいろと作り出してきました。庭好きな人たちは、カタログを見て、興味深《きょうみぶか》い新種を手に入れては庭に植え、どんな花が咲くかと、わくわくしながら、毎日のようにながめたことでしょう。

＊

イギリスは、地図であらためて確認すると、日本よりかなり北にあります。『秘密《ひみつ》の花園』の舞台《ぶたい》のヨークシャーは、南北に長くて南のほうが幅《はば》の広いイギリス本島の、まんなかより少し南の、東側のほうですが、その中心都市であるヨークの緯度《いど》は、北海道の北に南北に伸《の》びる、細長いサハリン島の、北端《ほくたん》くらいにあたります。そのわりに、冬でもそう寒くはなく、庭の植物たちが、弱いものだけを温室に移すなどしてやれば、ちゃんと冬を越《こ》せるのは、赤道の近くで温められたメキシコ湾流《わんりゅう》が、北東のイギリスに向かって流れてきてくれるからです。

緯度が高いということは、夏にはとても日が長く、冬にはすぐに日が暮《く》れてしまうということ。私がイギリスを旅したのは、もっぱら夏休みの時期でしたが、明るいので、ついうかうかと歩きまわっていると、宿をとるのにはおそすぎる時刻《じこく》になっていて、レンタカーのなかで寝《ね》るしかなかったこともありました。

でも、イギリスの夏のお日さまは、真上からじりじりと照りつける、などということはなく、低めの弧《こ》を描《えが》いてゆっくりと移動し、夕方、ずいぶんおそくまで沈《しず》まずにいてくれるので、木立《こだち》のなかにいたりすると、赤味がかったやわらかい光が、ほとんど真横からさしてきて、その心地よさは、なんとも言えないものでした。

＊

『秘密の花園』の作者、フランシス・ホジソン・バーネットは、一八四九年に、イギリス中部の大都市、マンチェスターで生まれましたが、まだ幼いうちに父親を亡《な》くし、暮《く》らしに困った家族は、フランシスが十六歳《さい》くらいのときに、アメリカへ移住しました。一八七三年に結婚《けっこん》して、二人の男の子が生まれましたが、その弟のほうをモデルにして、一八八六年に発表した、初の長編物語『小公子《しょうこうし》』が大成功をおさめ、一九〇五年の『小公女《しょうこうじょ》』に続いて、一九一一年に刊行されたのが、『秘密の花園』でした。そのころには、離婚《りこん》して、イギリス南部に落ち着いていたそうで、この物語に、イギリスの自然がとてもいきいきと描かれているのは、アメリカ暮らしを経て、再出発という気持ちで、あらためて、母国の自然に出会いなおしたからこそかもしれません。

そう思うと、この物語の主人公、メアリが、インド育ちだったということの意味が、よくわかります。イギリス育ちの子どもなら、たとえ都会暮らしであっても、イギリスの季節の移り変わりを知らないはずはありませんが、赤道に近くて、季節の変化に乏《とぼ》しいインドしか知らずに育ったメアリだからこそ、冬から春へ変化の喜びを、たいていの子どもよりも、ずっと深く受け止めることになったわけです。

＊

私《わたし》が子ども時代をすごしたのは、商店街のまんなかでしたが、幸いなことに、店と住まいとのあいだには、戦前には結構広かったという庭の一部分だけが残っており、妙《みょう》に立派《りっぱ》な庭石があったり、空襲《くうしゅう》で焼けたという根株《ねかぶ》の横っちょから、ひょろりと伸《の》びてきた木があったりしました。一人っ子だった私は、そこにちっぽけな池を掘《ほ》って、蠟《ろう》びきの紙を敷《し》いて、夜店の金魚すくいで獲《と》ってきた金魚を泳がせたり、小枝《こえだ》を何本も土にさして、小さな森に見立てたりしていたものです。

そんなふうでしたから、岩波少年文庫で、吉田勝江《よしだかつえ》さんの翻訳《ほんやく》の『秘密《ひみつ》の花園』（一九五八）が出たときには、いったい何度、読み返したことでしょう。のちに、イギリスを訪《おとず》れて、あちこちの古いお屋敷《やしき》や庭園を見てまわったときには、「ああ、こんなところのことだったんだ」などと、わくわくさせられてばかりでした。

とりわけうれしかったのは、この物語の舞台《ぶたい》に近い、古都《こと》ヨークの古書店で、ジェニー・ウィリアムズの挿絵《さしえ》入りの、一九七五年刊行の原書を見つけたこと。大喜びで買って帰ったその本の、あたたかくてすてきな挿絵が、このたび、教文館刊行の拙訳《せつやく》に使っていただけることになり、本当に幸せです。物語のいきいきとした魅力《みりょく》にぴったりの挿絵を、みなさまにも楽しんでいただければ、なによりです。

この本を手に取って、開いてくださったみなさまが、メアリやコリンやディッコンといっしょに、庭をかけめぐったり、土を掘ったり、つぼみが少しずつほころんでくるのをながめたりして、ゆったりしたひとときを楽しんでくださることを、心から願っています。

二〇二三年十一月

脇　明子

作者　F. H. バーネット（Frances Eliza Hodgson Burnett）

1849年、英国マンチェスターの富裕な商人の家に生まれる。幼くして父を失い、16歳で家族とともに米国へ移住。家計を助けるために18歳から大衆作家として活動を始め、24歳で結婚。次男をモデルにした『小公子』（1886年）、続く『小公女』（1905年）で成功をおさめる。1890年代に英国に家を購入し、そこで『秘密の花園』を執筆、1911年に英米両国で刊行する。1924年没。日本では、本作『秘密の花園』は明治20年代に翻訳されて以来、長く読まれ愛されている。

画家　ジェニー・ウィリアムズ（Jenny Williams）

1939年、英国ロンドン生まれ。幼い頃から絵を描き始め、ウィンブルドン芸術学校、ロンドン大学で学ぶ。ウェールズ在住のイラストレーターとして活躍。

代表作　*A Lion in the Meadow*（1969年、エスター・グレン賞受賞作。邦訳『はらっぱにライオンがいるよ！』はましまよしこ訳、偕成社、1991年）のほか、*The Boy with Two Shadows*（1971年）、*The Witch in the Cherry Tree*（1974年）など、合計5作のマーガレット・マーヒー（Margaret Mahy, 2006年国際アンデルセン賞受賞）作品にイラストを描くほか、数多くの作品が世界中で出版されている。

訳者　脇　明子（わき・あきこ）

1948年、香川県生まれ。東京大学大学院人文科学研究科博士課程満期退学（比較文学）。ノートルダム清心女子大学助教授、教授を歴任。現在、ノートルダム清心女子大学名誉教授。「岡山子どもの本の会」代表として活動する。

著　書『読む力は生きる力』（2005年）、『魔法ファンタジーの世界』（岩波新書、2006年）、『物語が生きる力を育てる』（2008年）、『少女たちの19世紀——人魚姫からアリスまで』（2013年）、『読む力が未来をひらく——小学生への読書支援』（2014年）（すべて岩波書店）ほか、単著・共著多数。

訳　書　バーネット『小公子』『小公女』（岩波少年文庫）をはじめ、G.マクドナルド、ウォルター・デ・ラ・メア、ル＝グウィンなど英語圏のファンタジー作品の翻訳を40作以上手がける。

〈イラスト著作権についてのおことわり〉

本書籍は、令和6年1月25日に著作権法第67条の2第1項の規定に基づく申請を行い、同項の適用を受けて作成されたものです。


〈訳文についてのおことわり〉

本作品中には、今日の観点では差別的表現ととられかねない箇所が散見しますが、発表当時の時代背景と芸術作品としての価値に鑑み、原文通りの翻訳としました。(出版部より)

装丁・本文レイアウト　後藤葉子

秘密《ひみつ》の花園《はなぞの》

2024年3月20日　初版発行

訳　者　脇　明子
発行者　渡部　満
発行所　株式会社　教文館
〒104-0061 東京都中央区銀座4-5-1
電話 03(3561)5549　FAX 03(5250)5107
URL http://www.kyobunkwan.co.jp/publishing/
印刷所　モリモト印刷株式会社
配給元　日キ販　〒162-0814 東京都新宿区新小川町9-1
電話 03 (3260) 5670　FAX 03 (3260) 5637

ISBN　978-4-7642-6761-9　Printed in Japan

教文館の本

ノエル・ストレトフィールド著　中村妙子訳

バレエ・シューズ

四六判　206 頁　1,300 円〔小学 5 年以上、ルビつき〕

1930 年代のロンドン。考古学者のマシューは、旅先で拾った 3 人の赤ん坊を甥の娘に託して行方不明に。姉妹として育てられた孤児たちは、舞台芸術学院で学びながら働きはじめます。多くの人との出会いの中で、長女ポーリーンは俳優、次女ペトロヴァは飛行士、三女ポージーはバレリーナを夢みるようになりますが……。

ノエル・ストレトフィールド著　中村妙子訳

ふたりのエアリエル

四六判　240 頁　1,400 円〔小学 4 年以上、ルビつき〕

第二次世界大戦下のロンドン。大女優の祖母に引き取られ、弟妹とともに演劇学校に入れられた少女ソレルが、従姉との競演の果てにつかんだ夢とは……！演劇の家系に生まれた子どもたちが、それぞれの進む道を模索する姿をさわやかに描く物語。

ノエル・ストレトフィールド著　中村妙子訳

ふたりのスケーター

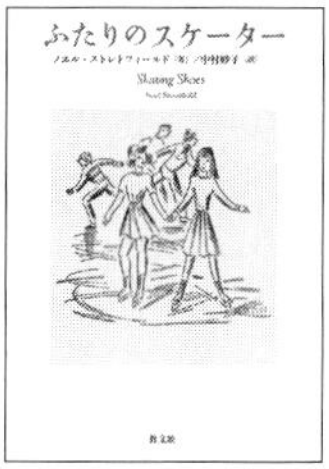

四六判　210 頁　1,200 円〔小学 4 年以上、ルビつき〕

第二次世界大戦前のロンドン。健康回復のため 10 歳でフィギュアスケートを始めたハリエット。スター選手の忘れ形見として 3 歳から英才教育を受けてきたララ。ふたりの少女が切磋琢磨しながら友情をはぐくみ、それぞれの夢に向かって歩き始めます。

E. ネズビット著　中村妙子訳

鉄道きょうだい

四六判　376 頁　1,600 円〔小学 5 年以上、ルビつき〕

ある夜お父さんが行方不明になって、ロバータ、ピーター、フィリスの 3 人きょうだいは、とつぜん、田舎暮らしを始めることに。見知らぬ土地で 3 人が最初に友だちになったのは、9 時 15 分ロンドン行きの蒸気機関車だったのです……！『砂の妖精』のネズビットが描く、子どもたちと鉄道をめぐる人々との心温まる物語。

上記は本体価格（税別）です。